Le cœur trahi

Trois enfants à aimer

MICHELLE MAJOR

Le cœur trahi

Passions

HARLEQUIN

Collection : PASSIONS

Titre original : THE TAMING OF DELANEY FORTUNE

Traduction française de JULIA LOPEZ-ORTEGA

HARLEQUIN

83-85, boulevard Vincent-Auriol, 75646 PARIS CEDEX 13.
Service Lectrices — Tél. : 01 45 82 47 47

www.harlequin.fr

ISBN 978-2-2803-4857-7 — ISSN 1950-2761

Prologue

Delaney Fortune Jones était une romantique dans l'âme. Elle n'aimait rien tant qu'assister à l'union de deux êtres et raffolait de tous les rituels de célébration de l'amour. Pourtant, ce jour-là, il lui fallut faire preuve de toute sa faculté d'auto-persuasion pour soutenir que les larmes qui roulaient sur ses joues étaient bien des larmes de joie.

Le jour où quatre de ses frères et sœurs se mariaient.

Evidemment, elle se réjouissait pour Jude, Liam, Christopher et Stacey. Ils avaient rencontré l'amour, le vrai, et Delaney était plus qu'honorée d'être présente à leur union en tant que témoin pour la cérémonie célébrée au sein de la propriété familiale. Une estrade magnifique avait été érigée pour l'occasion, tout était parfait.

Pourtant, elle avait bel et bien la gorge nouée par des émotions ambivalentes.

Les seuls à ne pas avoir encore convolé en justes noces seraient donc son frère Galen et elle-même. Désormais, elle était la dernière des enfants de Deke et Jeanne-Marie à vivre encore auprès d'eux, au ranch. Une page se tournait, et elle savait maintenant que plus rien, à l'avenir, ne serait pareil.

Pourtant, elle restait profondément optimiste. Elle croyait en l'amour avec un grand « A » et restait persuadée qu'elle le rencontrerait un jour. Ce n'était qu'une question de temps, d'ici à ce que le cow-boy qui était fait pour elle croise son chemin et vienne s'installer à Horseback Hollow, sa ville natale au cœur du Texas. Il s'agissait d'une petite bourgade, simple et rurale, mais c'était le seul lieu où elle s'imaginait fonder un foyer et vivre.

Inspirant profondément, elle s'efforça de chasser les pensées qui se bousculaient dans sa tête. Le ranch avait été totalement transformé pour l'occasion, mais elle pouvait retrouver, derrière les fleurs, les rubans et les bougies, la senteur rassurante du foin odorant. Elle devinait la présence de ses chevaux dans l'écurie voisine. Rassérénée par cette pensée, elle parcourut du regard l'assemblée joyeuse réunie dans l'immense grange si élégamment décorée et son cœur se remplit de la présence des siens autour d'elle.

Les premiers accords d'une chanson populaire l'incitèrent à taper du pied en rythme. Elle avait enlevé ses escarpins après la cérémonie et chaussé ses santiags préférées pour le bal. Leur couleur rose s'harmonisait joliment avec sa robe de demoiselle d'honneur. Ses neveux et nièces s'étaient déjà lancés sur la piste avec entrain, et dansaient en chahutant. Delaney les regarda en souriant. Danser n'était pas exactement son fort, elle préférait rester spectatrice.

Lorsqu'elle voulut rejoindre le bar, elle dut pourtant traverser la piste. Une danseuse tourna juste devant elle, et Delaney s'arrêta un instant. Elle connaissait Shannon Singleton depuis toujours. Cette dernière était vraiment superbe dans sa robe aux dentelles noires, et la lumière dans son regard la rendait plus éblouissante encore.

— Delaney ! Quelle magnifique cérémonie, n'est-ce pas ? s'exclama Shannon avant de serrer son amie d'enfance dans les bras.

— Vraiment magnifique, oui, répondit Delaney.

Shannon s'écarta alors en tendant le bras en direction de son cavalier.

— Delaney, je te présente Cisco Mendoza, l'un des charmants frères de Gabi !

— Le plus charmant, non ? plaisanta-t-il en s'avançant, le sourire aux lèvres.

— Absolument, rétorqua Shannon en riant, mais ne leur dites pas que je l'ai dit ! Cisco, voici Delaney, la petite dernière de la famille Fortune Jones.

— Pas si petite, marmonna Delaney en sentant ses joues s'empourprer.

Dire que Cisco Mendoza était bel homme était encore loin de la réalité. Il dominait Delaney d'une bonne tête, et elle nota surtout ses larges épaules, mises en valeur par son costume sombre. Il avait les yeux d'un brun sombre et les cheveux noirs. Nerveuse, elle toucha ses boucles blondes qui avaient demandé tant de temps pour être sculptées au fer à friser ce matin, regrettant un instant l'aspect juvénile de sa coiffure.

— Profitez-en pour faire connaissance, lança Shannon en jetant un coup d'œil derrière son épaule, j'ai promis la prochaine danse à Galen.

Avant qu'elle ait eu le temps de protester, Shannon avait disparu.

— Je suis ravi de faire votre connaissance, dit Cisco, d'une voix aussi veloutée qu'un whisky hors d'âge.

Elle ne buvait pas de whisky, mais c'était ainsi qu'elle imaginait la saveur de cet alcool ambré, élégant et puissant à la fois. Avec une touche de transgression.

Elle se rendit compte qu'il la fixait, attendant sans doute qu'elle lui réponde, un demi-sourire aux lèvres. Devinait-il le vague trouble qu'il faisait naître en elle par sa simple présence ?

Elle n'était que très rarement déstabilisée, et cette situation lui déplaisait. Elle se sentait tout à coup à l'étroit dans son bustier et devait se concentrer pour respirer normalement.

— Moi aussi, finit-elle par répondre, surprise de sa propre voix. J'imagine que Gabi doit être heureuse que sa famille soit venue jusqu'à Horseback Hollow ? Allez-vous rester quelque temps, ici ? Vous plaisez-vous au Texas ?

Elle s'interrompit en portant la main à ses lèvres. Elle se montrait ridicule en le mitraillant de questions.

Le sourire de Cisco s'élargit et, l'espace d'un instant, elle oublia qui elle était et où elle se trouvait. Tout ce qu'elle voyait, c'était cet homme au sourire ensorceleur.

— Nous sommes tous ravis d'être auprès de Gabi pour ce grand jour, répondit-il avec application. J'apprécie beaucoup votre charmante petite ville Horseback Hollow, mais je ne sais pas encore pour combien de temps je serai des vôtres. N'ai-je rien oublié ?

Les premières notes d'une balade se firent entendre, et il hocha la tête, semblant se plonger dans les premiers accords de cet air romantique.

Elle imita son hochement de tête, avant de sortir de l'état d'hypnose dans lequel il semblait la plonger. Pas un seul instant, elle n'avait imaginé rencontrer un homme comme lui, et encore moins être ainsi subjuguée par quelqu'un qui n'était pas de son univers, mais il y avait quelque chose chez lui de tellement…

— M'offririez-vous cette danse ?

Elle fixa la main qu'il lui tendait, et n'eut soudain qu'une seule envie, celle de se blottir dans ses bras. Elle regarda ses épaules et son cou, et s'imagina blottie contre son torse. Son odeur, son contact, la peau de sa main…

Elle se consumait déjà du besoin de le toucher, de le sentir.

— Delaney ? demanda-t-il, amusé. Est-ce que vous dansez ?

Sans un mot, elle glissa sa paume contre la sienne et le laissa la guider vers la piste. Ses doigts tremblaient légèrement. A l'instant où il allait les serrer, pourtant, elle retira sa main brusquement, comme si elle venait de toucher des braises incandescentes.

— Euh, pardonnez-moi, mais je dois y aller, en fait, lança-t-elle dans un souffle. Je suis vraiment désolée, j'avais oublié quelque chose et…

Joignant le geste à la parole, elle tourna les talons et se précipita vers la sortie.

- 1 -

Une brise tiède parcourait les plaines texanes, alors que Cisco Mendoza ajustait sur son front son stetson neuf. En dépit de la relative fraîcheur de ce matin d'avril, il sentit une goutte de sueur couleur dans son dos. Il roula des épaules pour chasser la tension nerveuse qui l'avait gagné.

Habituellement, il n'était pas sujet au stress.

A Miami, il était connu pour sa capacité à gérer avec désinvolture et élégance les situations les plus délicates, lors de la signature d'importants contrats immobiliers. Cependant, Horseback Hollow était bien loin de la Floride, mais heureusement, les affaires étaient les affaires, et s'il était doué pour quelque chose dans la vie, c'était justement pour conclure des affaires.

— Ce projet nécessite une grande ambition et une vraie capacité de projection, expliqua-t-il à l'homme qui se tenait à côté de lui. Nous savons tous les deux qu'Alden Moore est visionnaire, c'est d'ailleurs ce qui lui a permis de faire de Moore Entertainment l'entreprise florissante qu'elle est aujourd'hui.

Kent Stephens, le chargé de développement de Moore Entertainment et le nouveau patron de Cisco pour l'occasion, acquiesça.

— M. Moore attend beaucoup de Cow-boy Country et des résidences de standing qui s'élèveront ici. Cependant, l'opposition croissante que nous rencontrons de la part des habitants de la région nous préoccupe considérablement. Avec la famille Fortune, nous n'aurons pas le droit à l'erreur, et leur influence est considérable. C'est d'ailleurs là que vous entrez en jeu, vous avez une carte à jouer auprès d'eux, et nous espérons que vous saurez en faire bon usage pour nous tous.

— Pas d'inquiétude, le rassura Cisco d'un clin d'œil. Ma sœur a épousé Jude Fortune Jones, et vous savez comme moi que cette branche de la famille a beaucoup d'influence.

Cisco se dirigea vers son pick-up en balayant du regard l'immense terrain sur lequel, si tout se passait bien, il permettrait à une imposante résidence de s'élever. Il ne connaissait pas vraiment l'influence réelle des Fortune Jones à Horseback Hollow, même si sa sœur cadette Gabi avait épousé Jude quelques mois auparavant. Mais, étant donné le nombre de frères et sœurs, et la horde de cousins dans la région, il supposait qu'il ne devait pas être très loin de la vérité.

La première fois qu'il était venu à Horseback Hollow, c'était pour le mariage de sa sœur Gabriella, et c'était précisément là qu'il avait entendu parler du projet de Moore, le développement d'un parc à thème de style Western sur les cow-boys. En se renseignant un peu plus, il avait découvert qu'il s'agissait d'un immense projet immobilier et il avait décidé qu'il en ferait partie.

Il avait une entreprise prospère et une certaine réputation dans l'immobilier à Miami, mais il commençait à se lasser un peu de la routine des repas d'affaires, des parties de golf et des cocktails avec tout le gotha de Floride. Il avait toujours aimé le changement, depuis une enfance nomade, passée à suivre son père, pilote de l'Air Force, dans chacune de ses affectations. Il n'était pas le genre d'homme à vouloir s'établir, il aimait trop le frisson des nouveaux défis, des nouveaux départs.

Cependant, il n'était pas dupe d'une chose : ses nouveaux employeurs se moquaient royalement de ses faits d'armes à Miami et s'étaient arrêtés à son lien avec la famille Fortune. Un lien pourtant des plus ténus, à bien y regarder. Gabi semblait très attachée à sa belle-famille. De son côté, son propre père, Orlando, semblait sous le charme de Josephine Fortune Chesterfield, la matriarche de la branche britannique du clan Fortune. Cisco, lui, n'avait aucun lien personnel avec les membres de cette famille influente, et il savait que ce serait la prochaine étape.

— Quand pensez-vous pouvoir organiser une réunion informelle avec la famille Fortune ? demanda Kent en le rejoignant. Cow-boy Country doit ouvrir le mois prochain, et M. Moore voudrait lancer la construction de la résidence d'ici la fin de l'été. L'immobilier est un nouveau secteur pour Moore Entertainment, et il aura besoin d'investisseurs extérieurs pour le soutenir. Si un membre de la famille Fortune pouvait faire partie du projet, je ne vous cache pas que cela aurait un impact de poids ici, au Texas.

Cisco se tourna vers Kent. Moore Entertainment avait acquis cette immense parcelle à proximité de l'emplacement du futur parc Cow-boy Country. A première vue, Cisco avait la sensation que Kent était quelqu'un de correct. Agé d'une cinquantaine d'années, celui-ci semblait totalement impliqué dans son travail. Il avait quitté Chicago pour s'installer à Horseback Hollow et s'occuper du nouveau projet à plein-temps. Manifestement, il avait beaucoup à perdre ou à gagner dans cette affaire. Comme tout le monde chez Moore Entertainment.

— Je vous amènerai des investisseurs, dit Cisco tout en restant délibérément vague dans sa réponse. Conclure des affaires est ma spécialité.

— Tant que les Fortune font partie du projet, tout le monde sera content, dit Kent en ouvrant le coffre de sa luxueuse BMW pour en tirer un rouleau de papier qu'il déploya sur le capot d'un noir rutilant.

Cisco devait reconnaître qu'il fallait un talent certain pour garder une voiture aussi propre sur les routes poussiéreuses du Texas !

Ils parlèrent des plans pendant une vingtaine de minutes. En voyant les sculptures en stuc censées représenter des santiags géantes, Cisco eut quelques doutes. Il avait l'habitude des projets de grande ampleur, et Moore allait sans doute investir énormément d'argent dans ce parc, mais il lui semblait que ce qu'il voyait allait manquer de la petite touche d'authenticité qui aurait permis de rallier les investisseurs au projet. A première vue, la résidence avait tout de l'avatar d'un mauvais western spaghetti. Il ne désespérait pas de conférer à l'ensemble une touche plus haut de gamme.

Kent sembla disposé à écouter son point de vue. Maintenant que sa famille s'était implantée au Texas, Cisco essayait d'en profiter pour faire valoir ses valeurs. Lorsque Kent reprit ses plans, Cisco se sentait déjà plus confiant sur l'issue de leurs projets communs.

Comme toujours, il ferait ce qu'il fallait pour cela et parviendrait à ses fins.

Regardant Kent s'éloigner, il remonta dans son pick-up loué à Vicker's Corners, la ville voisine. Alors qu'il repartait, il remarqua au loin un cavalier qui traversait la plaine au galop. Il semblait faire corps avec sa monture dont les sabots frappaient le sol à vive allure en soulevant un nuage de poussière. Il retint son souffle un instant, impressionné par le spectacle. C'était un vrai cow-boy qui passait là-bas. A moins qu'il s'agisse d'un enfant, à en juger par sa silhouette. Cisco avait réussi à se faire passer pour un Texan auprès de ses collègues de Moore Entertainment, mais ce cavalier-là était un véritable cow-boy.

L'espace d'un instant, Cisco l'envia. Il songea alors que

son contrat avec Moore Entertainment allait lui procurer l'étincelle qui manquait à sa vie.

S'installant en face de sa sœur au grill de Horseback Hollow, il se lança dans la mise en œuvre de son plan destiné à l'aider à concrétiser ses ambitions.

— Alors, comment va, madame Fortune Jones ? demanda-t-il en souriant. J'espère que ton mari se rend compte de la chance qu'il a de t'avoir rencontrée ?

Gabi leva les yeux au ciel, mais il nota qu'elle avait esquissé un léger sourire.

— Jude et moi sommes faits l'un pour l'autre, ne t'inquiète pas, grand frère, répondit-elle. En tout cas, nous sommes vraiment heureux que tu aies choisi de revenir passer quelque temps ici, Cisco. Dire que j'ai même douté de ta venue au mariage, craignant qu'un voyage au fin fond du Texas rural ne soit trop te demander !

Il s'était toujours bien entendu avec sa sœur. Seule fille parmi une fratrie remuante de cinq enfants, elle avait toujours été un peu à part, mais son grand cœur et sa gentillesse innée la rendaient plus unique encore. Il avait vraiment plaisir à la retrouver ici, à Horseback Hollow.

— Détrompe-toi, pour l'instant, j'apprécie plutôt cette petite ville, répondit-il.

— Quels sont tes projets ? Le Cisco que je connais est toujours actif, en mouvement. Est-ce que tu vas rester assez longtemps pour travailler ici ?

Il fit un effort considérable pour ne rien laisser transparaître. Il n'avait dit à personne qu'il travaillait pour Moore Entertainment sur le projet de résidence. Il avait assez rapidement perçu que son père et sa sœur n'étaient pas des plus enthousiastes — à l'instar des habitants de Horseback Hollow — à propos du parc à thème. Il préférait attendre encore un peu avant de leur en parler.

— J'ai quelques idées en tête, répondit-il, vaguement. Et puis, je travaille encore sur des projets pour Miami. Mais ne t'inquiète pas pour moi, je suis sûr de trouver à m'occuper par ici…

Il leva les yeux vers la serveuse qui venait prendre leur commande, et haussa les sourcils en la détaillant d'un regard intéressé.

Gabi soupira lorsque la jeune femme s'éloigna.

— Un de ces jours tu rencontreras la bonne personne, Cisco…

— Je rencontre beaucoup de bonnes personnes, Gabriella. Pourquoi faudrait-il se limiter à une seule femme ?

— Parce que je suis certaine qu'il y a un grand cœur sous ces airs de macho, lança-t-elle. Tu n'es pas qu'un coureur de jupons. Je suis certaine que maman aurait aimé que tu rencontres quelqu'un de sérieux.

La remarque de sa sœur lui fit un coup au cœur. Leur mère, Luz Mendoza, était décédée trois ans plus tôt. Elle avait été l'âme de leur famille, et Cisco savait que Gabriella et leurs frères souffraient toujours autant de son absence.

— Papa a l'air heureux, ici, dit-il en cherchant à changer de sujet.

— Oui, je crois qu'il s'est fait sa place, et faire partie d'une communauté le soulage de cette solitude qui lui pesait tant.

— Il a l'air de bien s'entendre avec les Fortune.

Gabi acquiesça.

— Ce sont des gens bien. Les parents de Jude, Jeanne-Marie et Deke, vont d'ailleurs organiser un barbecue ce week-end au ranch. D'ailleurs, ils seraient certainement ravis de mieux de connaître. Qu'en dirais-tu ?

C'était l'occasion rêvée pour rencontrer les Fortune. Bien sûr, il était heureux de partager un moment avec sa sœur et sa belle-famille, mais joindre l'utile à l'agréable était sans conteste une très bonne opération.

— C'est une excellente idée, pourquoi pas ?

— Je te tiendrai au courant.

— Volontiers. Au fait, j'entends beaucoup parler d'un projet de parc à thème, tu en sais un peu plus ? demanda-t-il, l'air détaché.

Gabi perdit le sourire aussitôt.

— Tout ce que je peux te dire, c'est qu'il vaut mieux éviter de parler de Cow-boy Country durant le barbecue. La plupart des Fortune y sont farouchement opposés.

Il porta son café à ses lèvres.

— Ah, vraiment ? Et pourquoi ça ?

— La plupart des gens d'ici aiment Horseback Hollow telle qu'elle est, et il semblerait que le projet ne tienne pas compte de l'histoire réelle de la région. Ils veulent faire un parc tapageur et sans la moindre authenticité, alors que les habitants de la région mènent une vie d'éleveurs bien loin du folklore et du spectacle. Ils travaillent dur, tu sais, il faut le vivre pour s'en rendre compte.

— Mais ce ne serait pas une formidable opportunité d'emploi pour la région ?

Sa sœur haussa les épaules.

— Peut-être, mais je crains que le prix à payer soit bien élevé pour la petite ville de Horseback Hollow.

— Alors, tu penses que tous les Fortune sont opposés au projet ?

— En tout cas, Jude pense que ce projet est une calamité, et ses parents sont du même avis. Je crois que la seule personne qui ne soit pas complètement hostile au projet est Delaney, la petite sœur de Jude.

— Delaney, répéta Cisco en pensant au mariage de Gabi. La petite blonde toute bouclée ?

— Oui, c'est elle. Tu peux ajouter à son portrait une énergie à peu près aussi rayonnante que son sourire. On a évoqué Cow-boy Country lors d'un dîner il y a quelques semaines, et Delaney semblait ouverte à son implantation.

Elle est vraiment adorable, mais elle n'a jamais quitté Horseback Hollow, j'imagine qu'elle aspire à un peu de divertissement ! expliqua Gabi. Pourquoi t'intéresses-tu à Cow-boy Country, au fait ?

Il fit mine de se concentrer sur sa tasse de café pour ne pas croiser le regard de sa sœur.

— Comme ça… J'essaie de me tenir au courant des événements locaux. Mais si Delaney Fortune cherche un peu d'aventure dans la vie…

— Laisse tomber, elle n'est pas du tout ton genre.

— Et quel est donc mon genre ?

— Eh bien, superficielle et sans esprit ?

Il avait tenté une diversion, mais la réplique assassine de sa sœur avait fait mouche.

— Je plaisante, va ! reprit Gabi. En revanche, je viens de penser que Matteo et Rachel seront présents au barbecue. Est-ce un problème pour toi ?

Avant qu'il ait le temps de répondre, la serveuse vint apporter leurs plats. Elle glissa ensuite un petit papier sous sa serviette.

— Vous êtes nouveau par ici, non ? demanda-t-elle.

— Oui, tout droit venu de Miami, répondit-il avec un sourire enjôleur.

— Appelez-moi si vous désirez que je vous fasse faire un peu de tourisme…, suggéra-t-elle.

Gabi leva les yeux au ciel, mais la serveuse mit un point d'honneur à l'ignorer.

Le sourire de Cisco s'élargit en la regardant repartir.

— Tu disais ? demanda-t-il. Ah oui, Matteo et Rachel, aucun problème. Je suis heureux pour Matteo, ils forment un très joli couple.

Cisco avait eu une brève aventure avec Rachel avant que Matteo se décide à l'inviter à sortir avec lui, piqué au vif par la jalousie de la voir au bras de son frère.

— Parfait, alors.

— Tu sais bien que je n'ai jamais eu pour projet de m'engager dans une relation sérieuse, cela ne me ressemble pas du tout.

Sa sœur le fixa un instant avant de lui sourire.

— J'espère que tu changeras bientôt d'avis, mon cher Cisco.

— Maman, je suis là ! lança Delaney en entrant dans la cuisine.

Cette maison était celle où elle était née et avait grandi, elle en connaissait chaque recoin par cœur. Elle saisit au passage un cookie au chocolat qui refroidissait sur la table en prévision du grand barbecue familial de ce soir.

— Repose ce cookie et va te laver les mains, jeune fille ! répondit Jeanne-Marie sans même avoir besoin de se retourner.

Delaney avait longtemps pensé que sa mère avait des yeux dans le dos, ou au moins des facultés de médium pour savoir ainsi ce qui se passait derrière elle.

A 24 ans, Delaney était la petite dernière de la fratrie et la seule à habiter encore au ranch. Très attachée à la maison de son enfance, elle n'était pas particulièrement pressée de s'en aller, et le ranch avec ses nombreuses activités était toute sa vie.

— J'arrive un peu tard, dit-elle en reposant son cookie avant de se diriger vers l'évier, mais je suis partie faire un tour à cheval après avoir aidé les gars à consolider les clôtures côté ouest. Tu as besoin d'un peu d'aide pour le repas de ce soir ?

Jeanne-Marie se tourna, un large saladier dans les bras.

— Il y a de quoi faire ! Tu pourrais préparer les salades, sortir les assiettes et les verres. Il y a aussi des pichets de thé glacé et de citronnade à emporter. Mais commence donc par aller prendre une douche !

— Bien, chef ! répliqua Delaney en reprenant son cookie.

— Garde une petite place pour le brownie d'Angie ! suggéra sa mère.

Delaney plaça la main sur son estomac en riant.

— Inutile, j'ai toujours une petite place pour ce genre de douceurs, et puis, cette balade à cheval m'a creusé l'appétit.

— Tu es tout le temps partie ces derniers temps, pourquoi ?

— Flapjack est nerveux dernièrement, je crois qu'il avait besoin d'un peu d'exercice.

— Et toi, tout va bien ? Je t'ai sentie un peu tendue, toi aussi, dit Jeanne-Marie en avançant vers sa fille. J'imagine que ce n'était pas évident de voir tes frères et sœurs se marier ainsi.

Elle saisit la main que sa mère lui tendait en inspirant profondément.

— Il ne reste que Galen et moi, maintenant. Je suis heureuse pour eux, mais c'est vrai que les choses seront si différentes, maintenant…

— Je sais que tu rencontreras l'homme qui est fait pour toi, ma chérie. Tu es une jeune femme merveilleuse et tu as tant à partager.

— Ce sont bien les mots d'une mère ! plaisanta Delaney. Je sais bien que l'homme idéal est là quelque part, mais je ne suis pas pressée. Je voudrais connaître ce que papa et toi avez connu. J'aime Horseback Hollow, et je voudrais y faire ma vie avec quelqu'un qui partagerait les mêmes valeurs.

— Eh bien, tu devrais peut-être regarder du côté des amis de tes frères ?

— Ils me voient tous comme une sorte de petite sœur ! Non, ce serait étrange, dit-elle en défaisant ses nattes. Qui sait, peut-être que le nouveau parc attirera de vrais cow-boys par ici ?

— Je ne suis pas certaine que tu y trouveras de « vrais

cow-boys », comme tu dis… J'ai du mal à comprendre ton enthousiasme pour ce projet.

— Il y a quelques personnes qui pensent comme moi, pourtant. Amber Rogers a déjà été recrutée, et Wendy et Marcus Mendoza ne sont pas contre un peu de clientèle supplémentaire pour la Cantina. Et si vous faisiez tous preuve de jugement hâtif, tu y as pensé ?

— Pas vraiment, reconnut Jeanne-Marie, mais je suis fière de voir que ma fille a une si grande ouverture d'esprit. J'espère vraiment que tu rencontreras bientôt l'homme qui sera aussi touché par ta générosité que je le suis !

- 2 -

Deux heures plus tard, Delaney descendait de sa chambre, ses longs cheveux encore humides attachés en une tresse qui lui arrivait aux omoplates. Le barbecue battait déjà son plein. Comme à chaque fois, le travail du ranch l'avait finalement détournée d'une partie des préparatifs. Elle avait rapidement rejoint son père pour donner leur ration de foin aux chevaux. Elle aimait aider son père à soigner les chevaux, dans l'odeur de paille de l'écurie.

Deke Jones était un homme calme, un peu rugueux d'abord, sans doute, même pour ses propres enfants. Pourtant, elle avait toujours eu la sensation qu'elle le comprenait, lui et son attachement sans faille à sa terre et à son travail. Elle n'avait aucun problème avec ses interminables silences ou son tempérament revêche. Presque tous ses bons souvenirs d'enfance étaient liés au ranch. C'était pour le ranch qu'elle ressentait l'envie si forte de rester à Horseback Hollow.

Balayant du regard la large assemblée composée de sa famille et de leurs amis, qui bavardaient entre le jardin et la grange, elle sentit sa gorge se nouer. Bien sûr, elle aimait les siens, cette famille remuante et bruyante, ses frères et sœurs qui semblaient avoir trouvé des compagnons parfaits, mais tous ces couples et leurs enfants lui rappelaient qu'elle n'avait pas encore trouvé celui avec qui elle fonderait un jour une famille. Une pointe d'envie lui tenaillait le cœur.

C'était ridicule de sa part, elle l'optimiste de la famille, et puis, après tout, rien ne pressait. Cependant, avec tous ses frères et sœurs mariés, les choses ne seraient plus pareilles désormais pour elle, la septième de la fratrie. Finie, la tribu. Voilà qu'elle se retrouvait seule.

— Est-ce que tu peux emporter cette corbeille de fruit ? demanda sa mère depuis la cuisine.

Plaquant son plus beau sourire sur son visage, elle rejoignit sa mère. Elle savait qu'il était presque impossible de la tromper sur ses états d'âme, mais elle était pourtant décidée à tenter sa chance.

— Je me souviens quand Stacey était entrée au jardin d'enfants et que tu t'es retrouvée seule ici, dit Jeanne-Marie en lui tendant le plat chargé de fruits. Tu avais été plus terrible cette année-là que tous tes frères et sœurs réunis !

— Mais je ne suis plus une enfant, répondit Delaney. Je peux affronter la situation.

— Je sais bien que tu en es capable, ma chérie, dit sa mère en touchant machinalement son pendentif en turquoise. Mais je vois bien que, quand tu t'ennuies, tu deviens nerveuse… Si je ne m'inquiétais pas, je ne serais pas dans mon rôle de mère !

— C'est pour ça que je t'aime ! répondit Delaney en l'embrassant. Allez, file profiter de la fête et de nos convives, je vais m'assurer que tout est en ordre !

Jeanne-Marie hocha la tête, et Delaney la suivit dans le jardin. Ensemble, elles allèrent embrasser tout le monde, les frères et sœurs de Delaney, ainsi que leurs conjoints. Les enfants couraient partout et se précipitèrent vers elles. De nouveau, Delaney se laissa gagner par le plaisir d'appartenir à une si grande famille. Elle en oublia aussitôt le pincement au cœur qu'elle avait ressenti quelques instants auparavant.

— Ces réunions de familles deviennent gigantesques !

Delaney se tourna vers ses frères Liam et Toby qui avançaient à sa rencontre.

— Maman et papa sont heureux de voir tout le monde ici, surtout avec les enfants…

— Et moi, je suis ravi de voir mes enfants occupés auprès d'autre personnes qu'Angie et moi ! répondit Toby.

Delaney lui donna un léger coup de coude.

— Tu as trois enfants merveilleux ! lança-t-elle.

Toby et Angie avaient recueilli Brian, Justin et Kylie l'année précédente, alors qu'ils étaient placés dans un foyer d'accueil. Lorsque leurs dossiers avaient été complets, le jeune couple avait décidé d'adopter les trois enfants ; ensemble, ils formaient désormais une famille unie. Delaney était touchée de voir son frère aussi à l'aise dans son nouveau rôle de père de famille.

— C'est vrai que je n'ai pas à me plaindre, reconnut-il en souriant. Ah ! Entre nous, il semblerait qu'Angie ait laissé une assiette de brownies spécialement pour toi sur la table de la cuisine…

— C'est la meilleure belle-sœur du monde !

— Si les autres t'entendent, tu vas avoir des problèmes, l'avertit Liam, amusé.

Elle éclata de rire.

— Bon, ce sont toutes les meilleures, déclara-t-elle. Et je nierai avoir dit autre chose jusqu'à mon dernier souffle !

La soirée s'annonçait belle, la chaleur de l'après-midi cédait le pas à une brise douce, tandis que le soleil se couchait lentement. Le ciel était bigarré d'orange et de rose.

Une fois que tout le monde eut profité du buffet, on fit rentrer les enfants, puis on les installa devant un dessin animé, et les adultes continuèrent à discuter entre eux.

Attrapant sa veste en jean accrochée dans l'entrée, Delaney sortit faire quelques pas dans le jardin, un peu à l'écart. Elle appréciait ces quelques instants de solitude après cette soirée animée. Elle entendit alors une voix grave et profonde s'élever derrière elle.

— Que fait une jolie fille comme vous toute seule dehors ?

Se retournant, elle se retrouva trouva face à Cisco Mendoza. Elle le reconnut immédiatement.

Evidemment.

Jude avait épousé sa sœur Gabriella deux mois plus tôt à peine. Cisco avait assisté au mariage. Elle l'avait vu lors de la réception et était même passée pour une idiote lorsqu'il l'avait invitée à danser. Il fallait dire qu'il était tellement séduisant qu'elle n'avait pas vraiment pu contrôler ses réactions. Elle ne savait pas vraiment ce qui l'avait incité à revenir, car c'était un homme de la ville et non de la campagne. Ce soir encore, il était à la fois décontracté et sophistiqué, avec sa chemise satinée et son jean de marque.

Face à lui, elle sentit un trouble la gagner. Elle n'était pas intéressée par les hommes comme lui, trop beaux pour être honnêtes. Elle recherchait du solide, du concret, et sentait bien qu'il n'était pas fait de ce bois-là.

— Au contraire, je suis loin d'être toute seule, répondit-elle. Ce soir, il y a ma famille au grand complet.

Il tourna la tête vers la cour où étaient réunis les convives.

— C'est très généreux de la part de vos parents de m'inviter. Ma sœur a beaucoup de chance d'épouser un membre de la célèbre famille Fortune.

— J'aurais pensé que nous ne présentions que peu d'intérêt pour quelqu'un comme vous. Des paysans un peu arriérés…

— Quelqu'un comme moi ?

Elle eut un mouvement vague des mains.

— Je veux dire que vous êtes un citadin plutôt sophistiqué, avec vos vêtements de marque et… votre parfum raffiné !

— Il vous plaît ? demanda-t-il avec un sourire charmeur.

Elle sourit.

— Ce n'est pas du tout la question !

— Alors, qu'est-ce qui vous fait dire que je suis un citadin sophistiqué ? Ma sœur s'est adaptée à la vie à Horseback Hollow comme un poisson dans l'eau, mon père aussi semble s'y faire parfaitement.

— Vous n'êtes pas comme Orlando, dit-elle en touchant son pied du bout de sa santiag. Vos bottes ne sont même pas usées.

— C'est qu'elles sont neuves…

— C'est bien ce que je voulais dire !

Il sourit. A sa grande surprise, il ne prenait pas la mouche et semblait même plutôt amusé de ses critiques.

— Tout le monde chez les Fortune a-t-il des avis aussi arrêtés que vous ?

— Je suis désolée, j'aurais mieux fait de me taire ! Il semblerait que je sois un peu tendue dernièrement, cela a dû me rendre un peu susceptible.

Cisco la fixa avec attention lorsqu'elle leva son verre. Ses lèvres charnues se posèrent délicatement sur le rebord et il retint son souffle. C'était étrange, car Gabriella avait raison : cette petite blonde n'était pas son genre habituel. Certes, elle était jolie, mais il y avait en elle une fraîcheur, une authenticité auxquelles il n'était pas habitué. Elle portait une robe à fleurs avec une large ceinture de cuir autour de la taille. Son décolleté plutôt sage laissait entrevoir la peau claire de la base de son cou. Elle avait des santiags rouges, et même avec, elle faisait toujours une bonne tête de moins que lui. Elle était charmante, avec ses longues tresses blondes et ses yeux d'un bleu azur. C'était le genre de jeune femme qu'on invitait à dîner chez soi le dimanche, plutôt que dans le dernier bar à cocktails à la mode.

Il savait en revanche que sa sœur l'avait à l'œil et qu'il n'aurait pas droit au moindre faux pas avec Delaney. Pourtant, ce soir, il ne parvenait pas à tourner les talons. Après tout, il avait besoin de rencontrer des membres de la famille Fortune pour son travail aussi.

— Je ne suis pas du tout susceptible, dit-il en buvant une longue gorgée de sa bière. En particulier, quand les critiques viennent d'une aussi charmante personne.

Avant qu'il ait le temps de réagir, elle lui planta un index accusateur dans le sternum, lui coupant le souffle un bref instant.

— Ne faites pas ça ! N'essayez pas votre petit numéro de séduction avec moi, Cisco Mendoza. Je ne donne pas dans ce genre de relations.

Il resta interdit un instant, ne sachant comment réagir à cette situation inédite. Il n'avait jamais eu de difficulté à charmer une femme, quels que soient les enjeux. Il avait une sorte de don, qu'il n'avait jamais eu de scrupules à exploiter, mais alors qu'il essayait d'obtenir les bonnes grâces de Delaney, voilà qu'il la braquait totalement.

Peut-être devait-il l'aborder d'une autre façon, plus franche, et voir comment les choses se passaient ?

— Vous êtes très belle, commença-t-il, en levant les mains en signe de reddition, c'est certain, mais en fait, il faut que je vous fasse un aveu : j'ai besoin de rencontrer un membre de la famille Fortune. Et c'est une urgence.

Elle désigna de la tête le reste de l'assemblée dans la cour :

— Vous avez l'embarras du choix ! Pourquoi en avez-vous besoin ?

— C'est pour un projet professionnel. Je ne peux pas encore entrer dans les détails, mais il se trouve que mon patron connaît mes liens avec les Fortune par l'intermédiaire de ma sœur Gabriella.

— Ici, nous sommes les Fortune Jones, précisa Delaney, ça change tout.

— Ah oui, et comment ça ?

— Eh bien, ça change le type de fortune, par exemple, de quelques zéros !

Il chercha à ne pas laisser apparaître sa surprise mais, à la façon dont elle éclata de rire, il n'avait pas dû y parvenir.

— James Marshall Fortune, le frère de ma mère, décédé depuis longtemps déjà, avait voulu léguer son argent à ma mère, mais elle l'a refusé. Nous, les Jones, menons une vie des plus normales, ici à Horseback Hollow. Mon père travaille dur et fait des sacrifices pour sa famille, mais personne par ici n'a le patrimoine des Fortune de Red Rock ou d'Atlanta. Si nous avons conservé ce patronyme, c'est uniquement en souvenir de cette famille maternelle, certainement pas pour encaisser leurs dollars.

— C'est très respectable, souligna-t-il, en regrettant de ne s'être pas plus documenté sur sa famille avant de s'engager.

— Si vous avez besoin d'un Fortune pour une réunion de travail, je dois pouvoir me libérer. Jude est débordé en ce moment, car c'est la période du vêlage dans l'exploitation. Je ne pense pas qu'un autre de mes frères ni même ma sœur soient partants, mais si je peux vous rendre service…

Il la fixa un instant, elle était sérieuse.

— Je vous en serais très reconnaissant.

— Mais j'ai des conditions ! lança-t-elle avec un large sourire.

Il ne put que lui rendre son sourire tant il était contagieux.

— J'écoute, *cielo.*

— Il va falloir commencer par salir vos bottes.

Il la fixa, interrogatif.

— Comment cela ?

— Vous viendrez travailler ici, au ranch, dit-elle en pointant les écuries du doigt. Si je vous mets au travail, je saurai vite si vous avez le cran nécessaire pour comprendre ce qu'est la vie d'un Fortune Jones.

Son parfum frais et fleuri lui titilla les narines alors qu'elle s'approchait. Il n'arrivait à déterminer si le parfum provenait de ses cheveux ou de sa peau, mais il avait sur lui un effet incontestable. Il avait envie de s'approcher encore, comme attiré par un fil invisible. Elle attisait sa curiosité, car elle ne ressemblait à aucune autre fille qu'il avait pu rencontrer. Elle était authentique et pure, comme vierge de toute influence. Et puis, elle était si enthousiaste au sujet de la vie au ranch, de son travail. Lui à qui il arrivait de surfer aux limites de ce qui était le bien ou le mal, selon sa propre échelle de valeurs, il était assez impressionné par l'intégrité de Delaney dans ce domaine. Très impressionné et assez séduit, aussi.

Pourtant, il ne devait pas oublier son objectif professionnel.

A cet instant, sa sœur les rejoignit. Il ne l'avait pas vue s'avancer à leur rencontre.

— De quoi parlez-vous si sérieusement, tous les deux ? demanda-t-elle en adressant un regard circonspect à Cisco.

— Delaney propose de m'apprendre à devenir un vrai cow-boy, figure-toi !

Il s'attendait à ce que sa sœur éclate de rire, mais ce ne fut pas le cas.

— Je trouve que c'est une très bonne idée, dit Gabi en se tournant vers Delaney. Pour une fois, il transpirera sur autre chose que les machines de son club de gym !

— Ah, c'est un coup bas ! lança-t-il.

— Allez, si nous allions retrouver tout le monde ? suggéra Gabriella en prenant le bras de Delaney. Il ne restera bientôt plus de desserts !

Cisco suivit les deux jeunes femmes, non sans un petit

regret de n'être pas resté plus longtemps seul avec Delaney. Mais il se rassura bientôt en songeant qu'à l'avenir, il aurait certainement l'occasion de passer de nombreuses heures en sa compagnie. Il devrait simplement faire patienter ses interlocuteurs chez Cow-boy Country, le temps qu'elle accepte de défendre ses positions.

— Et celle-là, qu'en dis-tu ?

Cisco grimaça en découvrant la chemise western à franges de cuir que brandissait son père.

— Tu plaisantes, j'espère, papa ? J'avoue que je ne suis pas un expert du look cow-boy, mais jamais un homme qui se respecte n'oserait porter cela en public !

— Oh ! tu serais surpris, répondit Orlando, mais on va y aller en douceur, tu as raison. Après tout, Deke Jones attendra de toi que tu fasses tes preuves avant de te confier quoi que ce soit sur son ranch, tu as le temps de progresser !

Comme Gabi, Orlando s'était montré très enthousiaste à l'idée que Cisco passe un peu de temps avec Delaney à découvrir la vie d'éleveur. Son frère Matteo, quant à lui, s'était retenu à grand-peine d'éclater de rire. Cisco en avait été irrité, même s'il reconnaissait que c'était assez loin de son quotidien plutôt constitué de négociations délicates que de labeur physique. Mais il n'avait pas peur de retrousser ses manches, et il comptait bien le leur prouver.

Cela commençait par une garde-robe adaptée à autre chose qu'aux terrains de golf, aux bars branchés ou aux autres lieux en vue de Miami. Il avait demandé à Orlando quelques conseils pour ne pas avoir l'air trop citadin devant le père de Delaney.

Finalement, ils en restèrent à des choses plutôt classiques, quelques chemises en jean et deux trois modèles de chemises à carreaux, quelques jeans et une large ceinture en cuir.

Une fois sortis du magasin, ils passèrent acheter des sandwichs avant de regagner le pick-up de Cisco pour y déposer leurs achats, puis Orlando indiqua à son fils un parc à proximité où ils allèrent manger ensemble. Il trouvait plaisant de se retrouver ainsi avec son père et, surtout, de constater que celui-ci était en forme et avait un moral d'acier. Il était passé à deux doigts de la mort l'année précédente lorsque l'avion qu'il pilotait s'était écrasé à l'atterrissage. Son rétablissement était impressionnant.

— Si ta mère avait pu nous voir en train de faire du shopping ensemble, elle aurait eu du mal à en croire ses yeux ! remarqua Orlando.

— Pour tout te dire, je ne sais pas si j'y crois moi-même, lança Cisco en tapant affectueusement sur l'épaule de son père. En tous les cas, papa, je suis certain que maman aurait été heureuse de te voir ainsi. C'est ce qu'elle désirait du plus profond de son cœur.

Le vent souffla dans les fins cheveux blancs de son père.

— Tu sais qu'elle me manque tous les jours, fiston ? Mais tu as raison, elle n'aurait pas voulu que nous restions enlisés dans le chagrin et le deuil. Gabriella a trouvé le bonheur et Matteo aussi. C'est à ton tour, maintenant. Horseback Hollow est une bonne ville pour les Mendoza.

— Oh là ! fit Cisco en levant la main. Je ne dis pas que la ville n'est pas plaisante, mais je n'envisage pas de m'installer comme Gabi et Matteo. Ma vie est à Miami. J'ai envie de profiter de toutes les opportunités professionnelles qui s'offrent à moi, mais ça ne va pas plus loin que cela !

Orlando ouvrit la bouche à l'instant où son téléphone bipa. Il sortit l'appareil et vérifia l'écran avant de répondre.

— Papa, tu envoies des textos ? demanda Cisco, amusé de voir son père pianoter sur le clavier de son smartphone.

Il mordit dans son sandwich au poulet grillé et à la

purée d'avocat. C'était une des meilleures choses qu'il ait goûtée depuis longtemps, lui qui connaissait pourtant presque tous les restaurants de Miami.

— Je suis peut-être vieux, mais pas encore bon pour la casse !

Il y avait quelque chose dans le sourire de son père qui éveilla un soupçon chez Cisco.

— Est-ce qu'il s'agit d'une femme ?

Orlando poursuivit la rédaction de son message, mais Cisco nota son trouble lorsqu'il finit par relever les yeux.

— Cela ne te regarde pas.

— Papa, tu peux me dire si tu as rencontré quelqu'un, tout de même !

— Cisco, j'ai aimé ta mère sincèrement, et je lui ai été dévoué et fidèle toutes les années que nous avons vécues ensemble, tu le sais, répondit Orlando en rempochant son téléphone et se concentrant sur son sandwich.

— Je sais combien tu l'as aimée, bien sûr, et à quel point tu as souffert à son décès. Mais je sais aussi qu'elle voudrait te savoir heureux. Si tu as rencontré quelqu'un qui te rend heureux, je te soutiens totalement, papa, et nous te soutiendrons tous !

Orlando fixa son fils un long moment avant de hocher la tête.

— Merci, fiston, c'est vraiment gentil.

— Alors, de qui s'agit-il ? demanda Cisco en poussant son père du coude. Est-ce que vous sortez ensemble ? Tu nous la présentes quand ?

— Tu es gentil, mais tu ferais mieux de t'occuper de ce qui te regarde ! rétorqua Orlando. Ne te fais pas de souci pour moi, occupe-toi plutôt de ta vie à toi !

— Mais ma vie est parfaite comme elle est, répondit Cisco en prenant conscience qu'il était un peu sur la défensive.

— La vie ne se limite pourtant pas au travail.

— Je le sais bien, mais qu'y a-t-il de mal à vouloir se bâtir une carrière ? répliqua Cisco un peu irrité. Toi aussi, tu as pris ton poste dans l'Air Force très au sérieux, non ?

— Oui, bien sûr, mais j'avais déjà rencontré ma femme, et puis vous êtes arrivés, il a fallu jongler avec tout cela. Je sais que je n'ai pas toujours été très facile à vivre.

— Je le comprends, et je ne t'en veux pas.

Son père sourit.

— Tu avais un don, Cisco, tu pouvais intégrer n'importe quelle école ou groupe d'enfants et trouver tes marques en quelques jours à peine. Tu as toujours eu un tempérament de meneur. Je n'ai jamais vu personne d'autre avec une telle confiance en soi.

Il n'avait jamais réfléchi à tout cela lorsqu'il était enfant. Il avait eu l'impression de mener une lutte, en tant que fils de militaire, avec un héritage latino en prime, il marquait les esprits, comme tous ses frères et sœurs sans doute. Pour lui, le plus important était de laisser une bonne impression. Il avait toujours eu un talent pour influencer les autres et avait toujours aimé les défis, ce qui l'avait poussé à choisir une carrière nécessitant de vrais talents de négociateur. Il s'était forgé une solide réputation à Miami et s'apprêtait à faire de même ici.

— Maman et toi avez placé la barre très haut, dit-il à son père, mais je sais que moi aussi j'y arriverai, j'ai simplement besoin d'asseoir ma carrière d'abord.

Curieusement, en prononçant ces mots, c'est l'image de Delaney qui se forma dans son esprit, avec ses yeux couleur bleuet. Il s'empressa de chasser l'image.

— Je sais que tu y arriveras, fiston, tu es un Mendoza, après tout, tu es fait pour le grand amour !

Il n'était pas certain d'être de l'avis de son père, mais il préféra en rester sur cette conclusion positive. Tout ce qu'il désirait pour le moment, c'était conclure son projet avec Moore Entertainment, et confirmer sa réussite avec un autre projet texan plus ambitieux encore. Le Texas était un immense Etat où il comptait bien se faire connaître et imposer son nom.

- 3 -

— Arrête un peu de faire les cent pas ! lança Jeanne-Marie à Delaney. Tu es très jolie, tu sais.

Delaney soupira, l'estomac noué.

— Je ne cherche pas à être jolie, je vais travailler avec Cisco Mendoza, c'est tout…

— Lui est plutôt séduisant, tu ne trouves pas ?

— Il est beaucoup plus que cela.

— C'est vrai, et il ne te laisse pas insensible, c'est ça ? demanda sa mère.

— Je ne sais pas. Dans tous les cas, je ne suis pas intéressée, je cherche un homme qui ait de la substance, pas du style.

— Qui te dit que les deux sont inconciliables ? Ton père était et est resté l'un des hommes les plus beaux qu'il m'ait été donné de rencontrer.

Delaney secoua la tête.

— Non, je n'attends rien de Cisco, si ce n'est un peu de changement dans ma routine. Je recherche un travailleur, un vrai, à l'ancienne.

— Eh bien, commencez déjà par faire connaissance. Il vient d'une famille très bien. Gabriella est adorable et Orlando est vraiment quelqu'un de bien. D'ailleurs, il semblerait que ta tante Josephine soit passablement tombée sous le charme.

— Tante Josephine et Orlando Mendoza ? Tu m'en diras tant ! Remarque, ils vont plutôt bien ensemble.

Delaney ne connaissait pas très bien sa tante venue d'Angleterre, mais elles avaient commencé à nouer de belles relations toutes les deux.

— Garde ça pour toi, ils auront bien le temps de l'annoncer à leur guise si les choses deviennent sérieuses entre eux.

— Bien sûr.

C'était assez étrange pour Delaney d'imaginer sa tante plutôt sophistiquée avec un homme comme Orlando. Elle avait en tête une idée assez figée de la façon dont les couples pouvaient s'assortir. Pour elle, il était difficile de dépasser les origines de chacun, et c'était la raison pour laquelle elle ne se représentait qu'avec un homme élevé comme elle dans la plus pure tradition des cow-boys texans, durs à la tâche et respectueux de leur terre et de son histoire.

Peut-être faisait-elle fausse route, songea-t-elle, en mettant les gens dans des cases aussi rigides. Etait-ce pour cette raison qu'elle était encore célibataire ?

Mais le moment était mal choisi pour y penser. Au même instant, elle entendit un bruit de moteur dans l'allée.

— Passe une bonne journée ! lança Jeanne-Marie en lui tendant deux muffins dans une serviette en papier. Et voilà pour ton nouvel homme de main, j'ai comme l'impression qu'il aura besoin d'énergie pour faire face à la charge de travail que tu lui as réservée !

Prenant les muffins, elle embrassa rapidement sa mère. En effet, elle avait prévu deux ou trois choses pour Cisco. Elle sourit à l'avance à l'idée du plaisir qu'elle aurait à le voir mis à l'épreuve !

Lorsqu'il descendit de son pick-up, elle sentit sa gorge se serrer. Elle eut la bonne surprise de noter qu'il avait troqué sa tenue habituelle contre des vêtements plus adaptés au travail du ranch : solides bottes en cuir, chemise en jean, sans oublier un chapeau, qu'il aurait pu avoir emprunté à un des ouvriers du ranch ce matin même.

Non, rien à redire sur sa tenue.

— Vous faites un cow-boy très présentable, monsieur Mendoza ! lança-t-elle.

— Merci, mademoiselle Fortune Jones, je suis très honoré d'être là ce matin, répondit-il en saisissant une paire de gants et un petit paquet sur la banquette passager. Les gants sont pour moi, mais ça, c'est pour vous.

Elle jeta un coup d'œil derrière son épaule pour vérifier si sa mère était en train de les observer.

— Oh ! il ne fallait pas, dit-elle en se contredisant par un sourire gourmand.

Elle adorait recevoir des cadeaux. Il en avait toujours été ainsi. Peut-être était-ce lié au fait qu'en étant la dernière de la fratrie, elle avait souvent, à son grand regret, hérité des affaires de ses aînés. Elle sortit du petit paquet un papier de soie qu'elle déplia soigneusement. A l'intérieur se trouvait un petit pendentif doré qui représentait l'Etat du Texas, au bout d'une fine chaîne en or.

— J'espère que vous n'en aviez pas un comme celui-là. Lorsque je l'ai vu, j'ai aussitôt pensé à vous.

— Oh ! c'est vraiment charmant, dit Delaney en s'éclaircissant la voix. Il me plaît beaucoup.

Elle passa la chaînette autour de son cou, troublée de ce présent qu'elle ne savait comment interpréter. Etait-ce une preuve du bon goût de Cisco, ou une tentative de séduction ?

— Voulez-vous que je l'accroche ?

Sa voix grave la tira de ses pensées.

— Pourquoi ce cadeau ?

Il parut surpris de sa question.

— Vous me faites une vraie faveur en m'acceptant comme ouvrier dans votre ranch, et je tenais à vous en remercier par une petite attention.

— Mais vous n'avez pas même commencé ! Qui vous dit que vous penserez la même chose en fin de journée ? s'exclama-t-elle.

— Alors, prenez-le comme un merci anticipé ! dit-il avec un large sourire.

Elle lui tendit les extrémités de la chaîne.

— J'espère que ce n'est pas dans le but de vous attirer mes bonnes grâces ! lança-t-elle en se tournant et relevant ses cheveux sur sa nuque.

— Cela aurait-il seulement la moindre chance de fonctionner ?

Son souffle était chaud sur sa peau, et elle frémit lorsqu'il écarta doucement une mèche de ses cheveux. Elle secoua la tête pour toute réponse, comme si elle craignait que sa voix la trahisse.

— Dans ce cas, allez-y, mettez-moi à l'épreuve, Delaney, dit-il en la prenant par les épaules pour la tourner vers lui. Je suis votre homme !

Elle essaya de ne pas tenir compte de la vague de chaleur qui l'envahissait. Un homme comme Cisco n'était pas pour elle, il ne faisait pas partie de sa vie, de sa vraie vie. Il n'était pas fait pour Horseback Hollow, même s'il était apparu déguisé pour l'occasion, et que le costume, elle devait l'admettre, lui allait plutôt bien.

Alors qu'on approchait de midi, ses bottes avaient été largement mises à l'épreuve, et lui aussi !

Cisco n'avait sans doute pas vraiment pris la mesure de ce dont Delaney était capable lorsqu'il l'avait défiée ! En bas du champ, il chargea une dernière balle de foin sur la remorque et reprit son souffle, le corps endolori. Ce genre d'effort physique n'était effectivement pas comparable à un jogging autour de South Beach suivi d'une heure à la salle de sport.

Le soleil était haut dans le ciel et sa lumière vive dessinait des motifs ambrés sur les nuages.

Ils n'avaient pas cessé de travailler depuis son arrivée. Delaney avait commencé par seller deux chevaux pour aller vérifier les clôtures du côté nord. S'il arrivait à peu près à tenir sur son cheval, Delaney, elle, semblait faire corps avec sa monture. Il referma les montants de la remorque, et l'ouvrier au volant mit le contact avant de repartir lentement en direction du ranch.

Il ôta son chapeau et s'épongea le front de son avant-bras. Il avait l'impression de sentir la température s'élever un peu plus à chaque minute.

— Ça va ? demanda Delaney en remontant en selle.

Elle semblait plus amusée que sincèrement préoccupée. Il se hissa à son tour sur sa monture.

— Je survivrai ! répondit-il en souriant. Je me doutais que le travail des champs n'était pas de tout repos, mais je n'imaginais pas que c'était aussi intense avant de m'y essayer. Je comprends que les ouvriers aient beaucoup de respect pour vous.

C'était vrai. Deke Jones les avait salués un peu plus tôt dans la matinée, alors qu'il partait vérifier une commande à Lubbock. Il n'avait pas officiellement chargé Delaney de la gestion des opérations, mais il était très clair que les ouvriers attendaient ses consignes.

Ce mélange de force de travail et de féminité était assez troublant.

— Mon père mène le ranch d'une main de fer, et les ouvriers savent ce qu'ils doivent faire même si je ne suis pas là pour le leur dire. Mes frères étaient très présents jusqu'à ce qu'ils fondent leurs familles. Bon, Galen n'a pas eu besoin de se marier pour quitter le ranch, mais il a d'autres occupations, maintenant.

— A vous entendre, on croirait que vous n'avez qu'un rôle accessoire au ranch. Or, ce n'est pas ce que je constate !

Elle sembla touchée par sa remarque.

— Non, ce n'est pas ce que je dis, mais j'ai l'impression que vous surévaluez un peu mon rôle.

— A moins que vous, vous le sous-estimiez, *cielo*...

Il la fixa et vit une lueur d'incertitude dans son regard. Il commençait à se rendre compte que Delaney n'était sans doute pas aussi assurée qu'elle voulait en donner l'impression.

Elle leva les yeux vers le ciel bleu, la main sur le bord de son chapeau.

— Dépêchons-nous de rentrer. Ma mère nous attend pour déjeuner, et il doit être l'heure.

— Vous arrivez à lire l'heure en regardant le soleil ?

Elle hocha la tête.

— Oui, c'est une habitude, je ne porte jamais de montre quand je travaille, dit-elle en ajustant ses rênes. Vous êtes prêt ?

Il acquiesça et donna un coup de talon à son cheval, mais Delaney était déjà loin devant. Il ne chercha pas à la rattraper et la regarda galoper, faisant corps avec son cheval.

Lorsqu'il était arrivé à Horseback Hollow, les premiers temps, son coupé BMW lui avait manqué, lui qui adorait la sensation de vitesse et le souffle du vent dans ses cheveux, la caresse du soleil sur sa peau. Il était en train de découvrir qu'il avait sous-estimé l'adrénaline et le plaisir éprouvés à monter un cheval au galop.

S'accorder au rythme d'un cheval, une créature vivante, procurait une sensation particulière, bien plus impressionnante que celle ressentie en conduisant une voiture de sport, aussi puissante et racée soit-elle.

Pas un instant, il n'avait songé à évoquer Cow-boy Country avec Delaney. Il espérait arriver à la convaincre pour qu'elle accepte de soutenir son projet le moment venu. Mais il avait été plus qu'occupé par le travail qu'elle lui avait fourni et n'avait vraiment pas eu l'occasion de penser à autre chose.

Il se devrait d'être vigilant à l'avenir. Les enjeux étaient importants et, aussi charmante que soit Delaney, ce n'était pas pour ses beaux yeux qu'il était resté à Horseback Hollow. Il ne pouvait se laisser distraire par sa compagnie au risque de laisser filer une affaire importante. Même s'il était grand amateur de jolies femmes, il n'avait jamais laissé un béguin le distraire de ses affaires. Hors de question de commencer maintenant !

Delaney se demandait ce qu'il lui avait pris d'inviter Cisco à passer du temps avec elle au ranch. Elle arrivait à peine à se concentrer sur son travail lorsqu'il était à côté d'elle. Pourtant, elle n'avait pas lésiné sur la charge de travail, ce qui lui permettait de dissiper un peu le trouble indéniable qu'il suscitait chez elle.

Un peu, seulement. Car chaque fois qu'il la regardait ou qu'il lui adressait un de ses sourires en coin, elle avait l'impression que ses jambes devenaient du coton. Lorsqu'il s'approchait assez pour qu'elle sente son parfum frais et épicé, elle oubliait ce qu'elle était en train de dire ou de faire.

Elle brossa Flapjack et, jetant un coup d'œil dans le box voisin, elle aperçut Cisco en train de caresser doucement le cheval qu'elle lui avait confié ce matin. Il lui parlait doucement à l'oreille et, l'espace d'un instant, elle s'imagina presque à la place de l'animal. Un frisson inédit la parcourut de la tête aux pieds.

Delaney n'avait jamais réfléchi au premier homme avec qui elle ferait l'amour. Elle n'avait jamais envisagé d'attendre une personne en particulier, mais c'était ainsi que les choses s'étaient passées. Elle n'avait jamais eu de petit ami sérieux, et les garçons qu'elle connaissait en ville étaient pour la plupart trop impressionnés par ses grands frères pour tenter quoi que ce soit. Finalement, elle en était venue à se dire qu'elle préférait n'être avec personne tant qu'elle ne serait pas vraiment et profondément amoureuse. Elle avait toujours eu la conviction que son cœur la guiderait, mais curieusement, avec Cisco, elle avait l'impression que son corps prenait le pas sur sa raison.

Il leva les yeux vers elle, et, sentant ses joues s'embraser, elle pria pour qu'il n'ait pas la capacité de lire dans ses pensées. Car elle avait la sensation étrange que son regard sombre parvenait à voir en elle, mieux que la plupart des gens de son entourage. Evidemment, elle était sensible à l'attention qu'il lui portait, même si elle ne cessait de se rappeler qu'il s'agissait du mode de séduction qu'il employait avec la quasi-totalité des jeunes femmes qu'il croisait. Elle comprenait d'où venait sa réputation, car son sourire et ses yeux noirs devaient aisément venir à bout de la plupart des réticences.

— Tout va bien ? demanda-t-il, comme s'il sentait le trouble qui l'habitait.

— Très bien, répondit-elle en sortant du box. En revanche, je suis affamée. Allons nous rafraîchir à la maison et voir si ma mère n'a pas besoin d'un coup de main.

Il sembla sur le point de lui poser une question, mais se ravisa et la suivit vers la maison.

— Vous avez eu une matinée chargée, j'ai l'impression, lança Jeanne-Marie depuis le seuil de la cuisine.

— Oh ! pas plus que d'habitude, répondit Delaney en adressant un clin d'œil à sa mère, tandis que Cisco se lavait les mains au-dessus de l'évier.

— Oui, tu as raison, approuva Jeanne-Marie. En tout cas, je suppose que vous devez avoir l'estomac dans les talons !

— Merci pour ce repas, madame Fortune Jones, dit Cisco en se séchant les mains, la gratifiant de son sourire.

Delaney nota la façon un peu fébrile qu'eut sa mère

de porter la main à son cou, entre embarras et trouble. Manifestement, aucune femme n'était immunisée contre le charme de Cisco Mendoza.

— Vous pouvez m'appeler Jeanne-Marie, je vous en prie. Je suis ravie de vous recevoir, ma maison me semble bien calme maintenant que la plupart de mes enfants sont partis. J'aimais bien avoir tout mon petit monde autour de moi.

A son tour, Delaney se lava les mains et alla serrer sa mère affectueusement dans ses bras.

— Méfie-toi de ce que tu dis, maman, ou ils viendront te confier tes petits-enfants tous les quatre matins !

— Oh ! tu aimes voir la maison en ébullition à peu près autant que moi ! dit Jeanne-Marie en attrapant une assiette de sandwichs. Quand Delaney était enfant, elle racontait qu'elle voudrait avoir douze enfants plus tard. Elle voulait se créer sa propre équipe de football !

— Maman, implora Delaney, il y a prescription, non ? C'était il y a quelques années, il me semble !

— Moi aussi, je viens d'une grande famille, dit Cisco en saisissant le pichet de citronnade avant de les suivre dans la salle à manger. Avoir trois frères et une sœur m'a aidé à bien vivre les nombreux déménagements liés au travail de mon père. Nous étions toujours là les uns pour les autres.

— Ah ! je suppose donc que vous rêvez d'avoir beaucoup d'enfants vous aussi ? demanda Jeanne-Marie en riant face au regard effaré que lui adressa Cisco en retour. Je vous taquine, asseyez-vous, et dites-moi plutôt comment vous trouvez Horseback Hollow ?

— Eh bien, c'est plutôt calme, comparé à Miami, dit-il en prenant place.

Delaney s'assit à côté de lui et ne put s'empêcher de songer que, dans sa bouche, « calme » voulait sans doute dire « mortellement ennuyeux ».

— Mais j'aime beaucoup le fait que tout le monde se connaisse, et il y a une vraie chaleur, ici. Je comprends mieux que mon père et ma sœur se soient aussitôt sentis chez eux.

— C'est une ville un peu à part, c'est vrai, souligna Jeanne-Marie. Nous avons une histoire et des traditions auxquelles nous sommes attachés. D'ailleurs, c'est ce qui nous fait craindre un peu les gens qui viennent de l'extérieur, comme ce projet de parc à thème dont vous avez peut-être entendu parler, Cow-boy Country.

Delaney eut l'impression de voir Cisco se tendre.

— Pourtant, ça pourrait être une bonne chose, intervint-elle. Cela apporterait un peu de nouveauté et de divertissement !

— C'est bien là le problème, plaida Jeanne-Marie, ils ne cherchent pas à plaire aux gens du pays, et ils ne se sont même pas demandé s'ils ne risquaient pas d'affecter leur vie quotidienne. Savent-ils seulement ce qu'est la vie d'un cow-boy ? Ils restent avec leurs clichés de western, ils veulent en exploiter l'image commerciale, c'est tout...

— Mais l'arrivée de capitaux sera sans doute profitable à toute la communauté, tenta de glisser Cisco en se servant un sandwich.

— Pas si cela nous oblige à changer de style de vie, répondit Jeanne-Marie.

— Un peu de nouveauté à Horseback Hollow n'implique pas forcément que les gens qui y vivent changent toutes leurs habitudes. On m'a raconté la découverte de votre lien familial avec les Fortune, cela a-t-il changé qui vous étiez dans le fond ?

— Pas le moins du monde, approuva Delaney. Il n'a pas tort, maman.

— Nous étions déjà une famille soudée avant que j'apprenne que j'étais une Fortune, souligna Jeanne-Marie. Cependant, je ne suis pas certaine que tout le monde ici soit capable de résister à l'influence de Cow-boy Country. D'ailleurs, avec ton père, nous nous disions que tu devrais éviter d'aller te promener du côté du chantier, Delaney, on ne sait jamais ce qui peut arriver. Et puis, avec l'ouverture qui approche, ils vont intensifier les travaux, il risque d'y avoir beaucoup d'activité par là-bas.

Delaney appréciait la plupart du temps le sentiment de sécurité que lui procurait sa grande famille, mais il lui arrivait de se sentir un peu étouffée par les tendances à la surprotection de ses parents.

— Vous êtes allée voir le chantier de Cow-boy Country ? demanda Cisco.

— Quand j'en ai l'occasion, je prolonge la promenade à cheval et je passe par là pour voir l'avancée des travaux. C'est une belle clairière pour galoper.

Il eut l'air surpris.

— C'était donc…, commença-t-il avant de s'interrompre. Je trouve aussi que ce n'est pas une très bonne idée d'aller se promener par là.

— Vous me parlez tous les deux comme si j'étais une gamine imprudente, répliqua Delaney.

— C'est pour ton bien, ma chérie.

— Je le sais, maman, soupira-t-elle, et je t'assure que je suis prudente, dit-elle en terminant son sandwich. Bon, il faut nous remettre au travail, les gars vont nous attendre dans le champ d'en bas pour réparer la clôture.

— Merci pour ce repas, Jeanne-Marie, dit Cisco en se levant.

— Vous êtes le bienvenu aussi souvent que vous le voudrez, répondit cette dernière en les raccompagnant à la cuisine. Nous avons parlé de Cow-boy Country, et je ne sais même pas ce que vous envisagez de faire à Horseback Hollow ! En tout cas, je ne voudrais pas que vous pensiez que je suis hostile à tout ce qui ne vient pas d'ici, je veux simplement m'assurer que les gens viennent pour de bonnes raisons, comme c'est le cas de votre famille.

Il sourit à sa mère.

— Merci, Jeanne-Marie, dit-il en se penchant vers elle avant de lui faire un baisemain. Votre hospitalité n'a d'égale que votre grande beauté.

Delaney vit sa mère, si sage et traditionnelle en temps normal, rougir comme une collégienne.

— C'était un plaisir, et puis, nous aimerions vraiment vous recevoir pour dîner un de ces jours, ce n'est pas si souvent que Delaney invite un homme à la maison.

— Maman ! s'exclama Delaney en manquant de s'étouffer et en attrapant le bras de Cisco. Allez, retournons travailler tout de suite !

Elle l'entraîna derrière elle, alors qu'il riait de bon cœur.

— C'est bon, Delaney, lança-t-il sous le soleil vif, je sais bien que votre mère essaie de vous taquiner, je peux voir combien elle tient à vous, c'est très touchant !

A cet instant, elle prit conscience de sa main toujours serrée autour de son bras musclé. Elle sentait la chaleur de sa peau au travers du tissu de sa chemise et lâcha précipitamment son bras, comme si elle craignait de se brûler.

— Aviez-vous besoin d'en faire autant, aussi, en la complimentant comme vous l'avez fait ?

— Mais votre mère est vraiment une très jolie femme, dit-il soudain avec gravité, en tendant la main pour effleurer sa joue. Et vous lui ressemblez presque trait pour trait, vous le savez ?

Comment faisait-il pour la déstabiliser aussi facilement ? Elle cherchait un homme qui soit un repère, un ancrage, pas quelqu'un qui la laisse dans l'incertitude, et pourtant, il la troublait…

— Vous êtes un beau parleur, Mendoza, répondit-elle. On ne sait jamais si vous pensez vraiment ce que vous dites ou si vous dites la même chose à toutes les femmes que vous rencontrez.

Il fronça les sourcils, l'air sincèrement offensé, avant de sourire de nouveau.

— Vous êtes belle, Delaney, et c'est la vérité, dit-il à voix basse en s'approchant.

Elle ne voulait pas qu'il provoque en elle ce qu'elle ressentait en cet instant, elle ne voulait pas le laisser s'approcher. Elle n'avait pas prévu d'avoir envie d'encore plus, de toujours plus.

Puis la porte de la grange claqua bruyamment, et Delaney s'écarta en sursautant. Certes, Cisco était un séducteur superficiel et frivole. Mais les hommes évoluaient, parfois, avec le temps. Un jour, il allait certainement rencontrer la femme pour qui il aurait envie de changer de vie.

Elle eut alors la certitude qu'elle pourrait être cette femme-là.

- 4 -

Cisco avança vers l'entrée principale de Cow-boy Country. Il travaillait au ranch depuis plusieurs jours et avait besoin de rattraper un peu le temps perdu auprès de Moore Entertainment. Et puis, il ne savait pas comment il allait réussir à passer encore une seule journée avec Delaney en résistant à l'envie de la toucher.

Il ressentait du désir pour elle, mais un désir différent de tout ce qu'il avait connu. Pourtant, il avait connu de nombreuses femmes. Or, Delaney était différente. A la fois vive et sensuelle, mais aussi innocente et si gentille. Elle paraissait tellement intègre et entière à la fois, à croire que personne ne pourrait la détourner du chemin qu'elle s'était tracé.

Elle se consacrait au ranch, et les valeurs familiales étaient cruciales à ses yeux. Il le comprenait, car ses propres parents avaient fait de même en leur transmettant des principes et des valeurs.

Raison pour laquelle, probablement, il était aussi partagé face à elle. Il ne lui avait pas vraiment menti quant à son implication dans le projet immobilier de Cow-boy Country, mais avait délibérément évité d'entrer dans les détails. Et pourtant, lorsqu'elle tournait vers lui son regard si clair, il n'y avait pas grand-chose qu'il se sentait capable de lui cacher…

Il espérait simplement que sa famille et elle apprendraient

à le connaître, lui, et qu'elles lui feraient suffisamment confiance pour donner une chance à ce projet. Pourtant, plus il découvrait la vie à Horseback Hollow, et plus il craignait que Cow-boy Country ne soit pas en phase avec les habitants de la région. Il songeait même à revoir le projet pour mieux l'adapter à la réalité du terrain. En tout cas, il avait engagé beaucoup d'argent et sa réputation sur ce projet ; hors de question qu'il échoue.

Il adressa un signe de la main à l'agent de surveillance du site et constata que les travaux touchaient à leur fin. Les diverses attractions étaient montées, et des personnels nombreux travaillaient sur chaque stand. Traversant le site, il gagna les bureaux que Moore Entertainment.

Pour le moment, peu d'habitants de la région avaient été embauchés ; quoi qu'il en soit, il préférait rester discret et éviter de courir le risque que quelqu'un le reconnaisse.

Il perçut soudain des éclats de voix en provenance des bureaux. Une porte s'ouvrit brusquement, et un homme d'un certain âge en sortit, manifestement hors de lui.

— Vous le regretterez ! lança-t-il. Les chevaux ne sont pas des machines. Ce sont des êtres vivants d'une grande intelligence, ils sont sensibles, et vous n'avez pas le droit de les traiter autrement qu'avec tout le respect qu'ils méritent !

Son regard furieux s'arrêta sur Cisco, semblant détailler son costume.

— Encore un gars de la ville ! marmonna-t-il en le fixant avec mépris. Exactement ce qu'il leur faut, ici !

— Je peux vous demander de quoi il s'agit ? interrogea Cisco en gardant son sang-froid.

L'homme désigna le bureau dont il sortait.

— Tout le monde sait bien qu'on juge un vrai cow-boy à la façon dont il traite ses animaux. Ils n'ont aucune idée de ce qu'ils me demandent, ils sont incapables de s'occuper d'un cheval, lança-t-il avec dédain. Ils n'ont qu'à se trouver un nouveau contremaître, je refuse de faire du mauvais travail pour enrichir Alden Moore.

Cisco aurait voulu le questionner davantage, mais l'homme dévala les quelques marches et sortit rapidement, le laissant seul face à la réceptionniste qui lui adressa un sourire imperturbable.

— Bonjour, monsieur Mendoza, dit-elle d'une voix lasse, vous êtes attendu.

Il fixa la jeune femme avec surprise.

— Bonjour, Janie, que se passe-t-il, aujourd'hui ? demanda-t-il.

— Rien de plus que les autres jours, répondit-elle. On finit par se faire aux portes qui claquent, vous savez !

Il se frotta les tempes. Il avait entendu parler de rumeurs au sujet de problèmes avec le personnel de Cow-boy Country, mais s'était refusé à y accorder trop de crédit, car s'il y avait bien quelque chose qui mettait en péril un projet immobilier, c'était justement ce genre de dissensions entre le personnel et la direction.

— Vous faites du très bon travail, ici, même si ce ne doit pas être évident d'être en première ligne ! Courage, ne jetez pas l'éponge trop vite.

— Merci, monsieur Mendoza, dit-elle, en rougissant. Je reste au moins pour avoir le plaisir de vous croiser…

Il lui sourit machinalement, s'apprêtant à lui proposer d'aller boire un verre prochainement, mais il se ravisa. Il pensa à Delaney qui le considérait comme un séducteur invétéré. Certes, il aimait les femmes, mais pour autant, était-il un homme à femmes ? Il hocha la tête. Voilà qu'il n'avait pas envie que cette petite cow-girl blonde ait une mauvaise opinion de lui…

Avant qu'il ait eu le temps d'y réfléchir plus avant, Kent Stephens glissa la tête hors de son bureau.

— Mendoza, entrez ! Il faut que nous parlions.

Bien que les bâtiments disposent de l'air conditionné,

des gouttes de sueur perlaient sur son front alors que l'entrepreneur reprenait sa conversation téléphonique.

— Cela m'est égal, envoyez-la moi tout de suite ! lança-t-il avant de raccrocher. Je fais venir des renforts des autres sites… A ce rythme, il n'y aura bientôt plus un seul Texan à Cow-boy Country. A croire que personne dans ce trou perdu n'a vraiment besoin de travailler…

— Qui était l'homme qui vient de sortir ?

— La personne que j'avais embauchée pour s'occuper du Wild West Show. C'est un des meilleurs en matière de spectacles équestres, mais il refuse de se plier à nos contraintes.

— Ne faudrait-il pas lui faire confiance, s'il est aussi expérimenté que vous le dites ? suggéra Cisco en s'asseyant.

— Moi je ne fais confiance qu'aux contrats de Moore Entertainment, répondit Kent en se laissant tomber sur le large fauteuil de cuir en face de lui. Tout ce qu'Alden Moore touche se change en or. Chaque parc, chaque investissement est un succès. Nous n'avons pas besoin d'idées, mais d'exécutants, et si les paysans du coin commencent à nous compliquer la vie, nous ferons sans eux. Personne à Horseback Hollow n'a jamais entendu parler du progrès ?

— Je crains que ce ne soit pas contre le progrès qu'ils s'élèvent, tenta de glisser Cisco. Mais les gens du coin ont des traditions, un héritage culturel auquel ils sont attachés et qu'ils ne voudraient pas voir caricaturé par une grosse entreprise extérieure.

— Nous ne caricaturons rien ni personne, répliqua Kent sèchement. Nous essayons juste de gagner de l'argent ! De toute façon, Alden Moore n'aime pas qu'on tente de nuire à sa réputation, il va vraiment falloir frapper fort pour retourner l'opinion publique, et les résidences pourraient avoir leur rôle à jouer. Elles ne soulèvent pas de contestation spécifique et pourraient détourner l'attention. Comment cela se passe-t-il avec les Fortune ?

— C'est en cours, répondit Cisco, j'ai passé du temps avec eux et…

— J'espère que vous faites ce qu'il faut, insista Kent.

Cisco se sentit gagné par un léger malaise.

— Ce sont des gens bien, Kent, mais comme la plupart des gens ici, ils sont inquiets face à un projet qu'ils ne comprennent pas complètement. Pour le moment, je noue des liens de confiance, mais c'est un processus qui prend du temps.

— Vous pouvez appeler ça comme vous l'entendez, si vous me les ramenez acquis à notre cause, vous serez un dieu vivant, pour nous tous ! s'exclama Kent en éclatant de rire.

Cisco hocha la tête.

— J'ai des rendez-vous à Lubbock la semaine prochaine avec des investisseurs potentiels qui permettraient au projet de se poursuivre même sans les Fortune.

— Oh là, doucement ! lança Kent en levant la main. Avant de chercher d'autres investisseurs, il nous faut les Fortune. Ils ont l'influence et les fonds pour sécuriser le projet, c'est pour cela que nous vous avons recruté, ne l'oubliez pas !

— Il y a peu de chances que je l'oublie si vous ne cessez de me le rappeler.

— Oui, excusez-moi mais, comme je vous le disais, nous avons besoin d'éléments concrets et positifs pour rassurer Moore Entertainment. Si vous étiez celui qui nous apportait de bonnes nouvelles, nous saurions en tenir compte et consolider votre place auprès de nous. Il y aurait de nombreuses opportunités pour quelqu'un comme vous, Cisco, je veux juste m'assurer que nous sommes bien d'accord sur ce que nous attendons de vous.

Curieusement, en cet instant, Cisco craignit plus de décevoir Delaney que Moore Entertainment… En quelques jours à peine, il avait senti un profond respect naître à son égard. Son jugement comptait à ses yeux. Plus que celui d'aucune femme à ce jour.

Pourtant, il fallait qu'il garde la tête froide, et surtout qu'il n'oublie pas qu'il était à Horseback Hollow pour le travail. Les enjeux étaient trop importants pour risquer un échec. Il trouverait bien comment faire avec Delaney ensuite. Il y avait forcément un moyen de concilier les deux.

Même s'il n'avait pas encore la moindre idée de comment s'y prendre.

— Vous comptez rester à Horseback Hollow, alors ? demanda Cisco à son frère en se garant devant la Fondation Fortune.

— Oui, tout à fait, répondit Matteo sans la moindre hésitation. C'est ici que Rachel veut vivre, et cela me paraît un argument suffisant. Je ne vais certainement pas courir le risque de m'éloigner et laisser un séducteur comme toi la détourner de moi !

Cisco s'apprêtait à se justifier, mais comprit au sourire de son frère qu'il plaisantait.

— Vous allez vraiment merveilleusement bien ensemble, dit-il simplement. Je ne crois pas que quiconque ait la moindre chance avec elle !

— Et toi, quels sont tes projets ? demanda Matteo tandis que Cisco coupait le contact. Je dois t'avouer que je n'imaginais pas que tu resterais aussi longtemps ici. N'es-tu pas en train de rater de nombreux cocktails et soirées branchées à South Beach ? Comment fait la jet-set locale pour survivre sans toi ?

— A vrai dire, cela ne me manque pas tant que ça, curieusement. Les fêtes se font ailleurs et sans moi, et cela ne me dérange pas.

— Je n'en crois pas mes oreilles. Aucun gros projet en cours, cela ne te ressemble pas, ajouta Matteo.

— J'ai toujours des projets en cours, et avec les portables et Internet, pas de problème !

— C'est vrai ! J'avais tendance à l'oublier devant ton allure de Texan d'origine. A croire que c'est même de la vraie poussière sur tes bottes !

— Eh bien, tu ne crois pas si bien dire ! J'ai travaillé au ranch des Fortune Jones ces derniers jours, répondit-il d'un ton aussi détaché que possible.

— Tu veux dire que tu as joué les fermiers ? demanda Matteo, estomaqué. Je n'arrive pas à y croire : toi, travailler dans un ranch ? Mais qu'est-ce qu'il t'arrive ?

Cisco soupira, vaguement irrité des perpétuelles piques cyniques de son frère.

— Je suis capable de faire un travail physique. Papa nous a toujours appris à bricoler à la maison et à entretenir le jardin. J'avais un peu de temps devant moi et envie de mieux connaître la famille qui avait adopté Gabi si chaleureusement. Quand ils m'ont proposé de passer quelques jours au ranch pour travailler, ça m'a semblé une bonne idée.

— J'ai toujours du mal à te croire, répondit Matteo, mais tu n'as pas à te justifier, frangin, tu fais ce que tu veux de ton temps. Et je suis d'accord, les gens d'ici méritent vraiment d'être connus. Pour ma part, je suis ravi de voir ma famille ainsi réunie.

Il tapa chaleureusement dans le dos de son frère.

— Moi aussi, je suis content de passer du temps avec toi, dit Cisco qui avait souffert des dissensions trop nombreuses avec son frère. Au fait, tu es certain que ma présence ne dérangera pas Rachel ?

— Bien sûr que non, elle sait qu'elle a choisi le meilleur frère des deux, malgré ton charme légendaire ! plaisanta Matteo. Plus sérieusement, elle t'apprécie toujours…

Cisco sourit. Une seule femme lui importait depuis

quelque temps, et c'était l'unique sur qui il aurait voulu voir opérer ce fameux charme…

Et ce fut sur elle qu'il tomba en entrant dans la Fondation Fortune.

Elle retint son souffle en voyant Cisco entrer et détourna vite le regard, craignant qu'il perçoive son trouble.

— Te voilà, chéri ! lança Rachel Robinson depuis son bureau à l'accueil.

Delaney eut l'impression que son cœur s'arrêtait de battre. Rachel et Cisco ? En se retournant, elle fut soulagée de voir que Matteo accompagnait son frère.

— Bonjour, dit Matteo en se penchant au-dessus du bureau pour embrasser Rachel. Delaney, ravi de te voir !

Derrière lui, Cisco ne la quittait pas du regard, un léger sourire au coin des lèvres.

— Moi aussi, répondit Delaney. Que faites-vous par ici ?

— Je venais chercher ma chère et tendre pour l'emmener déjeuner et je suis tombé sur Cisco qui est fasciné par la Fondation, tout à coup.

— Pas forcément fasciné, rectifia Cisco, mais intéressé, bien sûr.

Delaney sentait le regard de Rachel sur elle. A cet instant, une porte s'ouvrit, et son frère Christopher et sa sœur Stacey en sortirent. Elle se mordit les lèvres pour ne pas être trahie par son sourire, elle savait que sa sœur lisait en elle comme à livre ouvert et ne voulait pas qu'elle décèle le trouble que suscitait Cisco en elle.

Un trouble qu'elle-même avait du mal à accepter.

Car Cisco Mendoza n'était pas un homme pour elle. Il était même l'opposé de ce qu'il lui fallait mais, pour une raison étrange, elle ne pouvait s'empêcher de penser à lui. En sa compagnie, les journées de travail au ranch devenaient plus joyeuses, plus légères, plus excitantes. Et puis, elle éprouvait des émotions qu'elle n'avait jamais ressenties. Bien sûr, le jour où elle sortirait avec un homme, ce serait avec quelqu'un de plus proche d'elle que ne l'était Cisco. Quoi qu'il en soit, elle ne pouvait nier que sa présence ne la laissait pas indifférente.

— J'ai l'impression que je ne t'ai pas vue depuis une éternité, dit Stacey en étreignant Delaney. Maman m'a dit que tu travaillais beaucoup dernièrement. Piper réclame souvent sa tante Delaney ; et nous voulions t'inviter pour rencontrer un vieil ami de Colton…

— Oublie tout de suite tes rendez-vous déguisés ! interrompit Delaney. Inutile de jouer les marieuses avec moi, je ne compte pas me mettre en ménage pour le moment, et quand j'y penserai, j'envisage de me débrouiller toute seule, si tu n'y vois pas d'inconvénients !

Stacey se tourna vers son frère en souriant.

— Christopher, tu devrais dire à notre petite sœur combien c'est formidable d'être amoureux.

— C'est vrai ! s'exclama Christopher, amusé.

— Tu devrais prendre ma défense, protesta Delaney, les mains sur les hanches.

— Mais je suis de ton côté lorsque je te dis la vérité ! Tu noteras cependant que je n'essaie pas de te marier au premier célibataire venu.

— Uniquement parce que tu ne connais personne, lui opposa Stacey.

— C'est faux, je connais au moins Cisco, qui est un célibataire très en vue, par exemple, lança Christopher en riant. Mais je ne pousse pas Delaney dans ses bras, je lui fais toute confiance pour trouver l'homme de ses rêves le moment venu.

Matteo éclata de rire.

— Cisco est sans doute la dernière personne que tu aurais envie de présenter à ta sœur !

Delaney vit Cisco serrer les dents.

— Merci pour cette charmante déclaration fraternelle, marmonna-t-il.

— Bon, fais ce que tu veux, coupa Stacey, et fais-moi signe quand tu seras décidée.

— Je ne vais pas changer d'avis.

— Tiens, tu portes un nouveau collier ? demanda Stacey en pointant le décolleté de Delaney du doigt.

— Oui, je l'ai remarqué moi aussi, il est ravissant ! intervint Rachel.

— Où l'as-tu trouvé ? Tu as été à Vicker's Corner faire du shopping sans me prévenir ?

Delaney secoua la tête et se tourna vers Cisco. Il était en grande conversation avec Christopher et Matteo. Elle porta la main à son cou, caressant le médaillon.

— Je l'ai trouvé un jour ou je faisais des courses avec maman, je ne sais plus où, mais cela fait déjà un moment que je l'ai.

— Bon, je dois y aller, dit Stacey. J'espère vraiment que nous pourrons nous voir pour dîner un de ces jours prochains à l'occasion d'une sortie entre sœurs ?

Stacey s'en alla après avoir salué tout le monde, et fut rapidement imitée par Matteo et Rachel.

Christopher prit Delaney par l'épaule.

— Ne te laisse pas impressionner par Stacey, Flapjack, elle s'imagine que, maintenant que nous sommes tous en couple, Galen et toi êtes les prochains sur la liste.

— Je ne suis sur aucune liste ! répliqua-t-elle.

— Vous venez de l'appeler Flapjack ? demanda Cisco, intrigué. Comme son cheval ?

— Oui, mais comment savez-vous que c'est le nom de son cheval ? demanda Christopher, jouant aussitôt les grands frères protecteurs.

— Cisco a travaillé au ranch dernièrement, expliqua Delaney.

Christopher sembla surpris.

— Ah oui ? Vous n'avez pourtant pas vraiment l'air d'un cow-boy !

— Justement, je voulais découvrir la vraie vie des cow-boys de nos jours, à Horseback Hollow. J'ai beaucoup d'admiration pour le travail de votre père.

— C'est quelqu'un de profondément droit, ajouta Christopher en se tournant vers sa sœur. Et Delaney aussi ! Elle compense sa petite taille par une énergie démesurée.

Elle soupira et leva les yeux au ciel lorsque son frère lui passa la main dans les cheveux.

— C'est bon, je n'ai plus quinze ans !

— Et son coup de fourchette est proportionnel à son énergie, dit Christopher en souriant. C'est pour cela qu'on a pris l'habitude de la surnommer Flapjack, car elle avait le même appétit que sa monture.

Delaney adressa un regard noir à son frère. Il était en train de la ridiculiser devant Cisco, qui fréquentait certainement les plus belles filles de la côte, avec des jambes interminables et un appétit d'oiseau. Son type était plutôt Rachel et sa silhouette longiligne qu'une fille comme elle.

— Bon, je préfère y aller ! lança-t-elle à son frère. Merci de m'avoir soutenue avec Stacey, je sais qu'elle ne veut que mon bien, mais elle oublie un peu vite que je peux décider de ma vie moi-même.

— Bien sûr, répondit son frère en sortant son téléphone qui vibrait dans sa poche.

— Pardon, c'est un appel que j'attendais depuis un moment, je dois répondre, à bientôt !

Delaney se dirigea vers la sortie sans attendre. Une fois dehors, elle gagna sa voiture garée un peu plus bas. En quelques foulées, Cisco la rejoignit et ajusta son allure à la sienne.

— Je n'ai pas besoin d'escorte, dit-elle en baissant ses lunettes de soleil sur son nez.

— Hé, doucement, Flapjack !

— Ne m’appelez pas Flapjack, lança-t-elle vivement en pointant un doigt vers lui. Je déteste lorsque mes frères m’appellent ainsi !

— Pardon, je trouvais ça mignon, dit-il.

— C’est sans doute très mignon, et parfaitement adapté à une gamine, mais…

— Ah, je vois…, commença-t-il, amusé.

— Ah non, ne commencez pas ! lança-t-elle en plantant son index dans son torse.

Elle ne put s’empêcher de constater la fermeté des pectoraux sous ses doigts, ce qui ne fit qu’accroître sa colère.

— Je voudrais t’inviter à dîner, Delaney, dit-il alors en saisissant sa main.

Elle était à la fois troublée et charmée. Et aussi furieuse contre lui. Cette invitation imprévue…

Mais une chose était sûre : elle ne voulait pas devenir un nom de plus sur la liste interminable des conquêtes de Cisco Mendoza.

— Non !

Il éclata de rire.

— Allez, Delaney, je suis sûr que vous en avez envie.

- 5 -

Tournant les talons, Delaney s'éloigna rapidement. Cisco en resta abasourdi. Jamais aucune femme ne l'avait ainsi ignoré, et cela ne la rendait que plus désirable à ses yeux. Il sentait bien qu'il ne s'agissait pas d'une simple attirance. Il tenait à elle et avait du mal à supporter l'idée qu'il avait pu, même par inadvertance, la blesser.

Cisco pressa le pas pour la rejoindre, courant presque derrière elle avant qu'elle tourne le coin de la rue.

— Delaney, attendez ! s'écria-t-il en tendant une main vers elle. Je suis désolé !

En entendant ses excuses, elle s'arrêta et se tourna vers lui.

— Désolé de quoi ? demanda-t-elle en le fixant avec attention.

Il sentit à son regard qu'il ne pouvait se permettre de répondre à la légère. Bien sûr, en temps normal, il avait à peu près réponse à tout face à une jeune femme qui l'intéressait. Il avait toujours été plutôt doué pour faire la cour et avait cultivé ce talent avec beaucoup d'assiduité. Pour une fois, pourtant, pour Delaney, il avait envie d'essayer une nouvelle façon de faire : ouvrir son cœur. Sincèrement.

— Je suis désolé si je vous ai blessée. Je tiens à vous, Delaney, et je voudrais vous inviter à dîner.

— Pour vous documenter sur les Fortune, c'est bien ça ?

— Non, pour apprendre à vous connaître, vous.

Elle le scruta encore un moment.

— Et où irions-nous dîner ?

— Eh bien, pourquoi pas chez moi ? Je vous préparerai une de mes spécialités.

— Vous savez cuisiner ?

— Oui, cela m'arrive de temps en temps, dit-il en souriant. S'il vous plaît, Delaney, j'ai bien compris que vous ne teniez pas à ce que les gens sachent que nous avions passé du temps ensemble. Je vous ai entendu dire que vous aviez acheté le pendentif avec votre mère.

Il tendit la main et posa le doigt sur le médaillon au creux de son cou.

Elle retint son souffle, et il eut l'impression que son regard s'assombrissait, même si elle ne baissa pas les yeux. Il aima son air bravache.

— C'est simplement que je voulais éviter que les gens se fassent des idées fausses à notre sujet, répondit-elle, la voix légèrement plus grave.

— Quel genre d'idées ?

— Eh bien, qu'il y a autre chose qu'un échange de bons procédés entre nous.

— Et si je voulais autre chose, justement ? demanda-t-il en repoussant une boucle des cheveux de Delaney derrière son oreille.

Elle secoua la tête.

— Nous avons convenu d'un arrangement, Cisco, rien de plus.

Il avait du mal à comprendre ce qu'elle lui disait. Il avait envie de l'attirer contre lui pour lui prouver qu'elle avait tort et lui assurer qu'il était sincère.

Mais elle méritait sans doute mieux. Elle méritait d'être aimée et chérie. Il comprenait que la seule chose à faire était de lui dire la vérité, toute la vérité. Peut-être pas maintenant, sur un trottoir, mais il ne pouvait en être autrement.

— Viendrez-vous dîner avec moi ? insista-t-il. S'il vous plaît.

Elle inspira et ferma les yeux un court instant, comme si elle débattait avec elle-même.

— C'est d'accord, finit-elle par répondre en rouvrant les yeux. Demain soir.

— Quand vous voudrez !

— Vous arrive-t-il jamais de ne pas obtenir satisfaction ? demanda-t-elle, un demi-sourire aux lèvres.

— Pas si je peux l'éviter, répondit-il en déposant un rapide baiser sur le bout de son nez. A demain, Delaney !

En descendant l'escalier de chez elle, Delaney entendit des voix. La voiture de Stacey était garée devant l'entrée, et la dernière chose qu'elle souhaitait était de se faire repérer par sa sœur.

— Maman, j'y vais ! lança-t-elle. Je ne rentrerai pas tard !

— Pour qui t'es-tu faite si belle ?

Sa sœur et sa mère avancèrent sur le pas de la porte de la cuisine. Delaney effleura le fin tissu bleu ciel de sa robe d'été. Elle l'avait assortie avec une paire de santiags beiges et des boucles d'oreilles en perle empruntées à sa mère.

— Un rendez-vous, déclara sa mère en souriant.

— Avec qui ? demanda Stacey.

— Ce n'est pas un rendez-vous, maman…

— Avec Cisco Mendoza, répondit sa mère. Il a travaillé au ranch ces dernières semaines, et voilà qu'il invite ta sœur à dîner !

— Nous sommes juste amis, maman, insista Delaney en sentant ses joues s'empourprer.

— J'en étais sûre ! lança Stacey avec un sourire triomphant. J'ai tout de suite senti qu'il y avait quelque chose entre vous lorsque nous nous sommes vus à la Fondation !

— Mais il n'y a rien entre nous, insista Delaney. Il ne connaît pas grand monde en ville, et il avait envie de compagnie.

Stacey se mit à rire.

— Pourtant, je ne crois pas que Cisco ait grande difficulté à se trouver de la compagnie, en particulier féminine, si tu vois ce que je veux dire !

— Moi, j'ai bien vu qu'il tenait à ta sœur, intervint Jeanne-Marie. Il a une façon charmante de la regarder.

— Charmante ? répéta Stacey, dubitative.

— Je vais juste dîner, reprit Delaney en attrapant son sac à main.

Puis elle se tourna vers sa mère.

— Comment dis-tu qu'il me regarde ?

— Comme si tu étais précieuse à ses yeux.

Delaney retint son souffle, et Stacey se tut. Delaney espérait compter un peu pour lui, et le fait que sa mère pense qu'il lui accorde ce genre d'intérêt la touchait et lui faisait envisager cette soirée d'une tout autre façon.

— Je ne rentrerai pas tard, répéta-t-elle, la voix légèrement hésitante.

— Attends ! dit Stacey en disparaissant dans la cuisine.

Jeanne-Marie profita de cet instant en tête à tête pour s'approcher de sa fille.

— Tu es si précieuse, ma chérie. Mon vœu le plus cher est que tu rencontres quelqu'un qui te le fasse ressentir chaque jour. C'est ce que j'ai souhaité pour chacun de mes enfants.

Stacey les rejoignit, fouillant dans son sac à main.

— Tiens, prend ça, dit-elle en lui tendant un tube de rouge à lèvres. J'ai trouvé cette nouvelle teinte la semaine dernière et je suis certaine qu'elle t'ira à ravir.

Soudain, Delaney se vit renvoyée à ses années de lycéenne, les confidences partagées, le maquillage échangé dans la salle de bains avec sa sœur, quand elles se préparaient pour sortir le vendredi soir. Elle songea à la chance qu'elle avait d'appartenir à cette grande famille, d'être entourée par tant de personnes qui l'aimaient, même si cet amour pouvait lui paraître parfois un peu étouffant.

Et pour la centième fois, sans doute, elle se demanda si Cisco pouvait être celui qu'elle attendait.

Elle serra sa mère et sa sœur dans ses bras avant de sortir chercher sa voiture. Le ranch familial était à quelques kilomètres de la ville, et il lui fallut près de vingt minutes avant de se garer à l'adresse que Cisco lui avait envoyée sur son téléphone un peu plus tôt. Elle découvrit la petite maison qu'il louait dans le centre-ville.

La porte s'ouvrit dès qu'elle fut sur le perron, et Cisco l'accueillit avec un large sourire.

— Vous êtes ravissante, comme d'habitude ! lança-t-il en la regardant avec intensité.

Elle avait beau se répéter qu'il devait sans doute le dire à toutes les femmes, la sonorité grave de sa voix la fit frémir. Il s'écarta du seuil pour la laisser entrer, mais elle hésita un instant, se sentant tout à coup timide. Et si cette soirée changeait profondément le cours de sa vie ?

Cisco ne dit rien. Il la regarda, et quelque chose dans son regard sembla lui signifier qu'il lui laissait le choix. Un court instant, elle vit une lueur de doute passer dans son regard. Cette expression fugace fit toute la différence pour elle. Il était donc vulnérable. Son armure n'était pas infaillible, et elle n'était pas la seule à batailler avec ses états d'âme.

Sans oublier que cela sous-entendait qu'il était troublé par ce qui se passait entre eux. Quelle qu'en soit la nature, et ce, malgré toute l'expérience et la confiance en lui qu'il affichait.

Etait-elle donc plus à ses yeux qu'une nouvelle conquête potentielle ? Elle s'avança en retenant son souffle. Sa mère avait raison. Il la regardait comme quelqu'un de précieux, et même si ce n'était pas pour toute la vie, elle avait envie de se sentir précieuse. Pour lui.

— Vous n'êtes pas mal non plus, monsieur Mendoza, dit-elle en passant devant lui.

Il portait une chemise gris anthracite, dont il avait relevé les manches, avec un jean et des santiags. Elle avait l'impression de voir se mêler en lui influences texanes et style plus citadin, et ce mélange avait sur elle un effet assez irrésistible.

Prenant sa main dans la sienne, il la porta à ses lèvres pour y déposer un léger baiser.

— J'espère que tu as faim, dit-il en la tutoyant soudain.

Elle éclata de rire, incapable de se retenir.

— Oh ! Cisco, tu n'es pas obligé de me faire ton numéro de séduction, tu sais !

Il ne sembla pas vraiment irrité par sa remarque, mais encaissa le coup avec un sourire blessé.

— Eh bien, Delaney Fortune Jones, tu es la pire épreuve qui soit arrivée à mon ego depuis des années !

Elle le regarda, si viril, et eut du mal à imaginer que quoi que ce soit puisse l'affecter.

— Oh ! je suis sûre que ton ego survivra !

C'était plutôt pour son cœur à elle qu'elle se faisait du souci…

— Je t'en prie, entre, *cielo.* J'espère vraiment que tu as faim, en tout cas, même si ton frère avait l'air de dire que tu avais un appétit d'ogre.

— Mon frère a une nette tendance à exagérer…

Il sourit, et elle commença à se détendre. Elle avait beau être déstabilisée par sa présence, elle appréciait vraiment sa compagnie. Il était drôle et semblait toujours intéressé par ce qu'elle avait à lui apprendre, à lui raconter. Elle se sentait bien avec lui, même si elle doutait encore de ses réelles motivations et avait très envie d'en savoir un peu plus sur lui. Découvrir son intérieur lui permettrait de le percer un peu plus à jour. Elle huma les effluves en provenance de sa cuisine. Les épices et aromates la firent saliver.

— C'est joli ici, dit-elle en traversant le grand séjour ouvert.

Il haussa les épaules.

— C'est un meublé, comme mon séjour ici est temporaire. J'ai simplement fait transporter quelques affaires depuis Miami.

Entrant dans la cuisine, elle s'immobilisa aussitôt.

— Je suis dans une cuisine ou dans un laboratoire de physique nucléaire ? demanda-t-elle en pointant du doigt la machine sophistiquée qui trônait sur le plan de travail.

— C'est simplement une machine à café !

— J'ai une machine à café, et elle ne ressemble pas à un simulateur de vol !

— Celle-ci fait partie de ce que j'ai transporté depuis Miami. Mon café est primordial !

Il rit de sa mine étonnée.

— Et ça, qu'est-ce que c'est ? demanda-t-elle en pointant l'autre côté de sa cuisine.

— Un extracteur de jus, dit-il. Est-ce que je peux t'offrir un verre de vin ?

— Oui, avec plaisir.

Face à ses nombreux robots domestiques, elle sentit le doute l'envahir de nouveau. Elle avait grandi à Horseback Hollow, Texas, et en était parfaitement fière, mais leurs différences lui sautaient une nouvelle fois au visage. Elle était attirée par lui, mais pouvait-il y avoir autre chose que cette attirance entre eux ? C'était un homme sophistiqué, habitué au raffinement, alors qu'elle était simple et peu accoutumée au luxe.

Il sortit un pichet du réfrigérateur et lui servit un verre.

— Delaney, tout ceci n'est que de l'électroménager,

inutile de tirer des conclusions définitives sur moi sur cette base. Ça ne veut rien dire.

Elle n'en était pas si sûre.

— Il y a des fruits dans ton vin ?

Il acquiesça.

— C'est de la sangria, une recette familiale transmise par ma mère. Elle en préparait toujours pour les fêtes de famille. D'ailleurs, tout ce que j'ai préparé ce soir me vient d'elle. C'est la première fois que je prépare des recettes familiales, mais je me suis dit que tu apprécierais.

— J'apprécie en tout cas cette sangria, dit-elle en goûtant au breuvage d'un beau rouge profond.

— J'ai aussi préparé un *picadillo*, en adaptant un peu la recette de ma mère avec une variante cubaine, pour l'exotisme. Il faut dire qu'à Miami, la cuisine s'ouvre à de multiples influences qui reflètent bien le melting-pot qu'est cette ville.

Elle se tendit un peu. Elle n'avait pas l'habitude de la cuisine exotique, et jusque-là, son idée d'un repas idéal se limitait à un sandwich chaud au fromage.

— Je peux t'aider à préparer quelque chose ? demanda-t-elle.

— Non, je te remercie, mais tu peux me regarder terminer, tant que tu restes aussi belle qu'à cet instant.

— C'est mal me connaître, Cisco. Tu ne sais pas encore que je ne suis pas vraiment du genre à regarder les autres travailler ?

— Ah bon ? plaisanta-t-il. Je n'avais pas remarqué !

Elle fronça le nez.

— Allez, laisse-moi t'aider !

— Si tu insistes, tu peux mettre la table. J'ai préparé des assiettes et des couverts à côté de la table.

— Tu as de la chance, j'ai plusieurs années d'expérience avec le dressage de table !

Elle trouva le tout sur la desserte à côté de la table

en chêne, et sortit deux serviettes du tiroir, pendant que Cisco apportait à table un plat de riz accompagné d'une préparation de viande dans une sauce à base de tomates, d'oignons et de poivrons. C'était un régal pour les yeux comme pour l'odorat, car les effluves étaient tout bonnement à se damner.

Tirant une chaise, elle s'assit puis déplia sa serviette sur ses genoux.

Cisco sortit un briquet de sa poche et alluma deux bougies qu'il plaça au centre de la table.

— Très joli, souligna-t-elle.

Il prit place en face d'elle et leva son verre.

— Aux nouvelles amitiés, et aux nouvelles aventures !

Ils trinquèrent.

Elle sourit. Peut-être le signe qu'elle était prête pour une aventure avec Cisco Mendoza.

- 6 -

Cisco prit conscience qu'il accordait énormément d'importance à l'avis de Delaney. Sur sa cuisine, par exemple, lui qui cuisinait rarement lors de ses sorties ou rendez-vous. Cela ne lui avait jamais posé de problème, car une partie de son travail consistait à être vu et à occuper le terrain.

Mais avec Delaney, c'était différent, il avait envie de lui faire découvrir qui il était et d'où il venait. Il se sentait fier d'être le fils d'Orlando et de Luz Mendoza, et était heureux que, pour une fois, sa personnalité prime sur sa réputation ou son image.

Portant sa fourchette à ses lèvres, elle goûta longuement sa première bouchée.

— C'est vraiment délicieux, déclara-t-elle alors, surprise. C'est vraiment toi qui as cuisiné ?

— Non, je me le suis fait envoyer de South Beach, dit-il d'abord, avant d'éclater de rire devant sa mine déconfite. Je plaisante, Delaney, bien sûr que c'est moi qui l'ai préparé !

— Mais ton cousin devrait en servir à la Cantina. C'est tellement bon !

Il goûta à son tour.

— Je suis heureux que cela te plaise, même si je suis sûr que tu exagères un peu.

— Parle-moi de ce plat, alors.

— Ce n'est rien de très compliqué, répondit-il. Il suffit

de mélanger de la viande de bœuf hachée avec de l'oignon, de l'ail, du poivron, des olives et des raisins secs, puis…

— Il y a des olives ? demanda-t-elle en inspectant son assiette, interloquée. Ne dis jamais à ma mère que j'en ai mangé, normalement elles font partie de mes aliments prohibés !

— Il y a beaucoup de choses que tu n'aimes pas ?

— Non, principalement les olives. Ah, et les artichauts, aussi !

— Je suis sûr que je peux te faire aimer les artichauts, déclara-t-il.

Serait-il aussi capable de se faire aimer d'elle ? Une petite voix s'était élevée dans sa tête sans qu'il y prenne garde. Pourquoi cette idée, tout à coup, il ne cherchait pas l'amour… Bien sûr, Delaney lui plaisait, l'attirait, et il aimait passer du temps en sa compagnie, mais l'amour… Il n'était pas prêt pour l'amour. Du moins, c'était ce qu'il pensait.

— Je n'aurais jamais imaginé que l'on puisse associer olives et raisins secs ! poursuivit-elle. Mais continue ta recette…

— Eh bien, j'ai fait revenir la viande et les oignons, puis j'ai ajouté les poivrons, de la sauce tomate et les épices. L'important est de laisser mijoter longtemps, mais c'est très simple à réaliser, sinon. Le mélange d'épices est évidemment très important, et ma mère avait aussi une façon très précise de faire cuire le riz. Elle le faisait tremper avant la cuisson. C'était le plat qu'elle préparait à chaque déménagement — et ils ont été nombreux —, pour s'assurer que nous nous sentions chez nous à chaque fois.

— C'est vraiment délicieux, conclut-elle en goûtant la salade et le pain, avant de lever le regard vers lui. A t'écouter, on devine que ta mère était vraiment un personnage important. Elle te manque, n'est-ce pas ?

Il se redressa sur son fauteuil. Il était d'un naturel discret et n'aimait guère parler de ses états d'âme. Pourtant, sans même qu'il s'en rende compte, Delaney venait de fissurer son armure. En retour, il avait besoin d'en savoir un peu plus sur ce qu'elle ressentait de son côté.

— Oui, ma mère était l'âme de notre famille. Son décès a été un choc pour nous tous et pour mon père en particulier. Ils étaient très unis. Notre famille s'est un peu désagrégée après sa mort, et c'est sans doute pour cela que j'apprécie de retrouver ma sœur, mon père et Matteo, ici à Horseback Hollow. La famille, c'est important.

— C'est vrai, dit Delaney. Je suis heureuse que tu sois resté ici.

Le sourire timide qu'elle lui adressa le toucha en plein cœur.

— J'en suis heureux aussi.

— Comment se profile ta réunion ?

— Ma réunion ? demanda-t-il, sans comprendre.

— La réunion pour laquelle tu as besoin d'un membre de ma famille. Tu n'as pas oublié que c'est pour cela que nous passons autant de temps ensemble, tout de même !

Il eut du mal à croire que, l'espace d'un instant, il avait en effet oublié que la raison initiale de sa rencontre avec Delaney était son appartenance à la famille Fortune. C'était bien la première fois que ses émotions le détournaient de son travail. Il s'intima à la prudence. Il avait travaillé dur pour en arriver où il en était, et il était hors de question de laisser ses émotions le distraire du but qu'il s'était fixé. Pourtant, il se sentait blessé qu'elle puisse imaginer qu'il ne la côtoyait que par intérêt professionnel.

— Tu penses vraiment que c'est la seule raison à ta présence, ce soir ?

Elle le regarda.

— Je ne sais pas. J'espère que non, mais honnêtement, je ne suis sûre de rien.

— Mes projets ici sont en cours, même si nous n'en sommes qu'aux phases préliminaires.

— Délicate façon de me signifier que tu ne comptes pas me donner le moindre détail.

— Je ne peux pas vraiment t'en donner pour le moment, mais je tiens à ce que ton importance à mes yeux dépasse le strict cadre professionnel.

— Vraiment ? demanda-t-elle.

— Laisse-moi une chance de te prouver que mes intentions sont honorables, Delaney. Est-ce que tu permettrais simplement que je te fasse la cour ?

— Me faire la cour ? répéta-t-elle intriguée. Cela ressemble à un concept d'une autre époque, pour quelqu'un qui a besoin d'une machine hyper sophistiquée pour se préparer un simple café.

— Sans doute y a-t-il un temps pour apprécier le confort moderne et un autre pour respecter les traditions les plus honorables, dit-il en sortant son smartphone de sa poche et cherchant quelque chose sur son écran.

Il le déposa sur la table à l'instant où la musique qu'il venait de sélectionner s'élevait des haut-parleurs posés sur sa bibliothèque.

— M'accorderiez-vous cette danse, mademoiselle Fortune ?

Etre serrée dans ses bras était plus que tentant, mais quelque chose retenait Delaney : elle ne savait pas danser. C'était ce qui l'avait fait s'enfuir de la piste de danse lors du mariage de Jude et de Gabi. Aujourd'hui, elle n'avait nulle intention de s'enfuir, mais elle ne savait comment s'en tirer.

— Tu n'aimes pas la salsa, peut-être ? demanda-t-il face à son hésitation.

— Ce n'est pas ça, mais je suis plutôt habituée à danser sur de la country music, pour tout te dire.

— Ah, *mi cielo*, tu veux me tuer ? Cette musique que

tu entends, c'est toute ma culture, c'est un rythme qui entre dans ton âme, dans ton sang ! Ne me dis pas que tu ne le ressens pas ?

Il s'était approché et avait saisi sa main, l'incitant à se lever. Il se mit alors à danser, comme s'il la tenait déjà dans ses bras.

Evidemment, c'était un danseur formidable. Elle ne put s'empêcher de songer qu'il maîtrisait tous les champs de la séduction, et cette idée lui noua aussitôt l'estomac.

S'écartant, elle gagna la cuisine pour se passer les mains sous l'eau. Ses doigts tremblaient.

— Je… je ne sais pas danser, lança-t-elle.

— Et c'est ce qui te met dans cet état ? demanda-t-il en venant se placer juste derrière elle avant de couper l'eau. Qu'est-ce qu'il y a, Delaney ?

Elle sentait son parfum. Prenant son menton dans sa main, il l'obligea à le regarder.

— Je ne sais pas danser, c'est aussi simple que cela, dit-elle en évitant son regard. J'ai deux pieds gauches et aucun sens du rythme, expliqua-t-elle en saisissant une serviette pour se sécher les mains. J'aime beaucoup cette musique, mais ça s'arrête là.

— C'est juste que tu n'as jamais essayé avec le bon partenaire.

— Tu connais beaucoup de partenaires qui ont envie de se faire marcher sur les pieds ? répondit-elle en s'écartant.

De nouveau, il la suivit.

— Laisse-moi essayer, Delaney, donne-moi une chance, juste une danse !

Plongeant dans son regard, elle se sentit vaciller.

— Une danse, s'entendit-elle répondre.

La prenant par la main, il l'entraîna hors de la cuisine par une porte coulissante.

— La salsa est plus qu'une musique, expliqua-t-il en

empochant son téléphone. C'est une expérience à savourer avec tous ses sens.

— Où allons-nous ?

— Tu vas voir, dit-il en ouvrant une porte qui donnait sur l'extérieur.

Elle découvrit un petit jardin privé. Il n'y avait pas de voisinage immédiat à l'arrière de la maison, ce qui donnait à cet espace clôturé l'allure d'un patio. Il sortit alors son téléphone et la musique se diffusa à l'extérieur.

— Incroyable, tu as fait installer des enceintes dans ton jardin ?

— J'aime la musique, répondit-il simplement, que ce soit pour me détendre ou me donner de l'énergie. Le bon tempo donne le ton de toute une soirée.

Elle acquiesça, nerveuse. Elle se sentait totalement hors de son environnement habituel. Ce soir, elle se sentait dans un autre univers, un monde où elle n'était plus aux commandes.

Elle essaya de se détendre en inspirant. Elle leva les yeux vers le ciel qui commençait à se voiler, laissant apparaître un dégradé rose orangé. Le soleil était une ligne dorée à l'horizon. En temps normal, c'était le moment qu'elle préférait, lorsque la journée s'éteignait et qu'elle terminait les derniers travaux dans le silence. Mais ce soir, face à Cisco, elle se sentait nerveuse et embarrassée, et devait réprimer son envie de s'enfuir très loin.

— Ferme les yeux, dit-il.

Elle obtempéra, se mordillant la lèvre pour contenir son trouble.

— Et maintenant, écoute la musique, dit-il d'une voix plus douce. Ressens le rythme, laisse-le te traverser.

Elle essaya de se concentrer, mais dès qu'il s'approcha, elle ressentit la chaleur de son corps tout près du sien. La sensation de la musique, conjuguée à la voix de Cisco, créait un déferlement d'émotions en elle.

— Qu'est-ce que ça veut dire, « *mi cielo* » ? demanda-t-elle dans un souffle.

— Littéralement ce serait *mon petit ciel*, mais c'est un terme affectueux pour signifier que tu es comme mon horizon, mon soleil, ma lumière…

Elle rouvrit les yeux.

— Oh…, murmura-t-elle.

— Tu es prête ? demanda-t-il, le regard tendre et intense à la fois.

Sous son regard, elle sentit ses dernières réticences s'évanouir. Elle lui tendit la main et plaça l'autre sur son épaule. Il l'attira contre lui. Leurs corps semblaient faits l'un pour l'autre. Sans doute était-ce ce que Cisco appelait « trouver le bon partenaire » ?

Il se mit à danser, bougeant avec grâce et légèreté. Elle se sentit libre dans ses bras. Sa bouche était tout près de son oreille, qu'il effleurait parfois du bout des lèvres. Delaney oublia sa nervosité et son embarras, se laissant porter par le mouvement et les sensations. Elle percevait son parfum ambré qui l'envoûtait presque et se laissa guider. Peu à peu, elle se sentit plus en confiance, s'abandonnant un peu plus à la musique.

Le morceau se termina et un nouveau titre, plus lent, débuta. Il la garda contre lui, le bras autour de sa taille, une main posée sur le bas de son dos. Elle se blottit contre lui. Elle sentit alors leurs deux cœurs battre en rythme, et le désir monter en elle, une sensation profonde et irrésistible de chaleur qui irradiait depuis le creux de ses reins et se diffusait dans tout son corps.

Lorsqu'il se redressa pour la regarder, elle vit la même passion dans ses yeux.

— Tu danses merveilleusement, *cielo*.

— C'est toi, mon ciel, mon horizon, dit-elle à mi-voix, son regard tombant sur sa bouche.

— Il n'y a plus rien d'autre que ce moment, dit-il en

approchant ses lèvres des siennes, avant de les effleurer délicatement.

Mais, à cet instant, elle ne pouvait se satisfaire d'un effleurement délicat. Là, dans les bras de Cisco, elle sentait se libérer en elle un désir incommensurable. Elle voulait tout. Se serrant contre lui, elle entrouvrit les lèvres.

- 7 -

Cisco la serra contre lui. Dans ses bras, elle avait eu une telle façon de répondre à la musique qu'il n'avait pas résisté à l'envie de l'embrasser. Il n'avait pu continuer à lutter contre ce qu'il ressentait pour elle.

Il la respectait profondément, et les secrets entre eux étaient un véritable poids sur sa conscience. Il avait posé un baiser chaste sur ses lèvres, désireux de ne pas la brusquer. Comme souvent, elle le surprenait, et elle avait pris le contrôle de ce baiser, lui révélant son désir. Il sentit tout son corps s'embraser.

Il caressa son dos souple et musclé tandis que leurs bouches se découvraient au rythme de la musique sensuelle et langoureuse. Il se sentait perdre pied, charmé par la chaleur de son corps et la douceur de son parfum fleuri. Il effleura le bas de sa robe et glissa la main sous le léger tissu, découvrant la douceur de sa peau. Il la désirait plus qu'il avait jamais désiré une autre femme.

Et aussi rapidement que leur baiser avait débuté, Delaney y mit un terme en s'écartant. Elle recula de deux pas, la main sur ses lèvres, comme sous le choc d'une immense surprise.

— C'était… C'était très bien, murmura-t-elle.

— Très bien ?

— Oui. Merci.

Il avait du mal à la suivre, du mal à reprendre le contrôle

de son corps, encore transporté par les émois enflammés de leur baiser.

— Pourquoi me remercies-tu ?

Elle eut un geste de la main. Le soleil avait fini de se coucher et la pénombre était tombée sur eux. Il ne parvenait pas à distinguer précisément son expression, mais il la sentait s'éloigner sans pouvoir déterminer ce qui avait causé cette réaction.

— Merci pour ce dîner, cette danse... Toute cette soirée ! dit-elle, sans parvenir à masquer son trouble.

S'avançant, il lui effleura le visage.

— Qu'est-ce qui ne va pas, Delaney ?

— Rien, répondit-elle. C'est juste que... J'ai promis à ma mère de ne pas rentrer tard, et je crois qu'il est temps pour moi d'y aller. Enfin, aussitôt que je t'aurai donné un coup de main pour tout ranger.

— Je m'occuperai de ça, dit-il en s'approchant encore et constatant à regret qu'elle reculait pour l'éviter. Je vais te raccompagner à ta voiture.

Il préféra ne pas insister, de crainte qu'elle finisse par prendre tout bonnement la fuite. Il n'était pas franchement habitué à ce qu'une femme lui fasse faux bond ainsi, mais il refusait de courir le moindre risque de la froisser.

Elle hocha doucement la tête.

— J'ai simplement mon sac à récupérer à l'intérieur.

Il la raccompagna dans le séjour, avec la sensation qu'elle se retenait de prendre ses jambes à son cou. Il aurait tellement voulu la serrer contre lui et s'assurer qu'elle ne veuille plus repartir.

Mais il ne fit rien de tel. Il ne la toucha pas et marcha légèrement en retrait. Au bout de l'allée, elle se tourna vers lui.

— Merci, dit-elle encore, sans le regarder vraiment.

— Merci à toi d'être venue.

Enfin, elle leva les yeux vers lui.

— C'était une soirée parfaite, dit-il alors en tendant la main vers elle.

Il lui prit la main et sentit ses doigts tendus sous les siens. Il déposa un simple baiser sur sa paume, avec la sensation que ses lèvres allaient la brûler.

Elle le salua d'un signe de tête.

— Merci encore, murmura-t-elle avant de se précipiter dans sa voiture.

En la regardant sous la lumière vive du plafonnier qui l'éblouit un instant, il crut distinguer une larme qui roulait sur sa joue.

Mais qu'avait-il bien pu faire ? Il se sentait horriblement mal à l'idée qu'elle reparte en pleurant et détestait par-dessus tout cette incompréhension. Il n'aurait su dire quels étaient ses sentiments pour elle, mais il voulait la voir heureuse et souriante. Il frappa du pied dans le trottoir en étouffant un juron, alors que les feux de la voiture de Delaney s'éloignaient dans la nuit.

Il ne s'était pas senti aussi mal depuis longtemps. Il avait pourtant la certitude qu'elle avait aimé leur baiser autant que lui. Son corps, ses lèvres avaient parlé pour elle.

Il regagna sa maison et éteignit la musique avant de ranger la cuisine.

Ce faisant, il se demanda ce à quoi il s'était attendu. Ce qu'il attendait de la vie. Jusque-là, les choses étaient à peu près claires pour lui. Il voulait réussir, gagner de l'argent, avoir du pouvoir et être respecté. Il avait réussi tout cela, mais quelque chose pourtant lui manquait. Avant de venir à Horseback Hollow, il n'avait jamais vraiment su de quoi il s'agissait. A cet instant, il pouvait dire que c'était en lien avec elle. Delaney avait occupé ses pensées en permanence ces dernières semaines, et il en prenait conscience pleinement maintenant qu'il la voyait lui échapper.

Restait à déterminer comment il allait réparer cela.

*
* *

Deux jours plus tard, Delaney, assise à table dans la cuisine familiale, cherchait l'énergie qu'il lui fallait pour attaquer sa journée.

— Tu comptes manger tes œufs ou simplement les étaler dans ton assiette ? demanda sa mère.

Elle reposa sa fourchette.

— Pardon, je n'ai pas très faim ce matin.

— Cela arrive, ma chérie, dit Jeanne-Marie en s'asseyant à côté d'elle et lui prenant la main.

Son geste suffit à lui faire monter les larmes aux yeux.

— Oh maman, j'ai été tellement nulle !

Sa mère lui sourit tendrement.

— Dis-moi ce qu'il s'est passé.

— Je n'imaginais pas qu'il me plairait tant, dit Delaney en s'essuyant les yeux du revers de sa manche.

— Je devine que tu veux parler de la soirée avec Cisco ? dit sa mère en sortant un mouchoir de sa poche.

— Je voulais juste passer un bon moment. Tu sais, tu avais raison, en disant que j'allais tourner en rond toute seule au ranch. Mais je n'ai pas besoin de m'engager dans une relation sérieuse, ce n'est pas ce que je recherche et certainement pas avec quelqu'un comme Cisco.

— Qu'est-ce que tu entends par « quelqu'un comme Cisco » ?

Elle soupira.

— Il est tellement courtois, galant et sûr de lui. Il pourrait séduire n'importe quelle femme qu'il rencontre. J'en ai conscience et je ne voulais pas tomber dans ce piège-là.

— Et pourtant, il m'a toujours semblé sincère avec toi, déclara Jeanne-Marie.

— Mais justement, il est capable de donner à n'importe qui la sensation d'être unique. Il m'a fait croire que j'étais différente de toutes les autres, alors que je ne suis qu'un nom de plus sur la liste sans fin de ses conquêtes. Je ne voulais pas éprouver de sentiments, maman. Je voulais même lui prouver que j'étais en mesure de lui résister. Je recherche quelqu'un qui me ressemble. Il m'en faut peu pour être heureuse, en temps normal, mais tout à coup, je me sens complètement perdue !

— Oh ! ma chérie, je suis désolée pour toi.

— Je voulais rencontrer quelqu'un qui me donnerait confiance en moi, et Cisco vient ébranler toutes mes certitudes.

— Delaney, est-ce qu'il s'est mal comporté, ma chérie ? Il faut absolument que tu me le dises si c'est le cas ! s'exclama alors sa mère, semblant se transformer aussitôt en grizzly protégeant ses petits.

Delaney roula en boule le mouchoir que sa mère lui avait donné.

— Non, non, ce n'est pas ça, dit-elle en baissant le regard. Il m'a embrassée.

— Et tu n'en avais pas envie ? demanda Jeanne-Marie d'une voix douce.

— Oh si ! dit-elle. Je l'ai d'ailleurs embrassée moi aussi, comme je n'ai jamais embrassé personne. C'est tellement ridicule… Avec lui, je ressens des choses que je ne comprends pas. Alors, je suis partie juste après… J'ai un peu paniqué et j'ai pris mes jambes à mon cou. Ce qui fait qu'il pense très certainement que je suis lunatique ou pire, complètement pathétique…

— Je ne le crois pas, répondit sa mère. Les émotions fortes sont parfois difficiles à contrôler, je suis certaine que Cisco peut comprendre cela.

— Je ne lui ai pas parlé depuis, et je suis à peu près certaine qu'il ne veut plus rien avoir à faire avec moi…

— Pourtant, hier, tu m'as dit qu'il t'avait envoyé un message pour te dire qu'il partait pour une réunion à Lubbock.

— Oui, mais j'imagine que c'est la seule excuse qu'il aura trouvée.

— Delaney, tu dis vraiment n'importe quoi, maintenant ! lança sa mère.

— Non, je ne crois pas. Il n'est pas venu ce matin, et j'imagine qu'il doit bien rire de la petite Fortune Jones qui s'était complètement entichée de lui.

— *Complètement entichée* ! répéta Jeanne-Marie en souriant. C'était ce que ta grand-mère disait à mon propos concernant ton père.

— Mais, au moins, c'était réciproque, papa t'aimait, alors que Cisco n'est pas du tout dans cet état d'esprit.

Un bruit de moteur résonna dans l'allée, et les deux femmes jetèrent un coup d'œil par la fenêtre. Un véhicule noir venait de se garer.

Jeanne-Marie se tourna vers sa fille.

— Tu attendais une visite ?

— C'est lui ! Il est là !

— Je ne sais pas pourquoi, mais je ne suis pas surprise, répondit sa mère en souriant.

Delaney ajusta son T-shirt et se précipita vers la porte, avant de se tourner vers sa mère.

— Tu es vraiment trop forte, je t'aime, maman !

— Moi aussi, je t'aime, ma chérie, allez file, je m'occupe de tout ici.

Inspirant profondément, Delaney ouvrit la porte.

Il ne se retourna que lorsqu'elle referma derrière elle. Il lui adressa un large sourire aussitôt qu'il la vit. Ce matin, il portait un jean noir et une chemise, avec son chapeau bien vissé sur la tête, car le soleil commençait déjà à taper. Il lui parut tellement beau, et il semblait si heureux de la retrouver qu'elle oublia tous ses doutes et se précipita vers lui.

Elle le serra dans ses bras avec fougue. Elle aima aussitôt

la sensation de son corps contre le sien, la chaleur de sa peau, et son odeur de savon et de parfum.

Puis elle songea qu'il devait la prendre pour une folle… mais cela lui importait peu !

— Je crois que je pourrais très vite m'habituer à ce genre de bonjour, dit-il en la soulevant de terre. Tu m'as manqué, tu sais !

Il déposa un léger baiser sur ses lèvres, et appuya son front contre le sien.

— Vraiment ? Même après la façon dont je suis partie l'autre soir ?

— Oui, vraiment, dit-il en effleurant sa peau. Mais je vais tout de même te déposer à terre avant que ton père nous voie et qu'il sorte son fusil de chasse !

— Il ne ferait pas ça, répondit-elle en riant.

Il la reposa à terre, et laissa la main sur sa taille, juste à la limite entre son T-shirt et son jean, où il effleurait sa peau.

— J'ai passé une très bonne soirée, Delaney, et je regrette d'avoir été un peu trop rapide, peut-être.

Elle secoua la tête.

— Ce n'est pas ça. Je vais sans doute te paraître ridicule, mais je n'ai jamais ressenti…

De nouveau, il déposa un baiser sur ses lèvres.

— Moi non plus, dit-il gravement, je n'ai jamais ressenti cela.

Plongeant dans son regard brun, elle vit sa sincérité.

— Je t'ai apporté quelque chose ! s'exclama-t-il.Se dirigeant vers sa voiture, il en sortit une tasse thermos en inox.

— Voilà le meilleur café de tous les temps !

— Préparé dans la cafetière la plus compliquée de tous les temps ?

Elle saisit la tasse et la porta à ses lèvres. Le café était riche et les arômes subtils, à la fois doux et équilibrés.

Elle, qui était habituée à ajouter du lait et du sucre dans sa tasse, se rendait compte que ce n'était pas nécessaire avec ce genre d'arômes.

— Je dois reconnaître que ton installation démoniaque prépare un très bon café, dit-elle en souriant.

— Ah, je gagne quelque crédit, alors ? demanda-t-il, amusé.

Elle goûta encore, l'air faussement dubitatif.

— Oui, peut-être ! dit-elle. Je voudrais que nous parlions de cette réunion pour laquelle tu aurais besoin de moi. Tu peux me faire confiance, Cisco, j'aimerais me rendre utile.

A sa grande surprise, il sembla pâlir aussitôt. Otant son chapeau, il s'épongea le front de son avant-bras.

— Delaney, je dois…

— Est-ce que vous avez prévu de passer la matinée à discuter tous les deux, ou bien êtes-vous prêts à vous mettre au travail ?

Se retournant, elle aperçut son père dans l'embrasure de la porte de la grange.

— On arrive, papa ! lança-t-elle au vieil homme avant de se retourner vers Cisco. J'avais prévu de me rendre ce matin aux champs du sud pour m'assurer que les systèmes d'irrigation sont en bon état. Est-ce que tu es partant ?

Il acquiesça en portant la main à son chapeau.

— A vos ordres ! plaisanta-t-il. Je te suivrais jusqu'au bout du monde s'il le fallait, belle cavalière, sans peur et sans reproche !

- 8 -

Quelques minutes plus tard, Cisco prenait les rênes de son cheval et retenait celui de Delaney pour permettre à cette dernière d'aller chercher de quoi boire et manger à l'intérieur.

L'espace d'un instant, il ferma les yeux et laissa les bruits et les odeurs du ranch monter en lui. Il aimait particulièrement l'odeur de l'écurie, mélange de foin et de chaleur animale. Lui qui avait passé presque toute sa vie d'adulte dans une grande ville, entre salles de réunion et sites immobiliers à visiter, il était habitué à un brouhaha constant. Désormais, les grands espaces de Horseback Hollow suscitaient une réelle fascination chez lui.

— Travailler à l'extérieur donne le temps de réfléchir, n'est-ce pas ?

Ouvrant les yeux, il aperçut Deke Jones qui venait à sa rencontre.

— C'est vrai, et c'est une très bonne chose.

— Je n'imaginerais pas vivre où que ce soit ailleurs qu'ici, déclara le vieil homme de sa voix profonde et rocailleuse. La plupart des gens ne comprennent pas vraiment notre mode de vie. Ils s'imaginent qu'un cow-boy, c'est quelqu'un qui porte un costume voyant, alors qu'il y a toute une histoire et des traditions qui expliquent chaque détail. Ce n'est pas du folklore ! Je ne comprends pas que des étrangers puissent venir faire une caricature de ce qui est notre vie.

Le père de Delaney était un vrai cow-boy qui représentait tout ce que Cow-boy Country essayait — sans grand succès, d'ailleurs — de retranscrire.

— J'ai beaucoup de respect pour ce que vous faites au ranch, monsieur, dit Cisco, tendu.

Le regard de Deke se posa sur lui comme s'il venait de prendre conscience du fait qu'il parlait à voix haute.

— Vous ne vous débrouillez pas trop mal, ici. J'ai croisé votre père il y a peu et je lui ai dit qu'il pouvait être fier de son fils qui avait fait l'effort de s'intégrer au ranch par le travail. Cela montre que vous êtes une personne digne de confiance.

— Merci, monsieur Jones, cela me va droit au cœur.

Il était à la fois très fier de recevoir des compliments de la part d'un homme comme Deke Jones et terriblement coupable de lui cacher la réalité de ses implications professionnelles. Comment saurait-il conjuguer les deux, lui qui n'avait jamais eu le moindre cas de conscience ?

— Delaney a eu du mal à retrouver sa place, maintenant que ses frères et sa sœur ont quitté le ranch. Elle s'est retrouvée un peu désemparée, expliqua Deke en plantant son regard bleu dans celui de Cisco. Elle est vraiment heureuse de travailler avec vous au ranch, cela se voit.

— Votre fille est quelqu'un d'unique !

Deke se mit à rire.

— Oh que oui, fiston ! dit-il en portant la main à son chapeau, la mine soudain grave. Et tant que vous la traiterez avec respect, tout ira pour le mieux.

— C'est bien mon intention, monsieur.

Pourtant, il ne pouvait se départir de la sensation que sa vie était désormais bien compliquée. Il allait devoir trouver une façon d'expliquer toute la situation à Delaney, et le plus tôt serait le mieux.

Celle-ci arriva au même instant, saluant son père d'un large sourire.

— Tu veux venir avec nous, papa ? C'est une belle journée pour une sortie à cheval !

— Non, ma chérie, il faut que je reste près du ranch aujourd'hui. En tout cas, soyez prudents, et puis regarde si les orages de la semaine dernière n'ont pas fait de dégâts.

— D'accord, tu peux me faire confiance !

— Faites attention à vous ; Cisco n'a pas ton expérience.

Elle eut un petit sourire.

— Nous verrons bien s'il arrive à me suivre !

— Je suis sérieux, Delaney, dit Deke. Fais bien attention. Et vous, Cisco, gardez un œil sur elle, elle peut parfois être têtue comme une mule.

Cisco réprima un sourire en voyant la mine furieuse de Delaney.

— Je n'ai pas besoin d'être surveillée. Je suis une grande fille, parfaitement capable de prendre soin de moi !

Elle monta en selle sans attendre Cisco et pressa ses talons contre le flanc de Flapjack. Son imposante monture prit aussitôt le galop en direction de la plaine.

— Bonne chance ! lança Deke alors que Cisco se mettait en selle à son tour.

— On dirait que je vais en avoir besoin, dit-il à mi-voix.

Il lui fallut près d'un quart d'heure pour rattraper Delaney. Elle n'était jamais vraiment hors de sa vue, mais elle continuait à si vive allure qu'il lui était impossible de faire quoi que ce soit. Il finit par la rattraper, mais uniquement parce qu'elle avait décidé de ralentir son allure.

— Ton père semble très protecteur, commença-t-il avant qu'elle l'interrompe d'un geste.

— Je sais que cela part d'une bonne intention, dit-elle en ajustant son chapeau, mais ils oublient un peu vite que je ne suis pas seulement la petite dernière de la famille !

J'ai beau leur expliquer que les choses changent, que je suis une adulte comme tous mes frères et sœur, rien n'y fait…

— Pourtant, tu as plus de responsabilités sur le ranch que qui que ce soit d'autre.

— Parce que je suis la seule à y être restée !

Cisco secoua la tête.

— Ton père pourrait faire appel à de nombreuses personnes, tu sais qu'il a confiance en toi.

Elle arrêta son cheval.

— C'est gentil de me dire cela, dit-elle avant de prendre une profonde inspiration.

— C'est la vérité, rien de plus.

— En tout cas, je te remercie de le souligner. Parfois, les émotions prennent le dessus.

— Je serai toujours heureux de te rappeler à quel point tu es quelqu'un de remarquable ! dit-il en souriant.

En cet instant, la lueur qu'il perçut dans son regard lui noua la gorge. Ils reprirent leur chemin, et il ressentit un vrai bonheur à être en sa compagnie. Il aimait sa présence, le fait qu'avec elle il oubliait tout le reste, tout ce qui lui pesait sur les épaules le reste du temps. Ici, avec la terre et le ciel à perte de vue, il avait la sensation que Delaney et lui étaient seuls au monde. La vie n'était pas simple mais, pendant quelques heures, il est doux de le croire.

Le soleil était au zénith lorsque Delaney mit pied à terre. La chaleur n'était pas encore insupportable mais, après quelques heures en selle, une pause à l'ombre d'un arbre leur ferait le plus grand bien.

Tandis que Cisco descendit à son tour de cheval, elle étendit une couverture sur le sol et déballa leur pique-nique. Tranquilles, les deux chevaux se mirent à brouter l'herbe à proximité.

— De l'eau ? demanda Cisco en lui tendant sa gourde.

L'eau était fraîche et apaisait sa gorge desséchée par la poussière et la chaleur. Elle but longuement, laissant quelques gouttes rafraîchissantes couler le long de son menton. Elle sentit alors le doigt de Cisco effleurer son cou, comme pour rattraper la goutte d'eau. Elle cessa de boire et manqua de s'étouffer en avalant de travers.

— Ça va ? demanda-t-il, amusé, en lui tapotant le dos.

Elle hocha la tête, sentant ses joues s'empourprer, mais non sous l'effet de la chaleur. S'agenouillant sur la couverture, elle se concentra sur leur pique-nique pour masquer son trouble.

— C'est du pain à la cannelle que ma mère et moi avons préparé hier, dit-elle en s'éclaircissant la gorge. J'adore ça, je crois que c'est mon pain préféré !

S'asseyant à côté d'elle, il prit la tranche qu'elle lui tendait.

— C'est très bon, en effet. Tu cuisines souvent ? demanda-t-il en allongeant les jambes, s'appuyant sur un coude.

— Pas vraiment, mais j'aime cuisiner avec ma mère, répondit-elle en mordant dans sa tranche. Et puis, j'aime tellement manger que c'est une motivation pour préparer de bonnes choses !

— J'imagine que vous êtes bien servis avec ta mère aux commandes en cuisine ?

Elle rit.

— C'est sûr, elle prépare toujours des quantités dignes d'un régiment, et maintenant que la maison est presque vide, notre congélateur est plein à craquer. Pourtant, elle nourrit aussi les employés, mais elle est comme ça, généreuse par nature.

— C'est une femme admirable, dit-il en ajustant son chapeau.

— Oui, elle est formidable. J'ai une famille formidable, j'en ai bien conscience.

— Parle-moi de ta famille.

Il était simple pour elle de parler de sa famille, de ses frères et sœur, de leurs mésaventures d'enfance comme des chemins qu'ils avaient empruntés. Il l'écouta, posant parfois des questions ou racontant à son tour des anecdotes sur sa propre famille.

Elle remballa le pain avec soin, se concentrant sur ces gestes pour ne pas se laisser troubler plus encore par Cisco, allongé à côté d'elle.

Cisco, juste là, si proche et si séduisant. Si tentant. Sans compter qu'ils étaient seuls, loin de tout. Elle espéra presque qu'il ferait le premier geste vers elle, mais il garda les bras croisés derrière la tête. Il avait l'air tellement tranquille et à l'aise qu'elle en venait à douter. Etait-il aussi attiré par elle qu'elle l'était par lui ? Et si son intérêt pour ses histoires de famille était simplement une façon de collecter des informations sur les Fortune ?

Elle brûlait de savoir, de la même façon qu'elle brûlait de l'embrasser encore mais, à cet instant, aucune des deux options ne lui semblait une bonne idée. Elle finit par se lever pour raccrocher son sac derrière la selle de Flapjack. Lorsqu'elle se retourna, elle se retrouva nez à nez avec Cisco, qui venait de replier la couverture. Il lui tendit un petit bouquet de fleurs sauvages.

— C'est parce qu'elles me font penser à toi !

— Merci, dit-elle en prenant le bouquet avant de l'accrocher sur la selle à l'aide d'une lanière, pour cacher ses joues de nouveau empourprées.

Il fixa la couverture, et leurs bras s'effleurèrent.

— C'était une pause très agréable.

— Nous ne pourrons plus trop en faire pendant la période du vêlage, dit-elle, incapable de détacher les yeux des muscles de son dos, mis en valeur par sa chemise.

Lorsqu'il fit mine de se retourner, elle se décida soudain et, avançant d'un pas, déposa du bout des lèvres un baiser sur sa bouche. Il ôta alors son chapeau et répondit à son baiser, sans pour autant l'attirer contre lui. Elle l'enlaça.

Il mit un terme à leur étreinte bien trop tôt à son goût, glissant la main dans ses cheveux d'un air embarrassé.

Elle ne voulait pas que leur baiser s'arrête, et elle maintint son étreinte.

— Delaney, murmura-t-il, je ne veux pas précipiter les choses et aller trop vite pour toi.

— Et as-tu pensé au contraire que tu n'allais peut-être pas assez vite ?

Il sourit, surpris de cet aveu.

— Au risque de me répéter, je tiens à toi, tu m'es précieuse, et notre situation est compliquée.

— Pourquoi ? demanda-t-elle, ses doigts crispés sur le tissu de sa chemise. A cause de ton travail et de mon lien avec la famille Fortune ?

Il ouvrit la bouche, incapable de répondre.

— Ce n'est pas…

— N'essaie pas de nier, Cisco. Oui, je suis curieuse d'en savoir plus à propos de ton projet, mais pas si cela doit se faire au détriment de ce que nous partageons. Je suis prête à t'aider, avec plaisir et en toute connaissance de cause, et pas par une manipulation quelconque de ta part. Et s'il faut se débarrasser de cette affaire pour passer à autre chose entre nous, je suis prête !

Elle eut l'espoir qu'il l'embrasse ou la serre dans ses bras pour lui dire qu'il attendait la même chose qu'elle et partageait ses espoirs.

Mais il s'écarta. Il fit quelques pas qui eurent sur elle le même effet que s'il avait mis la moitié du Texas entre eux. Lorsqu'il leva les yeux vers elle, son regard était différent.

— Je ne te mérite pas, dit-il, comme si chaque mot était douloureux, et je sais à quel point je suis égoïste de te désirer encore.

Elle tendit la main vers lui.

— Je suis là, dit-elle.

— Je ne peux pas encore tout te dire, expliqua-t-il. Je voudrais tellement partager cela avec toi, mais ce n'est pas possible. Et je refuse d'essayer de profiter de toi d'une façon ou d'une autre !

Il serra les poings, la mine tourmentée.

— Eh bien, parle-moi, alors ! s'exclama-t-elle. Si je compte vraiment à tes yeux, explique-moi de quoi il retourne une bonne fois pour toutes !

Il voulait tellement lui parler. Ouvrir son cœur et sa conscience à cette femme et essayer d'être l'homme qu'elle méritait de rencontrer.

Pourtant, quelque chose l'en empêcha. Lui qui avait toujours été si sûr et si confiant, il ne se reconnaissait plus dès qu'il s'agissait de Delaney. Il savait avec certitude qu'elle tenait à lui. Ou plutôt qu'elle tenait à l'homme qu'elle pensait connaître.

Que se passerait-il lorsqu'elle saurait qu'il travaillait pour Cow-boy Country ? Il découvrait chaque jour davantage combien le parc à thème était éloigné de ce qui faisait la philosophie de Delaney. Au départ, tout lui semblait plutôt simple : il suffisait qu'il passe du bon temps avec cette jeune et jolie jeune femme — qui avait en plus l'intérêt majeur d'être un membre de la famille Fortune —, et de s'appuyer sur elle pour convaincre le reste de la famille de donner son aval à son projet résidentiel.

Il s'apercevait maintenant que son plan initial n'était pas dépourvu d'intention manipulatrice. Même si Delaney n'était pas aussi opposée à Cow-boy Country que d'autres membres de sa famille, elle était attachée à sa ville natale, à son authenticité et à la tranquillité de la vie qu'elle y menait. Sur le long terme, son projet risquait de modifier considérablement la vie quotidienne des habitants de Horseback Hollow.

Il devait commencer par s'assurer que son projet serait véritablement un plus pour la région et ne nuirait en rien à ses habitants. Il pouvait aussi s'attacher à convaincre Alden Moore et Kent Stephens de lui laisser un peu plus de temps pour mener des études préliminaires détaillées. Pour le moment, il devait bien reconnaître qu'il n'avait aucune garantie ni certitude.

Il ne pouvait pas parler tout de suite à Delaney, car si sa famille entendait parler des projets avant qu'il puisse répondre à leurs éventuelles objections, tout tomberait à l'eau. Il connaissait le poids de la rumeur sur les projets de ce genre…

— Delaney, il faut que tu me fasses confiance, je te promets de tout te dire aussitôt que je serai en mesure de le faire et, en attendant, je voudrais que nous puissions profiter de chaque instant qu'il nous est donné de passer ensemble à Horseback Hollow.

Il vit une ombre passer sur le visage de Delaney.

— Tu vas partir ?

— Oui, il le faudra bien, un jour, dit-il. Tu sais bien que toutes mes affaires sont à Miami. J'y ai créé mon entreprise, j'y ai mon appartement, mes amis…

— Oui, je comprends tout cela mais, comme tu laissais entendre que tu travaillais sur un gros contrat ici, j'en ai déduit que tu resterais ici pas mal de temps…

— Pour le moment, bien sûr, *cielo*, murmura-t-il en prenant sa main. Ne sois pas triste, je suis là, et je ne veux penser à rien d'autre !

Il embrassa doucement son front, puis sa bouche. Il prit son temps, goûtant la douceur de sa peau veloutée sous ses lèvres.

— Laisse-moi t'inviter à sortir un soir. Un vrai dîner dans les règles de l'art.

Elle soupira en l'embrassant en retour.

— Inutile de m'emmener dans un lieu raffiné, Cisco, je ne suis pas comme tes fréquentations de Miami, tu sais ! Je suis une petite Texane…

Entourant son visage de ses deux mains, il plongea son regard dans le sien.

— Il n'y a pas d'autres femmes à Miami.

— Tu sais…

— Et il n'y a pas d'autres femmes à Horseback Hollow non plus, l'interrompit-il. Il n'y a que toi, Delaney. S'il te plaît, accepte mon invitation.

Elle posa ses mains sur les siennes.

— J'accepte, dit-elle dans un sourire à la fois timide et rayonnant.

Il la désirait tant que son cœur sembla exploser en la regardant… Il désirait cette femme comme jamais il n'avait désiré personne et n'avait qu'une idée en tête : ne pas passer à côté de Delaney Fortune Jones. Elle devenait sa priorité, son grand projet, qui surpassait tous les autres, pour la première fois de sa vie.

Il ne savait pas encore comment, mais il comptait bien tout faire pour ne pas la perdre.

- 9 -

— Tu es magnifique ! s'exclama Jeanne-Marie en la voyant entrer.

— Merci, maman, dit Delaney en repoussant une mèche de cheveux. Je me demande seulement si on ne va pas se questionner sur qui m'arrive, en me voyant arriver ainsi en ville…

Elle avait pris le temps de se boucler les cheveux et avait choisi une robe corail lacée dans le dos, assortie à des escarpins qu'elle avait achetés sur un coup de tête il y a longtemps, mais n'avait jamais encore portés.

— Comment te sens-tu lorsque tu es avec Cisco ? Excessive, ridicule ?

— Oh non ! Je me sens la plus belle et la plus chanceuse des femmes au monde…

— Eh bien, ne pense qu'à cela, ma chérie, car c'est ce que les gens verront lorsqu'ils vous croiseront.

— Je me sens si peu à la hauteur, si provinciale… Il est sorti avec Rachel, si tu veux avoir une idée du genre de filles qu'il fréquente, je ne joue pas vraiment dans la même catégorie, soupira-t-elle.

— Delaney, tu es qui tu es, et Cisco a envie de passer du temps avec toi, pas avec qui que ce soit d'autre ! Cette histoire de catégorie est tout bonnement ridicule. Tous les jours que Dieu fait, il vient travailler ici avec toi, il tient à toi, n'importe qui le verrait, arrête donc de te dévaloriser !

Au même instant, la sonnette retentit.

— Comment fais-tu pour toujours trouver les mots justes ? lança Delaney en se dirigeant vers la porte.

— Des années de pratique, sans doute, répondit Jeanne-Marie dans un sourire.

Delaney se rendit compte très rapidement que ses chaussures à talon étaient loin d'être aussi confortables que des santiags pour marcher, et elle trébucha à deux reprises en gagnant la porte. Lorsqu'elle l'ouvrit, Cisco l'accueillit par un sifflement admiratif.

— Waouh ! Delaney ! Tu es vraiment splendide, lança-t-il, en la détaillant de la tête aux pieds.

En définitive, les talons étaient peut-être une bonne idée...

Il lui tendit deux bouquets de fleurs.

— Un seul aurait suffi, plaisanta-t-elle.

Il sourit.

— Un pour toi, et un pour ta mère, précisa-t-il.

— C'est très gentil, viens, elle est au salon.

En se retournant, son talon s'accrocha au coin du tapis et elle faillit tomber. Cisco la retint par le bras.

— Oh ! attention. Tout va bien ?

Voilà ce qui arrivait à vouloir porter des talons...

— Ce sont mes nouvelles chaussures, répondit-elle. Elles demandent un peu de pratique au niveau des talons !

— Qu'as-tu fait de tes santiags ?

— Je me suis dit que celles-ci seraient plus adaptées à une sortie en ville...

— Delaney, je t'ai invitée parce que j'avais envie de passer du temps avec toi, et tu es une cow-girl, tu n'as pas à en rougir ! J'aime cet aspect-là de ta personnalité, tu n'as pas besoin de changer ou prétendre que tu es différente pour moi !

— J'avais juste envie d'être jolie, murmura-t-elle en se rendant compte de ce que cela avait de ridicule.

— Tu es jolie pour ce que tu es, et ça n'a rien à voir avec ce que tu portes, dit-il en effleurant tendrement sa joue.

Elle inspira pour essayer de résister aux flots d'amour qui emplissaient son cœur.

— Tu as raison, je vais retirer ces escarpins, dit-elle en s'écartant pour aller s'asseoir sur la dernière marche de l'escalier. De toute façon, en quelques pas, j'avais déjà des ampoules !

— Si tu veux bien me permettre, dit-il en s'agenouillant devant elle, après avoir déposé les fleurs sur la table.

Elle voulut protester, mais n'en eut pas le temps, alors qu'il entourait sa cheville d'une main et détachait la bride de l'autre.

Elle se mordit la lèvre pour réprimer un soupir de soulagement lorsque son pied fut enfin libéré. Cisco le massa lentement avant de lever les yeux vers elle.

— Ne fais pas ça, murmura-t-il en hochant la tête.

— Faire quoi ?

— Ne mords pas cette lèvre que j'aime tant, répondit-il, à voix basse, sans la quitter du regard.

Elle la mordit encore plus fort, avant d'éclater de rire lorsqu'il se vengea en lui chatouillant la plante des pieds.

Il ôta sa deuxième chaussure, mais continua de caresser ses pieds un instant. Sa peau mate semblait de bronze en contraste avec la blancheur des jambes de Delaney. Elle ne parvenait pas à chasser les images de caresses plus érotiques encore entre eux deux.

Comme s'il avait lu dans ses pensées, il se leva tout à coup et s'écarta, saisissant l'un des bouquets laissés sur la table.

— Je vais aller saluer ta mère pendant que tu changes de chaussures.

Elle monta à l'étage et prit sa paire préférée dans le placard : des santiags rouges qu'elle enfila aussitôt avant de redescendre pour trouver Cisco et sa mère avec son bouquet dans les mains et un sourire rayonnant.

— Ne sont-elles pas magnifiques ?

— Oui, vraiment superbes, confirma Delaney en saisissant son bouquet. Tu veux bien mettre aussi les miennes dans un vase ?

— Bien sûr, répondit Jeanne-Marie. Allez-vous-en, tous les deux, et amusez-vous bien !

— Nous ne rentrerons pas trop tard, assura Cisco.

Delaney saisit son sac à main.

— J'ai vingt-quatre ans, après tout, j'ai passé l'âge des couvre-feux, je crois !

— Certes, mais j'apprécie l'attention de Cisco, toutefois, souligna Jeanne-Marie.

Ils sortirent et gagnèrent la voiture de Cisco.

— Tu sais, je suis vraiment une grande fille, alors si…

Il l'interrompit en la prenant dans ses bras avec fougue, la soulevant de terre pour l'embrasser avec une ardeur à peine contenue. Elle répondit à ce baiser intense et passionné, et tous ses doutes s'envolèrent du même coup. Elle n'aurait su dire si cet instant avait duré quelques secondes ou plusieurs minutes.

— Si je te garde auprès de moi trop longtemps, lui murmura-t-il à l'oreille, je pourrais bien ne plus jamais vouloir te laisser partir…

En entendant ces mots, elle sentit son cœur sur le point d'exploser.

— Où allons-nous dîner ? demanda-t-elle en montant en voiture.

— A la Cantina, répondit-il en s'installant derrière le volant. Je me suis dit que ce serait agréable de rester à Horseback Hollow. Ça te va ?

— Oui, bien sûr.

Bizarrement, Delaney ressentit une vague déception à l'annonce de son choix. Elle ne pouvait s'empêcher de songer à Rachel qu'il avait invitée dans un restaurant chic d'une ville voisine.

— Si tu préfères aller ailleurs, cela me va aussi. Je me moque bien du lieu, tant que nous passons la soirée tous les deux.

Elle ne put s'empêcher de sourire en se disant qu'une fois encore il lui donnait l'impression de lire dans ses pensées. D'un autre côté, elle aimait beaucoup la Cantina pour sa cuisine et sa bonne ambiance et ne s'était jamais vraiment sentie à l'aise dans les restaurants chic. Elle comprit alors qu'il essayait simplement de lui faire plaisir en respectant qui elle était vraiment.

— A moi aussi, cela m'est égal, répondit-elle. Et puis, je suis tellement affamée que je crois que je ne survivrais pas au trajet jusqu'à Vicker's Corner.

— J'en suis ravi, dit-il en souriant.

— Je devine que les filles avec qui tu sors d'habitude sont plutôt du genre à picorer deux feuilles de laitue en guise de dîner, n'est-ce pas ?

— Les filles avec qui je sors d'habitude n'ont aucune importance. Il n'y a que toi, ce soir, dit-il en tendant la main vers la sienne et entrelaçant leurs doigts.

Elle ne parvenait pas à se remémorer la dernière fois qu'elle avait ressenti cela. Même si tout devait s'arrêter le lendemain, elle n'oublierait jamais ces instants avec Cisco.

En ce samedi soir, la Cantina était très fréquentée, mais avec le cousin de Cisco, Marcus et sa femme, Wendy Fortune Mendoza, aux commandes, Cisco et Delaney eurent une des meilleures tables du restaurant. Cisco n'avait pas toujours été proche de ses cousins qu'il avait assez peu fréquentés enfant, mais il appréciait d'avoir l'opportunité de mieux connaître Marcus lors son séjour à Horseback Hollow.

Ce soir, pourtant, il n'avait d'yeux que pour celle qui l'accompagnait. Buvant une longue gorgée de sa bière, il observa le regard pétillant de Delaney, tandis que cette dernière échangeait quelques mots avec une amie de lycée qui était venue la saluer. Elle connaissait à peu près la moitié de la salle et le surprit par son aisance naturelle à échanger et à l'inclure très facilement dans les conversations. Il se sentait presque partie intégrante de cette communauté. Evidemment, la plupart des gens savaient qui il était ou connaissaient son père et sa sœur, ce qui simplifiait les choses.

Il se demanda ce que ces mêmes personnes penseraient s'ils connaissaient son lien avec Cow-boy Country. Le sujet du nouveau parc avait été abordé à quelques reprises, même si personne ne semblait connaître l'existence du projet précis dont il était en charge. Les habitants de la ville n'y allaient pas avec le dos de la cuillère pour critiquer la façon dont Moore Entertainment gérait les choses. Il nota cependant que Marcus et Wendy n'avaient guère fait de commentaires, pensant sans doute à l'afflux touristique qui serait profitable à leur restaurant.

Delaney aussi restait plutôt sur la réserve, et il en était soulagé. Cow-boy Country allait ouvrir dans quelques semaines, même si les problèmes de personnel rendaient les délais difficiles à tenir. Il n'en était que plus déterminé à essayer de convaincre Kent et les autres cadres du projet de prêter une oreille plus attentive aux critiques émises par les habitants de la ville.

Plus il connaissait Horseback Hollow et plus il avait la certitude que le soutien des gens du pays serait un atout irremplaçable pour l'implantation de Cow-boy Country. Pour le moment, cependant, il avait encore du mal à convaincre Kent d'envisager le projet au-delà du court terme. Il espérait que sa prochaine réunion à Lubbock en serait l'occasion. En attendant, il profitait de ce répit, avant de devoir présenter à Delaney et sa famille son réel projet.

Il voulait avoir des éléments rassurants à présenter lorsqu'il leur en parlerait. Il savait que Delaney lui en voudrait sans doute de ne pas avoir été totalement franc envers elle, et il aurait besoin de justifier sa décision de ne pas lui en avoir parlé immédiatement.

— Pardon, je passe mon temps à discuter avec tout le monde ! dit Delaney, lorsque son amie repartit vers sa table. C'est le problème avec la Cantina, il n'est pas évident de passer inaperçus !

— J'aime bien te regarder parler avec tes amis. On sent combien tu te préoccupes sincèrement d'eux, et la réciproque est vraie. Je n'ai jamais rien connu de tel. A Miami, les gens que je côtoie sont en lien avec mon activité. C'est assez nouveau pour moi de passer une soirée sans aucune arrière-pensée professionnelle…

En prononçant ces mots, il les regretta aussitôt. Il vit le regard de Delaney se voiler.

— Ah, vraiment ? demanda-t-elle d'un ton légèrement sarcastique. J'ai beau y mettre beaucoup de bonne volonté, j'ai du mal à te croire, Cisco. Je t'ai vu plongé dans tes pensées tout à l'heure. Essayais-tu de déterminer quel autre membre de la famille Fortune tu pourrais rencontrer après moi ?

Jamais, auparavant, on ne lui avait fait ce genre de reproches. Sans doute parce que jamais personne n'avait été aussi proche de lui que l'était devenue Delaney en quelques jours. Personne n'avait jamais vraiment gratté au-delà de la surface, sans doute, se contentant de ce petit jeu convenu dont chacun acceptait plus ou moins tacitement les règles.

Mais avec elle, tous les faux-semblants volaient en éclats, rendus superficiels et totalement hors de propos.

— Je te donne ma parole : je te dirai tout de mes affaires

en ville aussitôt que je serai en mesure de le faire. Et je veux que tu saches que tu es la seule Fortune qui compte à mes yeux, dit-il en prenant sa main.

Il s'inclina pour déposer un léger baiser sur ses doigts.

Elle jeta un coup d'œil alentour, comme si elle redoutait que quelqu'un remarque cette marque d'affection.

— N'est-il pas un peu trop tard pour se méfier du qu'en-dira-t-on ? dit-il en gardant ostensiblement sa main dans la sienne.

Il se moquait bien des regards et n'était pas mécontent de faire savoir aux hommes de l'assistance venus la saluer que Delaney sortait avec lui. Ce soir, tout du moins ! La plupart d'entre eux étaient des amis de ses frères, mais il avait bien noté les regards qui lui étaient adressés.

Delaney semblait convaincue que tout le monde la voyait comme une gamine, mais il avait la certitude qu'il ne s'agissait pas d'un manque d'intérêt des hommes à son égard, bien au contraire. Sans doute que l'influence de grands frères était assez dissuasive. Cependant, maintenant qu'il attestait qu'il était possible d'inviter Delaney à sortir un soir, sans la présence de garde du corps ou de tueurs à gages dans les environs, il redoutait de créer un véritable appel d'air ! En outre, il savait qu'elle ne désirait rien d'autre que de rencontrer un vrai cow-boy avec qui fonder une famille, tandis que son temps ici était compté…

Cette idée lui faisait bouillir le sang. Il avait toujours sa main dans la sienne, et la sentait un peu tendue.

— Les rumeurs vont plus vite encore que les feux de plaines par ici, expliqua-t-elle. Mais, comme les gens savaient que tu travaillais au ranch, ils auraient pu penser que c'était un simple dîner entre collègues.

Il caressa son poignet et la vit frémir lorsqu'il remonta vers son avant-bras.

— Je ne veux pas laisser le moindre doute sur les raisons qui m'ont poussé à t'inviter à sortir, ce soir. J'espère que nous sommes amis, Delaney, mais c'est loin d'être tout ce que j'espère pour nous…

- 10 -

Delaney se demandait s'il était possible de réellement se consumer de désir. Jamais elle n'avait ressenti le trouble que Cisco suscitait en elle en la touchant. Le contact de ses doigts sur son poignet lui donnait une envie folle de repousser la table qui séparait son corps du sien.

Elle avait l'impression d'être rouge comme une pivoine et d'attirer tous les regards de l'assistance. Elle songea alors que le jour où Cisco quitterait Horseback Hollow, elle se retrouverait seule, le cœur brisé, face aux regards curieux de la moitié des habitants de la ville.

Pourquoi aurait-elle le cœur brisé ? Et d'ailleurs, celui-ci était-il déjà prisonnier de Cisco ?

Elle retira sa main de la sienne et but de l'eau pour se rafraîchir les idées.

— Je vais trop vite ? demanda-t-il, ses yeux dans les siens.

— Non, ça va, dit-elle. Je voudrais… Je ne suis pas sûre de ce que je voudrais, mais je suis heureuse que nous soyons amis.

— En tout cas, j'espère que rien ne viendra briser cette amitié.

— Et quand tu repartiras pour la Floride ? ne put-elle s'empêcher de demander.

— Tu es déjà allée à Miami ?

Elle secoua la tête.

— Evidemment, c'est très différent de Horseback Hollow, mais c'est une ville magnifique. Il y a là-bas une telle énergie ! Les habitants viennent d'un peu partout dans le monde. La musique et la nourriture y sont incomparables.

— Je ne suis pas sûre de pouvoir m'adapter là-bas, dit-elle. Je vais passer pour…

— Tu vas passer pour une très belle jeune femme, spontanée et pleine de vie, coupa-t-il.

Avant qu'elle ait le temps de répondre, Marcus Mendoza se présenta à leur table.

— Comment se passe ce repas ?

— Très bien, répondit Delaney avec un large sourire.

— Vous avez vraiment un très beau restaurant, félicitations !

— Merci. Combien de temps comptes-tu rester parmi nous avant que l'appel de Miami redevienne trop fort pour un rat des villes comme toi ?

— Oh ! encore un peu…

— Tu dois avoir des affaires importantes, pour rester si longtemps dans nos contrées isolées !

Delaney nota le léger sursaut de Cisco.

— Qu'est-ce qui te fait dire ça ? demanda-t-il sèchement.

Marcus posa sa main sur son épaule.

— Rien, ne t'inquiète pas, il n'y a pas encore eu de fuites à ce sujet. Je me fie simplement à ton père qui dit que tu es totalement accro au travail, j'en ai donc déduit que tu devais avoir de bonnes raisons de rester ici.

Delaney se sentit gagnée par un léger malaise, que le sourire rassurant de Cisco ne réussit pas à dissiper.

— Horseback Hollow est une ville très agréable, je ne suis pas particulièrement pressé d'en partir.

Son cousin jeta un coup d'œil peu discret en direction de Delaney.

— Oui, comme je le disais, il suffit d'une bonne raison pour avoir envie de rester ! Au fait, il faut absolument que tu viennes très bientôt dans le restaurant que ma belle-famille possède à Red Rock. C'est très différent de la Cantina, mais je pense que cela te plaira.

— Nous essaierons, c'est une bonne idée, dit Cisco en tendant de nouveau la main vers celle de Delaney.

Cette fois, son contact était rassurant, et elle se sentit rassérénée.

Un peu plus tard, après avoir remercié et salué Marcus et Wendy, Cisco la raccompagna chez elle. Elle le sentit différent, comme si la conversation avec Marcus l'avait perturbé. Il resta silencieux le temps du trajet, et elle-même se mit à réfléchir aux propos de son cousin. Pour la centième fois au moins, elle se demanda si une relation était possible entre eux, en dépit de l'imminence de son retour pour Miami. Mais elle se sentait bien incapable de réprimer ses sentiments…

Dès qu'ils furent arrivés, Cisco descendit de voiture et vint lui ouvrir la portière. Comme il la raccompagnait jusqu'à l'entrée, elle décida de se lancer.

— Tu as envie d'entrer un instant ?

Il jeta un coup d'œil à sa montre.

— Il est presque 11 heures et tout est éteint, je ne voudrais pas risquer de réveiller tes parents.

— Nous ne sommes pas obligés de faire du bruit, suggéra-t-elle.

Il n'y avait pas dans ses propos le moindre sous-entendu délibéré mais, mesurant le ridicule de sa réponse, elle ferma les yeux. Tant qu'elle y était, elle n'avait qu'à se pendre à son cou !

Lentement, elle rouvrit les yeux et vit son sourire, mais il lui parut triste, ou du moins contrit.

— J'ai passé un merveilleux moment avec toi, Delaney, comme toujours, dit-il en déposant un léger baiser sur ses lèvres avant de reculer comme pour s'assurer qu'il n'y aurait aucun rapprochement entre eux. Fais de beaux rêves, *cielo*.

Elle n'était pas la plus expérimentée des jeunes femmes, loin de là, mais nul besoin d'être grand clerc pour comprendre ce qu'il en était. Il n'était pas intéressé. Il cherchait simplement à se conduire en gentleman.

— Eh bien, bonne nuit, répondit-elle aussitôt, se félicitant de rester digne.

Sans un autre regard, elle ouvrit la porte et rentra. Refermant la porte, elle s'y adossa, en soupirant. Son soupir se transforma alors en sanglots, tandis qu'elle serrait les poings, enfonçant les ongles dans ses paumes.

Elle avait passé une belle soirée et ne voulait surtout pas qu'elle se termine dans les larmes.

Pas pour un homme.

Quelques minutes plus tard, elle jeta un coup d'œil à l'extérieur. Cisco était encore là, devant sa voiture. La lumière sur la terrasse créait un contre-jour qui empêchait de distinguer autre chose que sa silhouette dans la pénombre. Puis il se retourna et, même si elle ne voyait pas son regard, elle frissonna comme s'il venait de planter les yeux dans les siens. C'était sans doute son imagination. La maison était plongée dans l'obscurité, il ne pouvait pas la voir. Pourtant, il resta ainsi un moment, et elle eut l'impression d'être changée en statue.

Un instant, elle imagina sortir et se précipiter dans ses bras. Pourtant, au moment où elle faisait un pas vers la porte, il se tourna et monta dans sa voiture, avant de disparaître dans la nuit.

En montant l'escalier pour gagner sa chambre, elle eut l'impression que son cœur allait se désintégrer tant il lui semblait vide.

*
* *

Au matin, une brise tiède se leva, renforçant la sensation de chaleur déjà intense. Cisco se rendit compte qu'il avait laissé son stetson chez lui. Après sa soirée avec Delaney, il avait passé deux nuits presque blanches, incapable de trouver le sommeil avant les petites heures du matin. Lui qui avait l'habitude de se lever avec le soleil avait eu du mal à partir à l'heure. Pourtant, les réunions à Lubbock l'avaient tenu bien occupé et auraient dû lui permettre de se changer les idées.

Il n'était pas retourné au ranch depuis sa soirée avec Delaney. Il avait essayé deux fois d'appeler la jeune femme, mais était tombé directement sur son répondeur, sans savoir si elle filtrait ses appels ou si elle avait simplement beaucoup de travail. Elle avait répondu à ses messages de façon particulièrement laconique. Il aurait trouvé la situation amusante s'il n'en avait pas été autant affecté. A Miami, il n'était jamais vraiment à court de compagnie féminine, mais Delaney était la seule à occuper ses pensées.

Pourtant, il devait bien admettre qu'il méritait les tourments auxquels elle le soumettait par son attitude. Lui qui avait passé une soirée délicieuse en sa compagnie avait pris conscience que presque toute sa vie était apparences. La discussion avec Marcus avait été un électrochoc. Son cousin avait raison, même si sa rencontre avec Delaney était venue tout bouleverser.

Mais il y avait pourtant le projet de résidence.

Les investisseurs qu'il avait rencontrés la veille semblaient prêts à signer s'ils avaient la certitude que tout se passerait bien avec le parc à thème. Cisco avait donc organisé une réunion avec Kent Stephens et Alden Moore l'après-midi même, afin de formuler ses préoccupations.

Même s'il prenait conscience que ses préoccupations principales tournaient principalement autour de Delaney.

Ne pas la décevoir, elle et sa famille, était devenu essentiel. Pourtant, jamais il n'avait fait passer quoi que ce soit avant ses affaires ou sa carrière, et il sentait bien que ce changement le déstabilisait profondément.

Il monta les marches de la maison de Gabi où il devait aussi retrouver son frère, Matteo, et son père pour un petit déjeuner familial. Il était arrivé un peu en avance, dans l'espoir de parler un peu avec Gabi. Elle le salua comme à son habitude avant de lui adresser un regard sombre.

— J'ai deux ou trois questions à te poser, si tu vois où je veux en venir ?

Il ne put réprimer un soupir.

— Je devine que tu as eu des échos de ma soirée avec Delaney ?

Elle l'entraîna vers la cuisine.

— J'ai entendu dire que vous étiez à deux doigts de faire l'amour sur la table de la Cantina, pour commencer…

— Qui a bien pu te dire ça ? lança-t-il, furieux. Ce n'est pas du tout le genre de Delaney, et je ne laisserai personne dire cela !

— Là n'est pas la question, Cisco. A quoi tu joues avec elle ? lança une voix derrière lui.

Il se retourna en entendant son frère Matteo.

— J'espère bien qu'il ne joue pas ! lança Gabi à son tour. Delaney fait partie de ma famille maintenant, et je ne te laisserai pas te comporter avec elle comme tu le fais d'habitude avec les femmes.

— Et qu'est-ce que je fais, d'habitude ? demanda-t-il en levant les mains en signe de défense. J'aime beaucoup Delaney, nous sommes amis et je l'ai invitée à sortir…

Gabi secoua la tête.

— Ne joue pas les innocents, tu sais très bien ce que je veux dire.

— Moi aussi, je sais ce qu'elle veut dire, intervint Matteo, mon propre frère a essayé de me voler ma femme !

— Je n'ai jamais essayé de te voler Rachel, rétorqua Cisco. Nous l'avons rencontrée le même jour, et dès que j'ai su que c'était sérieux entre vous, je me suis retiré aussitôt. D'ailleurs, si je n'avais pas fait partie de l'équation, tu serais encore en train d'hésiter à te déclarer !

— Je devrais donc te remercier, c'est ça ? lança Matteo.

— Je n'ai pas dit ça, dit Cisco en faisant les cent pas dans la cuisine. Quel monstre suis-je donc pour me faire ainsi accuser par mon frère et ma sœur ?

Matteo lui sourit.

— Tu ne serais pas en train d'essayer de gagner du temps ? suggéra-t-il.

— Ce n'est pas ça, dit Gabriella. Nous t'aimons, et nous avons envie de te faire confiance, mais Delaney n'est pas aussi expérimentée que toi, c'est tout. Nous voulons la préserver.

— Je ne lui ferai pas de mal, articula Cisco lentement, entre promesse et prière.

— Qui est-ce qui s'est fait mal ? demanda Orlando en faisant irruption dans la pièce.

— Nous ne parlions pas de ce genre de douleurs, papa, expliqua Matteo. Il s'agissait des relations de don Juan Mendoza ici présent avec Delaney Fortune Jones.

Orlando hocha la tête.

— Oui, on m'a parlé d'un rendez-vous des plus galants à la Cantina l'autre jour…

— Eh oui, dit Gabi en tendant une tasse de café à son frère, il n'y a pas de secrets dans cette ville.

— C'est ce que je découvre, en effet ! dit-il en cherchant à contenir la colère qui l'envahissait.

Il avait toutes les peines du monde à accepter ce tribunal familial qui se mettait à juger ses actions. Lui qui avait l'habitude de mener sa barque comme il l'entendait, il découvrait que vivre dans une petite communauté ne le permettait pas.

— Je tiens à Delaney, dit-il en buvant une gorgée de

café. Je tiens beaucoup à elle et je la respecte, ainsi que toute sa famille.

Gabi lui sourit.

— Je sais que c'est vrai, Cisco, mais comprends nos inquiétudes.

Il s'assit et se laissa glisser dans son siège en se massant les tempes. Gabi plaça sur la table des œufs brouillés et du bacon fumant. L'odeur était délicieuse. Sa sœur était aussi bonne cuisinière que l'avait été leur mère. Soudain, il sentit que sa mère lui manquait cruellement. Elle avait toujours été le centre de leur famille. Elle aurait été si heureuse de les avoir tous réunis autour d'elle pour un repas.

— Jude va venir se joindre à nous ?

Gabi secoua la tête.

— Il est parti tôt ce matin avec son père. Il y avait des clôtures à réparer. Il ne reviendra pas avant le dîner, expliqua-t-elle en leur présentant le plat. Servez-vous, tous les trois ! Je suis contente que nous soyons tous réunis, ainsi. J'aimerais tellement qu'Alejandro et Joaquin soient des nôtres aussi.

— Qui sait, s'ils viennent nous rendre visite, ils tomberont peut-être eux aussi sous le charme de Horseback Hollow ? suggéra Orlando.

— Même Cisco semble prendre racine ! s'exclama Matteo. Comment se passe ton immersion au ranch ?

— J'y apprends beaucoup. Je suis impressionné par ce que Deke et Delaney accomplissent chaque jour. Je suppose que tu vois de quoi je veux parler, Gabi, maintenant que tu as épousé un fermier ?

— Deke et Jeanne-Marie sont des gens admirables, souligna Orlando.

— Et tu envisages de plaquer ta carrière dans l'immobilier pour devenir éleveur ? plaisanta Matteo.

— Non, pas vraiment, répondit Cisco.

— J'en étais sûr, tu mijotes quelque chose ! s'exclama Matteo.

— De quoi veux-tu parler ?

— Je suis certain que tu as des intérêts qui te retiennent ici…

— Tu veux dire : en plus de Delaney ? demanda Orlando en leur adressant un clin d'œil. Je pensais qu'une femme comme elle était plus que suffisante !

— Mais pas pour Cisco, dit Matteo. Il n'aurait pas lâché son agence de Miami s'il n'y avait des contrats à plusieurs zéros qui l'attendaient. Et s'il s'agissait de…

— Bon, ce n'est pas un peu fini ? Vos suspicions et vos sous-entendus deviennent vraiment pesants ! lança Cisco.

— Il a raison, dit Gabi.

— Tu es en train de travailler pour Cow-boy Country ! conclut Matteo en pointant Cisco avec sa fourchette.

Orlando et Gabrielle se tournèrent tous deux vers Matteo.

— Qu'est-ce que tu viens de dire, fiston ? demanda leur père.

— J'en suis certain, il doit avoir un projet lié à Cow-boy Country, sinon qu'est-ce qui le ferait rester aussi longtemps dans un endroit aussi retiré ?

— Sa famille, non ? Nous sommes là, tout de même, souligna Orlando.

— Oui et Delaney aussi, ajouta Gabi. Il est amoureux, ça ne fait aucun doute !

— Vous semblez oublier que je suis assis à la même table que vous ! s'indigna Cisco.

— Eh bien, dis à ton frère qu'il fait fausse route, et que tu n'as rien à voir avec ces exploiteurs de chez Moore Entertainment !

— Papa, à t'écouter, on croirait que tu es né ici et que tu prends la défense de la terre de tes ancêtres !

— Mais nous avons des valeurs comme les gens d'ici,

intervint Matteo. Contrairement aux gens de chez Cow-boy Country, nous ne sommes pas prêts à tout pour le profit.

— Tu ne crois pas que tu en fais un peu trop ? demanda Cisco. Il y a des aspects positifs à l'ouverture d'un tel parc, pour l'emploi, pour l'économie locale. Il faut cesser de ne voir que les aspects négatifs !

— Mais l'argent ne fait pas tout ! dit Orlando.

— Et que pense Delaney du fait que tu travailles pour eux ? demanda doucement Gabi.

— Et d'abord, qu'est-ce que tu fais pour eux ? demanda Matteo. Il est étrange de te voir si secret tout à coup !

— Je ne peux donner aucun détail sur ce que je fais tant que rien n'est finalisé, se défendit Cisco.

— Donc, tu travailles bien pour Moore Entertainment ? dit son père, la déception palpable dans sa voix.

— C'était une opportunité à côté de laquelle je ne pouvais pas passer et qui me permettait de passer du temps ici avec vous tous. J'ai pensé que c'était une bonne idée.

— Nous sommes tous très content que tu aies décidé de passer du temps ici, dit Orlando en se levant pour poser la main sur l'épaule de son fils.

— Je n'ai découvert l'hostilité contre ce parc qu'une fois ici, ajouta Cisco. Et je reste convaincu qu'à terme, Cow-boy Country et les autres projets qui y sont liés seront bénéfiques pour tout le monde ici.

— Je t'en prie, n'en parle pas devant Jude pour l'instant ! Ses frères et lui peuvent passer des soirées entières à critiquer Cow-boy Country… Ici, c'est un peu une menace d'apocalypse, dit Gabi. Mais tu le savais déjà, n'est-ce pas ? Tout comme tu savais, grâce à moi, que tous les Fortune n'étaient pas farouchement opposés au parc…

Cisco leva la main.

— Ce n'est pas ce que tu imagines, Gabriella.

Elle le foudroya du regard et, une nouvelle fois, il crut

voir sa mère. Luz Mendoza n'avait pas besoin d'en dire long pour se faire entendre.

— C'est bon, c'était sans doute mon intention au départ, mais depuis, je me suis attaché à Delaney. Je tiens à elle et je ne ferais rien qui puisse lui nuire.

— Tu as plutôt intérêt, car Jude et ses frères t'arracheraient les yeux ! Connaît-elle les détails de ton lien avec Cow-boy Country ?

— Pas encore, reconnut-il. Mais je suis sûr qu'elle comprendra.

Se levant, Matteo se mit à débarrasser les assiettes.

— Tu es certainement le mieux placé pour embobiner une fille amoureuse, lança-t-il.

— Je pense que Cisco a compris nos inquiétudes, coupa Orlando. S'il nous affirme que ses intentions sont louables, alors, nous pouvons lui faire confiance. Je suis heureux pour toi, mon fils, que tu aies rencontré une femme à qui tu tiennes sincèrement.

— Merci, papa, dit Cisco.

Il leva les yeux vers l'homme aux cheveux grisonnants et se sentit fier d'avoir un père de cette trempe. Il ne voulait pas le décevoir. Il ne le pouvait pas, de toute façon, car ses sentiments pour Delaney étaient tout ce qu'il y a de plus réels.

Il se leva et aida tout le monde à ranger. Malgré les tensions, c'était bon, presque rassurant, d'être ainsi auprès de sa famille. Finalement, la conversation se centra sur Matteo et Gabi qui évoquèrent leur nouvelle vie à Horseback Hollow.

Cisco était heureux pour eux. Perplexe, il pensa à la place prépondérante de sa carrière dans sa vie. Avait-il fait fausse route ? Il n'y avait jamais songé avant de rencontrer Delaney. Tout à coup, progresser dans sa carrière ne lui semblait plus aussi important que la voir heureuse avec lui.

- 11 -

— Qu'est-ce qui ne va pas ? demanda Galen.

Le grill de Horseback Hollow était rempli par les habitués du midi. Delaney semblait ne pas même avoir entendu la question de son frère, absorbée qu'elle était dans ses pensées. Son regard s'arrêta sur les tables voisines, et elle songea qu'il y avait beaucoup de nouvelles têtes. Sans doute les employés de Cow-boy Country. Lorsque la voix de Galen parvint finalement jusqu'à son cerveau, elle regarda son frère, interdite.

— Tu ne te sens pas bien ? demanda-t-il, la mine préoccupée. Tu voudrais rentrer ?

— Non, non, je ne suis pas malade, pourquoi dis-tu cela ? lança-t-elle.

— Peut-être parce que tu as à peine goûté ton plat, dit-il avant de prendre une frite du bout des doigts dans son assiette.

Elle haussa les épaules.

— Je n'ai pas très faim.

— C'est exactement ce que je te dis. Toi qui as le plus gros appétit de la famille… il y a forcément quelque chose qui ne va pas. Et comme tu m'as demandé de venir déjeuner avec toi, je devine que tu aimerais en parler, d'où ma question…

— Je t'ai invité, nuance, répondit-elle en se forçant à croquer dans une frite pour tenter de détromper son frère.

Mais le cœur n'y était pas, et, dans le fond, Galen avait raison, elle avait envie de lui demander son avis. Elle laissa retomber la demi-frite froide dans son assiette et prit une grande inspiration.

— Comment sait-on qu'un homme s'intéresse vraiment à nous ?

Galen manqua de s'étouffer.

— Eh, préviens-moi, la prochaine fois avant de poser ce genre de question !

— A qui d'autre pourrais-je la poser ? J'ai besoin de l'avis d'un homme.

Il porta son verre de soda à ses lèvres.

— Oui, et Dieu sait que je suis un grand spécialiste en la matière ! plaisanta-t-il.

Elle sourit.

— Le fait que tu sois célibataire compte aussi, ceux qui ont trouvé l'amour ont l'air d'avoir tout oublié de ce genre de questionnement, précisa-t-elle. Non, sérieusement, Galen, quand un homme se dit-il qu'il veut vraiment être avec une femme ?

— Je crois vraiment que tu ferais mieux d'en parler avec maman…

— Stop ! Je ne te parle pas de ce qui fait que tu désires coucher avec une femme, je te demande ce qui fait qu'un homme, à un moment donné, veut justement plus que cela, une véritable histoire, une histoire d'amour, tu vois ?

— Je vois, mais je ne suis pas certain d'avoir une réponse, sinon sans doute que je ne serai plus célibataire… Les hommes ont tendance à aimer que les choses soient simples et claires, mais quand l'amour s'en mêle, tout se complique.

— Ne m'en parle pas, soupira Delaney.

— Tout ceci est-il en rapport avec Cisco Mendoza ?

Elle sentit ses joues s'empourprer.

— Qu'est-ce que tu as entendu ?

— Papa a simplement mentionné qu'il travaillait au ranch avec toi.

— Papa t'a parlé de Cisco ?

— Non, pas vraiment parlé de lui, tu connais papa. Mais j'ai senti qu'il l'appréciait plutôt et, surtout, qu'il avait du respect pour lui. Ensuite, j'ai additionné deux plus deux... N'importe quel homme qui passerait du temps avec toi tomberait amoureux de toi, Delaney !

— Pff, tu dis cela parce que tu es mon frère.

— Non, je dis cela parce que tu es une jeune femme admirable. Ce que je dis en tant que frère, c'est que si Cisco te fait souffrir, je lui arracherai les yeux de mes propres mains, et il regrettera à tout jamais d'avoir franchi le Mississippi !

— Je n'ai pas besoin qu'on s'occupe de moi, Galen, mais merci quand même ! dit-elle, touchée par cette manifestation d'amour fraternel. Est-ce que tu penses qu'il pourrait avoir un faible pour moi ? Je veux dire, ça ne te paraît pas ridicule ?

— Je ne connais pas Cisco personnellement, mais évidemment que c'est possible, même si cela ne veut pas dire pour autant qu'il sache ce qu'il veut faire.

— Alors, tu crois que je devrais prendre les devants ?

Son frère faillit à nouveau s'étouffer, ce qui amusa la serveuse venue débarrasser leurs assiettes. Delaney vit la façon qu'elle avait de le regarder et songea qu'il lui plaisait certainement, alors même que le principal intéressé n'avait strictement rien remarqué.

— Ce n'est pas ce que je veux dire du tout !

— Pourtant, je pense que tu as raison. Si Cisco a des sentiments pour moi mais ne fait pas le premier pas, c'est à moi de le guider. Peut-être que, s'il comprend ce que je ressens, nous pourrons enfin aller de l'avant.

— Et que ressens-tu, Delaney ?

Elle inspira une nouvelle fois.

— Je l'aime.

Galen ouvrit de grands yeux.

— Alors, tu vas m'abandonner à mon triste sort de dernier célibataire de la famille ?

— Tu sais, je n'avais rien prévu de tout cela.

— Alors, ne te précipite pas. Vas-y doucement. Tu es jeune, et Cisco est le premier homme pour qui tu éprouves ce genre de sentiments. Comment peux-tu être sûre que ce n'est pas un simple béguin ? Ne cours pas le risque de te retrouver le cœur brisé !

Faisait-elle fausse route ? se demanda-t-elle.

— Je ne veux pas souffrir, mais si je ne tente rien, comment pourrais-je savoir si Cisco et moi aurions pu vivre quelque chose ensemble ? Ce n'est pas comme s'il vivait à Horseback Hollow.

— Cela fait partie de mes réserves, justement.

— Peut-être qu'il lui manque une motivation pour imaginer rester ?

Tout à coup, elle y voyait clair. Elle savait exactement ce qu'elle allait faire.

— Je ne sais pas ce que tu mijotes, dit Galen, mais tu ferais mieux d'y renoncer tout de suite !

— De quoi parles-tu ?

— De cette lueur dans tes yeux qui tire toutes les sonnettes d'alarmes !

— Mais non, pas du tout ! rétorqua-t-elle en se levant de sa chaise.

Il l'accompagna jusqu'au comptoir.

— Et qu'as-tu fait de ton projet de rencontrer un fermier avec les mêmes valeurs que toi ? Cisco s'est essayé au travail du ranch, mais ce n'est pas un cow-boy dans l'âme. Tu te rends compte qu'il faudrait que tu changes radicalement pour t'adapter à sa vie ?

— Je l'aime, répéta Delaney en sortant ses lunettes

de soleil. Et je crois qu'à l'heure qu'il est, c'est la seule chose qui compte.

— Il y a au moins trois cow-boys assis seuls dans cette salle, pourquoi chercher les ennuis ?

— C'est ce que je m'étais dit jusqu'à présent, dit Delaney en poussant la porte pour gagner le parking. Mais je me rends compte maintenant qu'il y a des choses plus importantes que de se trouver une voie de garage bien sécurisée. Si je ne prends pas le moindre risque, je le regretterai toute ma vie.

— Je crois que j'avais raison lorsque je disais que l'amour compliquait tout. Je vais en rester aux plaisirs simples, je crois ! lança Galen, dépassé par la tournure que prenait la conversation. Je suis là pour toi, à tout moment, si tu en as besoin.

Elle serra son frère dans ses bras.

Le lendemain matin, Delaney glissa le tube de rouge à lèvres de Stacey dans la poche de son jean avant de descendre. Elle savait bien que c'était ridicule, qu'elle allait se retrouver couverte de poussière en moins de temps qu'il n'en fallait pour le dire, et qu'il ne servait pas à grand-chose de s'apprêter avant de passer la journée à cheval sous un soleil de plomb.

Depuis sa discussion avec Galen, elle avait eu du mal à penser à autre chose qu'à Cisco. De toute façon, il était dans ses pensées en permanence ou presque depuis la première soirée au barbecue organisé par ses parents. Elle brûlait de mettre ses résolutions en pratique et de lui dire ce qu'elle éprouvait.

Elle n'avait jamais imaginé que ce qu'elle ressentait pour lui, en particulier ce désir physique qui la consumait, soit possible. Elle sentait aussi qu'il y avait autre chose, au-delà. Des sentiments, peut-être, ou en tout cas un lien indéniable. Bien sûr, elle aimait sa vie au ranch, mais il lui donnait envie de penser à autre chose, à un futur différent peut-être de tout ce qu'elle avait pu projeter jusque-là.

C'était une pensée à la fois terrifiante et euphorisante. Elle avait conscience qu'elle exposait son cœur, qui n'en sortirait peut-être pas indemne, mais les enjeux méritaient qu'elle prenne ce risque.

Cisco avait osé sortir des chemins balisés pour venir à sa rencontre, et elle voulait lui rendre la pareille. S'il savait qu'elle l'aimait assez pour imaginer changer, cela lui permettrait peut-être de laisser libre court à ses propres sentiments.

Elle prit une pomme en traversant la cuisine et se dépêcha de sortir. Sa mère remarquerait aussitôt qu'elle s'était maquillée et avait soigné sa coiffure, et Delaney ne souhaitait pas affronter son regard, même bienveillant.

Son téléphone sonna alors qu'elle gagnait l'écurie. C'était un message de Cisco qui la prévenait qu'il devait préparer une réunion et qu'il essaierait d'être au ranch vers midi. Sinon, il l'appellerait plus tard dans la soirée.

Elle donna un coup de pied dans la porte de l'écurie. Elle s'était apprêtée pour rien. Même s'il arrivait en cours de journée, il ne resterait plus grand-chose de son maquillage. C'était déjà assez ridicule en soi, puisque s'il éprouvait réellement quelque chose pour elle, ce n'était pas un peu de mascara ou deux ou trois boucles qui feraient la différence. Elle ne serait jamais aussi féminine que les femmes qu'il côtoyait à Miami, même en y mettant toute l'énergie qu'elle pouvait. Elle sentit un nœud se former dans sa gorge.

A qui voulait-elle faire croire que la vie simple qu'elle menait ici pourrait lui suffire ?

Son père et un des ouvriers étaient en train de discuter près d'un box lorsqu'elle entra. Le jeune homme se tourna vers elle et sembla frappé par la foudre en la découvrant.

Deke tourna la tête à son tour, et son regard trahit sa surprise.

— Pas un mot ! prévint-elle en sortant un élastique de sa poche pour attacher ses cheveux qu'elle tressa sommairement.

Deke donna un léger coup de coude à son ouvrier pour l'inciter à détourner le regard.

— Euh, pardon, m'sieur, dit-il aussitôt en fixant ses chaussures. Je vais aller réunir les gars.

Comme il sortait, elle sentit l'émotion l'envahir. Au moins, quelqu'un avait-il apprécié ses efforts.

— Cisco va venir, aujourd'hui ?

— Peut-être un peu plus tard, il a une réunion importante, expliqua-t-elle sans chercher à masquer sa déception.

— Dommage, car nous avons un problème. Un des veaux né la semaine dernière n'est pas rentré, il faut qu'on quadrille le secteur…

— Je m'occupe des prairies du nord, les veaux se perdent souvent dans ces collines.

— Un des gars ira avec toi.

— Non, je préfère y aller seule.

— Delaney…

— C'est bon, papa. Si Jude ou Toby étaient à ma place, cela ne te poserait aucun problème. Je peux couvrir la même surface, c'est inutile de m'attribuer une escorte.

Comme son père s'apprêtait à répondre, elle ajouta :

— Papa, s'il te plaît, j'ai besoin de me changer les idées !

Deke poussa un long soupir.

— J'ai du mal à l'admettre, mais il faut que je me rende à l'évidence : tu n'es plus une petite fille…

— Cela fait longtemps, déjà…

Il hocha la tête, et elle embrassa sa joue burinée par le soleil. Elle savait que son père faisait un réel effort pour lui témoigner sa confiance. Elle nota sur ses lèvres le sourire retenu. Deke était un homme pudique, mais il aimait ses enfants plus que tout, et elle, la petite dernière, entretenait avec lui une complicité particulière.

— Tu seras prudente, hein ? lança-t-il tandis qu'elle ouvrait le box de Flapjack.

— Ne t'inquiète pas, j'ai eu un bon maître !

La chevauchée jusqu'aux pâtures les plus éloignées était longue et parfois sportive avec les changements de terrain. Parfois, une plaine régulière laissait la place à un vallon boisé ou au lit caillouteux d'une rivière asséchée, ce qui obligeait à ralentir le pas. En tout cas, Delaney devait faire des pauses régulières pour tendre l'oreille, guettant les appels du veau disparu. Si elle ne le retrouvait pas très vite, il risquait de mourir de soif ou de devenir la cible de choix d'un prédateur.

Elle luttait pour ne pas laisser ses pensées prendre le dessus. C'était un peu comme si la recherche du petit veau perdu symbolisait les enjeux auxquels elle était confrontée. Cela n'avait aucun sens, mais elle avait le sentiment qu'en sauvant l'animal elle sauverait son cœur perdu dans des questionnements sans fin.

Depuis qu'elle était enfant, elle avait passé de très longues heures sur les terres du ranch, mais son père avait toujours insisté sur le fait que la vigilance devait être de tous les instants.

Tout à coup, elle crut entendre un cri, un peu plus loin. En approchant du sommet de la colline qu'elle était en train de gravir, le son se précisa, et elle reconnut très clairement un meuglement. Elle finit par apercevoir le veau, près d'un petit bosquet. Il semblait plutôt calme, malgré ses cris désespérés.

Pour ne pas l'effrayer davantage, elle mit pied à terre lorsqu'elle se trouva à une trentaine de mètres et avança lentement à sa rencontre une corde à la main, tout en murmurant des mots apaisants. Les cris du veau redoublèrent soudain, et il s'éloigna rapidement, avant de trébucher et de tomber au sol. Elle retint son souffle le temps qu'il se remette sur ses pattes, puis jeta un regard en direction de Flapjack. Elle avait emporté une radio satellite pour prévenir lorsqu'elle aurait localisé l'animal, mais, toute à sa joie de l'avoir retrouvé, elle avait oublié de lancer son appel. Elle décida de capturer l'animal avant de prévenir le reste des troupes.

Chaque fois qu'elle s'approchait, le veau prenait peur et s'éloignait à nouveau, même s'il paraissait moins nerveux à chaque fois. Une fois à portée de main, elle passa tout en douceur le lasso autour de son cou avant de s'agenouiller à côté de lui en le caressant. A première vue, il ne semblait pas blessé. Poussant un soupir de soulagement, elle ôta son chapeau, appuyant son front contre le flanc de l'animal. Elle sentait son cœur battre, d'abord à un rythme accéléré, puis progressivement la cadence s'apaisa.

Un bruit attira alors son attention. Elle redressa la tête et retint son souffle en distinguant un amas de branchages au pied d'un cyprès voisin, d'où provenaient des petits grognements caractéristiques... Des marcassins ! Une laie avait certainement élu domicile sous cet arbre, comme en attestait sa tanière de branchages et de feuilles. Sans aucun doute, les grognements étaient ceux de sa portée. Il fallait à tout prix qu'elle s'éloigne avant que leur mère revienne. Les sangliers étaient un vrai problème dans tout le Texas et, malgré les efforts pour réguler la population, il était impossible de savoir où ils s'installaient.

Elle se leva et tendit doucement la corde au moment même où Flapjack lançait un hennissement inhabituel. Se tournant vers lui, elle vit un énorme sanglier qui sortait du sous-bois. L'animal, qui semblait avoir vu le cheval, baissa la tête comme pour le charger. Elle poussa un cri et Flapjack s'enfuit aussitôt au grand galop.

Alors que le sanglier apercevait Delaney, les marcassins qui avaient reconnu le cri de leur mère se mirent à pousser des cris. Delaney était sur son chemin, et elle savait que la bête n'hésiterait pas à la charger si elle pensait ses petits en danger.

Au bout de sa corde, le veau se mit à meugler à son tour, refusant d'avancer. Elle n'avait pas le choix : elle l'entoura de ses bras et le souleva de terre. Il devait peser près de quarante kilos, mais le flot d'adrénaline lui donnait l'impression de soulever un chaton. Elle s'écarta de la trajectoire de la laie, sans jamais la quitter du regard. Après avoir parcouru près de vingt mètres, elle se retourna lentement et pressa le pas, tournant le dos à l'animal. Cependant, le veau l'empêchait de voir où elle posait le pied, et elle trébucha deux fois avant de se tordre violemment la cheville dans un trou.

Elle réussit à ne pas lâcher le veau et parvint à se redresser. Elle semblait être sortie du champ de vision de la laie qui, heureusement, ne l'avait pas suivie. Elle déposa alors le veau à terre, la corde bien serrée entre ses doigts. Son rythme cardiaque sembla revenir doucement à la normale mais, alors que la peur s'éloignait, elle sentit une vive douleur irradier dans sa cheville. Elle parvint à la bouger, ce qui était rassurant et semblait exclure une fracture. Son jean déchiré aux genoux révélait des écorchures assez profondes. Elle s'était aussi entaillé l'avant-bras et fait mal à la hanche, mais globalement la plupart de ses blessures semblaient superficielles.

Elle jeta un coup d'œil au veau qui la couvait de son grand regard brun. Il lui restait à espérer que Flapjack rentrerait directement à l'écurie, car elle savait que le veau ne pourrait marcher tout le chemin du retour.

Evitant soigneusement le territoire des sangliers, elle se mit péniblement en chemin, alors que des nuages s'amoncelaient au-dessus d'eux, annonciateurs de pluie prochaine. Elle était soulagée de ne pas avoir à craindre la chaleur brûlante, mais redoutait la survenue d'un orage violent.

Elle marcha une heure avant de se reposer sous un arbre. Le veau commençait à fatiguer et devait mourir de soif. Elle aussi sentait sa gorge asséchée par le soleil et la poussière. Sa cheville, qui avait enflé dans sa botte, la faisait souffrir. Lui restait à prier pour qu'on la retrouve rapidement.

Il fallait qu'elle se repose, aussi s'installa-t-elle confortablement sur le sol, adossée au tronc de l'arbre. Ses paupières se fermèrent, et elle songea à Cisco. Etait-il arrivé au ranch ? Savait-il qu'elle était partie seule ? Comment allait-il réagir s'il l'apprenait.

Cela lui importerait-il seulement ?

- 12 -

Le tonnerre retentit dans un ciel noir d'encre. Quelques gouttes s'écrasèrent sur son pare-brise. Cisco savait que l'averse ne tarderait plus et s'attendait à chaque instant à voir le ciel s'ouvrir pour déverser des trombes d'eau, habituelles au printemps. Il devait faire vite pour retrouver Delaney avant que cela n'arrive.

Il avait passé la matinée à travailler sur la présentation qu'il devait faire l'après-midi même à Alden Moore et Kent Stephens. Il avait pris en compte les préoccupations des opposants au projet de Cow-boy Country pour faire des suggestions concrètes visant à améliorer le parc à thème pour qu'il soit en meilleure adéquation avec Horseback Hollow, ses habitants et leurs traditions.

Il avait même contacté le bureau d'architectes chargé de la conception des résidences afin d'intégrer des éléments caractéristiques de l'architecture locale dans leurs plans. Tout le monde avait été enthousiaste, et Cisco se prenait à croire qu'il arriverait ainsi à rallier la majorité des habitants à ce nouveau projet. Sans parler des Fortune Jones eux-mêmes. Il avait la certitude que Delaney, elle aussi, serait séduite.

En fait, c'était ce qui lui importait le plus.

Maintenant, il se sentait coupable de n'avoir pas été présent ce matin. Deke lui avait dit qu'elle avait insisté pour partir seule et ne lui avait pas caché que son message avait été à l'origine de son départ précipité et solitaire.

Il avait emporté une radio qui se mit à crachoter à côté de lui. Personne n'avait encore réussi à la localiser. Peu après son arrivée au ranch, il avait vu son cheval rentrer seul. Deke n'avait pas perdu un instant pour coordonner les recherches et avait envoyé tous les hommes disponibles vers les pâtures du nord. Certains étaient partis à cheval, deux autres avaient pris les quads, qui permettaient de parcourir les pistes de la propriété rapidement. Cisco avait pris son pick-up. Il ne pourrait certes s'engager sur les chemins les plus étroits, mais serait plus rapide. Restait à espérer qu'elle ait gagné un endroit à découvert où il pourrait la retrouver. Elle était vaillante et connaissait cette terre comme sa poche, ce qui jouait en sa faveur. A moins qu'elle ait été blessée…

A cette pensée, il se sentit gagné par un profond sentiment d'angoisse et appuya sur l'accélérateur, le regard balayant les plaines. Lorsque les gouttes éparses se changèrent en bruine persistante, il eut l'impression de distinguer un flash de couleur au loin. Ralentissant, il prit la paire de jumelles que Deke lui avait remise avant de partir.

Il fit la mise au point et l'aperçut enfin. Delaney avançait lentement le long d'un sentier. Elle avait retrouvé le veau. Le cœur battant, il posa les jumelles pour s'emparer de la radio et prévenir Deke, puis avança dans sa direction, trop lentement à son goût, mais le terrain était accidenté et ne permettait pas d'aller plus vite. Lorsqu'il fut suffisamment proche pour qu'elle l'entende, il klaxonna longuement. Elle finit par lever la tête et lui adressa de grands signes.

Il dut sortir de voiture pour terminer à pied les dernières centaines de mètres. D'un pas vif, il parcourut les reliefs rocheux.

Enfin, elle apparut en face de lui, lui adressant un sourire épuisé mais soulagé.

— Contente de te voir, dit-elle.

Cisco courut et la serra contre lui.

— Delaney, ça va ? Que s'est-il passé ? Je n'arrive pas à croire que je n'étais pas là…

— Je vais essayer de te répondre, si tu me reposes par terre ! dit-elle le souffle court.

Il relâcha son étreinte.

— Lorsque je suis arrivé au ranch, ton cheval venait de rentrer sans toi.

— Flapjack est rentré, alors ? J'espérais que c'était ce qu'il ferait, mais j'étais inquiète pour lui…

— Que s'est-il passé ?

— J'ai trouvé le veau et je suis descendue de cheval pour aller l'attraper, avant de me rendre compte qu'il y avait une portée de sangliers à quelques mètres de là, et la maman est arrivée au même instant ! Flapjack a pris peur et s'est enfui, emportant ma radio avec lui.

Il entoura son visage de ses mains, écartant quelques mèches de son visage.

— J'aurais dû être avec toi.

Elle haussa les épaules.

— Tu avais cette réunion à préparer…

— Ce n'est pas aussi important que toi. Rien n'est aussi important que toi.

A ses propres oreilles, cette révélation lui fut comme un choc. Jusqu'à ce jour, sa carrière avait été tout à ses yeux, et voilà que, tout à coup, c'était son métier qui mettait indirectement Delaney en péril.

— Tu es là, maintenant, dit-elle d'un ton apaisant. Tu m'as retrouvée.

Il sentit son cœur se serrer lorsqu'il vit une larme rouler sur sa joue. Elle était si belle. Si précieuse à ses yeux. Il était venu ici pour un contrat, mais avait découvert quelque chose de tellement plus important à la place.

Le veau laissa échapper un meuglement plaintif, leur

rappelant ce qu'il venait de se passer. Delaney était à bout de forces, il devait la ramener rapidement au ranch avec le veau.

Déposant un baiser sur le dos de sa main, il découvrit alors la plaie sur son avant-bras.

— Tu es blessée, dit-il en voyant ensuite son jean déchiré et son genou maculé de sang et de terre.

— Ce ne sont que des écorchures, dit-elle. J'ai surtout mal à la cheville. Je crains de me l'être foulée. J'espère pourtant qu'il ne faudra pas découper ma botte, c'est ma paire préférée.

Il sentit monter en lui une vague de colère. Une colère contre lui-même pour n'avoir pas été auprès d'elle. Elle était partie seule et s'était blessée par sa faute. Et il ne serait pas le seul à le penser : Deke Jones serait du même avis.

— Je vais m'occuper de toi, Delaney, dit-il en la soulevant de terre avant de prendre la corde d'une main.

Elle poussa un petit cri de surprise et s'accrocha à son cou.

— J'apprécie le geste très héroïque, dit-elle, mais je crois que je vais pouvoir marcher. Le veau, lui, est réellement à bout de forces.

Il jeta un coup d'œil vers le veau, qui se coucha au sol comme pour signifier qu'il ne bougerait pas.

— Chaque chose en son temps, dit-il en abandonnant la corde et continuant en direction de sa voiture.

Il sentait le regard de Delaney sur lui, mais restait concentré sur le sol. A cet instant, sans doute était-il trop bouleversé pour la regarder dans les yeux. Quand ils arrivèrent à la voiture, il l'installa en douceur sur le siège passager. Ses mains s'attardèrent sur son cou, et elle déposa un baiser sur ses lèvres.

— Tu es mon héros, murmura-t-elle avec un sourire amusé et ému à la fois.

L'émotion qu'il lisait dans son regard valait tous les sacrifices du monde, songea-t-il alors.

A cet instant, un coup de tonnerre à tout rompre éclata et un éclair déchira l'horizon. La pluie se mit à tomber et le poussa à refermer la porte précipitamment, puis à courir jusqu'au veau qu'il prit dans ses bras pour le porter jusqu'à son pick-up. A l'arrière, une vieille couverture servit de litière à l'animal à bout de forces. Il l'attacha soigneusement et arrangea sa couche au mieux, puis reprit le volant.

Delaney parlait dans la radio.

— Oui, papa, je vais bien, ne t'inquiète pas, nous serons rentrés d'ici un quart d'heure. Embrasse maman de ma part.

— Il était vraiment inquiet, dit Cisco lorsqu'elle éteignit la radio. Nous l'étions tous.

— Je sais tout de même me débrouiller toute seule, dit Delaney.

— Bien sûr, mais cela n'empêche pas de s'inquiéter.

Au bout de quelques secondes, elle se rapprocha et finit par poser la tête sur son épaule.

— Je crois que je pourrais me faire à l'idée que tu t'inquiètes pour moi, monsieur Mendoza…

Cette déclaration à demi-mot le bouleversa.

— J'espère bien, Delaney. J'espère bien.

Malgré les cahots, Delaney se laissa gagner par le sommeil. C'était si bon de se reposer sur quelqu'un, elle, qui avait toujours essayé de prouver qu'elle était capable de faire les choses par elle-même, appréciait de pouvoir baisser la garde, même un court instant.

Elle avait toujours craint de se reposer sur quelqu'un, par peur de se sentir faible. Pourtant, à cet instant, elle n'avait pas peur de laisser Cisco s'occuper d'elle et de prendre la direction des opérations. L'inquiétude qu'il avait exprimée et le bonheur de la retrouver l'assuraient de la sincérité de ses sentiments, bien qu'il ne les ait pas formulés très clairement.

Elle avait envie de lui parler, mais elle devinait qu'il lui faudrait attendre. La pluie avait cessé, ils arrivaient au ranch. Jeanne-Marie accourut dès que la voiture fut arrêtée. Delaney descendit, tout endolorie de sa chute et de la longue marche, maintenant que l'adrénaline était retombée. Elle avait mal de la tête aux pieds et laissa sa mère la serrer dans ses bras avec réconfort.

— Tu nous as fait tellement peur, souffla Jeanne-Marie. Dieu merci, tu es saine et sauve.

— Delaney, te voilà ! s'exclama son père en s'approchant. J'ai prévenu les ouvriers pour qu'ils aillent capturer le sanglier et ses petits, dit-il en se réfugiant derrière ces éléments concrets pour masquer son émotion. On n'arrive jamais à tous les contrôler…

— Je le sais bien, papa, dit-elle en se dégageant des bras de sa mère pour se diriger vers l'arrière du pick-up en sautillant sur un pied. Le veau va avoir besoin de soins. Il est épuisé et très sévèrement déshydraté.

— Je suis fier de toi, Delaney, tu as vraiment fait du bon travail.

Ce compliment, prononcé par son père habituellement si avare en la matière, lui noua la gorge.

— Tu avais pourtant raison. Je n'aurais pas dû partir si loin toute seule.

— Tout s'est bien terminé, conclut son père en lui prenant le bras. C'est ce qui compte.

— Et si nous rentrions ? suggéra Jeanne-Marie.

Delaney jeta un coup d'œil vers Cisco qui aidait son père à descendre le veau.

— Rentre avec ta mère, dès que nous aurons fini, je passe voir comment tu vas, dit-il.

Elle hocha la tête et laissa sa mère la soutenir jusqu'à la maison.

— Je vais bien, maman, assura-t-elle en serrant les dents pour monter les quelques marches de l'entrée.

— Il faut surtout que tu t'allonges, dit Jeanne-Marie, la mine préoccupée, tandis qu'elle la guidait jusqu'au canapé du salon. Commence par t'installer ici, et quand tu te sentiras prête, tu monteras prendre une douche. Veux-tu que j'appelle le médecin ?

— Non, ce n'est vraiment pas nécessaire, je me suis tordu la cheville dans un trou, il me faut un peu de repos, c'est tout, dit-elle en grimaçant. En revanche, je vais avoir besoin d'aide pour enlever mes bottes !

— Je me porte volontaire, déclara Cisco qui venait d'entrer. Deke m'a envoyé pour prendre des nouvelles.

Jeanne-Marie vint à sa rencontre et lui prit la main.

— Merci de l'avoir retrouvée. Je vais aller chercher la trousse de premiers soins et préparer un peu de thé, je vous la confie pendant ce temps.

— Bien sûr, répondit-il. Je m'occupe d'elle.

Jeanne-Marie retourna auprès d'elle et déposa un baiser sur son front.

— A tout de suite, ma chérie, appelle si tu as besoin de quoi que ce soit.

Lorsqu'elle quitta la pièce, Cisco s'approcha à son tour.

— Je me sens tellement mal lorsque je te vois ainsi. Est-ce que tu veux que je te porte pour monter à l'étage ?

— Non, ça va aller, dit-elle, troublée à la simple idée de Cisco la portant pour monter vers sa chambre, même avec la plus innocente des intentions.

— Bon, avant toute chose, il faut s'occuper de ces bottes, dit-il, l'air excessivement concentré, comme s'il s'agissait d'une mission de la plus haute importance.

Elle hocha la tête.

— Je peux m'occuper de la première.

Mais il n'était pas de cet avis, car il l'arrêta d'un geste de la main avant de s'agenouiller devant elle.

— Tu en as assez fait pour aujourd'hui !

La première botte glissa sans difficulté mais, lorsqu'il tira sur le talon de la seconde, Delaney étouffa un cri. La douleur irradiait toute sa jambe. Elle porta la main à ses lèvres.

— Pardon, ça va aller, ce n'est rien.

— Non, je ne veux pas te faire mal, dit-il en palpant sa cheville au travers de la botte en cuir. Je reviens tout de suite.

Il disparut et elle ferma les yeux, essuyant les gouttes de sueur qui avaient perlé sur son front. Elle n'avait pas osé le lui avouer, mais la douleur avait été si vive qu'elle avait cru s'évanouir.

Il revint avec un plateau sur lequel il avait placé de la glace, plusieurs serviettes en tissu, un grand verre d'eau et des cookies au chocolat.

— Merci beaucoup ! dit-elle.

— C'est ta mère qui s'est occupée de tout, dit-il en posant le plateau. D'ailleurs, tu préfères que ce soit elle qui prenne soin de toi ?

Je ne veux que toi, songea-t-elle en son for intérieur.

— Non, c'est très bien comme ça, dit-elle en saisissant le verre qu'il lui tendait.

Elle porta le verre à ses lèvres, et il accompagna son geste. L'eau était fraîche et soulageait la brûlure de sa gorge. Lorsqu'elle écarta le verre, Cisco tendit le pouce vers le coin de ses lèvres et effleura doucement sa bouche. Elle retint son souffle et manqua de s'étrangler avec sa gorgée d'eau, surprise par son geste si intime.

— Pardon, dit-il, je ne voulais pas te distraire !

— Oh ! tu peux au contraire me distraire autant que tu veux, répondit-elle. Surtout si la prochaine étape consiste à retirer ma botte.

Il prit alors une mine sérieuse en sortant de sa poche un petit canif.

— Malheureusement, il va falloir sacrifier ta botte, je le crains.

Delaney poussa un soupir.

— Je les aime tellement…

— J'aimerais pouvoir faire autrement, mais ta cheville est trop enflée.

— Je sais que tu as raison, dit-elle alors que quelques larmes lui montaient aux yeux. Je n'arrive pas à croire que je pleure sur une paire de bottes, tu dois penser que je suis vraiment ridicule.

— Je pense au contraire que tu es certainement la femme la plus forte que j'aie jamais rencontrée, répondit-il en embrassant sa joue à l'endroit où venait de rouler une larme.

— J'aurais dû être avec toi.

— Maintenant, tu es là.

Il attendit un instant, puis ajusta son pied sur son genou. Delaney laissa son regard s'attarder sur ses muscles, ses mains larges et adroites, alors qu'il ouvrait son couteau pour découper la botte. Elle regarda son visage et vit la concentration absolue de son regard. Elle ressentit la pression autour de sa cheville qui s'allégeait et, l'instant d'après, la botte était retirée.

— Je suis désolé, dit-il en la lui présentant.

— Elles vont me manquer, mais je me sens tout de même beaucoup mieux, maintenant.

Il lui retira sa chaussette, et elle jeta un coup d'œil à son pied. Sa cheville faisait près du double de sa taille habituelle, et un hématome impressionnant en marquait la surface. Cisco prit un sac de glace qu'il entoura d'un linge avant de le placer autour de sa blessure.

Elle grimaça, mais lorsque la fraîcheur de la glace atteignit sa cheville, elle se sentit soulagée.

— C'est certainement foulé, mais cela ne me semble pas trop sévère, dit-il. En tant que joueur de basket, je suis un habitué des entorses, tu devrais te sentir mieux sous quelques jours.

— Merci pour tes soins.

— Tout le plaisir était pour moi, dit-il en nettoyant avec une compresse les écorchures de ses bras. J'aimerais pouvoir faire plus.

Son regard d'ébène captura le sien et, soudain, malgré l'épuisement profond et les contusions qui la clouaient au canapé, elle ressentit un frisson de désir. *Tu pourrais m'embrasser.* L'idée germa dans son esprit, et elle sentit ses joues s'embraser. Elle eut même l'impression qu'il lisait dans ses pensées, car sa respiration sembla s'accélérer tout à coup.

A cet instant, un raclement de gorge derrière eux les avertit de la présence de sa mère.

— J'ai apporté des bandages, si tu es prête.

Cisco se leva précipitamment, comme pour interrompre ce frémissement entre eux.

— Je vais y aller pour que tu puisses te reposer.

Elle essaya de masquer sa déception. Elle aurait dû se douter qu'il avait mieux à faire que jouer les infirmiers à son chevet.

— J'aimerais vraiment rester, mais je ne veux pas vous déranger, dit-il en déposant un baiser sur son front. Et puis, je dois encore régler deux ou trois choses pour mon travail.

C'était la première fois qu'il avait un geste affectueux devant sa famille, et elle songea que c'était sans doute un signe important.

— Je comprends, ta réunion…

Il se baissa pour se mettre à son niveau.

— Si tu veux que je reste, tu n'as qu'un mot à dire.

— Mais, ta réunion ?

— Je peux la faire reporter. J'étais sérieux quand je t'ai dit que tu étais plus importante !

Elle se sentit bouleversée par cette déclaration, d'autant que la sincérité se lisait dans son regard. Elle savait à quel point son travail comptait à ses yeux, et sa proposition lui allait droit au cœur.

— Je vais bien, occupe-toi de tes affaires, je suis entre de bonnes mains.

— Tu es sûre ? demanda-t-il, comme s'il avait du mal à la quitter. Je repasserai un peu plus tard pour m'assurer que tout va bien. A moins que tu ne sois trop fatiguée…

— Non, je ne suis pas si fatiguée, assura-t-elle.

— Merci pour tout, Cisco, dit Jeanne-Marie avant de le serrer dans ses bras.

— N'hésitez pas à m'appeler s'il y a quoi que ce soit, ajouta-t-il.

— Tout ira bien.

— A tout à l'heure alors ! dit Delaney alors qu'il sortait du salon accompagné par sa mère.

Jeanne-Marie revint rapidement auprès d'elle et examina sa cheville.

— Cela n'a pas l'air trop mal.

— Je sens que c'est déjà moins enflé. J'aimerais prendre une douche et peut-être dormir un peu.

— Dans ce cas, montons à l'étage, dit sa mère en déplaçant la table basse pour aider sa fille à se mettre debout. On dirait que vous êtes de plus en plus proches, avec Cisco…

Delaney hocha la tête.

— Je… Je l'aime beaucoup.

— Je suis certaine que c'est réciproque.

— Je crois qu'il tient à moi, oui, dit-elle en sentant son cœur se mettre à battre plus fort.

Elle commençait à croire que Cisco éprouvait des sentiments pour elle, et une idée se mettait à germer dans son esprit quant à la suite des événements.

- 13 -

— Comment ça, Alden Moore n'est pas là ?

— Nous avons eu une urgence sur un chantier, expliqua Kent Stephens. Il a dû s'y rendre en personne.

Cisco se passa la main dans les cheveux sans cesser d'arpenter le bureau de Kent. Il était rentré chez lui à la va-vite pour se changer et se préparer. Après avoir vu Delaney s'être blessée en allant récupérer un veau, il comprenait mieux combien les habitants de Horseback Hollow avaient à cœur que l'on respecte leur vie, leur travail et leurs traditions.

Inspirant profondément, il sortit son ordinateur et le plaça, ouvert, sur le bureau. Au moins pourrait-il discuter avec Kent, qui serait ensuite en mesure de transmettre ses idées à Alden.

— Je voulais vous montrer comment nous pourrions retravailler le concept des résidences et revoir un peu les grandes lignes de Cow-boy Country, commença-t-il en allumant son ordinateur.

— Nous ne vous payons pas pour revoir le concept de quoi que ce soit, intervint Kent en fronçant les sourcils. Vous avez été embauché pour sécuriser les investisseurs…

— Tout le monde à Lubbock est prêt à signer, le coupa Cisco à son tour.

— Et les Fortune ? demanda Kent. J'ai entendu dire que

vous jouiez les cow-boys et qu'à l'occasion, vous passiez du bon temps avec une petite Fortune Jones…

Cisco sentit la colère monter en lui. Il se leva, posant ses mains sur la table tandis qu'il faisait face à Kent.

— Je peux savoir à quoi vous faites allusion ?

— Ce n'est un secret pour personne que vous flirtez ouvertement avec la petite dernière du ranch Fortune, comment s'appelle-t-elle, déjà, Delilah ?

— Delaney, rectifia Cisco, les dents serrées.

Kent s'enfonça dans son fauteuil de cuir épais, croisant les bras devant son large torse.

— J'en ai déduit que vous comptiez vous servir d'elle pour assurer l'aval de sa famille, c'est plutôt malin.

Cisco voulut répliquer, mais il devait bien reconnaître qu'il n'y avait pas si longtemps, il aurait trouvé cette stratégie parfaitement normale… D'ailleurs, cela n'avait-il pas été son plan initial, même si les choses avaient ensuite radicalement changé ? Comment espérer le faire comprendre à Kent, alors qu'il était le premier à ne pas vraiment comprendre ce qui lui arrivait ? Comprendre comment, en quelques semaines à peine, elle était devenue essentielle à sa vie. La rendre heureuse était devenu une idée fixe, un désir irrépressible. Qui passait bien avant tous ses projets professionnels.

— Laissez les Fortune en dehors de l'équation un instant, déclara-t-il à Kent, bien décidé à poursuivre avec son projet. Je voudrais vous montrer un peu ce à quoi j'ai pensé, vous ne le regretterez pas.

Il lança son document de présentation, soulignant le temps du diaporama en quoi les améliorations seraient un vrai plus pour tout le monde. Kent regarda les premiers plans, mais très vite, secoua la tête avant de tendre la main pour refermer l'ordinateur portable.

— Tout cela est bien joli, Mendoza, mais cela n'est pas au programme.

Cisco serra les mâchoires.

— Les programmes peuvent évoluer.

— Pas ceux-là, répondit Kent en se levant pour venir se camper devant les fenêtres qui donnaient sur le parc. Dernièrement, nous avons eu de nombreux changements imprévus, et nous devons lutter tous les jours pour tenir les délais, et, plus important encore, les budgets. Il est hors de question d'imaginer le moindre changement maintenant. Il est urgent d'ouvrir avant que le public ait le temps de se concerter ou d'organiser une opposition, il y a des emplois en jeu.

— Le vôtre, en particulier, n'est-ce pas ?

Kent ne répondit pas directement, mais son sourire figé confirma à Cisco qu'il avait vu juste.

— Je n'ai pas passé toutes ces années à travailler pour Alden Moore pour voir ma carrière brisée dans ce trou perdu à cause de quelques vachers incultes. Amenez-moi les Fortune sur un plateau, ou je trouverai quelqu'un d'autre pour le faire à votre place !

— Je voudrais tout de même présenter mes idées à M. Moore.

— Hors de question. Je ne dirai rien à Alden qui risque d'ébranler sa confiance, dit-il en se tournant pour faire face à Cisco. Nous nous ressemblons, tous les deux, Mendoza, nous avons travaillé dur pour en arriver où nous en sommes. Ma carrière est tout pour moi, comme la vôtre l'est pour vous, je le sais.

— Non, vous vous trompez, ce n'est plus le cas.

— Ne soyez pas idiot ! Cette affaire est la chance de votre vie ! Si vous nous amenez de quoi signer ce projet, votre carrière avec Moore Entertainment est assurée. Je peux vous dire qu'il y a de nombreux autres projets d'extension dans les cartons, souligna Kent avec un sourire entendu. Si vous remplissez votre part du marché, nous vous assurons un pont d'or et, par ailleurs, nous n'avons que faire de vos méthodes, si vous en profitez pour vous détendre dans les étables avec la petite cow-girl…

Incapable de contenir plus longtemps la rage qui était montée en lui, Cisco se jeta à la gorge de Kent. Il le saisit par le col et lui fit faire un demi-tour. Kent était un homme très imposant qui pesait au moins quinze kilos de plus que lui, mais qu'importe, la colère décuplait sa force, et il le plaqua au mur.

— Ne vous avisez plus jamais de parler de Delaney sur ce ton !

— D'accord, balbutia Kent en s'étouffant. Pardon si je vous ai offensé, Mendoza, c'était une simple plaisanterie, n'en parlons plus et revenons-en à notre contrat.

Cisco hocha la tête et desserra son emprise. Jamais il ne perdait ainsi son calme. Il n'avait qu'une envie, leur rendre son tablier et quitter ces lieux au plus vite pour aller retrouver Delaney. Etre enfin l'homme qu'elle croyait avoir rencontré. L'homme qu'elle méritait.

Mais, d'un autre côté, il s'était engagé auprès de Moore Entertainment, et jamais dans sa vie il n'avait failli à une mission. Il gardait la certitude de pouvoir faire quelque chose de bien, mais il devrait pour cela parler à Delaney d'abord.

— Vous aurez tout ce qu'il vous faut à la fin de la semaine, dit-il en reprenant ses affaires. Mais je veux parler à M. Moore directement.

— Je vous ai dit qu'il était très occupé…

— Si les Fortune sont aussi importants pour lui, il fera l'effort.

Kent le fixa avant d'acquiescer.

— Je vais vérifier son agenda, et si jamais c'était trop compliqué, nous pourrions organiser une visioconférence, je suppose.

— Vous savez où me joindre, conclut Cisco en quittant le bureau sans un mot de plus.

La chaleur étouffante l'accueillit aussitôt qu'il franchit le pas de la porte. Il inspira profondément en cherchant à se vider la tête. Bien évidemment, Kent avait pensé qu'il se servait de Delaney. En d'autres temps, cela ne lui aurait pas importé car, en dehors de sa famille, il n'avait jamais laissé quiconque interférer avec sa carrière. Il avait toujours affirmé n'avoir besoin de personne. Tout à coup, il prenait conscience de ce que cette attitude lui avait valu. Plus important encore, il prenait conscience de ce qu'il risquait de perdre s'il ne parvenait à rectifier le tir avec Delaney.

Il envoya un message à Delaney mais, ne recevant pas de réponse, imagina qu'elle devait se reposer et préféra ne pas l'appeler, malgré l'envie d'entendre sa voix. Il arpenta un moment les allées du parc, découvrant les décors colorés aux allures de carnaval. Tout était flambant neuf, mais il manquait pourtant quelque chose. Les activités proposées semblaient plus que limitées. Il connaissait les dissensions nombreuses qui existaient entre les employés et la direction, et Kent semblait suggérer des problèmes plus profonds encore. Si la situation n'était pas rétablie rapidement, les répercussions pourraient être majeures.

Quittant Cow-boy Country, il se rendit sur les terrains destinés aux résidences, essayant de se représenter les modifications qu'elles allaient apporter au paysage général du site. Tout à coup, et pour la première fois de sa carrière, il se demanda en quoi ses projets immobiliers avaient pu avoir un impact sur les lieux où il avait fait bâtir au fil des années.

Il vérifia son téléphone, mais n'y trouva aucun message de Delaney. Il décida donc de rentrer se changer avant d'appeler au ranch. Il se moquait bien de devoir la veiller au pied de son lit si elle dormait, il avait besoin de la voir, maintenant, de s'assurer qu'elle allait bien et de trouver une façon de lui parler de tout ce qui l'avait occupé ces derniers temps.

Tandis qu'il roulait vers chez lui, il pensa à différentes façons de lui présenter la vérité sur son travail. Il s'engagea dans sa rue qui était déserte et se gara juste devant chez lui. Plus il pensait à elle, plus il était impatient de repartir au ranch la retrouver.

Comme il glissait la clé dans la serrure, il s'aperçut que la porte n'était pas fermée à clé. Même s'il était plutôt habituel de laisser sa porte ouverte dans une ville comme Horseback Hollow, il avait gardé ses habitudes de Miami et avait généralement tendance à fermer derrière lui. Légèrement sur ses gardes, il poussa la porte. Ce qu'il trouva le fit reculer d'un pas.

Des bougies avaient été allumées partout dans la pièce dont les persiennes avaient été baissées. C'était en soi une surprise de taille, mais rien à côté de ce qui l'attendait.

Delaney.

Debout au milieu de la pièce, éclairée par les flammes vacillantes des bougies, elle portait une simple nuisette de soie bleu pâle, un sourire intimidé aux lèvres.

Il ouvrit la bouche, sans bien savoir si c'était pour dire quelque chose ou retrouver son souffle. Il ne fit ni l'un ni l'autre, restant un instant comme foudroyé sur place.

Un frisson la parcourut alors que Cisco restait comme sidéré face à elle. Cela dura sans doute à peine quelques secondes, mais elle eut la sensation d'une éternité. Machinalement, elle enfonça les ongles dans sa paume, crispant ses poings sans même s'en rendre compte. Elle ne s'était jamais sentie plus ridicule de sa vie.

— Pardon, je ne sais pas ce qui m'a pris, murmura-t-elle en cherchant du regard une échappatoire.

— Attends, dit-il finalement en passant la main sur

son visage. Je… Laisse-moi un instant… Mais qu'est-ce que tu fais hors de ton lit ?

— Disons que j'ai eu envie de venir… Dans le tien…, balbutia-t-elle en rougissant. Je suis désolée, je suis absolument ridicule et…

— Mais je pensais que tu étais chez toi en train de te reposer, à cause de ta cheville.

— J'ai dormi et pris deux antidouleurs et… Voilà, dit-elle en tirant sur le bas de sa nuisette.

Elle avait eu un coup de cœur pour cette nuisette six mois plus tôt, un jour qu'elle faisait du shopping avec sa sœur à Vicker's Corners. A l'époque, elle n'avait jamais imaginé ce genre d'occasion pour la porter… Lorsqu'elle s'était réveillée un peu remise de ses émotions du jour, elle avait élaboré ce scénario un peu fou pour l'inciter à se déclarer à son tour.

— J'ai pensé… J'ai voulu te remercier et…

— Mais tu n'as pas à me remercier, Delaney, dit-il avec une infinie douceur dans la voix. Pas comme ça.

C'était un cauchemar qui devenait réalité. L'idée de s'offrir ainsi à cet homme et qu'il ne veuille pas d'elle l'avait traversée, mais elle l'avait chassée bien vite, et voilà que cela arrivait. Elle se sentit terrassée par un sentiment d'humiliation totale. Elle aurait donné sa vie pour disparaître. Elle décida alors de quitter les lieux aussitôt et tourna les talons aussi dignement que la situation le lui permettait.

Elle eut à peine le temps de faire quelques pas hésitants à cause de sa cheville que le bras de Cisco lui entoura la taille.

— Delaney, attends, je t'en prie, tu ne m'as pas compris.

— Je crois que si, justement, dit-elle en tâchant de se libérer. J'ai eu une idée stupide. Je me suis imaginé des choses dans ma tête de petite provinciale… Comme si une fille comme moi pouvait t'intéresser !

Il lui fit faire volte-face pour l'obliger à le regarder.

— Delaney, tu es exactement le genre de femme qui m'intéresse, si tu savais. Tu es précisément la seule femme au monde qui m'intéresse.

A ces mots, Delaney sembla respirer à nouveau. Relâchant son étreinte, il attendit qu'elle se décide à se tourner vers lui.

— Tu es vraiment sincère ? demanda-t-elle en plongeant son grand regard bleu dans le sien.

— Bien sûr que oui, dit-il en déposant un baiser sur son épaule dénudée. Je suis encore abasourdi de te voir là, devant moi. Si tu savais comme je te désire, mais je veux être l'homme qui mérite de t'aimer, Delaney.

Il lui était impossible de résister. Il sentait la brûlure du désir pour elle au creux de son ventre et dans ses reins, comme une vague irrépressible.

Elle se jeta à son cou et pressa ses lèvres contre les siennes.

— J'ai envie de toi, Cisco, murmura-t-elle en l'embrassant avec passion.

Il oublia tout en se laissant aller à cette étreinte délicieuse. Sa peau était si douce et elle sentait si bon. Une nouvelle vague de désir le submergea, et il posa les mains sur la soie de sa nuisette.

Il sentait son corps glisser sous le tissu délicat, mais il en voulait plus, il voulait sa peau sous ses mains, contre la sienne.

Il la souleva alors dans ses bras, prenant garde à sa cheville blessée tout en la portant vers la chambre.

D'une main, il tira sur l'édredon qui recouvrait son lit et l'allongea délicatement.

— Tu es sûre que c'est bien ce que tu veux ? demanda-t-il dans un souffle.

— Plus que tout, oui, répondit-elle en entourant son cou de ses mains.

Sans cesser de l'embrasser, il dénoua sa cravate tandis qu'elle défaisait les boutons de sa chemise. Ses bottes tombèrent sur le sol l'une après l'autre, puis il s'agenouilla au bord du lit. S'écartant pour la regarder, il crut lire un doute dans son regard.

— Delaney ? demanda-t-il doucement. Tu as le droit de changer d'avis, tu sais ?

— Non, ce n'est pas ça, mais tu es si beau, si parfait, dit-elle en effleurant son torse nu. J'ai si peur de te décevoir, de ne pas être à la hauteur.

— Comment pourrais-tu me décevoir, moi qui me sens tellement honoré et chanceux de t'avoir près de moi, dit-il en caressant son bras. Dis-moi ce que tu attends de moi, je voudrais que cette première nuit soit parfaite pour toi, pour nous.

— Je te veux, toi, tout entier, murmura-t-elle en l'attirant contre elle.

Il sentit ses paumes fraîches contre sa peau et fit doucement glisser son fin vêtement de soie, révélant la courbure parfaite de son sein blanc. Il retint un gémissement en sentant ses mains caresser son torse. Son toucher était tout à la fois innocent et déluré. Irrésistible. Il rouvrit les yeux pour regarder son visage, tandis qu'elle effleurait son ventre et descendait vers sa ceinture.

Il se redressa pour enlever son pantalon, conscient de s'exposer à son regard. Elle suivit son geste du regard, et il nota sa respiration qui s'accélérait, sa langue qui effleurait ses lèvres. Lui-même avait du mal à contrôler son souffle.

Il revint vers elle, plein du désir d'elle, de caresser chaque centimètre de son corps, de sa peau.

— J'ai peur de ne pas être aussi… Enfin, pas comme les autres femmes que tu as connues…

Il posa un index sur ses lèvres.

— Delaney, personne ne pourrait se comparer à toi.

Il ne savait pas ce qui la faisait douter ainsi, alors qu'elle était si confiante en temps normal. Comment ne se rendait-elle pas compte qu'elle était parfaite ? Peut-être avait-elle rencontré un homme qui l'avait fait douter par le passé ?

— Faire l'amour, c'est comme la danse, il suffit de trouver le bon partenaire, suggéra-t-il.

Elle lui sourit timidement.

— Nous sommes plutôt doués pour danser, non ? demanda-t-elle.

— Plus que doués, oui, confirma-t-il.

Une lueur de désir passa dans le regard de Delaney alors qu'elle l'enlaçait pour l'attirer tout contre elle. Il l'embrassa, et leur baiser se fit aussitôt fiévreux, alors que leurs corps s'étreignaient comme s'ils avaient attendu ce moment depuis une éternité. Il embrassa son cou et descendit lentement, dénudant son corps en même temps. Il goûta sa peau, ses seins, l'un après l'autre, du bout des lèvres, et les sentit se tendre lorsqu'il les effleura de sa langue. Elle poussa un soupir sensuel, et il poursuivit ses caresses avec un plaisir intense.

Il l'entendit murmurer son prénom en caressant ses cheveux, et ce fut le son le plus émouvant qu'il ait jamais entendu.

Il descendit encore un peu, découvrant, troublé, qu'elle ne portait rien d'autre et finit de faire glisser le tissu léger le long de ses jambes.

Passant la main autour du bandage de sa cheville, il songea à ce qu'elle avait dû affronter aujourd'hui. Ce qu'il n'avait pas été en mesure de lui épargner. Il avait eu tellement peur pour elle, ce qui ne faisait que redoubler son désir de partager ce plaisir avec elle. Il embrassa son pied blessé, puis remonta doucement.

— Je voudrais que tu n'aies plus jamais à souffrir, *cielo*, murmura-t-il, alors qu'elle frémissait sous ses caresses. Serais-tu chatouilleuse, Delaney ?

— C'est possible ! dit-elle dans un sourire. En revanche, ce qui devrait être interdit, c'est que tu sois plus habillé que moi !

— Il est impossible d'être moins habillé que toi, il faut dire ! s'amusa-t-il.

— Tu sais très bien ce que je veux dire : déshabille-toi ! ordonna-t-elle.

Il embrassa ses jambes en remontant, tout en ôtant son boxer. En s'allongeant sur elle, il chercha son regard à nouveau, mais elle avait fermé les yeux, et il devinait une véritable tension. Elle avait certainement connu une mauvaise expérience avec un autre homme, et cela lui brisait le cœur. Il se laissa glisser sur le côté, se redressant sur un coude, tandis que ses doigts traçaient une ligne le long de son ventre.

— Ouvre les yeux, ma chérie.

Elle ouvrit un œil.

— Tout va bien, murmura-t-elle. Tout va très bien.

— C'est toi ou moi que tu essaies de convaincre ?

— Les deux, avoua-t-elle en ouvrant le deuxième œil avec malice.

— Tout va très bien se passer, Delaney. Tout ira pour le mieux, pour toi, pour moi. Ensemble.

Elle acquiesça avant de prendre sa bouche. Son baiser s'enhardit à mesure qu'il la caressait. Ses doigts parcoururent son corps avant de s'aventurer doucement au creux de ses cuisses. Il sentit l'hésitation dans sa respiration, puis le plaisir prit le pas. Elle le serra en ondulant en rythme sous lui, plantant ses ongles dans son dos.

— J'ai besoin de toi, Delaney, murmura-t-il. J'ai envie de toi.

— Viens, dit-elle dans un gémissement de plaisir.

Il ouvrit le tiroir de sa table de nuit et en sortit un

préservatif. Il allait faire l'amour avec cette femme qu'il désirait depuis des semaines et qui avait tout à coup pris tant de place dans sa vie.

Il savait que ce moment allait changer la nature de leurs relations, et il le désirait profondément. Autant qu'il désirait se sentir entrer en elle, la sentir l'entourer et apaiser enfin ce désir si puissant qui l'habitait. Ce n'est qu'à l'instant où il glissa son sexe en elle, lorsque ses yeux se rouvrirent et qu'il y lut de la douleur qu'il comprit.

- 14 -

— Delaney !

Il prononça son prénom dans un souffle, et elle sentit qu'il hésitait, mais elle refusait que cette première fois qu'elle avait décidé de vivre avec lui se termine avant même d'avoir commencé.

— Continue, demanda-t-elle en le serrant contre elle.

Il soupira et la laissa le guider, lentement, en elle. Dès que la douleur s'atténua, elle sentit le désir croître à nouveau. C'était différent, plus profond, plus intense, aussi. Elle le serra encore, glissant ses doigts dans ses cheveux.

— Encore, Cisco, continue ! murmura-t-elle dans un souffle.

Il laissa échapper un gémissement, et leurs rythmes s'accordèrent spontanément. Elle découvrait qu'elle pouvait le guider par ses mouvements, par son étreinte et ses caresses. Le plaisir s'accrut, et elle eut soudain la sensation qu'elle se retrouvait au bord d'un abîme sans fond qui l'effrayait et l'attirait tout à la fois. Elle s'accrocha à ses épaules de toutes ses forces.

— C'est si bon, soupira-t-elle.

— Je t'aime, répondit-il.

Il ne lui en fallait pas plus pour s'abandonner entre ses bras à un plaisir qu'elle n'avait jamais connu et qui l'emporta comme un raz-de-marée. Elle reprit pied en l'entendant gémir dans le creux de son oreille. Il frémit et s'immobilisa tout contre elle, le souffle court. Sa respiration était chaude dans son cou et s'apaisa progressivement pour s'accorder à la sienne.

Il se redressa doucement, déposant un tendre baiser au creux de sa gorge, puis écartant doucement les cheveux de son visage. Lorsque son regard plongea finalement dans le sien, elle fut étonnée d'y découvrir tant d'émotions mêlées.

— C'était une sorte de surprise…, dit-elle doucement.

— Delaney, *cielo*, dit-il en reposant son front sur le sien. Pourquoi ne pas me l'avoir dit ?

— Ce n'est pas exactement le genre de sujet que l'on aborde comme ça.

— Comme ça, d'accord, mais, alors que les choses devenaient sérieuses, tu aurais dû me le dire. Je tiens à toi, si j'avais su que c'était la première fois…

— Si tu avais su, tu ne m'aurais peut-être pas fait l'amour, Cisco, je sais bien que tu es un gentleman dans l'âme.

— J'aurais pu faire un peu plus attention, pour que ce soit plus agréable pour toi.

— Je ne vois pas comment tu aurais pu faire ça, c'était parfait, dit-elle en l'embrassant délicatement. J'espère seulement que c'était satisfaisant pour toi, enfin, que tu n'es pas trop déçu…

Il posa la main sur sa joue, une infinie tendresse dans le regard.

— C'était vraiment l'expérience la plus intense que j'aie vécue, et je ne suis pas exactement un novice… Oh ! je t'aime, répéta-t-il en la regardant. C'est la première fois que je dis ces mots, mais ce ne sera pas la dernière. Delaney, tu fais partie de ma vie, maintenant…

Elle le poussa jusqu'à ce qu'il roule sur le dos et vint s'allonger sur lui, laissant tomber ses longs cheveux sur lui.

— Moi aussi, je t'aime, Cisco Mendoza, tu fais partie de ma vie, toi aussi. Il n'y a personne d'autre avec qui j'imagine partager cette expérience et… Tout le reste.

Il l'embrassa, caressant son corps langoureusement. Elle sentit le désir se rallumer aussitôt en elle. Mais, au même instant, son estomac se mit à crier famine.

— N'en tiens pas compte ! implora-t-elle.

Il se mit à rire.

— Tu plaisantes ? On m'a bien prévenu que la faim et toi ne faisiez pas bon ménage !

— Ce n'est pas faux, mais je suis sûre que tu saurais trouver sans difficulté comment me maintenir d'excellente humeur !

— Je voudrais surtout te rendre heureuse mais, pour cela, il faut aussi que je t'alimente, dit-il en la faisant rouler sur le lit à son tour avant de se lever.

— Tu as sans doute raison, dit-elle en se redressant alors que son estomac se manifestait une fois encore.

Il saisit son boxer et l'enfila. Elle ne pouvait détacher ses yeux du corps de Cisco. Il était aussi irrésistible de dos que de face…

— Tu crois que je ne sais pas que tu me regardes en douce ? plaisanta-t-il en tournant la tête par-dessus son épaule.

— C'est de ta faute, aussi, si tu n'étais pas aussi… parfait ! A croire que je ne me suis pas trompée en décidant que tu serais le premier…

Il sourit.

— Tu veux dire que tu t'es servie de moi ! s'exclama-t-il en riant.

Delaney chercha son regard.

— Jamais je ne me servirais de toi, Cisco, ce n'est pas ainsi que je conçois l'amour.

Elle crut voir une ombre passer sur son visage, mais il avança à sa rencontre et déposa un baiser délicat et sensuel.

— Ne bouge pas, je voudrais que tu te reposes pendant que je m'occupe de tout.

— Que puis-je répondre à ce genre de requête ?

Il gagna la salle de bains, et elle laissa ses paupières se refermer. Elle sentait encore quelques douleurs musculaires après les événements de la matinée mais, par-dessus tout, elle se sentait heureuse et si épanouie. La façon dont il l'avait regardée en lui disant qu'il l'aimait lui avait donné la certitude qu'elle n'était pas un simple nom de plus en bas d'une liste. Ils partageaient quelque chose de vraiment fort, et elle pouvait enfin se projeter dans la perspective d'une histoire.

Elle entendit l'eau couler, puis Cisco passa la tête dans l'encadrement de la porte.

— Que dirais-tu d'un bon bain pendant que je prépare le dîner ?

— Tu me fais couler un bain ? demanda-t-elle en s'enroulant dans le drap. Sérieusement, tu as conscience de frôler la perfection, j'espère ?

Elle nota qu'il avait enfilé un T-shirt et un short.

— Mon but est d'atteindre la totale satisfaction de tous tes désirs, dit-il en lui adressant un clin d'œil.

— C'est un bon début ! dit-elle en se levant pour l'embrasser avant de rejoindre la salle de bains.

— Tu as besoin d'aide avec ta cheville ?

— Non, je vais m'en sortir, merci.

La baignoire était immense. Elle défit le bandage de sa cheville et se glissa dans l'eau chaude avant de couper l'eau. Ses muscles commencèrent à se détendre. Elle aurait pu y passer des heures en temps normal, mais ce soir, la seule chose qui lui importait était de retrouver Cisco. Elle sortit quelques minutes plus tard et se sécha avant de refaire le bandage de sa cheville. Elle vit ensuite le peignoir préparé sur le rebord du lavabo et l'enfila, humant longuement le parfum de Cisco qui s'en dégageait.

Enfin, elle gagna la cuisine. Il était occupé à des préparatifs. Elle resta silencieuse un moment, l'observant longuement jusqu'à ce qu'il se retourne.

— Hé ! Mon peignoir te va bien !

— Je suis bien dedans.

Il lui indiqua un tabouret haut près du comptoir.

— Assieds-toi, suggéra-t-il, j'ai des projets pour toi ce soir, et je veux être sûr que tu économises tes forces !

Elle rit en grimpant sur le siège.

— Des plans machiavéliques ?

— Toujours ! plaisanta-t-il en plaçant une assiette devant elle. Voilà quelques pâtes, c'est une recette toute simple.

— J'adore les pâtes, répondit-elle.

Il déboucha ensuite une bouteille de vin et leur servit un verre chacun avant de prendre place à côté d'elle.

— A nous, dit-il en levant son verre.

— A l'avenir, répondit-elle en trinquant. Ça sent délicieusement bon !

Elle commença par goûter le vin, léger et frais, avant de prendre une fourchette de pâtes pour en découvrir la sauce. Il avait préparé des *penne* avec une sauce à base d'huile d'olive et d'ail, avec des champignons et des épices.

— Hmm ! Et c'est encore meilleur lorsqu'on les goûte !

— Ravi que cela te plaise !

C'était un euphémisme total en ce qui la concernait. Elle aima chaque instant de ce repas, la conversation légère et drôle, les aliments savoureux et le vin fin.

Jamais elle ne s'était sentie aussi bien. L'attirance qu'elle éprouvait pour lui était accentuée encore par le lien qui se créait à chaque fois qu'ils étaient ensemble. Il était plus qu'un ami, quelqu'un avec qui elle avait envie de tout partager et dont elle attendait l'avis.

Elle savait bien qu'il restait entre eux de nombreuses choses à régler et à discuter, concernant son travail, par exemple, mais elle avait confiance, maintenant que leur relation existait concrètement.

Se lancer dans une relation n'était pas une décision qu'elle avait prise sur un coup de tête. Elle avait choisi

Cisco pour être le premier et elle était convaincue d'avoir fait le bon choix.

Il rangea rapidement la cuisine avant de lever les yeux vers l'horloge de sa cuisine.

— Il se fait tard, veux-tu appeler tes parents ? Je ne voudrais pas qu'ils s'inquiètent.

Elle secoua la tête.

— J'ai dit à ma mère que je dormais chez ma sœur et demandé à Stacey de me couvrir.

— Je ne voudrais pas que tu aies à leur mentir pour moi…

— Ce n'est pas vraiment un mensonge. Je suis adulte, et ils le respectent, expliqua-t-elle. Mais vivre sous leur toit rend les choses un peu plus délicates… Je n'ai pas voulu leur dire que je venais chez toi, j'étais déjà assez nerveuse comme cela…

Il lui prit doucement le verre de vin de sa main et mêla ses doigts aux siens.

— Tu es donc venue ici dans le but avoué de me séduire ?

— Ce sont les bougies et ma nuisette qui te font dire cela, peut-être ?

Il éclata de rire.

— Et qu'est-ce qui me vaut cet honneur inespéré ?

Elle serra sa main dans la sienne.

— Je n'en sais rien à vrai dire. Tu es arrogant, insupportable, méprisant et…

— L'homme de tes rêves ? trancha-t-il.

— On dirait bien, oui !

— Tu as fini ton numéro de séduction, Delaney Fortune Jones ?

Elle se mordit la lèvre en le fixant dans les yeux.

— Je viens seulement de commencer…

*
* *

Il se pencha vers elle pour l'enlacer, redécouvrant à quel point elle semblait petite entre ses bras. Aussi forte et indépendante soit-elle dans sa vie et son travail, elle avait dû accepter de se montrer vulnérable pour lui.

Il savait que les choses ne seraient pas toujours aussi simples et évidentes entre eux. Il n'oubliait pas qu'il lui devait une explication sur les raisons de sa présence ici. Mais demain serait un autre jour, et il serait temps alors d'affronter cela. Ce soir, il ne désirait qu'une chose : lui signifier combien il tenait à elle et s'assurer que cette première nuit d'amour lui laisserait un souvenir impérissable.

S'approchant, il glissa les mains sous son peignoir, puis le fit glisser à ses pieds. Le vêtement tomba au sol, révélant son corps parfait à la peau si douce.

— Ah non ! Encore une fois, je me retrouve nue la première, dit-elle en saisissant son T-shirt.

En cet instant, il ne désirait rien tant que de se retrouver peau contre peau avec elle. Il lui laissa lui retirer son T-shirt et tomba avec elle sur le lit sans cesser de l'embrasser. Leurs mains et leurs bouches semblaient avides de découvrir le corps de l'autre. La réserve de Delaney paraissait s'être évanouie, et sa curiosité innocente le rendait fou de désir.

Mais il ne voulait rien perdre de ces instants partagés, aussi tempéra-t-il un peu leurs caresses. Elle s'accorda à son rythme, dans une sorte de communion sensuelle. Ils laissèrent le désir s'accroître, le plaisir monter en eux, retardant le moment d'une union complète. Lorsqu'il la fit sienne, il crut qu'il allait devenir fou de désir.

— Je t'aime, murmura-t-il.

Il comprit alors qu'il attendait cette rencontre depuis toujours. Elle ne pouvait imaginer ce que cela signifiait pour lui de prononcer ces mots. Lui-même le comprenait seulement. Lorsque le plaisir les foudroya une nouvelle fois, il ressentit cette évidence, cette certitude que rien d'autre que ce bonheur partagé ne comptait à ses yeux.

*
* *

Lorsqu'il se réveilla le matin suivant, il ne comprit pas immédiatement ce qu'il se passait. Après avoir fait l'amour, ils étaient restés éveillés une grande partie de la nuit. Il avait finalement sombré dans le sommeil, la tenant serrée dans ses bras. Son téléphone était généralement réglé pour sonner à 6 heures, mais il constata qu'il était déjà 7 h 30. Son téléphone n'était pas branché à l'endroit où il l'avait laissé. Il se leva, enfila un caleçon et se dirigea vers la cuisine.

Il espéra qu'elle n'était pas en train de se compliquer la vie à lui préparer un petit déjeuner. Mais la maison était étrangement calme et… déserte.

— Delaney ? appela-t-il.

Ne recevant aucune réponse, il se dirigea vers la fenêtre, d'où il constata que sa voiture n'était plus là. Il entra dans la cuisine, découvrant une boîte à œufs et une bouteille de lait sorties du réfrigérateur, comme si elle avait été interrompue alors qu'elle préparait le petit déjeuner. Qu'avait-il bien pu se passer ? Son regard s'arrêta sur une feuille de papier posée sur la table, avec son téléphone dessus.

Il y découvrit l'écriture fine de Delaney.

« Ton patron t'a envoyé un message. Il veut s'assurer que tu as bien “harponné” les Fortune. Je suppose que tu as beaucoup de choses à lui raconter après cette nuit. Il a de quoi être confiant. »

Son cœur s'arrêta de battre. Il saisit son téléphone et chercha aussitôt le message qu'elle avait intercepté. Il ne comprenait pas exactement ce qui l'avait amenée à découvrir ce texto, mais cela lui était égal. Tout ce qui lui importait était de lui faire comprendre que ce n'était pas ce qu'elle croyait, que les choses étaient bien plus compliquées, et qu'elle était bien plus qu'un contrat à sécuriser.

Il l'appela aussitôt, tout en regagnant sa chambre pour attraper des vêtements.

Répondeur.

Il s'habilla et enfila une paire de baskets tout en lui laissant un message lui demandant de le rappeler afin qu'il lui explique tout. Il insista pour qu'elle lui laisse une chance. Il la supplia, même.

Il était prêt à s'agenouiller devant elle si cela lui permettait de s'expliquer.

Attrapant ses clés, il sortit aussitôt et prit sa voiture en direction du ranch. Son téléphone sonna, et il décrocha sans prendre la peine de vérifier l'identité de l'appelant.

— Où es-tu ? lança-t-il. Il faut que je te voie.

Il y eut un silence au bout de la ligne, puis une voix masculine répondit.

— Ici Kent Stephens, Mendoza ! La question vous est adressée : où diable êtes-vous ? Je vous ai écrit ce matin, Alden est ici pour vous voir, et il veut vous voir immédiatement !

— Impossible ! répondit Cisco alors qu'il entrait sur la voie rapide.

— Je ne vous laisse pas le choix, s'écria Kent. Il nous faut une réponse immédiate concernant les Fortune. Nous devons fixer une réunion au plus tôt.

— Il n'y aura pas de Fortune, cette partie du contrat est non avenue, trancha Cisco en s'engageant dans la bretelle de sortie qui menait au ranch.

— Vous plaisantez, Cisco ? Alden va…

— Je dois vous laisser, Kent, trancha Cisco en pénétrant dans l'enceinte du ranch. Ce contrat se fera sans les Fortune ou pas du tout.

— Ecoutez-moi bien, Mendoza…

— Je vous rappelle, conclut Cisco avant de raccrocher, glissant son téléphone dans sa poche.

Il monta en courant les quelques marches du perron

et sonna deux fois en levant les yeux vers la façade pour essayer de localiser la chambre de Delaney.

La porte s'ouvrit, et Jeanne-Marie apparut, un large sourire aux lèvres.

— Cisco, quelle merveilleuse surprise !

Il essaya de rester aussi neutre que possible, surpris de cet accueil chaleureux.

— Est-ce que je peux parler à Delaney ?

— Je suis désolée, mais elle n'est pas ici, elle a passé la nuit chez sa sœur et n'est pas encore rentrée. Elle ne vous avait pas prévenu ?

— C'est que je n'ai pas réussi à la joindre sur son téléphone, dit-il pour éluder la question.

Jeanne-Marie lui adressa un regard préoccupé.

— Est-ce que tout va bien, Cisco ?

Il se passa les mains sur le visage, ne sachant pas exactement quoi répondre. Comment pouvait-il expliquer à une mère qu'il venait de recevoir la plus belle marque de confiance qui soit de la part de sa fille avant de la trahir de la façon la plus brutale qui soit ?

— Si jamais vous la voyez ou lui parlez au téléphone, dites-lui que je suis passé, dit-il. Je vous en prie, je tiens beaucoup à votre fille, et quoi qu'il arrive, j'espère que vous ne l'oublierez pas.

— Bien sûr que vous tenez à elle, je le sais et je vous crois. Je suis certaine qu'elle va trouver son bonheur auprès de vous.

Cisco recula d'un pas. Avec sa douceur bienveillante, cette petite femme venait de lui faire l'effet d'un 33 tonnes lui passant dessus.

— Merci, madame Fortune Jones. Delaney mérite la lune, et je compte bien être celui qui la décrochera pour elle !

Il regagna son véhicule et rebroussa chemin avant de s'arrêter sur le bas-côté quelques minutes plus tard. Il ne savait quoi faire. Il tenta de l'appeler, mais retomba sur son répondeur où il laissa un nouveau message avant de lui envoyer un texto.

Les paroles de la mère de Delaney résonnaient dans sa tête. Delaney et lui pouvaient être heureux ensemble. Tout ce qui arrivait aujourd'hui n'était qu'un malentendu. Bien sûr, il aurait dû lui en parler plus tôt, mais s'il avait pu aller au bout de sa démarche, elle aurait compris pourquoi il avait attendu. S'il avait eu le temps de convaincre Alden Moore…

Son téléphone sonna une nouvelle fois, et il vérifia l'écran avant de répondre. C'était Matteo. Il répondit malgré sa déception, dans l'espoir que Delaney ait cherché du réconfort auprès de Rachel.

— Bonjour, Matteo.

— Qu'est-ce qui se passe ?

— Comment sais-tu qu'il se passe quelque chose ?

— Tu as une voix d'outre-tombe.

— Je ne suis pas mort, pourtant…

— Tu sais bien ce que je veux dire ! lança Matteo en riant.

Cisco serra le volant de sa main libre. Il avait horreur de demander de l'aide, mais il commençait à comprendre qu'aujourd'hui, il n'avait pas le choix.

— Est-ce qu'il y aurait une petite chance que Delaney soit avec Rachel aujourd'hui ?

— J'en doute, car j'ai passé la matinée avec elle. Pourquoi me demandes-tu cela ?

— Je ne sais pas où elle est, et j'ai besoin de lui parler.

— Tu as appelé ?

— Oui.

— Envoie-lui un message.

— Matteo, merci, mais je sais à peu près comment m'y prendre pour contacter quelqu'un, le problème est ailleurs.

— Delaney et toi avez un problème, c'est ça ?

Cisco soupira. Inutile de tenter de cacher ce qui venait de

se passer à son frère. Horseback Hollow était assez petite pour que Matteo découvre rapidement le pot aux roses.

— Elle est furieuse contre moi et refuse de prendre mes appels. Je lui ai caché quelque chose et je suis mort de peur d'avoir peut-être tout gâché entre elle et moi. Je suis passé au ranch, mais elle n'y était pas, et je ne sais plus quoi faire, je désespère.

Un silence suivit ses aveux, avant que Matteo éclate de rire à l'autre bout de la ligne.

— Le grand Cisco Mendoza serait mort de peur, désespéré par amour ? Je ne pensais pas vivre assez longtemps pour assister à cela !

— Arrête, Matteo, je suis sérieux.

— Mais qu'as-tu donc fait ? Tu avais une autre liaison ? Tu t'es trompé de prénom en l'appelant ?

— Ne fais pas l'idiot, je tiens vraiment à elle… Je crois que… que je suis amoureux d'elle.

Matteo poussa un sifflement.

— Eh bien, si l'on m'avait dit !

— Est-ce que tu vas arrêter ? lança Cisco à bout de nerfs. Il se trouve que je travaille sur un contrat qui implique Cow-boy Country et… et les Fortune.

— Les Fortune son ouvertement peu favorables à l'installation du parc à thème. D'après Gabi, ils sont même franchement hostiles, sauf peut-être…

— Delaney, termina Cisco à sa place. Je ne lui avais pas tout dit. Elle ne connaissait pas les détails de mon implication, et j'ai peur qu'il soit trop tard, maintenant.

— Je ne me fais pas de souci pour toi, Cisco.

— Pourquoi dis-tu cela ?

— Parce que tu es un maître en matière de négociation, tu as une force de conviction totale, c'est bien simple, tu pourrais vendre de la neige à un Eskimo ! Tu ne feras qu'une bouchée de Delaney !

— Mais justement, c'est différent avec elle.

— Mais non, je te fais confiance, laisse-la se calmer un peu, puis tu joueras les prestidigitateurs et elle te retombera dans les bras…

— J'ai compris, dit Cisco pour abréger la conversation. Merci de m'avoir écouté.

Il raccrocha et posa son téléphone sur le siège passager. Deux mois plus tôt, il aurait sans doute pris le discours de Matteo pour un compliment.

Oui, il avait été cet homme à la force de conviction totale, capable d'obtenir toujours ce qu'il désirait, que ce soit dans sa vie professionnelle ou privée. Mais avec Delaney, c'était bel et bien différent. Il voulait être un homme bien, pour elle. Il voulait rétablir la situation, non par de la manipulation, mais en lui prouvant la réalité de son amour.

A cet instant, il eut une intuition de l'endroit où elle pouvait se trouver. Il appela sa sœur pour lui demander une indication, puis mit le contact et reprit la voie rapide en direction du petit ranch où vivaient Stacey et son mari, Colton, avec leur fille, Piper.

Evidemment, Delaney avait dû se rendre chez Stacey, puisque c'était là qu'elle avait prétendu passer la nuit. Son cœur se mit à battre la chamade lorsqu'il s'engagea dans l'entrée et reconnut sa voiture.

Il avança vers la maison sous le soleil déjà haut dans le ciel. Cela ne faisait que quelques heures, mais il avait l'impression que des jours s'étaient écoulés sans la voir. Il était impatient de la retrouver. Il voulait lui parler, la toucher, la serrer contre lui et lui faire comprendre qu'il ne la laisserait plus jamais s'éloigner de lui.

La porte s'ouvrit avant même qu'il ait frappé, et Stacey lui barra le passage. Il l'avait déjà croisée, mais ne lui avait qu'à peine parlé et ne la connaissait donc pas.

— N'avancez pas, lança-t-elle en levant la main.

Il s'immobilisa.

— Je crois que vous pouvez rebrousser chemin, Cisco, personne ne veut vous voir, ici.

Il n'était guère surprenant que Stacey monte la garde pour sa petite sœur, mais Cisco avait une mission, et rien ne l'arrêterait.

— Je ne partirai pas sans la voir. Je lui ai fait de la peine, et vous ne pouvez pas savoir à quel point j'en suis désolé. Je vous demande une chance de réparer ce que j'ai fait.

Il fit un pas en avant sans quitter Stacey du regard. Elle s'écarta, croisant les bras, comme si elle évaluait ses propos.

— Ne croyez pas que sous ses airs bravaches elle soit si forte que cela. Son cœur est aussi fragile que son âme est délicate. Elle a besoin de quelqu'un qui prendra soin d'elle, pas de quelqu'un qui profitera d'elle.

— Jamais je ne…

— Même professionnellement ! trancha-t-elle.

Les mots le frappèrent durement, mais il était prêt et ne comptait pas se laisser abattre si facilement.

— J'ai commis une erreur, Stacey, et je suis ici pour la réparer. Il faut que je lui parle.

Stacey se mordit la lèvre. C'était exactement la même mimique que Delaney, et cela rappela à Cisco qu'elle avait une tribu autour d'elle, prête à la protéger.

— Je ne promets rien, je vais voir si elle veut bien, dit Stacey en lui claquant la porte au nez.

Un instant plus tard, la porte se rouvrait et Stacey lui faisait signe d'entrer.

— Vous pourrez remercier notre mère de nous avoir enseigné les bonnes manières, je ne peux pas vous laisser attendre dehors, venez vous asseoir à l'intérieur.

— Merci, dit-il en la suivant.

— Si Delaney veut vous voir, elle descendra. Ce sera son choix. Je vous demande de ne pas faire de bruit, car ma fille dort, et si vous la réveillez, je devrais vous exécuter sans sommation ! lança-t-elle.

— Je ne ferai pas de bruit. J'attends Delaney en silence, promit-il.

Stacey acquiesça et monta l'escalier.

Il prit place sur le canapé. Il vérifia son téléphone portable et constata que Kent Stephens avait cherché à le joindre plusieurs fois. Il ne consulta pas sa messagerie. Plus grand-chose ne lui importait à part Delaney. Levant les yeux, il remarqua des cadres placés parmi les étagères. Il se leva et jeta un coup d'œil aux portraits. Il devina que le bébé dans les bras de Stacey devait être sa fille, il vit son mari, puis la famille élargie parmi laquelle il chercha Delaney. Lorsqu'il la trouva, affichant un large sourire, il effleura son visage du doigt, le cœur serré.

Il détailla la pièce du regard. La maison était toute récente, mais elle semblait déjà pleine de vie, avec les photos de famille, mais aussi les jouets d'enfant et un mobilier simple et fonctionnel, adapté à une vie de famille remuante et vivante.

Il pensa à son appartement à Miami, avec ses gadgets technologiques dernier cri et sa décoration branchée. Il avait les dernières innovations, mais son appartement n'avait pas d'âme. Et lui n'y avait jamais vraiment été heureux. Il songea à son enfance rythmée par les déménagements dus aux mutations de son père, et la façon qu'avait sa mère de rendre chaque lieu de vie rassurant et familial, un peu comme cette maison.

C'était ce dont il rêvait. Il en prit soudain conscience. Il ne voulait pas simplement que Delaney ait une place dans sa vie, mais il voulait faire partie de la sienne, construire avec elle un avenir plein de rires et de larmes, d'enfants et d'animaux. Il voulait ce que son frère et sa sœur avaient trouvé ici. Oui, il pourrait vivre ici, tant que Delaney était auprès de lui.

Plus rien ne semblait compter à ses yeux. Tout à coup, toutes ces choses qui avaient eu un prix lui semblaient totalement inintéressantes. Frappé par cette évidence, il eut un frémissement d'impatience et d'excitation. C'était différent des montées d'adrénaline qu'il avait parfois au moment de signer un contrat. Non, il avait l'impression que, pour la première fois, il venait de trouver un sens à sa vie.

Il fallait maintenant que Delaney lui offre une deuxième chance.

Désormais, il se représentait tout cela. Fonder une famille, avoir un foyer. Vieillir auprès d'elle.

Un bruit le fit sursauter et le ramena à la réalité. Il tourna la tête, mais l'expression de Delaney fit s'écrouler tous ses espoirs. Debout derrière le canapé, elle avait croisé les bras sur sa poitrine. Il s'était attendu à la trouver en colère, mais pas ainsi dévastée de chagrin. Son regard semblait éteint, son beau visage était pâle et tiré, comme si toute vie s'en était échappée.

Tout à coup, il se rendit compte qu'il n'était pas certain d'être en mesure de réparer les dégâts qu'il avait causés avec ses mensonges.

- 15 -

S'il lui avait été possible de s'ouvrir la poitrine pour s'arracher le cœur, Delaney n'aurait pas hésité. Elle qui se sentait tellement trahie et blessée dans son âme ne supportait pas que son cœur s'emballe pourtant en voyant Cisco. Sa présence lui rappelait le plaisir partagé, la douceur de ses caresses, les mots qu'il lui avait murmurés. Pourtant, sa raison savait bien qu'il s'était servi d'elle à des fins purement carriéristes.

— Je t'aurais aidé, déclara-t-elle doucement, en serrant le poing pour le frotter contre son sternum, comme pour tenter d'apaiser la douleur. J'aurais pu te soutenir auprès de ma famille, devant tes employeurs…

— Ce n'était pas ce que tu crois, Delaney. Ainsi raccourci, cela semble tellement cynique, mais je ne voulais pas…

— Si seulement tu m'avais dit la vérité, interrompit-elle.

— J'étais sur le point de le faire ! Hier soir, je voulais tout te dire, expliqua-t-il en se passant la main dans les cheveux. Et puis, tu étais là et je me suis laissé emporter…

— Tu m'as surtout laissée me ridiculiser totalement ! s'écria-t-elle. J'étais tellement naïve de venir ainsi me jeter dans tes bras.

— Non ! dit-il en hésitant à avancer vers elle. J'ai été dépassé par toi, par ta beauté, par le désir que j'ai ressenti, mes sentiments, et quand j'ai touché ta peau…

— Arrête. Ne fais pas cela, Cisco. Je ne te laisserai pas me manipuler encore.

— Tu penses que c'est ce que j'ai fait ?

— Tu aurais dû me le dire. Depuis le début, tu t'es servi de moi.

— Je suis désolé, Delaney. Si je t'avais parlé avant, n'aurais-tu pas refusé de me faire confiance ? Tu me prenais déjà pour un citadin incapable de comprendre vos usages et de les respecter…

— Eh bien, apparemment, j'avais raison…

— Sans doute, mais j'ai changé, Delaney. Grâce à toi, à tout ce que tu m'as appris. Tu m'as changé.

— Ce que j'ai trouvé ce matin sur ton téléphone raconte une tout autre histoire. Tu sais, je voulais simplement te préparer une surprise. L'alarme de ton téléphone a sonné, mais tu ne t'es pas réveillé, alors je l'ai pris avec moi pour ne pas te réveiller, et puis des messages ont commencé à biper les uns après les autres, j'ai eu peur d'une urgence et j'ai regardé…

— Mais tu n'as pas à te justifier, Delaney, tu peux parfaitement regarder mon téléphone, *cielo*. Je suis navré que tu sois tombée là-dessus de cette façon, mais je ne veux pas qu'il reste la moindre part d'ombre entre nous.

— Je ne suis pas ton *cielo*. Je ne suis rien du tout. Juste ce maillon que tu avais prévu de séduire pour sécuriser ton contrat.

Sa remarque fut comme un coup qu'il reçut de plein fouet. Estomaqué, il s'efforça de reprendre son souffle. Au moins s'assurait-elle de n'être pas la seule à souffrir.

— Comment… comment peux-tu penser cela ? Oui, j'avais besoin d'informations, et c'est en partie la raison pour laquelle je t'ai approchée, mais je n'aurais jamais fait l'amour avec toi pour d'autres raisons que celles dictées par mes sentiments et mon désir. Il faut que tu me croies, Delaney.

Oh ! comme elle avait envie de le croire ! Tout son corps était endolori des heures passées à pleurer. Elle l'avait choisi, et il l'avait trahie... Et pourtant, une petite parcelle de son cœur continuait de le désirer, de regretter la sensation de chaleur et de sécurité qu'elle avait ressentie dans ses bras.

— Pourquoi devrais-je te faire confiance ?

— J'ai déjà parlé aux autres cadres de Cow-boy Country, et je leur ai dit qu'il n'y aurait pas de négociations avec les Fortune. Ce que nous avons partagé était réel, Delaney. C'est toujours réel. Et rien ne compte plus à mes yeux que toi.

— Tu leur as dit que les Fortune ne seraient pas de la partie ?

— J'ai même fait plus que cela, j'ai transmis les réticences de ta famille et des habitants de Horseback Hollow au sujet du parc en leur affirmant qu'ils faisaient fausse route. Depuis plus d'une semaine, j'essaie de rencontrer Alden Moore pour lui présenter le projet que j'ai retoqué afin qu'il soit plus authentique et en accord avec les traditions des éleveurs. Je me moque même de perdre mon travail, depuis que j'ai passé du temps au ranch auprès de toi et des tiens. J'ai compris quelles étaient vos valeurs et pourquoi elles vous tenaient tant à cœur. Je veux les respecter, leur rendre hommage. Laisse-moi une chance, Delaney.

Elle vacilla un instant avant de rendre les armes et de se jeter dans ses bras. Si elle avait décidé de faire l'amour avec Cisco la veille, ce n'était pas sur un simple coup de tête. Elle l'aimait de tout son cœur. Et il semblait si sincère, si blessé et triste ainsi devant elle dans l'attente d'une réponse.

Mais comment lui accorder de nouveau sa confiance ? Et s'il s'agissait encore d'une manipulation ? Supporterait-elle une nouvelle trahison quand la douleur était si vive encore ?

Il était temps pour elle de grandir, elle se connaissait assez pour savoir que pour que leur relation ait une chance, il fallait qu'elle surmonte cette douleur. Qu'elle soit en mesure de lui pardonner et de lui accorder toute sa confiance à nouveau.

— Merci d'être venu me parler, dit-elle la voix hésitante. Mais j'ai besoin d'un peu de temps…

— Delaney…

Elle l'interrompit d'un geste de la main.

— Pas maintenant, dit-elle avant de quitter la pièce.

— Pas de chocolat sur mon siège ! lança Galen.

Deux jours s'étaient écoulés depuis son entrevue avec Cisco. Delaney leva les yeux au ciel et s'installa sur le siège passager en croquant dans sa barre chocolatée préférée.

— Je ne suis plus une enfant, c'est bon !

— On ne va pas déjeuner au grill ? demanda son frère en hochant la tête vers son snack.

— Si, justement, fais vite, je suis morte de faim ! dit-elle en bouclant sa ceinture.

— Je croyais plutôt que les chagrins d'amour coupaient l'appétit.

— Qui te dit que je vis un chagrin d'amour ?

Galen lui adressa un sourire compatissant.

— Tu ne veux pas en parler ?

— Tu es adorable, dit-elle sans oser avouer que manger était la seule façon qu'elle avait trouvée pour combler le vide qu'elle éprouvait à l'intérieur. Pour aujourd'hui, je préférerais aller passer un bon moment et oublier tout le reste.

— C'est parfait pour moi, dit-il en démarrant.

Ils firent le trajet en silence, et elle se concentra sur le paysage qui défilait, même si, de temps à autre, elle sentait le regard de Galen sur elle. Elle était touchée de son attention, mais avait besoin qu'on la laisse un peu respirer.

Sa cheville allait beaucoup mieux, mais ne lui permettait toujours pas de travailler normalement et elle se retrouvait bien trop souvent enfermée à la maison.

La rumeur de leur dispute avait vite fait le tour de la famille, et tout le monde semblait se relayer autour d'elle pour la réconforter. D'ailleurs, elle ne fut même pas surprise de voir Stacey debout sur le trottoir en train de les guetter.

— Qu'est-ce que tu fais là ? demanda Galen une fois descendu de voiture.

— Je viens déjeuner avec ma petite sœur ! répondit-elle en la serrant dans ses bras.

Il leur tint la porte du restaurant.

— Et dans ce cas, je fais quoi, moi ?

— Tu paies l'addition ? lancèrent en cœur les deux sœurs, hilares.

— Heureux de pouvoir servir à quelque chose…

— Alors, demanda Stacey une fois installés à une table, as-tu parlé avec Cisco depuis l'autre jour ?

Delaney secoua la tête.

— Tu ferais bien de ne plus jamais lui adresser la parole, justement… Je ne sais pas ce qui me retient de renvoyer ce play-boy d'où il vient !

— Galen, ne dis pas cela.

— Mais si ce n'était par respect pour Gabi et Orlando, je crois que j'aurais déjà eu une petite explication avec lui. Pour le moment, je ne dis trop rien, mais si jamais il revient te tourner autour…

— Inutile de jouer les grands frères protecteurs, Galen, dit Stacey. Si Delaney décide de revoir Cisco, ce sera son choix !

— Mais, après ce qu'il lui a fait, il devrait être passé au goudron et aux plumes, avec ses mocassins hors de prix aux pieds.

— Quand il travaille au ranch, il porte des bottes et un chapeau comme le tien, répliqua Stacey.

Delaney s'apprêtait à intervenir, mais sa sœur poursuivit sur sa lancée.

— Tu ne l'as pas vu quand il est venu au ranch, Galen. Il a peut-être commis une énorme erreur, mais il est sincèrement désolé et veut s'amender. Je pense que Delaney devrait lui donner une chance.

— N'importe quoi !

Lasse de leur échange, Delaney tapa sur la table.

— Hé, je crois que vous oubliez un peu vite que je suis assise à cette table et que je vous écoute ! Vous êtes censés me changer les idées, tous les deux, non ? J'ai entendu maman vous téléphoner ce matin, ne me faites pas croire que vous êtes passés par hasard !

Galen haussa les épaules.

— Elle se fait du souci à ton sujet… Nous nous en faisons tous !

— Je ne suis pas la première à souffrir à cause d'un homme, tout de même. Ne me fais pas croire que tu n'as jamais brisé le cœur de qui que ce soit.

— Je… Tu… Enfin, zut, je n'ai rien à voir avec tout ça, à la fin ! balbutia-t-il.

— Delaney, est-ce que tu envisages de lui laisser une deuxième chance, demanda Stacey d'une voix douce. Est-ce que tu l'aimes encore ?

— Je ne sais pas. Il m'appelle tous les jours, me laisse les plus doux des mots d'amour, me fait envoyer des fleurs tous les jours, mais je n'arrive pas vraiment à y voir clair, dit-elle en baissant le regard.

Car si son frère ou sa sœur la regardaient dans les yeux, ils sauraient aussitôt qu'elle l'aimait encore et plus que jamais, même si elle avait l'impression que cela faisait d'elle la plus grande naïve du monde.

Elle lui en voulait toujours de lui avoir caché la vérité,

mais la douleur de la découverte s'était émoussée, elle parvenait presque à comprendre ce qui l'avait empêché de s'ouvrir dès le départ. Il avait eu raison en disant qu'elle ne lui aurait pas fait confiance, qu'elle ne lui aurait pas laissé la moindre chance de faire ses preuves.

Elle n'avait été capable de voir plus loin que le masque qu'il portait que parce qu'elle avait accepté de laisser ses préjugés de côté un instant. Mais comment lui faire confiance à nouveau ?

Un frisson la parcourut à l'instant même où Stacey levait les yeux.

— Oh !

Elle n'eut pas besoin de se retourner pour deviner que Cisco était entré. Pourtant, elle finit par jeter un coup d'œil, incapable de résister. Leurs regards se rencontrèrent, et elle sentit son cœur se mettre à cogner dans sa poitrine en lisant la peine dans ses yeux. Elle eut très chaud tout à coup, bien que ses mains lui semblent glacées.

Il avança d'un pas vers elle, mais son père le retint d'une main ferme sur l'épaule. Galen repoussa nerveusement son assiette.

— Je n'arrive pas à croire qu'il ait l'audace de te regarder dans les yeux, je vais lui…

— Tu ne vas rien du tout ! lança Delaney en saisissant sa main. Laisse-le tranquille, Galen, c'est mon choix, Stacey avait tout à fait raison.

— Tu veux dire que tu l'aimes toujours ?

Elle leva le regard vers Cisco à nouveau. Il la fixait toujours, puis Orlando l'obligea à faire volte-face et l'emmena vers une table à l'autre bout du restaurant.

— Je n'ai jamais cessé de l'aimer, annonça Delaney, même si je crains que cela ne soit pas suffisant pour que cela marche entre nous.

— En tout cas, à la façon qu'il a de te regarder, dit Stacey, je pense que ses sentiments pour toi sont tout aussi forts. Les gens font parfois des erreurs. Les hommes, en particulier, et on a le droit de leur donner une deuxième chance.

Delaney ferma les yeux un instant, ne sachant plus qui de son frère ou de sa sœur avait raison.

- 16 -

— Elle vient de sortir, tu peux te détendre un peu.

Cisco n'avait pas besoin que son père lui dise que Delaney avait quitté le restaurant. C'était comme si le lien entre eux s'était encore renforcé depuis leur séparation. Il avait senti le changement, comme si l'énergie dans la pièce avait changé lorsqu'elle était sortie. Il gardait pourtant dans le cœur le souvenir de la douleur qu'il lui avait infligée.

— Elle refuse toujours mes appels, marmonna-t-il.

— Qui pourrait le lui reprocher…

— Mais comment faire amende honorable, si elle ne me laisse pas lui parler ? Il faudrait que je puisse lui faire comprendre pourquoi j'ai fait cela.

— Elle l'a peut-être déjà compris, c'est peut-être là le problème…

— Qu'est-ce que tu veux dire ?

Orlando attendit que la serveuse ait fini de placer leurs assiettes, même si Cisco n'avait pas le moindre appétit. Depuis l'autre jour, il avait perdu le sommeil et ne parvenait plus à manger.

— Tout le monde sait combien tu es travailleur et carriériste, et une femme peut se demander si elle ne passera pas après ton travail. Pour le moment, tu n'as peut-être pas donné de gages à Delaney que ce n'est pas ce qui se passerait ?

— Est-ce un défaut de vouloir réussir dans sa carrière ?

J'ai travaillé dur, papa, tout comme toi quand tu avais mon âge. Même si je ne cherche pas d'excuse pour ce que j'ai dissimulé à Delaney…

— Bien sûr que ce n'est pas un défaut, mais si tu laisses ton travail prendre le dessus, tu rates tant de choses dans la vie. Tu as toujours été concentré sur tes objectifs, Cisco, mais il me semble que tes priorités sont en train de changer, et je pense que c'est une bonne chose que tu en prennes conscience. A mes yeux, ta mère était toujours la priorité des priorités. Jamais rien n'a compté autant qu'elle dans ma vie.

— Comment as-tu su que c'était elle ? Qu'est-ce qui était si différent avec elle ?

— C'était elle, c'est tout, répondit son père un sourire rêveur sur les lèvres. Elle était si belle, mais aussi tellement fine et drôle. Elle était patiente envers moi, car les choses n'ont pas toujours coulé de source entre nous, mais elle méritait que l'on surmonte quelques difficultés. L'amour mérite toujours que l'on se batte pour lui. Sa simple présence a suffi à me changer en profondeur. Je ne sais pas si tu peux le comprendre…

Cisco ne répondit pas tout de suite. Il songea à ses parents, qui avaient toujours été pour lui l'image de la solidité à toute épreuve. Leur amour avait servi de fondations à toute la famille Mendoza, et Cisco n'aurait jamais imaginé qu'ils aient eu besoin de lutter pour que leur histoire fonctionne, pour que leur mariage dure et résiste dans le temps. C'était ça, la force de leur union.

Et s'il y avait bien une chose qui n'effrayait pas Cisco, c'était de retrousser ses manches.

Il inspira profondément, et eut la sensation que l'étau qui enserrait ses poumons depuis quelques jours disparaissait.

— Oui, je crois que je comprends, papa. Je comprends parfaitement. Merci.

Orlando s'apprêtait à répondre lorsque Matteo sauta sur le siège vide à côté de lui.

— Est-ce que vous êtes en train de disserter sur une méthode imparable pour passer à côté de la femme de sa vie ? lança-t-il en tapant sur l'épaule de son frère.

— Il suffit de se comporter comme un idiot, j'ai bien saisi, dit Cisco.

Matteo se tourna vers son frère.

— J'avoue que ça perd un peu de son charme aussitôt que tu l'admets.

— Bon, ça suffit, tous les deux, intervint Orlando.

— Je plaisantais, dit Matteo. Croyez-le ou pas, je suis vraiment heureux que vous soyez ici tous les deux, même si je préfère largement Cisco lorsqu'il est avec Delaney… Elle te rendrait presque humain !

Cisco inspira.

— Elle refuse mes appels, cela rend un peu difficile la réconciliation…

— N'abandonne pas, dit Orlando d'une voix douce. Si tu l'aimes vraiment, n'abandonne jamais, quoi qu'il t'en coûte.

— L'aimes-tu assez pour cela ? demanda Matteo.

Cisco plongea son regard dans celui de son frère, si semblable au sien, et acquiesça.

— Oui, dit-il. Il faut que j'arrive à l'en convaincre, maintenant. Toute sa famille doit me détester, je ne sais même pas comment je vais pouvoir lui parler.

— Préoccupe-toi de Delaney avant tout, dit Matteo. Sa famille la soutiendra, quoi qu'elle décide.

Cisco hocha la tête avant de la relever vivement, alors qu'une idée s'imposait à lui.

— Je crois que je sais ce que je dois faire ! s'exclama-t-il soudain. Et Rachel et toi pouvez m'aider, si vous en êtes d'accord ?

— Tu peux compter sur nous, bien sûr.

Cisco sentit l'adrénaline couler dans ses veines. Ce n'était pas la même sensation que lorsqu'il travaillait sur un contrat, c'était tellement plus intense qu'il se laissa porter par elle. Il reprenait courage à l'idée qu'il allait se battre pour obtenir ce qu'il désirait de toute son âme.

— C'était une erreur, marmonna Delaney en se passant de l'eau sur le visage dans les lavabos de la Cantina deux jours plus tard.

— Tu ne pourras pas te cacher ici toute la soirée, dit Stacey en lui tendant une serviette en papier. Le repas va être froid, et nos cavaliers vont finir par se demander où nous sommes passées.

— Ce n'était pas toi qui me conseillais de donner une deuxième chance à Cisco ? demanda Delaney. Je pensais que nous allions dîner entre amis, boire quelques margaritas et se changer les idées, et voilà que tu m'emmènes dans un véritable traquenard avec ton invité mystère.

— Ce n'est pas vraiment un traquenard, dit Stacey. Jon est un vieil ami de Colton, et comme il était de passage pour la soirée, nous l'avons invité, c'est aussi simple que cela.

— Il est venu avec des fleurs, souligna Delaney, tu avoueras que cela ressemble à un rendez-vous amoureux !

— Colton avait mentionné que tu traversais une période délicate. Il voulait simplement avoir une attention délicate à ton égard.

— Je veux des attentions de la part de Cisco, pas d'inconnus ! s'exclama-t-elle en ayant conscience de son intonation désespérée.

Depuis qu'elle l'avait croisé au grill, deux jours plus tôt, elle n'avait plus reçu aucune nouvelle de Cisco. Deux jours complets s'étaient écoulés sans un seul mot de sa part, avant qu'un paquet arrive au ranch cet après-midi. Elle y avait découvert une paire de santiags rouges du plus beau cuir. Il n'y avait pas de carte, mais elle n'avait aucun doute sur leur provenance. Elle n'avait pu retenir ses larmes en les enfilant et se remémorant l'attention et la patience avec lesquelles il les lui avait enlevées lorsqu'elle s'était blessée. Elle était partie s'enfermer dans sa chambre, et Stacey était apparue comme par miracle quelques heures plus tard avec son invitation à sortir…

Et voilà qu'elle se retrouvait à la Cantina en compagnie d'un charmant inconnu qui devait l'attendre à la table qu'elle avait désertée pour se réfugier dans les toilettes… Elle portait ses nouvelles bottes, offertes par un homme qui la troublait et la perturbait au plus haut point. D'un autre côté, Jon, l'ami de Colton, possédait un ranch quelque part dans le sud-ouest de l'Oklahoma. Le regard clair et sans complications. C'était le genre d'homme qu'elle recherchait… Du moins jusqu'à ce qu'elle rencontre Cisco, le seul homme pour qui elle avait éprouvé des sentiments si complexes qu'elle ne parvenait plus à les définir. Des émotions qu'elle n'imaginait pas même connaître un jour.

— Je ne suis pas en train de te suggérer d'oublier Cisco et d'emménager avec Jon ! dit Stacey en écartant doucement une mèche de cheveux de son visage. Mais tu peux passer une soirée agréable aujourd'hui, sans que cela n'ait d'incidence. Si ton histoire avec Cisco doit aller de l'avant, cela se fera vaille que vaille. Ce n'est pas en te cachant toute la journée pour pleurer que tu obtiendras des réponses.

— Je n'ai pas passé la journée à pleurer !

— Je le sais, mais viens, maintenant. Retournons à table et passons une bonne soirée. Jon n'a pas d'attentes à ton égard, il s'agit juste de passer un moment agréable.

— Je vais essayer, dit Delaney en emboîtant le pas de Stacey.

Pas d'attente. Juste passer une bonne soirée. Elle s'efforça de sourire au beau cow-boy assis en face d'elle.

Elle tourna le regard vers les fleurs et inspira un grand coup. Tout allait bien se passer. Lorsqu'elle se retourna, pourtant, elle perdit jusqu'à la dernière once de certitude... Cisco venait d'entrer dans le restaurant en compagnie de Rachel Robinson.

La douleur lui transperça le cœur.

Même s'ils avaient eu une brève liaison il y a quelque temps, elle avait la certitude que c'était du passé maintenant, quelle naïve jeune femme faisait-elle... Mais pourtant, Rachel était amoureuse de Matteo Mendoza, cela ne faisait aucun doute. Dans ce cas, pourquoi sortir avec Cisco ? Pourquoi le laisser poser la main sur son épaule alors qu'elle passait devant lui, et ici, à la Cantina, en prime ?

Elle le vit comme au ralenti qui levait les yeux pour balayer la salle. Elle lut le choc dans son regard. Le choc et quelque chose d'autre.

— Oh non, murmura Stacey en suivant le regard de Delaney. Voilà qui risque bien de nous compliquer la tâche...

— Aucun problème, dit Delaney en détournant les yeux et ravalant ses larmes. Il fallait sans doute que je le voie de mes propres yeux pour m'assurer que j'avais parfaitement raison de sortir pour me changer les idées...

Elle était sous le choc, mais refusait de laisser Cisco s'en rendre compte. Visiblement, il n'avait pas mis très longtemps à rebondir. Elle se demanda si Matteo était au courant de cette sortie...

Puis ses pensées descendirent vers ses bottes. Elle était tellement ridicule de s'émouvoir d'une telle attention, alors qu'il s'était simplement servi de son argent pour acheter son pardon... Cela lui donnait envie de les enlever et de les lui jeter à la figure.

Mais elle ne lui ferait pas ce plaisir.

Il ne saurait pas combien elle était affectée de le voir avec Rachel.

Redressant les épaules, elle afficha un large sourire avant de se concentrer sur l'homme qui l'accompagnait et qu'elle trouvait soudainement extrêmement drôle, même si chacun de ses sourires lui déchirait le cœur.

- 17 -

— Pourquoi ne vas-tu pas la voir pour lui expliquer que ce n'est pas du tout ce qu'il y paraît ? insista Rachel pour la troisième fois depuis qu'ils avaient pris place à table.

— Et risquer d'interrompre leur rendez-vous amoureux ? demanda Cisco avec amertume. Certainement pas, je préfère partir.

— Et il ne t'est pas venu à l'idée qu'elle pense certainement que nous aussi, nous nous retrouvons pour un rendez-vous amoureux ?

— C'est ridicule, enfin, elle sait parfaitement que tu es avec Matteo…

— Matteo qui commence justement à se faire attendre, coupa-t-elle en jetant un coup d'œil vers la porte d'entrée. Ce serait plus simple s'il était là…

— Dans tous les cas, je ne compte pas me donner en spectacle ce soir, et si j'allais voir Delaney alors qu'elle est accaparée par son cow-boy, cela se terminerait certainement par une scène que je préfère éviter.

— Je n'ai pas précisément l'impression qu'il l'accapare plus que cela, souligna Rachel en se décalant légèrement. Ils ont beau être assis l'un à côté de l'autre, ils ne se touchent pas.

— Mais elle a un bouquet de fleurs devant elle, lança-t-il. De toute façon, arrête de les regarder, elle va finir par te remarquer !

Rachel ne sourcilla pas le moins du monde et poursuivit sa description.

— En tous les cas, tu auras noté qu'elle porte ton cadeau, n'est-ce pas ? C'est un très bon signe !

— Ce serait un bon signe si c'était avec moi qu'elle dînait ce soir…

— Mais tu as dit toi-même que tu devais gagner son cœur à nouveau. N'est-ce pas ce dont nous devions parler ce soir ? demanda Rachel en ouvrant le menu. Parce que, si tu jettes déjà l'éponge, laisse-moi te dire que l'amour dans la vraie vie ne va pas de soi, il faut se battre, le reconquérir, lutter contre vents et marées. Delaney est d'un tempérament impétueux…

— C'est ce que j'aime chez elle, dit-il aussitôt, la voix chargée d'émotion.

Il n'avait pas peur de s'ouvrir devant Rachel. Il avait confiance en elle et en son jugement.

— Eh bien, il va falloir te battre pour elle, quoi qu'il t'en coûte. Ne jamais baisser les bras.

— Tu as raison…

— Et plus de cachotteries ni de secrets, poursuivit-elle. Pour que cela fonctionne, il faut que tu sois prêt à jouer cartes sur table, même si c'est parfois douloureux, crois-moi sur parole.

Voyant un léger trouble dans son regard, il se demanda à quoi elle faisait allusion. Essayait-elle de lui parler de Matteo ? Pourtant, ce dernier était éperdument amoureux d'elle, cela sautait aux yeux.

— Je suis heureux que Matteo et toi ayez réussi à vous retrouver, tu sais. Je vois combien tu le rends heureux, Rachel.

Elle lui adressa un sourire, et il vit le trouble s'évanouir aussitôt de son regard.

— Je suis heureuse de pouvoir te renvoyer l'ascenseur,

répondit-elle. J'espère vraiment que tu connaîtras le même bonheur auprès de Delaney.

— Moi aussi, répondit-il dans un soupir.

La serveuse vint prendre leur commande, et Cisco opta pour une bière blonde, tandis que Rachel demandait un margarita. Ils attendraient le reste du groupe pour choisir la suite.

Lorsqu'il jeta un coup d'œil vers la table de Delaney, il la vit qui se levait, accompagnée de son entourage, et semblait se diriger vers la sortie. Elle évita soigneusement de regarder dans sa direction, mais Stacey lui adressa un petit sourire contrit avec un petit geste désolé. Etonnamment, cette manifestation discrète le réconforta un peu.

Dans le fond, il savait bien que les fréquentations de Delaney n'importaient pas vraiment. L'important était qu'il se batte pour parler à son cœur. Pour lui, c'était une question d'évidence, il fallait maintenant lui faire comprendre ce qu'il avait découvert en sondant son âme et le lui prouver d'une façon qui ne lui laisse plus l'ombre d'un doute.

Matteo et Christopher Fortune entrèrent quelques instants plus tard.

— Je parie que vous venez de croiser Stacey et Delaney ? demanda Rachel en riant avant de déposer un baiser sur les lèvres de Matteo.

Ce dernier hocha la tête d'un air impressionné.

— Je trouvais que Gabi était terrible lorsqu'elle se mettait en colère, mais je dois dire que j'ai sans doute trouvé pire ce soir !

— Il est certain que mes sœurs ont des sacrés tempéraments, dit Christopher, en particulier celles-ci, et c'est encore pire lorsqu'elles sont ensemble. Je crois que tu vas devoir y mettre du tien pour apaiser les choses avec Delaney, mon cher Cisco.

— Je m'y emploie, dit Cisco, un peu las de devoir

prouver sa bonne foi à nouveau. Mais croyez bien qu'elle ne me facilite pas la tâche.

— En effet, les choses importantes ne sont pas toujours faciles, souligna Christopher.

— C'est pour cela que je voulais te parler, dit Cisco en se passant la main sur le visage. J'apprécie vraiment que tu aies accepté de venir me parler, je me doute que mon nom n'est pas en odeur de sainteté chez les Fortune Jones à l'heure actuelle.

— C'est peu de le dire ! lança Christopher en lui adressant un clin d'œil. Tu as de la chance, sans Rachel et ton frère qui ont toute ma confiance et mon estime, je ne serais sans doute pas venu, mais ils m'ont assuré que tu n'étais pas le lâche menteur que tout le monde imagine.

— Formidable, dit Cisco en inspirant profondément pour encaisser le choc.

Il ne devait pas baisser les bras, s'il avait une seule chance de convaincre Delaney, il était décidé à tout faire pour elle. Elle méritait qu'il endure tout ce qu'il y avait à endurer. Elle était son moteur et sa raison d'être.

— Alors comme ça, il paraîtrait que tu travailles avec Alden Moore ? demanda Christopher, qui ignorait encore qu'il donnait à Cisco un angle d'approche parfait pour engager la conversation qu'il avait en tête.

Il lança un bref regard en direction de Matteo qui lui adressa un hochement de tête encourageant. C'était étrange, car il avait toujours été celui qui conseillait et guidait ses frères et sœurs, et pour la première fois, voilà qu'il se retrouvait dans la situation inverse. Il découvrait d'ailleurs que c'était bon de pouvoir compter sur le soutien de sa famille lorsqu'on avait toujours tout porté seul.

— Justement, je ne travaille plus pour lui, répondit-il en regardant Christopher droit dans les yeux. Nous n'avons pu trouver de terrain d'entente, et j'ai remis ma démission ce matin.

Christopher haussa les sourcils.

— Vraiment ? Pourtant, je me suis un peu renseigné, et, d'après ce que j'ai compris, Moore Entertainment avait de grands projets à te confier…

— Oui, en effet, mais aujourd'hui, cela ne m'intéresse plus, dit Cisco avant de prendre une gorgée de bière. J'ai toujours l'espoir que Cow-boy Country réussisse son ouverture. S'ils arrivaient à rendre le projet un peu plus cohérent, je continue à penser que ce serait bon pour la ville, mais en tout cas, cela se fera sans moi.

— Et que vas-tu faire, alors ? J'imagine que tu vas repartir pour Miami ?

— Je ne repars pas pour la Floride. Je veux vivre ici, auprès de Delaney si je parviens à la convaincre de ma sincérité. Je pense que mon avenir est à Horseback Hollow avec la femme que j'aime. Tu as peut-être découvert que je devais investir une part importante d'argent personnel pour Cow-boy Country. Comme cela ne se fera plus, j'ai pensé que je pourrais utilement en faire don à la branche locale de la Fondation Fortune.

Il ne s'était pas attendu à ce que Christopher lui déroule un tapis rouge, mais le regard suspicieux qu'il lui jeta alors le blessa profondément.

— C'est la vérité, intervint Rachel pour mettre un terme au silence embarrassant. J'ai parlé à Cisco des ambitions de la Fondation pour la communauté locale, et il souhaite s'engager. Son investissement à Horseback Hollow est véritable.

— On pourrait aussi y voir une façon de tenter d'acheter la sympathie de notre famille…

Christopher parlait sans colère, mais ses soupçons étaient on ne peut plus clairs.

Cisco se rappela que rien n'était jamais acquis et reprit son argumentation.

— Je comprends que tu penses cela, répondit-il sans

le quitter du regard. Je n'ai rien fait jusque-là qui t'incite à la confiance, bien au contraire. Je veux te dire que je crois aux projets de la Fondation. Le temps passé auprès de ta famille a beaucoup compté pour moi, et pas uniquement parce que j'y côtoyais Delaney. J'ai aimé vos valeurs, votre philosophie de vie, qui puise sa force dans ses racines et ses traditions. Je n'avais jamais rien connu de tel par le passé.

— Tu veux dire que tu t'es transformé en cow-boy du jour au lendemain ?

Cisco secoua la tête.

— Non, bien évidemment, je respecte trop ce métier et ses traditions pour prétendre que qui veut peut devenir cow-boy. Je sais que tout le monde n'en a pas la carrure.

— Je suis entièrement d'accord avec cela, acquiesça Christopher.

— Il y a quelque chose de particulier ici, poursuivit Cisco. Ma famille l'a pensé aussi en venant s'y installer, et même si j'ai mis un peu de temps à m'en rendre compte…

— Il a toujours été un peu long à la détente, lança Matteo, moqueur.

Christopher éclata de rire.

— Vous me faites rire, tous les deux, vous me rappelez mes frères !

Cisco commença à respirer, soulagé de voir Christopher sourire et plaisanter avec eux.

— Même si Delaney refuse de me donner une seconde chance, cela ne change rien à ma décision de faire une donation. Je souhaite contribuer à cette communauté d'une façon ou d'une autre.

— Et que comptes-tu faire si elle ne te pardonne pas ? Que se passera-t-il, alors ?

— Je vais continuer à me battre pour elle, répondit Cisco sans l'ombre d'une hésitation. Aussi longtemps qu'il le faudra.

— C'est ce que j'avais besoin d'entendre, dit Christopher

en lui levant son verre. Delaney mérite un homme qui ne l'abandonnera pas au premier obstacle.

— Eh bien, je suis cet homme, Christopher, et sur ce point je peux engager ma parole.

Le ciel immense et dégagé était d'un bleu vif, alors que Cisco s'engageait dans l'allée du ranch des Fortune, le lendemain après-midi. Alors que l'arrivée officielle de l'été approchait, la chaleur se faisait chaque jour un peu plus étouffante. C'était aussi à cette date que l'ouverture du parc Cow-boy Country devait avoir lieu, mais Cisco n'éprouvait pas le moindre regret de ne pas en être.

Il descendit de voiture et sentit la sueur couler dans son dos. C'était sans doute bien plus lié au stress qui l'envahissait qu'à la chaleur.

Christopher avait proposé d'organiser une rencontre avec ses parents au ranch. Sans son intervention, Cisco avait la certitude que Deke Jones n'aurait pas accepté de le rencontrer, ou l'aurait accueilli son fusil à la main. Il savait comment son père réagirait face à un homme qui aurait blessé sa sœur Gabi…

Comme il avançait vers la maison, il vit des rideaux qui flottaient dans le vent à l'une des fenêtres de l'étage. La chambre de Delaney.

Il songea que cette conversation était peut-être sa dernière carte à jouer dans l'espoir de la revoir et de pouvoir s'expliquer avec elle…

Deke Jones apparut près de la grange, accompagné d'un de ses ouvriers. Cisco avança vers eux, frottant ses paumes moites sur son jean.

Deke resta immobile, raide et peu avenant. Il dit un mot à son ouvrier qui s'éloigna aussitôt.

— Monsieur Jones, dit Cisco en approchant, merci d'accepter de me recevoir, je sais que…

— Vous feriez bien de commencer par m'appeler Deke et de ne pas me remercier à l'avance, répliqua le vieux cow-boy en ajustant son stetson. J'ai vu ma fille pleurer plus souvent qu'à son tour ces derniers jours, et il semblerait que vous en soyez la cause.

Le ton restait posé, mais les propos acérés.

— Je suis désolé, commença Cisco, aussitôt interrompu par un geste de la main de Deke.

— En ce qui me concerne, je n'ai pas besoin d'entendre vos excuses !

— Vous comprendrez bien que je suis là pour essayer de réparer la façon dont je me suis comporté avec Delaney, et je sais que ce ne sera pas une mince affaire.

Deke eut un demi-sourire en coin.

— Si ma fille a son mot à dire dans tout cela, oui, je pense que vous n'êtes pas encore sorti d'affaire.

— Je le sais, et j'y suis préparé. C'est d'ailleurs pour cette raison que je voulais vous voir avant d'aller lui parler. Je souhaite m'engager très sérieusement auprès de Delaney. Je vous promets de l'aimer et l'honorer et voulais vous assurer de tout mon respect pour elle et pour sa famille.

— J'espère que vous n'avez pas l'intention de me serrer dans vos bras à la fin de votre tirade !

— Non, monsieur, répondit Cisco en frottant encore ses paumes sur son jean.

Il avait la gorge sèche et nouée et aurait bien eu besoin d'un verre d'eau, ou mieux, d'un double scotch, même s'il n'avait jamais vraiment fait usage de ce genre de stimulants face au stress. Il se racla la gorge. Deke Fortune Jones était un homme à l'ancienne, et Cisco devinait qu'il ne laisserait rien passer à l'homme qui viendrait courtiser sa plus jeune fille.

— J'aime votre fille, monsieur, et je voudrais lui demander de m'épouser. C'est pour cette raison que je suis venu vous demander votre permission avant de lui parler.

Deke ne répondit pas et haussa lentement un de ses épais sourcils.

Il eut la tentation de se lancer dans tout ce qui motivait sa décision, d'expliquer en quoi il méritait la main de sa fille malgré ce qu'il lui avait fait endurer. Pourtant, il resta aussi silencieux et immobile que Deke. Il savait que ce dernier prendrait sa décision seul, même si Cisco se décidait à plaider sa cause. Il savait que Delaney ne serait jamais complètement sienne si sa famille désapprouvait leur union. Ils faisaient partie d'elle, tout comme cette ville, et il ne pourrait jamais lui demander de renoncer à l'une ou à l'autre. Alors, il se tut, n'ajouta rien et resta immobile, attendant que le vieil homme tranche.

Delaney faisait les cent pas dans sa chambre depuis près d'une demi-heure, jetant de furtifs coups d'œil par la fenêtre en se demandant où Cisco était passé.

Il était descendu de voiture et s'était rendu vers la grange, mais elle s'attendait à ce qu'il entre dans la maison et vienne lui parler. Il lui avait fallu faire usage de toute sa volonté pour ne pas courir à sa rencontre.

Mais pour l'instant, pas de signe de lui. Il devait être avec son père, même si elle ne voyait pas comment Cisco pouvait entretenir une conversation d'une demi-heure avec son père. Elle finit par s'asseoir par terre sur son tapis, et replia les genoux contre sa poitrine, effleurant du doigt les motifs des bottes de Cisco. Elle s'obligea à rester ainsi, plutôt que de rester collée à la fenêtre. S'il se décidait à venir lui parler, il savait où la trouver. Et puis s'il ne venait pas…

— Delaney ?

La voix de sa mère lui parvint depuis le couloir.

— Tu as une visite, ma chérie.

Delaney sentit la panique l'envahir, alors qu'elle se

levait comme un ressort. Elle redoutait que Cisco tente de la convaincre de lui pardonner et qu'elle ne lui résiste pas. Tout comme elle craignait qu'il lui avoue qu'il jetait l'éponge et repartait pour Miami.

Elle se regarda dans le miroir et se trouva une mine épouvantable, pâle et les traits tirés. Elle se passa la main dans les cheveux pour les regonfler et se pinça les pommettes pour les colorer un peu, avant de descendre l'escalier, l'estomac noué par la tension.

Il l'attendait en bas, avec sa mère, et son regard ne trahissait rien de ses intentions.

— Allez dans le salon tous les deux pour parler plus tranquillement, suggéra sa mère, en serrant le bras de Delaney pour lui donner du courage. Je vais aller préparer de la citronnade, appelez-moi si vous avez soif.

Avant de tourner les talons, Jeanne-Marie se tourna vers Cisco et lui serra le bras affectueusement.

— C'était un plaisir de vous revoir, Cisco.

Delaney sentit son cœur se serrer.

— Merci, madame, répondit Cisco. Je suis navré du trouble et des complications dans lesquels je vous ai tous plongés dernièrement.

Elle lui adressa un sourire apaisant.

— Lorsqu'on a élevé sept enfants, les troubles et les complications font partie du quotidien, lança-t-elle avant de se diriger vers la cuisine.

Delaney et Cisco entrèrent dans le salon. Il la suivait de si près qu'elle sentait son parfum aux notes de bergamote et d'épices. Lorsqu'elle se retourna, il était là, juste devant elle, et elle nota ses traits tirés et les cernes qui marquaient son regard. Il portait une chemise d'un bleu azur qui accentuait son bronzage. Avec son jean et ses santiags, il avait encore une fois assorti son style citadin à celui de Horseback Hollow. Il semblait finalement aussi à l'aise dans les deux univers.

Elle avait du mal à se concentrer, tant sa réaction physique à sa présence prenait le dessus sur tout le reste. Son cœur battait la chamade, son estomac était noué, et elle sentit ses lèvres trembler lorsqu'elle tenta de sourire.

— Bonjour, Delaney, dit-il d'une voix douce comme une caresse.

Même s'il ne la touchait pas, elle avait la sensation qu'il envahissait chaque parcelle de son espace vital.

Elle s'écarta un peu, pour garder la tête froide et parvenir à respirer un peu.

— Qu'est-ce que je peux faire pour toi, Cisco ?

— Avant tout, je voulais te dire que je suis désolé si tu as pensé que je sortais avec Rachel l'autre soir.

Elle ne s'était pas attendue à ce qu'il lui parle de cela. Il n'était pas le genre d'homme à s'excuser pour un malentendu, mais elle fut touchée qu'il y pense.

— Nous attendions Matteo, qui nous a rejoints juste après ton départ. J'ai voulu te le dire mais, comme tu étais accompagnée, je n'ai pas voulu gâcher ta soirée, dit-il en haussant les épaules, l'air incertain.

— Moi non plus, je ne sors pas avec cet homme, dit-elle en sentant son armure s'effriter.

— Il t'avait offert des fleurs.

— Oui, mais ce n'était pas un rendez-vous amoureux.

Il sembla hésiter à argumenter encore, puis se ravisa.

— Merci de me le dire.

Elle détestait cela, tout en étant touchée au cœur par ses attentions. Elle détestait ce mur de formalité qui semblait s'être érigé entre eux, elle n'avait jamais apprécié les conventions de langage.

— C'est pour cela que tu es venu me voir ? demanda-t-elle finalement en retenant son souffle.

— J'ai démissionné de Cow-boy Country, répondit-il après quelques instants. Je n'ai pas attendu qu'Alden Moore décide de me licencier, et je leur ai envoyé ma lettre de démission hier matin.

Delaney essaya d'envisager ce que cela signifiait, mais il ne lui laissa pas le temps de réfléchir et poursuivit.

— J'ai donc fait don à la Fondation Fortune de l'argent que je prévoyais d'investir.

— C'est pour cela que tu voyais Christopher avec Matteo au restaurant ?

Il acquiesça.

— Je veux que mon argent soit utilisé ici, pour la communauté.

— Tu as réussi à soudoyer mon frère ? lança Delaney stupéfaite. Il t'a vraiment cru ?

Il sortit son poing serré de sa poche et retint un juron.

— C'est aussi ce qu'il a pensé d'abord, mais je n'essayais pas de l'amadouer, ni d'acheter son pardon au prix d'une donation. Sans Rachel, il n'aurait jamais répondu au moindre de mes appels, ni laissé la moindre chance de m'expliquer.

— Ma famille est loyale, répliqua-t-elle.

— Et je le respecte parfaitement. Christopher et moi avons longuement discuté hier soir. Dans le fond, nous ne sommes pas si différents. Nous avons investi beaucoup dans nos carrières, jusqu'à ce que ton frère rencontre Kinsley.

— Elle a eu une très bonne influence sur lui.

— Comme tu m'as changé, aussi, poursuivit-il. J'ai changé grâce à toi. Je ne veux pas acheter qui que ce soit, je veux simplement te prouver que mes intentions envers toi, au fond de mon cœur, sont honorables.

En entendant ces mots, elle eut l'impression que l'air s'échappait de ses poumons. Ces mots, elle avait toujours voulu les entendre, et maintenant qu'il les prononçait, le doute revenait, plus fort que jamais.

— Et si tu te trompais, si tu n'avais pas vraiment changé et que tu t'en rendes compte après, que tu regrettes ? Un jour, cette électricité entre nous s'éteindra, et sans l'adrénaline de la conquête…

— A moins que cette électricité ne se change en quelque chose de plus profond.

Elle se mordit la lèvre inférieure pour retenir les tremblements qui annonçaient des larmes.

— J'ai si peur de te faire confiance, finit-elle par murmurer d'une voix chevrotante. Je ne veux pas me réveiller dans quelques mois ou quelques années et découvrir que tu es passé à autre chose. Je suis une fille simple, Cisco, je suis fière de ma vie ici. J'aimerais que tu en fasses partie, mais si ça ne devait pas durer ?

— Et si, au contraire, c'était pour toujours ? demanda-t-il en sortant de sa poche un petit écrin de velours, qu'il lui présenta d'une main légèrement tremblante. Je t'aime, Delaney. Je t'aime depuis le premier instant où mes yeux se sont posés sur toi.

— Au barbecue, dit-elle, sans pouvoir quitter l'écrin des yeux.

— Non, au mariage de Gabi et Jude, précisa-t-il. Je ne savais pas encore à quel point tu deviendrais importante dans ma vie. J'ai l'impression que tu fais partie de moi, depuis toujours. Tu me rends meilleur. Il a fallu que tu me diriges dans ces travaux du ranch pour que je découvre enfin ce qu'il faut pour être un homme, un vrai.

Elle sourit doucement à cette allusion à leurs journées de travail en commun. Levant le regard vers son visage, elle resta silencieuse en voyant ses yeux. Elle y lisait tout son amour. Pour elle.

Elle vit aussi un voile de doute et eut l'impression qu'il allait rempocher son écrin. Elle ouvrit la bouche pour parler, mais aucun son n'en sortit. Il ferma les yeux un court instant, puis les rouvrit, le regard intense.

— Je sais combien je t'ai blessée, et je ne mérite certainement pas une nouvelle chance, mais je ne compte pas abandonner, Delaney. Ton père m'a dit que la décision t'appartenait, et je sais qu'il a raison.

— Tu as parlé à mon père ?

Il acquiesça.

— Oui. Et je suis prêt à attendre le temps qu'il faut. Chaque jour qu'il me reste à vivre, s'il le faut, je me réveillerai le matin prêt à te prouver que je peux être, que je suis, l'homme que tu mérites.

Elle referma la bouche et se passa lentement la langue sur les lèvres. Elle sentait l'espoir germer en elle, et c'était comme la première étincelle d'un feu d'artifice un soir d'été.

— Est-ce que tu voulais me demander autre chose ? dit-elle d'une voix blanche.

Mettant aussitôt un genou à terre, il ouvrit l'écrin, révélant un magnifique diamant. L'anneau étincelait dans la lumière du soleil et, l'espace d'un instant, Delaney crut que son cœur allait s'arrêter de battre.

— Delaney Fortune Jones, je t'aime plus que tout ce que j'avais imaginé. Accepterais-tu de me faire le très grand honneur de devenir ma femme ?

Il ne semblait pas aussi confiant qu'en temps normal, mais son regard empli d'espoir et d'amour la chavira. Il n'avait jamais été aussi beau.

— Oui, répondit-elle dans un souffle.

Il se redressa pour glisser la bague à son doigt avant de la serrer contre lui.

— Je veux que tu saches que tu es et seras toujours ma priorité absolue, dit-il à son oreille. Tu es tout pour moi, Delaney, je t'aime.

— Moi aussi, je t'aime, répondit-elle en redressant la tête pour le regarder dans les yeux. Nous allons vivre une véritable vie de conte de fées !

Il sourit.

— Oui, le plus beau des contes et la plus belle des vies.

Elle lui adressa un clin d'œil.

— Il va sans doute falloir que tu commences par retrouver du travail, alors !

Il haussa les épaules.

— Le travail viendra en son temps, répondit-il. Non, il faut avant toute chose commencer par ça…

Il posa ses lèvres sur les siennes, et elle perdit pied en trouvant les réponses à toutes les questions qu'elle se posait.

Cisco Mendoza faisait partie de sa vie, pour toujours, cela ne faisait plus l'ombre d'un doute, et c'était ce qui pouvait lui arriver de meilleur.

Si vous avez aimé *Le cœur trahi*,
Découvrez sans attendre les précédents romans
de la série « La saga des Fortune » :

Le baiser d'un Fortune, Judy DUARTE
Coup de foudre pour un Fortune, Cindy KIRK
Dangereuse rivalité, Marie FERRARELLA

Disponibles dès à présent sur www.harlequin.fr

Et ne manquez pas la suite :

Un ténébreux Fortune, Nancy ROBHARD THOMPSON

dès le mois prochain
dans votre collection Passions !

MAUREEN CHILD

Trois enfants à aimer

Passions

HARLEQUIN

Titre original : TRIPLE THE FUN

Traduction française de ROSA BACHIR

83-85, boulevard Vincent-Auriol, 75646 PARIS CEDEX 13.
Service Lectrices — Tél. : 01 45 82 47 47
www.harlequin.fr

- 1 -

— *Où ça ?*

Connor King ne chercha pas à masquer son amusement. Reculant son fauteuil, il posa les pieds sur son bureau et regarda par la fenêtre la vue sur l'océan Pacifique. Le téléphone calé contre son oreille, il sourit de plus belle en entendant son frère maugréer.

— Avec les jumeaux, dans le parc près de la maison.

— Tu es tombé bien bas, railla Connor.

Deux ans plus tôt encore, son vrai jumeau Colton était célibataire, ambitieux, et adorait dénicher les aventures extrêmes que leur société proposait aux amateurs de séjours aventure dans le monde.

Puis Colton avait découvert que son ex-femme, Penny, avait donné naissance à des jumeaux, un garçon et une fille. Son monde avait été plongé dans la tourmente, et il avait dû opérer de gros changements et affronter de dures réalités. Même s'il avait failli tout gâcher, Colt s'était repris à temps pour se construire une nouvelle vie. A présent, il avait une épouse et deux enfants, et était plus heureux que jamais.

Néanmoins, Connor ne manquait pas une occasion de le taquiner.

— Toi, au parc, répéta-t-il en riant. Je n'arrive pas à y croire…

— Oui, oui, marmonna Colt. Cesse de te moquer, que

nous puissions passer à autre chose. Comme le projet en Irlande. Tu comptes toujours y aller pour vérifier le circuit ?

— Tout à fait, confirma-t-il avec un petit rire.

L'année précédente, l'entreprise King Extreme Adventures était devenue King Family Adventures. Lorsque Colt avait enfin compris ce qui comptait le plus dans sa vie, Connor et lui avaient revu leur plan de développement. Les aventures extrêmes étaient risquées et dangereuses, et la base de clients potentiels, très limitée. En mettant l'accent sur les aventures familiales, ils s'étaient ouverts à un public mondial.

Ils proposaient encore des aventures extrêmes aux amateurs de sensations fortes, mais depuis qu'ils avaient changé leur priorité, la société connaissait une croissance exponentielle.

— Je descendrai au château d'Ashford, et Jefferson m'a trouvé un guide pour me faire visiter la région.

— Fabuleux ! ironisa Colt. Nous sommes passés des pistes extrêmes dans les Alpes aux circuits familiaux en Irlande.

— Les choses changent. Tu es bien placé pour le savoir.

— Je ne m'en plains pas, répliqua son jumeau avant de crier. Reid, ne jette pas de sable sur ta sœur !

Connor gloussa.

— Riley peut se défendre toute seule, dit-il.

— C'est ce qu'elle est en train de faire… Elle vient de lui renvoyer du sable à la figure, répondit Colt avec un petit rire. Penny est à la maison, en train de repeindre leur chambre. Je pensais qu'emmener le duo terrible au parc serait plus reposant. J'aurais dû me méfier !

Tout en écoutant son frère, Connor regarda son assistante, Linda, lui apporter son courrier. Elle lui tendit la pile de lettres avec un sourire avant de ressortir. Connor extirpa une enveloppe de papier kraft de la pile et jeta les autres sur le bureau. Coinçant le téléphone entre son oreille et son épaule, il ouvrit l'enveloppe, en sortit une lettre et la parcourut en diagonale.

— Qu'est-ce que c'est que ça ? s'exclama-t-il après quelques secondes.

Colt marqua un temps avant de demander :

— Que se passe-t-il ?

— Tu ne vas pas le croire, dit Connor en se redressant sur son fauteuil, les yeux fixés sur la lettre.

Il eut l'impression que sa vision s'assombrissait, comme s'il regardait les mots imprimés par un télescope. Malgré le jargon juridique, destiné à impressionner, Connor en comprit suffisamment pour savoir que son monde venait de basculer.

— Que se passe-t-il ?

La voix de Colt sembla lointaine, comme si le téléphone était devenu un tunnel de plusieurs kilomètres. Le regard de Connor s'arrêta sur l'expression qui lui avait sauté aux yeux. Il sentit un étau se resserrer autour de sa poitrine, et une onde de froid l'envahir.

Il déglutit.

— Apparemment, je suis *père*.

Une heure plus tard, à Dana Point, Connor se trouvait dans le patio de la maison de Colt, bâtie à flanc de falaise. Le regard rivé à l'océan, il remarquait à peine les voiliers, les surfeurs et les vagues qui s'écrasaient sur le rivage. En se tournant vers la gauche, il aurait vu sa maison, à moins d'un kilomètre.

Celle de Colt était moderne, toute en verre et en chrome, même si Penny avait procédé à quelques changements, lui insufflant de la chaleur et de la couleur. Celle de Connor, également accrochée à la falaise, était plus traditionnelle.

Mais il ne pensait ni aux maisons, ni aux styles architecturaux, ni à l'océan. Un seul mot l'obsédait : *triplés*.

Il avait désormais un enfant de plus que son frère, même s'il ne pouvait pas vraiment en retirer le mérite. Certes, c'étaient ses spermatozoïdes, mais son implication s'était arrêtée là.

Dire que jusqu'aujourd'hui, il ignorait l'existence de ces bébés ! Car une femme en qui il avait confiance — une *amie* — lui avait menti. Et c'était presque plus difficile à croire que le fait qu'il apprenne subitement qu'il était le père de trois enfants.

Il devait tirer cette affaire au clair. Récolter un maximum d'informations, avant de décider d'un plan d'action. Car il y *aurait* un plan, de cela au moins, il était certain. Même si les détails de ce plan restaient encore à élaborer.

Connor avait mis les avocats de la famille sur le dossier avant de se rendre chez Colt et Penny. Il allait agir de façon logique. Rationnelle. Il n'allait pas céder à son instinct, qui le poussait à faire quelque chose, n'importe quoi. Même si ce n'était pas facile de résister.

Jusqu'ici, tout ce qu'il savait, c'était le nom de la femme qui le poursuivait en justice pour obtenir une pension alimentaire. Dina Cortez. La sœur d'Elena Cortez, épouse de Jackie Francis.

Jackie.

Secouant la tête, Connor serra les dents pour contenir une violente bouffée de colère. Jackie était la meilleure amie de Connor depuis le lycée. Quand il avait connu ses premiers chagrins d'amour, c'était vers Jackie qui il s'était tourné. Elle était la seule femme en qui il avait toujours eu confiance, principalement parce qu'elle n'avait jamais rien voulu de lui. En fait, leur seule dispute remontait à leur seconde année d'université, quand ils étaient tombés amoureux de la même fille. Il esquissa un pâle sourire en se remémorant cet épisode. Plutôt que de rivaliser pour les beaux yeux de la jolie rousse, ils avaient tous deux fait le choix de leur amitié.

Trois ans plus tôt, Connor avait été le garçon d'honneur de Jackie quand elle avait épousé son amie de longue date, Elena Cortez. Il l'avait même emmenée à Las Vegas pour une petite fête d'enterrement de vie de jeune fille. Il aurait parié la fortune des King que Jackie ne lui mentirait jamais. Et pourtant…

— Quel idiot, marmonna-t-il.

Il se passa une main dans les cheveux, frissonnant dans le vent froid de juin.

— Tu ne pouvais pas savoir, plaida Penny King en le rejoignant.

Il appréciait le soutien de sa belle-sœur, mais Penny ne pouvait pas mesurer à quel point il se sentait trahi. Lui-même pouvait à peine le comprendre.

— J'aurais dû vérifier. Quand Jackie est partie vivre dans le nord de la Californie, j'aurais dû rester en contact. Si je l'avais fait, peut-être…

— Rien de tout ceci n'est ta faute, coupa Colt, arrivant à son tour sur le patio.

— Il s'agit de mon sperme. De mes bébés. Alors, c'est ma faute.

Secouant la tête, Connor resserra les doigts autour de la bouteille de bière qu'il n'avait même pas envie de boire. Il savait que sa famille était de son côté, mais cela ne changeait rien à la réalité : il n'avait rien fait pour garder le contact avec Jackie. Il l'avait simplement laissée sortir de sa vie. S'il avait agi autrement, il ne serait pas sous le choc à l'heure actuelle.

— Tu sais, dit Colt, a posteriori, il est toujours plus simple de voir à quel moment les choses ont pris un mauvais virage. Mais sur le moment…

— Tu peux tourner cela comme tu veux, grommela Connor. La vérité, c'est que j'ai tout gâché.

Et tout ce que sa famille pourrait dire n'y changerait

rien. Tandis qu'il regardait sans le voir l'océan écumeux, les souvenirs l'assaillirent.

— Connor, nous voulons avoir un bébé.

Il rit en prenant Jackie par les épaules.

— Félicitations ! Alors, Elena et toi êtes bonnes pour une virée à la banque de sperme ? Tu vois, je t'ai toujours dit que tu finirais par avoir besoin d'un homme.

Jackie sourit.

— Très drôle.

— Je fais de mon mieux. Laquelle de vous sera enceinte ?

Elle s'appuya contre lui et haussa les épaules.

— Elena fera le gros du travail. Je me contenterai de la soutenir.

— Vous serez des parents formidables, assura-t-il, en l'entraînant vers le bar, dans le coin de son salon.

Il sortit deux bières du mini-réfrigérateur. Il en donna une à Jackie, et entrechoqua sa bouteille à la sienne.

— Et concrètement ? demanda-t-il. Comment l'enfant vous appellera-t-il ? Vous êtes toutes les deux des mamans ? Maman numéro un et maman numéro deux ?

— Eh bien, je l'ignore. Nous le découvrirons en temps voulu.

Elle but une gorgée de bière.

— Il y a beaucoup d'étapes avant d'arriver au moment où le bébé parlera. Et une chose, notamment, qu'Elena et moi voulions te demander. Une chose importante.

— D'accord…

Connor remarqua la nervosité de son amie. Cela ne ressemblait tellement pas à Jackie qu'il sentit l'inquiétude le gagner.

— Que se passe-t-il ?

Avant de répondre, elle prit une autre lampée de bière et se mordilla la lèvre, avant de soupirer.

— Tu vois, c'est pour ça qu'Elena portera le bébé. Je ne pense pas pouvoir renoncer à la bière pendant neuf mois.

— Arrête de tourner autour du pot. Qu'essaies-tu de me dire ?

Ils avaient passé la journée ensemble. Ils avaient regardé un film, étaient allés voir la Porsche que Connor songeait à acheter, puis avaient fini chez lui, pour une petite partie de base-ball à un contre un. Elle n'avait pas dit un mot sur ce qui la tracassait. Mais maintenant, elle n'était pas elle-même, et cela le rendait anxieux.

— Bon, fit-elle, avant de prendre une profonde inspiration : En fait, Elena et moi parlons de cela depuis longtemps.

— Ah, oui ? Il n'y a rien d'étonnant à cela. Vous êtes toutes les deux très famille…

Elle rit.

— C'est vrai, nous sommes presque une sitcom des années 1950. Quoi qu'il en soit, tu viens de parler de banque de sperme et, à l'évidence, nous avons besoin d'un donneur, alors…

Elle marqua un temps pour boire, comme si sa gorge était sèche.

— D'accord, je me lance. Nous ne voulons pas prendre un étranger choisi sur catalogue. Nous aimerions que tu sois le père du bébé.

Sa surprise fut telle que, durant une seconde ou deux, il ne put que dévisager sa meilleure amie. Le regard de Jackie était ferme, mais il y avait aussi une étincelle de compassion, comme si elle savait exactement ce qu'il ressentait. Pour être franc, il n'avait pas vraiment pensé à l'identité du père de l'enfant que son amie voulait tant. Il avait supposé qu'Elena et elle iraient dans une banque de sperme et choisiraient un donneur doté d'une intelligence hors du commun.

Mais, maintenant qu'elle lui avait fait cette demande,

Connor se dit que c'était logique. Jackie et lui formaient presque une famille. Qui d'autre aurait-elle pu solliciter ?

— Elena est d'accord ?

— Tout à fait, assura Jackie.

Maintenant qu'elle avait parlé, Jackie semblait plus détendue.

— Connor, il n'y a pas de pression entre nous, d'accord ? Sens-toi libre de refuser, et je ne t'en voudrai pas, je te le jure. Simplement… ne dis pas non tout de suite. Réfléchis, tu veux bien ?

Connor la prit dans ses bras. Elle soupira et l'étreignit.

— Je sais que c'est énorme, Connor. Et je sais que c'est étrange, que je te demande tes spermatozoïdes. Mais…

Elle leva les yeux vers lui.

— Nous voulons vraiment un bébé, et nous voulons ce… lien avec le père du bébé, tu comprends ? Tu comptes beaucoup pour nous. Pas seulement pour moi.

Il l'étreignit à son tour.

— Oui, je sais. Je vous aime aussi.

— Nous sommes très fleur bleue tout d'un coup !

— Il paraît que c'est l'effet qu'ont les bébés, plaisanta-t-il.

Le regard de Jackie s'embua.

— Un bébé. Difficile de m'imaginer en maman.

— Non, ce n'est pas difficile, affirma-t-il.

Et ce regard rêveur et mélancolique sur son visage l'aurait décidé, même s'il n'avait pas déjà pris sa décision. Ils étaient amis depuis si longtemps, comment pouvait-il lui refuser son aide quand elle en avait besoin ?

— J'aurai une condition, Jack…

Elle retint son souffle.

— Laquelle ?

— Je ne peux pas être le géniteur d'un bébé et m'en laver les mains. Il faudra que je fasse partie de la vie de mon enfant.

Un père à temps partiel, se dit-il. Tous les bons côtés et peu de tracas.

— *Absolument, Connor. Entendu.*

— *Alors, c'est d'accord.*

Connor la souleva dans ses bras pour la faire tournoyer, et elle éclata de rire. Quand il la reposa à terre, il l'embrassa.

— *Nous allons faire un bébé.*

Ils avaient essayé.

Mais Jackie lui avait dit que l'insémination n'avait pas marché. Quand il avait offert de les aider de nouveau, elle avait décliné son offre. Et ajouté qu'Elena et elle déménageaient dans le nord de la Californie pour prendre un nouveau départ. Puis, elle avait disparu de sa vie. Aucun coup de fil. Rien.

Lui aussi avait laissé les choses en arriver là. Jackie n'était pas la seule responsable.

— J'aurais dû vérifier, répéta-t-il.

— A ta décharge…

Colt s'appuya contre le muret de pierre séparant le patio d'une large bande de pelouse parfaitement entretenue.

— Qui eût cru que Jackie te mentirait ?

C'était ce qui lui faisait le plus mal, songea Connor en silence. Il lui avait toujours fait confiance. Sans jamais douter d'elle. Et tout ce temps, elle lui avait caché l'existence de *ses enfants*.

Connor secoua la tête. Il sentit son cœur s'accélérer. Après tous ces mensonges, il ne pouvait même pas hurler sur Jackie. Car Elena et elle étaient mortes. Il n'avait pas pu déchiffrer tous les termes juridiques dans la maudite lettre de l'avocat, mais cela, il l'avait compris. Dina Cortez, la tutrice des bébés, désignée par les *défuntes* Jackie et Elena Francis, était la personne qui le traînait en justice.

Comment pouvait-il pleurer son amie alors qu'il était si

furieux contre elle ? Alors que tout ce qu'il voulait faire, c'était tempêter contre elle, à cause de ce qu'elle avait fait.

— Alors, qui est cette Dina Cortez ? demanda Colt, croisant les bras.

— La sœur d'Elena. Je l'ai rencontrée au mariage. C'était la demoiselle d'honneur d'Elena, et la seule personne de sa famille présente.

Il ne pouvait toujours pas comprendre comment une famille pouvait ne pas soutenir un de ses membres, envers et contre tout.

— A dire vrai, je ne me souviens pas trop d'elle.

— Peu importe, répliqua Colt. Tu ne vas pas tarder à bien la connaître.

— En effet.

Et il aurait beaucoup de choses à dire à Dina Cortez, la prochaine fois qu'il la verrait.

— Bien sûr, assura Dina, nous pouvons préparer votre fête d'anniversaire le 24. Si cela vous convient, nous pouvons nous rencontrer dans la semaine pour discuter du menu.

Le téléphone dans une main, Dina, tapotant son stylo contre son calendrier aux nombreuses annotations incompréhensibles pour quiconque à part elle, prêta une oreille distraite à son client.

Comment pouvait-elle se concentrer, quand elle savait que, très bientôt, elle allait s'opposer à l'un des King de Californie ? Connor King, le père des triplés qui jouaient à cet instant sur le sol à côté d'elle, venait d'une famille très riche et très puissante. Bien plus puissante qu'elle ne le serait jamais.

Elle l'avait déjà rencontré, le jour du mariage de sa sœur Elena avec sa compagne de longue date, Jackie Francis. Connor était le garçon d'honneur de Jackie, et il avait capté l'attention de Dina au premier regard. Ceci dit, n'importe quelle femme aurait été captivée par cet homme. Il était splendide, et possédait cette assurance innée à la fois séduisante et irritante pour une femme de caractère.

Son amitié avec Jackie remontait au lycée. Mais ce qui avait surtout impressionné Dina ce jour-là, c'était sa totale disponibilité pour son amie. La plupart des hommes célibataires voyaient dans un mariage l'occasion de faire des conquêtes. Mais Connor n'avait accordé d'attention à personne d'autre qu'à Jackie.

Certes, il avait sans doute des sentiments différents envers elle désormais. Ce qu'Elena et elle lui avaient fait était impardonnable.

Ecoutant son client d'une oreille distraite, Dina reporta son regard sur les bébés, qui jouaient derrière des barrières de sécurité. Quand les enfants étaient venus vivre avec elle, elle avait délimité une partie de sa zone de travail, dans la cuisine. Sur les couvertures étalées au sol, des jouets étaient éparpillés partout, et trois magnifiques bébés de treize mois riaient, criaient et babillaient dans un langage que seuls eux trois pouvaient comprendre.

En l'espace de quelques mois, ces enfants étaient devenus le centre du monde pour Dina, et cela la terrifiait de penser à ce que Connor pourrait faire quand il découvrirait leur existence. Se battrait-il contre elle pour avoir leur garde ? Seigneur, elle espérait que non ! Il était impossible qu'elle remporte une bataille juridique contre un King.

Son client finit par se taire et, dans le silence soudain, Dina conclut :

— D'accord. Je vous téléphone dans un jour ou deux, et nous prendrons rendez-vous. Merci d'avoir appelé, au revoir.

Elle reposa doucement le combiné sur sa base. Et maintenant qu'elle avait raccroché, les bébés étaient calmes. Un sourire aux lèvres, elle observa les deux garçons et la fillette, et sentit son cœur se gonfler d'émotion. Elle adorait sa nièce et ses neveux, mais être une mère célibataire n'avait jamais fait partie de ses projets.

Cela dit, Jackie et Elena n'avaient pas *prévu* de mourir… Des larmes lui piquèrent les yeux, mais elle les refoula. En admirant ces visages rayonnants et souriants, elle ressentit une vague de chagrin pour sa sœur. Elena et elle avaient toujours été proches, faisant front contre le chaos que leur mère avait créé. Avec leur grand-mère, les deux sœurs avaient formé une unité qui avait été détruite à la mort d'Elena.

Le cœur lourd, Dina songea à sa sœur aînée. Le plus grand rêve d'Elena avait toujours été d'être mère. D'avoir sa propre famille.

Sa femme Jackie et elle avaient fini par avoir les enfants qui complétaient leur foyer. Malheureusement, elles étaient mortes subitement avant que leurs triplés aient un an. En songeant à l'injustice de la vie, elle sentit sa poitrine se serrer. Mais pleurer ne l'aiderait pas, elle devrait le savoir. Elle avait pleuré un océan de larmes les premières semaines. Puis elle avait décidé d'arrêter de pleurer. Mais elle n'avait pas fini d'avoir peur.

La peur venait la hanter au cœur de la nuit, quand elle était allongée, à essayer de trouver des solutions pour s'occuper seule de trois bébés. Elle la suivait quand elle emmenait les enfants se promener dans leur poussette à trois places. Elle lui murmurait à l'oreille chaque fois qu'elle se portait candidate pour un travail et ne l'obtenait pas.

C'était une des raisons pour lesquelles elle avait décidé de demander une pension alimentaire à Connor King. Il avait de l'argent. De plus, il avait joué un grand rôle dans la vie de Jackie et Elena. Il s'était préparé à faire partie de la vie des bébés. Il était normal qu'il l'aide à subvenir à leurs besoins. Si elle avait moins de soucis financiers, elle pourrait engager une nourrice à temps partiel, pour l'aider à s'occuper des triplés. Non qu'elle cherche à fuir cette tâche. Mais elle devait travailler. Or, les laisser à une baby-sitter, même une jeune fille aussi géniale que Jamie, sa voisine, n'était pas une solution permanente.

Sadie, Sage et Sam dépendaient d'elle. C'était à elle de les protéger. D'assurer leur bien-être. De les aimer. Elle ne les décevrait pas. Souriant aux garçons qui se battaient et à Sadie qui tapait sur son ourson, elle leur promit :

— Vous saurez qui étaient vos mamans, mes bébés, je m'en assurerai. Elles vous aimaient tant.

Sadie mordilla l'oreille de son ourson, et Dina soupira. Elever trois enfants seule ne serait pas facile, mais elle y arriverait, quoi qu'il lui en coûte. Elle se leva, leur demandant :

— Les enfants, que diriez-vous d'une friandise ?

Tous trois se tournèrent vers elle, l'air enthousiaste. Elle rit quand Sadie se leva et cria :

— 'bout !

— Après ton goûter, d'accord, trésor ?

Le trésor en question trembla, et Dina eut bien du mal à ne pas céder. Mais si elle portait Sadie, Sage et Sam voudraient sortir aussi et, au lieu de leur donner leur goûter, elle passerait la prochaine demi-heure à leur courir après dans toute la maison. Et puisque l'heure du coucher approchait, mieux valait ne pas les exciter.

Avant que l'un d'eux puisse se plaindre — *bruyamment* —, Dina se précipita vers le comptoir pour trancher des bananes et verser du lait dans trois tasses antifuites. Dieu merci, Elena et Jackie les avaient sevrés des biberons très tôt. Quand les enfants furent installés et se mirent à manger joyeusement leurs bananes, on sonna à la porte.

— Soyez sages, recommanda-t-elle avant d'aller ouvrir.

Jetant un rapide regard par la fenêtre, elle eut le souffle coupé. *Connor King.* L'image était si claire et précise dans son souvenir que c'était presque étrange de le voir sur son perron en chair et en os.

Quand la panique l'envahit, elle ne fut même pas surprise. Cette sensation de perdre le contrôle devenait habituelle, et Dina était presque sûre que c'était mauvais signe. A dire vrai, elle n'avait pas prévu que cette entrevue ait lieu si vite. Peut-être aurait-elle dû. Cet homme était un King, et il venait de découvrir qu'il était le père de trois enfants. Evidemment, il n'allait pas attendre pour se montrer ! Et il voudrait imposer ses volontés. Elle en savait assez sur lui et sur sa famille pour être certaine qu'il serait un adversaire redoutable.

Et puisqu'elle ne pouvait ignorer sa présence, elle redressa les épaules, leva le menton, et ouvrit grand sa porte.

— Connor King. Je ne vous attendais pas.

— Vous auriez dû, lâcha-t-il avant de passer devant elle. Où sont mes enfants ?

- 2 -

Connor était venu pour ses enfants. Pourtant, il ne pouvait détacher son regard de la femme devant lui. En proie à un désir aussi soudain qu'inattendu, il s'efforça de respirer calmement pour le maîtriser.

La femme qui le fusillait du regard avait de grands yeux noisette, une épaisse chevelure de jais qui tombait sur ses épaules et de longues jambes splendides dévoilées par son short blanc. Son T-shirt rouge moulait son corps, mettant en valeur des seins qui avaient la taille parfaite pour emplir les mains d'un homme.

Comment était-il possible qu'il n'ait pas remarqué cette femme sublime au mariage de Jackie et Elena, deux ans plus tôt ? Ou comment avait-il pu l'oublier ? Elle n'était pas de ces femmes que l'on oublie.

— Dina Cortez ? demanda-t-il, même s'il savait parfaitement qui elle était.

— Oui. Et vous êtes Connor King.

Il acquiesça, sentant qu'il retrouvait la maîtrise de ses émotions.

— Maintenant que nous en avons terminé avec les formalités, dites-moi où sont les enfants.

Elle croisa les bras.

— Vous ne devriez pas être ici, déclara-t-elle.

— C'est aussi l'avis de mon avocat.

Celui-ci lui avait conseillé de rester à distance, tant

qu'ils n'avaient pas plus d'informations. Connor n'avait pas eu besoin de lui pour savoir qu'il n'aurait pas dû venir, mais ç'avait été plus fort que lui. Il était père. De triplés. Comment un homme pouvait-il ignorer ce fait ?

Il était donc venu pour voir les enfants et découvrir ce qu'il pouvait par lui-même, malgré les mises en garde. Son frère l'avait compris, mais Penny avait tenté de l'en dissuader. Quelques années plus tôt, Colt aussi était arrivé sans prévenir pour voir ses jumeaux et demander des comptes à la femme qui leur avait donné naissance sans l'en informer.

Soit, Connor ne pouvait pas demander des comptes à Jackie ou Elena, mais les triplés étaient ici, ce qui constituait, du moins à ses yeux, une raison suffisante à sa présence.

— Les avocats peuvent faire leur travail quand même, dit-il, se félicitant de contenir la colère qui bouillonnait en lui. En attendant, il fallait que je vienne.

— Pourquoi ?

— *Pourquoi ?*

Il réprima un rire et secoua la tête.

— Parce que je viens de découvrir que je suis père, via un courrier m'informant qu'on me réclame une pension alimentaire.

— Si vous aviez gardé le contact avec Jackie et Elena, vous auriez été au courant plus tôt, fit-elle valoir.

— Sérieusement ? Vous voulez vraiment aller sur ce terrain ? Si ma meilleure amie ne m'avait pas *menti* sur ces enfants, nous n'en serions pas là, répliqua-t-il en avançant d'un pas. Et votre *sœur* était de mèche.

Elle soupira, et la lueur de colère qu'il voyait dans ses yeux sembla s'estomper un peu.

— Soit, vous avez raison. Vous savez, elles m'ont caché des choses à moi aussi. A votre sujet. Elles ne m'ont pas dit qui était le père des bébés.

Il expira bruyamment. Il était en colère, mais il n'avait

aucune cible sur laquelle la diriger. Dina et lui s'étaient retrouvés pris au piège, dans une toile tissée par Jackie et Elena. Seigneur, il aurait voulu avoir cinq minutes avec Jackie, rien que pour exiger des réponses ! Mais il ne les aurait pas.

— Alors, comment avez-vous su pour moi ?

Elle soupira.

— Il y avait une lettre pour vous dans leurs papiers. Je l'ai lue.

Il se renfrogna.

— Si vous espérez des excuses, dit-elle en haussant les épaules, vous pouvez toujours attendre.

Malgré lui, il éprouva un éclair d'admiration pour elle. Elle était coriace, une qualité qu'il pourrait apprécier. Et elle était splendide, ce qu'il *appréciait*. Difficile de rester concentré quand son corps le poussait à penser à tout autre chose.

La silhouette tonique et néanmoins plantureuse de Dina, sa peau dorée et la lueur de méfiance dans son regard le rendaient heureux d'être un homme. Et son parfum était délicieux. Mais rien de tout ceci n'avait d'importance pour l'instant.

— Bien, parvint-il à articuler. Si vous me donniez quelques réponses, alors ?

Avec un signe de tête, elle lui fit signe de la suivre dans le salon. La maison était ancienne et petite, comme tous les autres bungalows de cette partie de Huntington Beach. Les jardins étaient étroits, les maisons pratiquement collées les unes aux autres, et les places de parking étaient rares.

A son arrivée, il avait remarqué le jardin de Dina, en si piteux état qu'on aurait dit qu'elle y gardait des chèvres. L'allée avait plus de nids-de-poule que d'asphalte, et la toiture était abîmée. Toute la bâtisse aurait bien eu besoin d'une couche de peinture, et Connor avait redouté ce qu'il allait découvrir à l'intérieur.

Mais il fut agréablement surpris. Le bungalow était vieux, mais propre. A l'évidence, Dina consacrait tout le temps et l'argent dont elle disposait à l'intérieur plutôt qu'à l'extérieur. Le parquet était rayé, mais verni. Les murs couleur or pâle étaient ornés de photos de famille et de paysages. La maison était petite, mais accueillante et confortable.

Un couloir partait du salon et menait sans doute aux chambres. Il y avait une petite salle à manger dans l'espace de vie et, au-delà, la cuisine. Lorsqu'un cri joyeux retentit, Connor tressaillit. Les triplés étaient là. Ses enfants.

Il se passa la main sur le visage, dans une vaine tentative de s'éclaircir l'esprit. Secouant la tête, il lâcha :

— Quand j'ai reçu votre courrier ce matin, j'ai demandé à mon avocat de procéder à quelques vérifications.

Elle sembla un peu anxieuse, mais il se fichait qu'elle regrette à présent cette procédure.

— Jackie et Elena seraient mortes il y a trois mois ?

Dina blêmit, et se laissa tomber sur la chaise la plus proche.

— Elena prenait des leçons de pilotage.

Elle esquissa un bref sourire.

— Elle voulait pouvoir venir nous voir notre grand-mère et moi, chaque fois qu'elle le souhaitait.

Connor sentit son ventre se nouer.

— Quoi qu'il en soit, elle a obtenu sa licence de pilotage. Pour fêter cela, Jackie et elle sont parties en week-end près de San Francisco.

— Sans les enfants ?

Elle acquiesça.

— Dieu merci, étant donné ce qu'il s'est passé. Une de leurs amies était chez elles avec les triplés. Sur le trajet de retour, elles ont eu un ennui de moteur. Elena n'était pas assez expérimentée pour gérer le problème, et elles se sont écrasées dans un champ.

Il sentit une vague de douleur le submerger tandis que son esprit s'emplissait d'images de Jackie. Les souvenirs des années passées ensemble, des rires, de tous les bons moments. L'idée qu'elle soit morte était terrible. Il détestait songer à la peur qu'elle avait dû éprouver dans ses derniers instants. Et il regrettait qu'elle ne soit pas là pour lui hurler dessus. Chassant ses pensées sombres, il reporta son attention sur Dina, et vit la lueur de tristesse dans ses yeux avant qu'elle puisse la cacher. Elle avait perdu sa sœur dans l'accident, se rappela-t-il.

— Je suis désolé. Pour Elena.

— Merci.

Elle se leva.

— Et je suis désolée d'avoir intenté cette action sans vous parler au préalable.

Il se fendit d'un petit rire.

— Ce que nous sommes polis tout d'un coup !

— Ça ne durera sans doute pas, avança-t-elle.

Il songea à tout ce qui restait à régler entre eux. Les triplés, leur éducation, sa rage encore vive à la pensée qu'on lui avait menti durant deux ans. Dina avait raison.

— Sans doute pas, concéda-t-il.

— Alors, qu'est-ce que cela fait de nous ?

— Des adversaires.

— Ça a le mérite d'être honnête.

— Je préfère l'honnêteté. Les mensonges finissent toujours par amener… les ennuis.

A en juger par l'expression de Dina, elle avait saisi son sous-entendu. C'étaient les mensonges de sa sœur et de Jackie qui les avaient conduits là où ils en étaient, les piégeant dans une situation qui allait être encore plus chaotique.

Connor était ici pour réclamer la garde de ses enfants. Pour faire son devoir de père, quels que soient les obstacles. Et Dina Cortez faisait partie des obstacles.

Il se raidit en entendant des rires dans l'autre pièce. Seigneur, il était père, et il n'avait pas encore tout à fait intégré les implications de cette nouvelle réalité. Il n'avait eu que quelques heures pour s'efforcer d'accepter le fait que toutes ses certitudes avaient volé en éclats, depuis qu'il avait ouvert la lettre de l'avocat de Dina.

Il avait aidé Jackie et Elena de son plein gré. Parce qu'il avait cru que ce pourrait être plaisant de faire partie de la vie d'un enfant, de manière périphérique, plutôt comme un oncle bénévole que comme un père. Désormais, la situation était différente, et ils devraient tous s'adapter.

— Alors, on conclut une trêve ? suggéra-t-elle.

Il observa Dina, et réfléchit quelques secondes. Il était encore furieux, et le serait sans doute un moment. Mais il devait au moins enfouir sa colère le temps de faire son devoir. C'est-à-dire, s'assurer que ses enfants étaient pris en charge. Comment Dina s'intégrerait dans leur vie à l'avenir, il l'ignorait. Mais mieux valait la surveiller de près jusqu'à ce qu'il le découvre.

Cessant de la regarder, il finit par répondre :

— D'accord pour une trêve. Pour l'instant.

Un long pleur strident jaillit dans l'autre pièce et, dans les secondes qui suivirent, deux autres voix se joignirent à la première dans une cacophonie qui ricocha dans la tête de Connor.

— Mais qu'est-ce que…

Dina se dirigeait déjà vers la cuisine.

— Vous voulez être père ? lui lança-t-elle par-dessus son épaule. C'est l'occasion.

Réprimant la nervosité soudaine qu'il le gagnait, Connor suivit Dina. La famille King s'était considérablement accrue ces dernières années. Chaque fois que les cousins se réunissaient, les enfants passaient de bras en bras, de sorte qu'il avait quand même une certaine familiarité avec les bébés. Quoi qu'il en soit, que ces bébés soient *les siens* changeait quelque peu la donne. Mais il saurait s'en débrouiller.

Ses bébés. Ses enfants. Il sentit une profonde émotion, quelque chose de viscéral, le submerger, et il toucha du doigt ce que son frère avait dû ressentir en apprenant l'existence de ses enfants. A l'époque, Connor l'avait écouté, compatissant, mais à présent, il mesurait à quel point ce moment était capital. Il devait des excuses à Colt.

Même s'il était perturbé par les circonstances de cette entrevue, il ne manqua pas d'apprécier le spectacle que lui offrait Dina en marchant devant lui. Cette femme avait un postérieur splendide.

Secouant la tête, il s'intima de se reprendre, et lui emboîta le pas. La pièce dans laquelle se trouvaient les bébés était juste à côté, pourtant, il avait l'impression d'entreprendre le plus long voyage de sa vie. Passant de célibataire à père. D'une vie d'homme seul à une vie de famille.

Et il n'était pas sûr d'être prêt.

Dans la cuisine, il jeta un rapide regard autour de lui, remarquant vaguement les murs blancs, les plans de travail noirs et les touches de rouge apportées par les rideaux, le grille-pain et le mixeur posés sur le comptoir. Mais en cet instant, la décoration ne l'intéressait guère. Immédiatement, il se focalisa sur l'extrémité de la grande pièce carrée. Là, derrière une série de barrières de sécurité, se trouvaient les triplés.

L'un d'eux, une fille, se leva en titubant un peu, s'accrocha à la barrière et hurla à pleins poumons. Quand elle aperçut Dina, la petite fille commença à taper des pieds. Dina la prit dans ses bras, puis se tourna vers Connor.

— Sadie, je te présente ton papa.

Des larmes roulaient le long des joues de l'enfant. Des boucles noires et légères encadraient son visage. Immédiatement, Connor sentit son cœur se serrer au point d'en éprouver une douleur physique. Au moment où il posa les yeux sur le minuscule être humain qu'il avait contribué à créer, il sut qu'un lien auquel il ne s'était pas attendu venait de se former irrémédiablement. Sadie avait le teint des King, mais ses yeux avaient exactement la même forme que ceux d'Elena. De Dina. La petite fille observa Connor et, en une seconde, elle sécha ses larmes, esquissant un petit sourire timide qui serra le cœur de Connor aussi sûrement que ses petites mains serrèrent le T-shirt de Dina.

Sans un mot, Dina lui confia l'enfant, puis alla chercher les garçons. Elle se releva, un bébé sur chaque hanche.

— Maintenant qu'ils ont dîné, c'est l'heure du bain. Ensuite, il faudra leur lire une histoire et les coucher, puis ce sera la longue série des réveils nocturnes.

Elle plongea son regard dans le sien.

— Vous êtes prêt pour cela ? le défia-t-elle.

Sadie appuya sa petite tête dans le cou de Connor avec un petit soupir. Connor était piégé, et il le savait.

— Je suis prêt.

Dina devait le reconnaître, il s'en sortait bien.

Elle ne s'était pas attendue à ce que Connor sache y faire avec les bébés. D'abord, parce que c'était un homme, et aussi sexiste que cela puisse paraître, d'après son expérience, la seule chose que savait faire un homme avec des enfants était comment les confier à la femme la plus proche. Deuxièmement, les gens riches n'engageaient-ils pas des nourrices pour *ne pas avoir* à s'occuper d'un enfant ?

Mais il l'avait surprise. Une fois de plus. Comme lorsqu'il était arrivé sans s'annoncer, l'air peu amène et néanmoins irrésistible. Malgré les circonstances, et en dépit de la colère et de la méfiance mutuelles, Dina avait perçu l'indéniable tension du désir.

Certes, ce n'était pas une bonne idée, mais comment

résister ? Grand, avec de larges épaules, une taille mince et de longues jambes, Connor King était le genre d'homme qui capturait l'attention aussi aisément qu'il respirait. Ses cheveux noirs étaient un peu trop longs à son goût, effleurant le col de sa chemise blanche, tandis que d'épaisses mèches tombaient sur son front. Ses yeux étaient d'un bleu de glace, et sa bouche crispée n'avait esquissé que quelques sourires, qui auraient dû être rassurants, mais qui ne l'étaient pas. Connor avait le droit d'être en colère, elle en était consciente.

Néanmoins, il n'avait pas le droit d'être en colère contre *elle*. Elle n'avait appris toute l'histoire que quelques semaines plus tôt. Soit, peut-être aurait-elle dû lui téléphoner directement, plutôt que de passer par un avocat, mais elle n'aurait pas cru qu'il s'en soucierait. Il était un donneur de sperme. Un donneur non traditionnel, certes, mais rien de plus.

Même si sa sœur ne lui avait jamais révélé l'identité du père des bébés, elle avait affirmé qu'il avait fait un don, avant de disparaître de leur vie. C'était leur version de l'histoire. Bien évidemment, Elena n'avait pas pris la peine de lui avouer que Connor *ignorait* qu'il était père. Dina grimaça, mesurant une fois de plus à quel point la situation était complexe.

Jusqu'à ce qu'elle lise la lettre que Jackie avait laissée à Connor, Dina avait supposé que Connor n'avait pas envie de nouer de relation avec ses enfants. Voilà pourquoi elle avait été si furieuse quand elle avait découvert l'identité du père des triplés. A cause du secret de Jackie et Elena, Dina avait du mal à joindre les deux bouts, alors qu'il aurait pu en être autrement.

Connor King était si riche qu'il n'aurait aucune peine du monde à subvenir aux besoins des triplés. Pour elle, en revanche, rien n'était simple. Avec toutes les dépenses générées par la charge de trois enfants, elle avait dû augmenter son activité de traiteur au maximum. Elle proposait ses services pour tout type d'événements, de l'anniversaire d'enfants de dix ans à l'inauguration de la dernière banque du quartier. Elle décrochait certains contrats, en perdait d'autres.

Et quand elle décrochait des commandes, elle devait s'occuper de faire garder les bébés pendant qu'elle travaillait. La grand-mère de Dina était toujours ravie de l'aider, mais les triplés représentaient trop de travail pour une femme de son âge, et le salaire de Jamie, la baby-sitter, absorbait presque tous les bénéfices que Dina pouvait générer.

Ces trois derniers mois avaient été difficiles. S'adapter à la vie de mère célibataire était ardu. Dès lors, quoi de plus normal que de réclamer une pension alimentaire dès qu'elle avait appris l'identité du père des bébés ?

Un bruit d'éclaboussures et un cri indigné attirèrent son attention. Ravie d'être distraite de ses pensées, elle rejoignit la salle de bains. Les triplés étaient dans la baignoire, et Connor penché au-dessus d'eux, les manches retroussées. Il tentait de gérer trois bébés mouillés en même temps. Le sol était inondé, et le pantalon de Connor était trempé aux genoux.

— Laisse ce canard à ta sœur, ordonna-t-il, et il enleva le jouet en question à l'un des enfants.

Un cri de protestation s'ensuivit, et Connor s'empressa de dire :

— Tiens, euh… lequel es-tu ? Sam ? Sage ? Prends un bateau.

Dina rit, et, pour une fois, prit plaisir à voir quelqu'un d'autre batailler en faisant prendre le bain à ces trois petits sacripants. Sadie adorait l'eau, Sage passait son temps à vouloir fuir la baignoire, et Sam s'endormait si l'on n'y prenait garde. Sadie éclaboussa de nouveau Connor et rit de plaisir quand il eut de l'eau dans les yeux.

— D'accord, petite, ce n'est pas du jeu de m'éclabousser quand j'essaie d'attraper ton frère.

Sadie babilla pendant que Sage grimpait sur le torse de Connor, impatient de sortir de l'eau. Connor saisit une serviette, l'enroula autour du petit garçon, et ordonna :

— Reste ici.

Puis il tourna le dos à Sage pour sortir les deux autres enfants du bain. Sadie recula pour ne pas se laisser prendre, et ce fut Sam qui fut sorti d'abord et enveloppé comme un *burrito* dans une serviette bleu foncé.

Dina se contenta de les observer. Bien sûr, elle pourrait aider Connor et se charger des garçons, mais c'était plus intéressant de le regarder faire. Elle voulait voir comment il allait s'en sortir. Voir s'il allait s'effondrer, ou se montrer à la hauteur.

Pendant que Connor tentait d'attraper Sadie, Sage laissa tomber sa serviette et disparut dans le couloir en riant.

— Attends ! Reviens ici ! s'exclama Connor.

Connor prit Sadie et l'enveloppa dans une autre serviette. Il se tourna vers Dina.

— Eh bien, merci pour votre aide !

Ecartant les cheveux qui lui barraient les yeux, il regarda vers le couloir.

— Où est-il allé ?

Elle haussa les épaules et sourit de plus belle. C'était plus fort qu'elle.

— Là où il va toujours. Vers le coffre à jouets de leur chambre.

— Génial, maugréa Connor, tenant fermement Sadie qui s'agitait pour tenter de retourner dans l'eau.

Portant Sam avec son autre bras, il se redressa et fit face à Dina.

Il était trempé. Sa chemise blanche était plaquée contre ce qui semblait être un torse très impressionnant. Des gouttes d'eau roulaient sur son visage et s'accrochaient à ses cheveux. Elle sourit une fois de plus. Comment faire autrement ?

— Vous avez apprécié le spectacle ? ironisa-t-il.

— Oui, beaucoup. Mais le spectacle n'est pas encore fini. Il y a encore trois bébés nus auxquels il faut mettre leur couche et leur pyjama avant de les coucher.

Il remonta les deux enfants sur ses hanches.

— Et vous pensez que je ne peux pas y arriver ?

— Je suis certaine que non, répliqua-t-elle, s'appuyant contre le chambranle et croisant les bras. Pas tout seul.

Sadie s'agitait, et Sam tirait sur les cheveux de Connor.

— Vous voulez parier ?

Depuis l'autre pièce leur parvenaient les cris aigus de Sam, et le bruit d'un petit camion qui roulait sur le sol. Dina se pencha, ramassa la serviette et la jeta sur l'épaule de Connor. Il avait eu du fil à retordre, mais il était toujours debout, et elle était admirative. Cependant, elle avait le sentiment qu'il était à bout de forces.

— Volontiers, acquiesça-t-elle, appréciant l'expression anxieuse de Connor.

Elle le connaissait depuis moins de quatre heures, mais elle savait que l'anxiété n'était pas une expression habituelle chez lui. C'était un homme qui dirigeait son monde. Il était accoutumé à ce que les gens lui obéissent au doigt et à l'œil. A présent, il devait jongler entre trois bébés qui avaient l'habitude de décider. Il était dans un sacré pétrin.

— Que parions-nous ? demanda-t-elle.

Il afficha un sourire nonchalant et séducteur, et Dina fut parcourue d'un frisson. En définitive, accepter ce pari n'était peut-être pas l'idée la plus brillante qu'elle ait eue.

Il réajusta la position des bébés sur ses hanches.

— Si je gagne, nous nous installerons autour d'un verre et nous discuterons de ce que nous allons faire ensuite.

— Et si je gagne, vous me faites un chèque et vous disparaissez ?

Le sourire de Connor s'évanouit, et elle crut qu'elle était allée trop loin. Mais à quoi s'attendait-il ? Elle le connaissait depuis quelques heures à peine, et il avait déboulé chez elle, dans sa famille, et pris les choses en main comme s'il en avait le droit. Or, pour elle, il ne l'avait pas.

Il fit un pas vers elle.

— Ce ne sera pas si facile de vous débarrasser de moi, Dina. Je n'irai nulle part, alors vous feriez mieux de vous habituer à ma présence.

— Et si je ne peux pas ?

— Je suis prêt à parier que vous le pouvez.

- 3 -

Dina aurait vraiment aimé ne pas être impressionnée, pourtant elle l'était.

Quand les triplés étaient venus vivre chez elle, elle avait été totalement perdue, et presque désemparée. Elle n'avait pas fait de baby-sitting plus jeune, et aucune de ses amies n'avait d'enfants, aussi n'avait-elle aucune expérience. Mais elle s'était consolée en se disant que la plupart des jeunes mères étaient aussi perdues qu'elle. Puisqu'elle n'avait pas eu d'autre choix que de se jeter à l'eau et de faire au mieux, elle avait appris sur le tas. Elle avait dû s'adapter à cette nouvelle vie autant que les enfants. Elle avait dû tout apprendre, et vite, sur l'éducation d'enfants en bas âge, et elle avait commis d'innombrables erreurs.

Et puis, Connor King était arrivé, s'était jeté dans la mêlée naturellement, et avait tout mené de front. Il avait semblé si diablement sûr de lui qu'elle s'était mise en retrait, s'attendant à regarder gaiement un désastre se dérouler devant ses yeux. Or, il avait pris les choses en main, comme il le faisait sans doute dans chaque domaine de sa vie, et avait assuré sa mission. Certes, il avait été un peu dépassé, mais il avait réussi. Les bébés étaient lavés, changés et couchés, et il leur avait lu une histoire en l'agrémentant d'effets sonores qui les avaient fait rire.

Et, en toute franchise, c'était ce qui l'irritait le plus. Les bébés *appréciaient* déjà Connor ! Dina était là depuis des semaines, de jour comme de nuit, et après une seule visite de ce bel étranger, tous les trois étaient conquis. Qu'était-il arrivé à la loyauté envers cette bonne vieille tante Dina ? Elle aurait bien aimé le savoir !

Tandis qu'elle les observait, à la porte de la chambre, elle se sentit gagnée par une pointe d'inquiétude quand Connor passa de lit en lit, caressant la tête des bébés un à un. Il prenait un moment, qu'il pensait sans doute être un moment intime, pour regarder vraiment les enfants qu'il avait contribué à engendrer. Elle pensait comprendre ce qu'il pouvait ressentir à cet instant, car elle avait vécu un moment très similaire quand les triplés étaient venus vivre avec elle. Elle avait ressenti un puissant instinct de protection, et avait pris conscience que sa vie telle qu'elle l'avait connue était terminée.

Bien sûr, elle n'avait pas prévu de devenir leur tutrice un jour, mais à présent, elle adorait ces bébés avec une force qu'elle n'aurait pas crue possible. Ils étaient sa famille. Sa seule vraie famille pour l'instant, excepté sa grand-mère et quelques cousins éloignés. Elle ferait tout pour prendre soin d'eux et les protéger de la souffrance. Même si cela signifiait les protéger de l'homme qui n'avait voulu être qu'un père à temps partiel.

A la fin de la soirée, Connor était mouillé, épuisé et rêvait de boire une bière fraîche, de se coucher, et de savourer le silence pendant dix ou douze heures. Un sur trois, ce n'était pas si mal, songea-t-il avec une pointe d'ironie.

Il but une longue gorgée de la bière que Dina lui avait donnée, et laissa la mousse froide glisser en lui, dissiper la tension qui l'avait envahi ces dernières heures.

— Eh bien, déclara Dina avec une pointe de réticence, vous avez gagné le pari.

Il tourna la tête pour la regarder.

— Je gagne toujours, chérie.

Elle haussa les sourcils.

— Chérie ?

Il esquissa un sourire. Le terme « chérie » lui avait échappé mais, puisque le terme la contrariait, il persista, juste pour le plaisir.

— Trésor, alors ?

Elle souffla entre ses dents serrées.

— Dina fera l'affaire.

— D'accord.

Il pencha la tête et réprima un sourire. Il ne connaissait Dina que depuis quelques heures, mais il savait déjà qu'il était facile de la prendre à rebrousse-poil. Et, pour une raison qu'il n'arrivait pas encore à identifier, il aimait vraiment la faire sortir de ses gonds. Il y avait quelque chose chez elle qui le poussait à tester ses limites.

— Je m'en souviendrai, Dina. Tout comme vous devriez vous souvenir que quand je dis que je vais faire quelque chose, je tiens parole.

— C'est noté.

— Bien. Je suis trop fatigué pour le répéter.

Appuyant la tête contre le canapé, il songea à poser ses pieds sur le repose-pieds, mais il était trop épuisé pour lever les jambes.

— Ces trois bouts de chou sont de sacrés numéros. Rien que le bain m'a épuisé. Je ne sais pas comment vous faites toute seule chaque soir.

— Je leur donne le bain un par un.

Il leva les yeux vers elle, et remarqua un sourire au coin de ses lèvres. Apparemment, il n'était pas le seul à s'amuser.

— Et vous ne pensiez pas que cela valait la peine d'être mentionné ?

— Eh bien, vous sembliez si sûr de vos compétences…

Elle sirota son verre de vin.

— Je ne voulais pas interférer.

— Mais bien sûr, fit-il en secouant la tête. Joli coup.

— Merci, mais vous avez réussi malgré tout. C'était difficile, mais vous avez réussi. Cela me coûte de le reconnaître, mais je suis impressionnée.

Elle s'absorba dans la contemplation de son verre, caressant du bout des doigts la délicate tige de cristal. Connor dut détourner les yeux pour ne pas se retrouver dans une position embarrassante.

— Vous ne semblez pas être du genre à en savoir beaucoup sur les enfants, observa-t-elle.

— Je n'y connaissais pas grand-chose, avoua-t-il. Mais, il y a deux ans, mon frère Colt a découvert qu'il était père de jumeaux. En l'observant, j'ai beaucoup appris. Toutefois, *trois* enfants, cela semble bien plus compliqué que deux. Pourtant, je l'ai beaucoup taquiné sur la vie de folie qu'il mène désormais. Maintenant, je le regrette.

— Deux ans ?

Elle avait relevé cette information.

— Oui, dit-il en soupirant. Juste après que Connor a retrouvé ses enfants, Jackie a sollicité mon aide.

Il marqua un temps pour boire une gorgée de bière. Peut-être avait-il été naïf, mais à l'époque, il avait pensé que ce pourrait être drôle. Aider Jackie, et s'offrir une famille comme celle de Colt, mais sans les tracas inhérents, et en continuant de vivre comme il l'entendait.

— Apprendre à connaître mon neveu et ma nièce est sans doute ce qui m'a poussé à aider Jackie.

— Non, j'en doute.

Il haussa un sourcil.

— Ah, oui ? Vous me connaissez donc si bien ? Au bout de quelques heures ?

— Non, je ne vous connais pas. Mais Jackie, si. Et elle m'a dit à quel point vous étiez proches tous les deux.

J'ai entendu toutes sortes d'histoires sur votre compte, vous savez.

C'était déconcertant, car lui ne savait presque rien d'elle. En fait, il se rappelait à peine lui avoir parlé le jour du mariage. Et il n'appréciait pas d'être en position de faiblesse.

— Quel genre d'histoires ? demanda-t-il, méfiant.

Elle se fendit d'un petit rire. Mauvais signe.

— Celle avec la jeune femme rousse me vient en tête, avoua-t-elle.

Surpris, il étouffa un rire.

— C'était une vraie beauté. Nous avions fait un pacte. Aucun de nous ne l'approcherait, puisque nous la désirions tous les deux.

— Votre amitié était plus importante.

Il se rembrunit.

— Oui. A l'époque, en tout cas. Apparemment, les choses ont changé sans que je m'en aperçoive.

— Jackie vous aimait.

Il lui lança un regard noir. Il n'avait pas besoin qu'elle lui parle de Jackie. Ou peut-être que si. Toutes ses certitudes avaient été bousculées, et il n'était plus sûr de rien. Mais il refusait de parler de Jackie pour l'instant. Pas alors que sa colère était encore si brute et si vive.

— Oui, marmonna-t-il, j'en suis convaincu.

— Tout ce que je dis, c'est que Jackie et vous étiez vraiment proches. C'est pour cela que vous l'avez aidée. Pour elle. Ça n'avait rien à voir avec votre nièce et votre neveu.

— Reid et Riley ont joué un rôle, mais, oui, concéda-t-il d'une voix froide, c'était ma meilleure amie. Ou du moins, je le croyais.

Il avait eu peu de temps pour se remettre du flot d'informations qui l'avait inondé aujourd'hui. Les triplés avaient occupé ses pensées, parce qu'ils étaient ici, et que le problème immédiat concernait leur garde. Mais, à la vérité, la mort de Jackie n'était jamais très loin dans son esprit.

Il était dévasté par sa disparition. Et par l'idée qu'il ne la reverrait jamais. Et surtout, il s'en voulait de ne pas avoir gardé le contact quand Elena et elle avaient déménagé. Pas seulement parce qu'il aurait été au courant pour les bébés, mais parce que Jackie avait joué un immense rôle dans son existence depuis leur adolescence et que, maintenant, elle lui manquait, tout simplement. Elle l'avait rayé de sa vie, certes, mais lui n'avait pas téléphoné. Ne lui avait pas demandé ce qui se passait. Et pourquoi elle ne téléphonait plus. Au lieu de cela, il avait laissé les choses se faire, en se disant que c'était *elle* la responsable. Or, c'était faux.

Au fil du temps, chaque fois qu'il s'était tu, c'était Jackie qui avait téléphoné pour prendre de ses nouvelles. Pour dire : « Bonjour ? Tu es en vie ? » Mais quand elle s'était mise en retrait, il n'avait pas réagi. Il avait supposé qu'elle en avait fini avec lui, et il avait laissé faire.

Certes, les amitiés n'étaient pas éternelles. Même les meilleurs amis rencontraient parfois un obstacle trop grand pour être surmonté et finissaient par s'éloigner. Mais il ne s'était pas attendu à ce que cela arrive entre Jackie et lui. A présent, elle était partie, et il ne pourrait plus jamais lui parler. Lui dire qu'il était désolé de ne pas avoir téléphoné pour savoir ce qu'elle traversait.

— Je n'approuve pas ce qu'elles ont fait, déclara Dina avec douceur, comme si elle savait à quoi il pensait.

Il lui lança un regard, contrarié qu'elle semble lire en lui avec tant de facilité.

— Elles ne vous ont pas menti, à vous. Elles ne vous ont pas délibérément rayé de leur vie.

— Non, admit-elle. Mais Elena m'a caché des choses. Elle ne m'a jamais révélé votre nom.

Il se redressa, appuya les avant-bras sur ses cuisses, sa bouteille de bière entre les mains. Il avait donc été un secret, pour tout le monde. Malgré ce que Jackie lui avait dit au départ, Elena et elle auraient aussi bien pu s'adresser à une banque de sperme, puisqu'il était devenu, de fait, un donneur anonyme. Il avait été un ADN facilement obtenu, et vite oublié.

C'était une gifle en pleine figure, et un coup en plein cœur. Mais enfin, pourquoi Jackie s'était-elle comportée de la sorte ? Et pourquoi s'en souciait-il ? Quelles que soient ses raisons, elles ne pouvaient expliquer la réalité à laquelle il faisait face. Il sentit la colère bouillonner de nouveau en lui, l'oppressant, et il eut toutes les peines du monde à avaler une autre gorgée de bière sans s'étouffer.

Il avait besoin de temps pour réfléchir. Pour établir un plan d'action. Pour rassembler les pensées désordonnées qui se bousculaient dans son esprit. Etre ici, avec les enfants, avec la femme qui la distrayait trop, ne l'aidait pas à envisager le futur immédiat.

Il aimait savoir où il mettait les pieds. Dans l'entreprise qu'il dirigeait avec Colt, il était celui qui avait toujours deux coups d'avance. Celui qui traçait la voie que leur entreprise devait suivre. Celui qui savait toujours ce qui allait se passer.

Jusqu'à maintenant.

A présent, il ne pouvait que suivre son instinct.

— J'aurai besoin d'un test de paternité.

Elle prit une brusque inspiration.

— Vous pensez vraiment que c'est nécessaire ?

— Non.

Il ne lui avait fallu qu'un regard sur les triplés pour être convaincu qu'ils étaient de lui. Bien sûr, ils n'étaient pas identiques, mais chacun avait le teint particulier des King. Et ce n'était pas tout. Il s'était senti lié à ces enfants dès le début, et c'était une émotion qu'il ne pouvait nier.

— Mes avocats en auront besoin, dit-il, contrarié de devoir s'expliquer.

— Bien. Et après ?

— Eh bien, poursuivit-il, posant sa bière sur la table avant de se lever, nous passerons à la suite.

— C'est-à-dire ?

Elle se leva à son tour, mais resta à distance.

— Je vous le ferai savoir en temps utile.

— Je pense que vous voulez dire que nous déciderons ensemble de la suite à donner.

Il eut un rire bref.

— Je pensais ce que j'ai dit. Ces triplés sont à moi. Ce sont des King. C'est donc moi qui décide.

Elle rougit, et il devina que ce n'était pas la timidité mais la colère qui empourprait son visage.

— Je suis leur tutrice légale, lui rappela-t-elle. Ma *sœur* et son épouse m'ont confié leur garde.

Connor n'avait ni le temps ni la patience de mener cette bataille pour l'instant.

— Et votre sœur et son épouse m'ont *caché* l'existence de mes enfants. Pour autant que je sache, vous étiez complice.

— Je vous ai dit que non.

— Et je devrais vous croire ?

Elle sembla interloquée.

— Oui, vous devriez. Pourquoi mentirais-je ?

— Pourquoi Jackie aurait-elle menti ? rétorqua-t-il.

Comme elle n'avait pas de réponse à lui offrir, il secoua la tête avec vigueur.

— C'est bien ce que je disais. En tout cas, je veux passer du temps avec les triplés en attendant de régler la situation.

— Je m'en doutais.

— Et je veux la lettre que Jackie m'a laissée.

Son expression se fit tendue et froide, comme si elle cadenassait délibérément ses émotions. Il ne pouvait le lui reprocher, car il aimerait pouvoir en faire autant. Mais il était à fleur de peau. Tout ce qu'il ressentait était trop douloureux pour être enfoui, et il devait batailler pour rester maître de lui.

Sans un mot, elle se dirigea vers un petit secrétaire sur lequel était posée une coupelle bleu cobalt remplie de fleurs fraîches. Il la suivit, et l'observa tandis qu'elle ouvrait le tiroir supérieur, sortait une enveloppe et la lui donnait. Puis, elle croisa les bras, dans une posture de protection.

A l'évidence, elle ignorait que chaque fois qu'elle faisait ce geste, elle ne réussissait qu'à remonter ses seins encore plus haut et à attirer son attention sur eux. Lentement, il releva les yeux vers son visage.

— Ecoutez, dit-elle, nous n'avons pas pris un bon départ, mais vous en conviendrez, nous voulons tous les deux ce qui est le mieux pour les triplés.

Il regarda tour à tour Dina et l'enveloppe, avant de ranger soigneusement la lettre dans la poche intérieure de sa veste. Il n'allait pas la lire maintenant, devant elle.

— Nous sommes au moins d'accord sur ce point, concéda-t-il, mais nous avons peut-être des idées différentes sur ce qui est le *mieux*.

— J'imagine que nous devrons trouver un compromis le moment venu.

— En effet.

Il n'avait aucune intention de chercher un compromis C'étaient *ses* enfants, pas ceux de Dina. A partir de maintenant, c'était *lui* qui déciderait de la suite des événements. A elle de choisir si elle l'acceptait ou non. Cela dit, pour l'instant, il continuerait de communiquer avec elle. Inutile de se faire une ennemie à un stade si précoce de la partie.

— Je m'en vais, annonça-t-il en se dirigeant vers la porte. Je vous tiens au courant.

— Ce qui veut dire ?

Sa question l'arrêta à mi-chemin. Il se retourna vers elle.

— Ce qui veut dire que nous n'en avons pas encore fini. Loin s'en faut.

*
* *

Les jours suivants, Dina tenta de maintenir l'emploi du temps déjà précaire qu'elle avait établi pour les triplés depuis trois mois. Mais ce n'était pas facile, quand Connor entrait et sortait de leur vie sans prévenir. Il s'était montré au petit déjeuner un matin, puis s'était rendu avec eux dans un laboratoire où le technicien avait pris des échantillons de salive de chaque enfant pour les comparer à l'ADN de Connor.

C'était ridicule. Connor savait parfaitement que ces enfants étaient les siens, et elle ignorait ce qu'il manigançait avec ce test de paternité. Le lendemain, il n'était venu qu'à l'heure du bain, et était parti une fois les enfants couchés. Aujourd'hui, il avait insisté pour les accompagner au parc. Plutôt que de le laisser seul avec les triplés, elle avait décidé de les accompagner. Comment être sûre qu'il n'allait pas simplement les emmener chez lui et refuser de les lui rendre ?

Voir Connor interagir avec les triplés était attendrissant et irritant à la fois. Elle avait dû procéder à beaucoup d'ajustements à l'arrivée des bébés. Mais Connor semblait s'adapter avec facilité. Mais ce n'était pas uniquement ce point qui la dérangeait : il y avait aussi le fait que Connor l'ignorait délibérément.

Elle ne recherchait pas son attention car, à ce stade, cela n'aurait fait que compliquer plus encore la situation. Mais c'était une question de principe. Elle aurait aussi bien pu être la nourrice sexagénaire des bébés, vu l'intérêt qu'il lui témoignait. C'était aussi bien, se rappela-t-elle sévèrement. Pendant la plus grande partie de sa vie, elle avait délibérément gardé ses distances avec des hommes comme Connor King. Elle avait vu, de près, l'effet qu'un homme fort pouvait avoir sur une femme.

Sa mère avait gâché sa vie en essayant de changer pour

être ce que ses différents compagnons voulaient qu'elle soit. Helen Cortez s'était éteinte petit à petit, se perdant dans sa quête sans fin de l'amour des hommes. Dina avait vu sa mère finir par perdre sa propre identité, en attendant que ses amants successifs prennent soin d'elle. Ce qu'ils ne faisaient jamais. Quand Helen était morte huit ans plus tôt, elle n'était plus que l'ombre d'elle-même.

Compte tenu de la façon dont sa mère avait vécu et avait disparu, Dina s'était fait le serment d'être indépendante. De ne compter sur personne d'autre qu'elle-même. Les hommes forts pouvaient avaler une femme tout entière, et elle n'avait aucune intention d'être dévorée. Ce n'était pas comme si elle *désirait* Connor. Sa fierté était blessée, voilà tout.

Elle quitta des yeux Connor et les triplés pour se concentrer sur la tablette posée sur ses genoux. Pendant qu'il jouait avec les enfants, elle en avait profité pour parcourir ses dossiers. Une entrepreneuse devait rester dans la partie, surtout quand son chiffre d'affaires n'était guère florissant.

Parcourant son calendrier, elle prit des notes sur les différents projets à venir. Elle devait encore contacter les Johnson pour le menu de leur anniversaire de mariage, et répondre à l'appel d'offres pour une grande réunion d'anciens étudiants organisée à l'hôtel Hyatt, à la fin du mois. Elle avait un mariage dans deux semaines, et un anniversaire trois jours plus tard. Aucune des commandes qu'elle avait décrochées ne rapportait beaucoup, mais elle n'était pas en position de refuser du travail. Elle aurait espéré avoir plus de temps pour se consacrer au développement de son activité. Or, elle passait l'essentiel de ses journées à essayer de trouver d'autres missions, et à régler les milliers de détails qui semblaient s'amonceler avec une régularité déprimante.

Elle avait cru que diriger sa propre entreprise la rendrait

libre. Mais elle était étranglée par tous les petits soucis qui ne cessaient de surgir. Elle passait plus de temps à faire sa comptabilité et à chercher des clients qu'à cuisiner, or la cuisine lui manquait. Mais entre les bébés, le nouveau rôle de Connor dans leur vie, et les factures qui affluaient, comment pourrait-elle avoir le temps de cuisiner ?

Soudain, elle entendit un des bébés crier. Levant les yeux, elle vit Connor qui portait Sage, en pleurs. Jetant sa tablette sur le banc, elle courut dans le sable pour les rejoindre. Quand Sage se jeta dans ses bras, elle le serra fort et calma aussitôt ses pleurs. La respiration du petit garçon était tremblante, et les larmes striaient ses joues. Tapotant son dos, elle se tourna vers Connor.

— Que s'est-il passé ?

— Il est tombé. Il a glissé de la balançoire et est tombé d'environ trente centimètres dans le sable.

Il sortit Sadie de la balançoire pour bébés et la posa sur le sable à côté de Sam.

Les pleurs de Sage s'étaient mués en gémissements, et il enfouit le visage au creux de son cou.

— Il allait bien, je le jure. Je ne sais pas comment il a bougé si vite d'abord, mais il allait bien. Au début, il riait. Ensuite, on aurait cru qu'il avait atterri sur du verre cassé.

Dina secoua la tête. Enfin, une fissure dans l'armure du père parfait !

— Il n'a pas mal. Il a peur.

Elle caressa le dos de Sage.

— Il n'a pas l'habitude des balançoires et, de toute façon, il est trop petit pour une balançoire normale.

Connor fronça les sourcils, marmonnant :

— J'aurais dû le savoir.

Puis il se pencha vers Sage.

— Hé, mon gars, ça va ?

Sage se blottit tout contre Dina, et elle l'étreignit, reconnaissante. Les triplés étaient peut-être fous du nouvel homme de leur vie, mais lorsqu'ils voulaient être réconfortés, c'était vers *elle* qu'ils se tournaient. Son cœur se remplit d'amour pour les trois petits êtres qui avaient amené le chaos dans sa vie.

— Il va bien ? demanda Connor en soupirant.

— Oui, assura-t-elle. Mais c'est l'heure de la sieste. Je devrais les reconduire à la maison.

— D'accord, dit-il, l'air songeur. A la maison.

Tout en portant Sage, Dina rassembla leurs affaires et se dirigea vers la voiture. Par-dessus son épaule, elle lança :

— Peut-être devriez-vous empêcher Sam de manger du sable.

— Quoi ?

Elle sourit quand elle entendit le cri frénétique de Connor qui courait vers son fils amateur de sable.

Connor n'avait toujours pas lu la lettre de Jackie.

Il avait prévu de le faire, ce premier soir, mais il avait été trop en colère contre elle pour lire ce qu'elle avait à lui dire. Trop ébranlé par sa première visite à ses enfants, et trop distrait par les images de Dina dans son esprit. Et puis, comment Jackie pouvait-elle justifier le fait de lui avoir menti au sujet de ses propres enfants ? Il n'y avait pas de raison suffisamment bonne. Pas d'excuse qui ferait disparaître la douleur, la fureur et le sentiment de trahison qui faisaient encore rage en lui.

Durant des années, Jackie avait été la seule femme en qui il avait eu confiance. La seule amie sur laquelle il pouvait compter, en toutes circonstances. Et voilà qu'il découvrait qu'elle s'était servie de lui, comment tant d'autres femmes avaient essayé de le faire avant elle.

Connor déambula dans sa maison plongée dans l'obscurité. Il n'avait pas besoin de lumière, puisqu'il connaissait la place de chaque meuble. Il *ne voulait pas* de lumière car, pour l'instant, son humeur était si sombre que la clarté serait agressive. Le calme était assourdissant, surtout après avoir passé du temps dans le bungalow minuscule et surchargé de Dina. Il sourit en se remémorant le concert de bruits de ses triplés agités. L'espace d'une seconde, il tenta d'imaginer ces bruits ici, dans sa grande maison vide.

— C'est drôle, murmura-t-il pour briser le silence, avant, cet endroit ne m'avait jamais semblé vide. Juste… spacieux.

Il savait bien qu'un homme seul n'avait pas besoin d'une immense maison. Mais pourquoi se contenter d'une petite demeure ? Connor avait toujours eu la pensée vague qu'un jour il se marierait et aurait des enfants. Mais il s'était dit que rien ne pressait. A présent, il avait les enfants, mais pas de femme. Juste deux femmes dans son esprit. Il était hanté par le souvenir de l'une, et pétri de désir pour l'autre.

Traversant le salon, il longea la grande table basse et passa la porte-fenêtre pour rejoindre le patio. Des balises solaires étaient disposées en cercle au sol, mais leur lumière était si pâle qu'elle ne le dérangeait pas. Sous ses pieds nus, il sentit le froid humide des dalles, habituel au mois de juin. Le clair de lune filtrait à travers un banc de nuages, se posant sur l'océan sombre comme un ruban pâle sur du velours noir. Les vagues qui heurtaient les falaises étaient comme des battements de cœur. Le vent de l'océan était frais et traversait l'étoffe de son T-shirt, mais Connor s'en moquait. Il avait trop de choses à penser pour s'inquiéter du froid.

Depuis trois jours, il jouait les pères à temps partiel, comme il avait voulu au départ. Allant et venant dans la vie de triplés et de Dina tel un fantôme. Il pouvait passer à l'improviste, embêter un peu Dina, jouer avec les enfants, puis les quitter et retourner au bureau. Là, ses nouvelles responsabilités de père étaient enfouies sous les contrats, les rendez-vous avec les clients, les nouvelles collaborations et une foule d'autres choses.

Mais, sans cesse, les triplés et leur tutrice ne cessaient de revenir dans ses pensées. Et chaque fois qu'il retournait dans cette petite maison de Huntington Beach, il lui était plus difficile d'en partir. Il passa la main sur sa nuque. Quelle que soit la façon dont tout cela avait commencé, les choses étaient en train de changer. En plus de l'indignation, du sentiment de trahison, de la volonté de faire son devoir, d'autres sentiments l'animaient à présent. Lesquels exactement, il n'était pas encore prêt à les définir. Mais il savait qu'il était plus investi dans son rôle qu'il ne l'aurait cru possible trois jours plus tôt. Il savait que ses enfants lui manquaient quand il n'était pas près d'eux.

Et, oui, Dina lui manquait aussi. Cette femme était diablement fascinante. Elle s'opposait à lui la plupart du temps, mais cela ne faisait rien pour éteindre le désir qu'il éprouvait chaque fois qu'il la voyait. Elle était ombrageuse, sur la défensive, et son humeur faisait étinceler ses yeux noisette. Et cela lui plaisait énormément.

Et puis, il y avait ce qui s'était passé au parc aujourd'hui. Quand Sage s'était fait mal et avait eu peur, ce n'était pas Connor mais Dina qui l'avait consolé. Le lien entre les triplés et elle était profond, même si elle ne les avait que depuis trois mois. Il se devait aussi de prendre cet élément en compte. Allait-il lui retirer ces enfants ? Ou essayer de trouver un moyen de collaborer avec elle ?

— Toute cette pagaille aurait pu être évitée, si Jackie m'avait simplement dit la vérité.

Il rejeta la tête en arrière et fixa le ciel :

— Tu le sais, n'est-ce pas ? Le spectacle t'amuse ?

Il ne pouvait obtenir une réponse de la nuit. La seule qu'il pourrait avoir se trouvait dans une enveloppe, dans la lettre de Jackie. Et il était temps de la lire enfin. Pour découvrir ce que son amie avait à lui dire.

« Quoi que ce soit, c'est un peu court, un peu tard », comme sa mère avait coutume de dire.

Secouant la tête, il traversa le patio pour retourner dans la maison, puis entra dans sa chambre et prit la lettre sur la commode. Il alluma, et la pièce immense fut inondée par la lumière du lustre en fer forgé. S'asseyant au bord du lit, il ouvrit la lettre. Son regard passa sur l'écriture familière, et il entendit la voix de Jackie…

Connor, si tu lis ceci, cela veut dire qu'Elena et moi sommes parties, alors, ne le prends pas mal, mais j'espère que tu ne liras jamais cette lettre. Mais si c'est le cas, je sais que tu es furieux, et je ne peux pas t'en vouloir. Oui, j'ai menti.

La colère monta en lui de nouveau.

Je ne t'ai parlé ni de la grossesse ni des bébés, car Elena et moi les voulions pour nous toutes seules. Oui, c'est égoïste. Je peux presque t'entendre le penser. Et peut-être l'était-ce, je ne le sais même pas. Mais quand tu as déclaré que tu voulais faire partie de la vie des bébés, nous avons toutes les deux pris conscience que tu ne ferais que compliquer la situation.

N'était-ce pas déjà assez qu'ils aient deux mamans ? Avaient-ils vraiment besoin en plus d'un papa intermittent ? Et puis, nous savons toi et moi que les bébés, ce n'est pas vraiment ton fort. Tu te souviens comment tu t'es moqué de Colt à cause des jumeaux ? Nous avons désigné Dina comme tutrice à cause des raisons sexistes habituelles.

Connor rit malgré lui.

C'est une fille. Les enfants ont besoin d'une maman. Laisse-lui une chance. Tu pourrais finir par l'apprécier.

Connor, je ne voulais pas que tu penses devoir subvenir à leurs besoins. Ou avoir quoi que ce soit à faire. Tu en as déjà fait suffisamment. Tu nous as offert notre famille, et nous t'en sommes reconnaissantes. Nous t'avons donné ta liberté parce que nous pensions que c'était le mieux.

Mais ne doute jamais que nous pensions à toi chaque jour. Chaque fois que nous regardions les visages des triplés, tu étais là. Alors, pardonne-moi si tu le peux. Et si tu ne peux pas, je comprends. Je t'aime malgré tout. Jackie.

La douleur surpassa la colère et, pour la première fois depuis des jours, Connor se sentit apaisé. Jackie avait eu tort, mais il la comprenait. Il ne voulait pas lui pardonner, mais comment faire autrement ?

Tenant la lettre, il passa le bout de l'index sur les lettres penchées et murmura :

— Je t'aime aussi, Jacks.

- 4 -

— Jackie dit clairement dans sa lettre qu'elles voulaient que Dina ait la garde des triplés, observa Colt quand il eut fini la lecture.

Il rendit la lettre à Connor, qui la fixa pendant une longue minute.

— Ce sont *mes* enfants, Colt. Ma chair et mon sang.

Connor n'arrivait pas à dépasser cette vérité première et, en toute franchise, il n'en avait pas envie. Après avoir lu la lettre de Jackie la veille, ses pensées ne lui avaient pas laissé de répit. Il n'avait pas dormi, et il ne faisait que tuer le temps au travail. Dieu sait qu'il avait les détails des nouveaux contrats à régler, mais comment aurait-il pu se concentrer alors que la tournure qu'allait prendre sa vie était incertaine ?

Il n'avait pas pardonné à Jackie ce qu'elle avait fait. Comprenait-il ses motivations ? Oui, pour part. Et cette part froide, rationnelle et logique pouvait même considérer qu'elle avait eu raison. Mais en réalité, pour l'instant, sa part émotionnelle avait le dessus. Et il ne pouvait occulter le fait qu'il avait perdu plus d'un an de la vie de ses enfants. Une année qu'il ne rattraperait jamais. Il n'était qu'un visiteur dans cette maison près de la plage. Un étranger. Et cela le rongeait.

Derrière lui, une grande fenêtre offrait un panorama spectaculaire de la plage et de l'océan, mais qui le laissait indifférent. Le soleil filtrait par les vitres teintées, nimbant la pièce d'une teinte or pâle qui se reflétait dans les yeux de son jumeau. Colt l'observait, attendant la suite.

Enfin, Connor reprit la parole.

— Tu sais que Sage déteste les bains ?

— Pardon ?

— Sage. Il déteste l'eau. Pourquoi ? Je devrais le savoir, mais je n'en sais rien.

Il se mit à arpenter le bureau. C'était une pièce luxueuse, aux tapis épais, ornée des photographies de leurs nombreux sites d'aventure et meublée de sièges confortables destinés aux clients.

— Sadie adore les bains. Elle met de l'eau partout et pousse des cris de joie.

Il sourit.

— Sam est indifférent, mais Sage…

Il secoua la tête, puis lança un regard vers Colt.

— Quelque chose lui est-il arrivé ? A-t-il eu peur ? De quoi ? Avec qui ?

— Ta réaction est exagérée, Connor. Les enfants sont imprévisibles. Qui sait ce qu'ils pensent, ou pourquoi ils réagissent comme ils le font ? Fais-moi confiance. Par exemple, en ce moment, Reid refuse de porter des chaussures.

Colt se fendit d'un petit rire.

— Il les enlève à la seconde où on les lui enfile, poursuivit-il. Cela rend Penny folle. Mais c'est peut-être parce que la semaine dernière il a marché dans une grosse flaque d'eau, et que ses baskets étaient trempées. A mon avis, il a détesté les entendre couiner, et ça l'a effrayé.

— Tu vois ?

Connor pointa un doigt vers son frère tandis qu'il sentait monter en lui nouvelle vague de fureur.

— C'est bien ce que je disais ! Reid a un problème,

et tu sais pour quelle raison ! Sage déteste l'eau, et je ne sais pas pourquoi !

Il leva les mains, frustré.

— Je connais mes enfants depuis trois misérables journées. Je suis un étranger pour eux, Colt. Ils sont fous de Dina, et ils ne me connaissent même pas.

— Ça changera.

— Ça, oui, ça va changer !

Fourrant les mains dans ses poches, Connor se mit à se balancer sur les talons. La machine était lancée, et les effets se feraient bientôt sentir.

Après avoir lu la lettre de Jackie, il était resté éveillé toute la nuit. Et ce matin, il avait pris sa décision. Il avait téléphoné à ses avocats et leur avait donné pour instruction de faire le nécessaire pour obtenir la garde des triplés. Mais son avocat lui avait répondu que Dina avait elle aussi de solides arguments. Elle était leur tutrice légale. La tante des enfants. Ils étaient habitués à elle. Mais la situation n'était pas immuable.

— Tu as déjà téléphoné à Murdoch and Sons, n'est-ce pas ?

Connor afficha un sourire narquois

— Oui. Les meilleurs avocats du pays.

— Je sais, répliqua Colt, se levant pour faire face à son frère. Mais réfléchis une minute. Souviens-toi à quel point tu étais furieux quand Dina est passée par un avocat au lieu de te parler directement.

— Je m'en souviens, admit-il en se renfrognant. Mais là, c'est différent.

— Ça l'est toujours, marmonna Colt.

Puis il ajouta d'une voix plus audible :

— Tu ne peux pas écarter Dina Cortez de la vie des enfants.

— Qu'est-ce qui te fait penser que je l'envisage ? rétorqua-t-il, le regard noir.

— Parce que je te connais ? railla-t-il. Parce que quand j'ai appris pour Penny et les jumeaux, c'était *ma* première pensée ?

— Soit.

Connor se frotta la nuque. Peut-être y avait-il songé, mais il était prêt à se montrer raisonnable sur la question. En revanche, si Dina réclamait la garde exclusive des triplés, il ne répondait de rien. Tout serait beaucoup plus facile s'il ne désirait pas Dina à ce point. Chaque fois qu'il la voyait, il lui était plus difficile de ne pas la toucher. Mais les enfants passaient avant tout, et il devait rester concentré.

— Tu penses pouvoir t'en sortir tout seul, supposa Colt avant de secouer la tête. Tu ne réussiras qu'à perdre le sommeil parce que les enfants envahiront ta vie. Cela dit, on peut toujours rêver.

— Très drôle.

— Sérieusement, Connor, Dina n'est pas seulement leur nourrice, c'est aussi leur tante. Tu penses vraiment qu'elle va s'effacer pour te faciliter la vie ?

— Non, dit-il en se rasseyant. La dernière chose qu'elle veut, c'est bien me faciliter la vie.

— Tu vois ? Donc, tu vas devoir trouver un moyen de t'entendre avec elle. Ou de la contourner.

Connor lui lança un regard.

— C'est-à-dire ?

— Par exemple, essayer de l'acheter.

Fronçant les sourcils, Connor réfléchit quelques instants.

Il avait vu la maison de Dina. Elle était trop petite, ce qui tendait à prouver que ses finances étaient limitées. D'après l'avocat de Connor, son entreprise se maintenait à peine à flot. Il savait qu'elle ne pouvait se permettre de subvenir seule aux besoins des triplés, et il n'allait certainement pas se contenter d'être un chèque mensuel dans la vie de ses enfants.

Selon l'avocat de la famille King, la meilleure chose

à faire était de s'impliquer au quotidien dans la vie des enfants. Pour marquer son territoire. Eh bien, Connor était prêt. Il lui fallait simplement trouver la meilleure façon de procéder.

Evidemment, le plus simple serait de faire venir les triplés chez lui. Il avait déjà demandé à son employée de maison d'installer une chambre d'enfants temporaire dans l'une des chambres d'amis. Un espace plus permanent était en projet. Leurs cousins Rafe, Nick et Gavin possédaient King Constructions, et Connor leur avait demandé de s'atteler dès que possible à l'aménagement d'une suite pour les triplés. En attendant, la maison était en train d'être sécurisée. Il avait vu ce que Colt et Penny avaient traversé avec des jumeaux curieux, aussi avait-il une bonne idée des équipements nécessaires.

Restait un obstacle : Dina. Mais il avait une idée.

— De quel côté es-tu ? lança-t-il.

— Du tien, lui assura Colt en levant les mains. Je dis juste que, si tu essaies d'évincer Dina, ce sera la guerre ouverte. Et si ça arrive, personne ne gagnera.

— Si, moi.

— Vraiment ?

Colt secoua la tête et se leva.

— C'est leur tante, Connor. Si tu la rayes de ta vie, les enfants en souffriront. Si vous devenez ennemis, cette bataille ne fera qu'empirer.

— Justement, c'*est* une bataille. Ou ça le deviendra, dès que Dina comprendra que je ne vais pas me contenter d'un strapontin. Bon sang, si Jackie…

— Oublie ça, marmonna Colt. Jackie a fait ce qu'elle pensait devoir faire, et tu en feras autant.

— Ça, c'est sûr.

— Mais tu *pourrais* écouter ton frère plus âgé et plus sage.

— Cinq minutes de plus que moi, ça fait de toi un expert ? railla-t-il.

— Non. Mais avoir traversé pratiquement la même situation et l'avoir surmontée, oui. Penny et moi avons pu régler nos problèmes…

— Oui, mais tu étais déjà amoureux de Penny. Simplement, tu refusais de l'admettre.

— C'est juste et, oui, je sais que tu n'aimes pas Dina, dit-il en souriant. Mais tu la *désires.*

Oh oui ! L'attirance qu'il avait éprouvée pour elle dès le départ était devenue *un besoin* sur lequel il n'avait guère envie d'épiloguer, car cela compliquerait la situation davantage. Mais le seul fait de penser à elle le consumait de désir.

— Si tu gâches tout, elle ne sera jamais à toi.

— D'accord, concéda Connor d'un revers de la main.

Il détestait l'admettre, mais son frère avait raison.

— J'ai compris. Ne pas me la mettre à dos. Y aller en douceur.

Il marqua un temps.

— Je n'aime pas la douceur.

— Tu n'y es pas habitué, c'est sûr, commenta Colt.

— C'est vrai, dit-il en se passant la main dans les cheveux. Je veux avancer, mais je sais que je dois prendre les bonnes décisions.

— C'est déjà ça, ironisa Colt.

— J'ai les résultats du test ADN.

— Ç'a été rapide.

— Le pouvoir de l'argent.

En temps ordinaire, il aurait fallu attendre une semaine, voire deux. Mais grâce à la fortune des King, cela n'avait pris que quelques jours.

— Les enfants sont de moi.

— Tu avais un doute ?

— Bien sûr que non. Mais maintenant, c'est officiel. C'est un bon argument devant un tribunal.

— Connor…

— Je sais, éviter une bataille si je le peux. Et je ferai de mon mieux. Mais j'aime savoir que j'ai un atout dans ma manche.

— D'accord, il est clair que tu es lancé à pleine allure, et que rien de ce que je dis ne changera quoi que ce soit, conclut Colt. Alors, je vais ajouter une seule chose.

— Je t'en prie.

— Mets de l'eau dans ton vin, sinon tu perdras.

— Tu te trompes. Je ne perds jamais.

— Je suis vraiment désolée, *abuela,* déclara Dina, mais la baby-sitter s'est désistée au dernier moment, et je dois assister à cette fête.

Elle déposa les affaires des triplés tandis que sa grand-mère s'installait sur le sol pour jouer avec eux.

— Dina, tu n'as pas à t'excuser. J'adore avoir les enfants ici.

— Oui, mais tu devais dîner avec tes amies.

— Oublie ça. Je peux dîner avec elles quand je veux, la rassura-t-elle en prenant Sage dans ses bras. Ce n'est pas tous les jours que je peux faire des câlins aux *niños*.

Dina sourit tandis que les triplés rampaient sur leur arrière-grand-mère. A soixante-quinze ans, Angelica Cortez était mince, avec des cheveux gris élégamment coupés au carré. Ses yeux noisette étaient vifs, et son visage frappant demeurait remarquablement lisse, ce qui donnait de l'espoir à Dina pour l'avenir.

Angelica avait un léger accent hérité de son Mexique natal ; l'espagnol et l'anglais se mêlaient joyeusement dans tout ce qu'elle disait. Elle adorait les bébés, et si Dina et les enfants étaient ici pour une simple visite, ce serait différent.

Dina pourrait prendre soin d'eux, au lieu d'attendre que sa grand-mère prenne le relais. La baby-sitter étant malade, Dina n'avait pas le choix. Elle avait un anniversaire de mariage ce soir, et si tout se passait bien, il y avait une chance pour qu'elle ait d'autres propositions.

Un mal de tête commença à venir, et cela n'augurait rien de bon pour la longue soirée qui l'attendait. Elle se sentait rongée par la culpabilité. La culpabilité d'avoir à laisser les enfants, à bousculer les plans de sa grand-mère. Et puis, elle se sentait coupable de donner la préférence à son métier plutôt qu'aux bébés. Mais, d'un autre côté, si elle voulait les nourrir, elle devait travailler autant que possible.

Le duplex de sa grand-mère à Naples était à quelques centaines de mètres de l'océan. La décoration, qui mêlait les styles mexicain et américain, était chaleureuse et accueillante. Les canapés étaient confortables ; les murs étaient peints dans un rouge brique chaud, et le plafond était mouluré. Angelica était propriétaire du bâtiment. Elle vivait dans l'appartement principal, et louait le second à l'une de ses meilleures amies. Grâce aux bons soins des deux femmes, le jardin était si magnifique que, régulièrement, les touristes s'arrêtaient pour prendre des photos.

Naples était une petite ville élégante, traversée de canaux. Le défilé de Noël sur l'eau était splendide, avec les milliers de lumières colorées qui ornaient les bateaux comme les maisons. Dina était impatiente d'emmener les triplés voir ce spectacle.

— Alors, qu'est-ce que tu as ce soir ?

— Un anniversaire de mariage à Newport Beach.

C'était à environ une demi-heure, ce qui signifiait que Dina devrait bientôt se mettre en route pour avoir le temps de tout installer.

Il y avait encore peu de temps, elle avait un camion restaurant. Les affaires marchaient si bien qu'elle avait décidé de passer à l'étape supérieure et de devenir traiteur. Avec autant de succès. Elle avait eu de nombreuses propositions, le bouche-à-oreille lui avait forgé une bonne réputation… et puis…

Elle regarda les bébés, attroupés autour de leur aïeule. Le monde de Dina s'était écrasé comme l'avion de sa sœur trois mois plus tôt. Quand elle avait eu la garde des triplés, elle avait dû annuler de nombreux engagements. Elle n'avait tout simplement pas pu tenir la cadence en s'occupant de trois enfants. Même si ses revenus s'étaient réduits, les factures n'avaient pas cessé d'arriver. Son loyer avait augmenté, sa voiture avait rendu l'âme et, avec les triplés, il y avait eu *davantage* de factures. Les médecins, les vêtements, les couches… La liste était infinie, et c'était effrayant d'être la seule responsable légale.

A présent, elle devait se battre pour obtenir du travail, ce qui signifiait qu'elle se portait candidate pour des fêtes qu'elle aurait pu ignorer quelques mois plus tôt.

— Ne t'inquiète pas tant, *nieta,* conseilla sa grand-mère, et Dina sourit malgré l'anxiété qui ne la quittait jamais vraiment. Les choses arrivent, que l'on soit prêt ou non. Tu dois simplement faire de ton mieux.

— Oui, approuva Dina, s'agenouillant pour prendre Sage dans ses bras.

Le petit garçon s'appuya contre elle, nouant ses petits bras autour de son cou, et embrassa sa joue de sa bouche ouverte, ce qui laissa de la salive sur sa peau et une douce chaleur dans son cœur. Elle l'embrassa à son tour, puis le reposa à côté de sa sœur et de son frère.

— Tu ne m'as pas encore parlé de leur père.

Dina regarda sa grand-mère. Elle sentit le malaise qui l'étreignait depuis des jours s'accroître. Naturellement, elle avait parlé à sa grand-mère de son action pour obtenir une pension alimentaire et de la lettre qu'elle avait trouvée dans les affaires de Jackie. Mais elle n'avait pas vraiment eu l'occasion de lui reparler depuis.

D'ailleurs, que dire ? Que Connor s'impliquait trop pour la paix de son esprit ? Qu'elle ne semblait pas capable de réfléchir quand il était à côté d'elle ? Qu'elle s'inquiétait non seulement de ce que sa présence signifiait pour les triplés, mais aussi pour *elle* ?

Il occupait ses pensées en permanence, chose à laquelle elle n'avait pas été préparée. Cela faisait longtemps que Dina n'avait pas été attirée par un homme. Et elle n'avait jamais rencontré quelqu'un qui l'affecte autant que Connor King. Elle savait bien qu'il était stupide de rêver d'un homme qui avait le pouvoir de lui prendre les enfants. Connor éveillait toutes sortes de choses en elle, mais elle savait qu'elle devrait garder ses distances. C'était comme si elle attendait que le couperet tombe. Quels étaient les projets de Connor pour les enfants ? Quels étaient ses projets pour *elle* ?

— Je ne sais pas, *abuela,* finit-elle par dire. Il s'amuse vraiment avec les triplés quand il est avec eux. Evidemment, il est en colère. Contre Jackie et Elena. Et contre moi.

Sa grand-mère hocha la tête.

— J'ai dit à Elena que ce qu'elle faisait était mal, mais comme toi, elle était *cabeza dura*. Une tête dure.

Elle marqua un temps, fit un signe de croix et murmura une petite prière pour l'âme d'Elena, puis elle tapota la main de Dina.

— Sa colère passera.

— Je sais, répondit Dina en soupirant.

Personne ne pouvait s'accrocher à sa colère éternellement. Celle de Connor finirait par s'éteindre, laissant dans son sillage de l'amertume, et ce serait à lui de décider s'il voulait vivre avec cette amertume ou non.

— Mais ensuite ? questionna-t-elle.

— Eh bien, il a une décision à prendre, n'est-ce pas ? Il doit décider à quel point il veut s'impliquer avec ses enfants.

Angelica observa les triplés qui jouaient et babillaient entre eux.

— J'ai lu des choses sur la famille King, dit-elle. Ces gens ne sont pas du genre à se détourner de leurs enfants.

Dina sentit son cœur se serrer. Les membres de la famille King apparaissaient régulièrement dans la presse, que ce soit les journaux à scandales ou les magazines sérieux. Et dans toutes les interviews, une chose qu'ils avaient tous en commun revenait : l'importance de la famille.

— Je sais, confirma-t-elle.

Sa grand-mère perçut la déception et l'inquiétude dans sa voix, et rit.

— C'est une bonne chose, *querida*. C'est leur père. Ils auront besoin de lui.

— Et moi ?

Elle secoua la tête et regarda Sadie et Sam se disputer un lapin en peluche. L'idée de perdre la garde des triplés l'oppressait. Oui, c'était beaucoup de travail et, oui, son existence était chamboulée depuis leur arrivée, mais désormais, elle ne pouvait s'imaginer vivre sans eux.

— Les King sont aussi *vraiment* riches, souligna-t-elle, plus pour elle que pour sa grand-mère. S'il veut m'enlever les bébés, je n'aurai pas les moyens de me battre. Il peut engager un bataillon d'avocats, tandis que moi, j'irai au bureau de l'aide juridique en croisant les doigts.

Sa grand-mère donna une poupée à Sadie et sourit en regardant Sam mâchouiller l'oreille du lapin en peluche.

— Riche ne veut pas dire mauvais, Dina.

— Non, mais ça veut dire puissant, argua-t-elle. Si nous nous battons pour la garde des enfants, aucun juge ne choisira un traiteur qui peine à joindre les deux bouts plutôt qu'un membre de la famille King.

— S'inquiéter n'y changera rien, plaida sa grand-mère.

— Non, mais je suis tellement douée pour ça.

— Oui, approuva-t-elle en riant. Mais, juste pour cette fois, tu devrais tenter d'exceller dans un autre domaine.

Dina soupira, serrant brièvement les épaules de sa grand-mère.

— J'essaierai. Promis.

— C'est une bonne chose, pour toi et pour les bébés, conclut-elle en lui tapotant de nouveau le bras.

— Ce n'est pas l'impression que j'ai, objecta-t-elle, même si ses hormones pourraient être en désaccord.

— Dina, tu ne peux pas t'occuper d'eux toute seule.

— Si, protesta-t-elle. Je suis rodée maintenant et…

— Et tu t'épuises en essayant d'être sur tous les fronts, chuchota sa grand-mère, comme si elle espérait que les triplés ne l'entendent pas, alors qu'ils ne l'auraient pas comprise de toute façon. Leur père est présent maintenant. Partagez les responsabilités comme les joies.

— Ce n'est pas si facile, *abuela*. C'est l'un des hommes les plus riches du pays, et il est furieux qu'on lui ait menti.

— Toi, tu ne lui as pas menti.

— Je ne pense pas que cela compte à ses yeux, répliqua-t-elle, songeuse. S'il le décide, il pourrait me prendre les bébés.

— Ça n'arrivera peut-être pas.

— Je crains que si, dit-elle, se souvenant de son regard la veille.

Il s'attachait à ses enfants et s'impliquait de plus en plus dans leur vie. Connor King ne renoncerait pas. Ce n'était pas dans sa nature.

Elle s'était renseignée sur lui. Soit, tout ce qu'on lisait sur Internet n'était pas fiable. Mais elle n'avait pas eu d'autre choix.

Son jumeau et lui, Colton, avaient monté leur propre entreprise sans avoir recours à la fortune familiale. Ils avaient fait fortune, après avoir passé des années à offrir du risque aux amateurs de sensations fortes. Un peu moins de deux ans plus tôt, les jumeaux avaient changé leur modèle commercial pour se concentrer sur les vacances familiales, avec succès. Selon les sites financiers, King Family Adventures était encore plus prospère que leur première entreprise, ce qui était logique, puisque leur base de clients potentiels était bien plus large.

Apparemment, Connor était un négociateur froid et impitoyable, et ne tolérait pas les erreurs. C'était le genre d'homme qui établissait les règles et s'attendait à ce que tout le monde les suive. Puisque Dina acceptait mal les ordres, elle ne voyait pas comment cette situation pouvait avoir une fin heureuse.

— Je vois un autre problème à l'horizon, dit Angelica avec douceur.

— Génial, fit-elle en soupirant. Lequel ?

— Il te plaît, avança sa grand-mère avec un sourire entendu.

— Oh !

Dina rit et baissa la tête pour empêcher sa grand-mère trop perspicace de voir la vérité dans ses yeux.

Elle attrapa Sadie qui rampait devant elle et l'installa sur ses genoux.

— Tu te trompes, *abuela*. Il ne me plaît pas.

— Alors, ce n'est pas à lui que tu as menti, juste à moi et à toi-même.

A contrecœur, Dina leva les yeux vers elle. Inutile d'éviter cette vérité plus longtemps.

— D'accord. J'admets être… intriguée. Il est si différent des autres hommes que je connais. Mais…

— Différent, c'est une bonne chose, *mija,* argua-t-elle, lui prenant Sadie des bras. Et qui sait ? Il se pourrait que l'arrivée de cet homme dans ta vie soit une bonne chose.

Dina n'irait pas jusque-là.

*
* *

Peu après minuit, Dina s'arrêta dans son allée, avec trois bébés endormis sur la plage arrière. Jetant un coup d'œil à la maison, elle marmonna un juron, car elle avait oublié de laisser la lumière du perron allumée.

En soupirant, elle descendit de voiture et, aussi calmement que possible, referma sa portière. La rue était silencieuse, et les lumières des habitations étaient éteintes. Tout était si calme que c'était comme si le monde retenait son souffle.

Soudain, une voix brisa le silence.

— Mais où donc étiez-vous passée ?

- 5 -

Dina sursauta, plaqua une main sur sa poitrine et fit volte-face. Le cœur battant, elle vit Connor avancer d'un pas menaçant.

— Vous m'avez fait une peur bleue, déclara-t-elle avec rudesse.

— Bienvenue dans mon monde, répliqua-t-il. Je suis resté assis sur votre perron pendant trois heures, sans avoir la moindre idée de l'endroit où vous étiez.

— Comment ? Mais pourquoi ?

Elle jeta un coup d'œil vers les marches du perron, comme si elle pouvait y voir une preuve du temps qu'il y avait passé.

— Je suis venu voir les enfants, mais vous n'étiez pas là.

Il passa les mains sur son visage, puis la fusilla du regard.

— J'ignorais que vous étiez partie. Je me suis imaginé que vous étiez coincée quelque part, ou qu'un des enfants était malade. J'ai téléphoné sur votre portable, mais vous n'avez pas répondu. Je suis tombé directement sur la boîte vocale.

Elle sentit une pointe de culpabilité monter en elle, qu'elle s'empressa de chasser. Comment était-elle censée savoir que Connor viendrait ? Ce n'était pas parce qu'il était passé plusieurs fois à l'improviste, qu'elle aurait dû en conclure qu'il continuerait. Et puis, sa réaction était disproportionnée. On aurait dit un mari inquiet !

— J'éteins toujours mon portable quand je travaille, mentit-elle.

Elle avait laissé son téléphone allumé au cas où sa grand-mère aurait besoin de la joindre. Mais quand elle avait vu le nom de Connor s'afficher sur son écran, elle n'avait pas décroché.

— Je vais coucher les triplés. Ils sont endormis dans leurs sièges et si vous les réveillez…

La menace resta en suspens, mais fonctionna. Connor prit une inspiration, un effort manifeste pour se calmer.

— Bien, fit-il. Je vais vous aider. Allez ouvrir la porte d'entrée.

Elle obtempéra, mais uniquement parce que c'était ce qu'elle avait prévu de faire de toute façon. En maugréant, elle traversa le jardin d'un pas alerte. L'air était froid et humide, et la lune et les étoiles étaient cachées derrière un banc de nuages. Elle ouvrit la porte, puis retourna à la voiture. Connor détachait déjà Sam de son siège. Son cœur se serra un peu quand le petit garçon endormi fut dans les bras de son père, la tête contre son épaule. Connor posa la main sur le dos du bébé et gagna la maison sans un mot.

Tant mieux, songea-t-elle. Elle n'était pas d'humeur à discuter. Elle était fatiguée, ses pieds lui faisaient mal, et tout ce qu'elle voulait, c'était s'asseoir, prendre un verre de vin puis s'écrouler dans son lit pour les quelques heures de sommeil qu'elle aurait avant le réveil des bébés.

Elle porta Sadie, qui renifla et geignit. Dina la calma et la petite fille se rendormit.

— Je vais la porter, murmura Connor quand il fut de retour.

— Non, prenez Sage, dit-elle, marchant déjà vers la maison.

Dans ce qui était autrefois la chambre principale du bungalow, trois lits d'enfant étaient réunis dans le petit espace. Bientôt, Dina devrait trouver un autre endroit où vivre. Mais elle y réfléchirait un autre jour.

— Pourquoi diable n'avez-vous pas répondu au téléphone ?

Le chuchotement de Connor semblait trop fort dans le silence de la chambre.

— Je travaillais, lui rappela-t-elle. Ensuite, j'ai laissé le téléphone éteint pour ne pas réveiller les bébés sur le trajet de retour.

— D'accord, marmonna-t-il, et quel genre de travail était-ce pour que vous soyez dehors avec trois bébés après minuit ?

Se penchant au-dessus du lit, elle caressa le dos de Sam jusqu'à ce qu'il se rendorme profondément.

— Je préparais le buffet d'un anniversaire de mariage, et les bébés vont bien.

— Ils auraient dû être à la maison, rétorqua-t-il d'une voix encore plus tendue.

Elle tempéra son impatience.

— Non que cela vous regarde, mais ma baby-sitter était malade et s'est décommandée à la dernière minute, alors c'est ma grand-mère qui les a gardés.

Tout en calmant Sadie qui s'agitait, Connor lança un regard noir à Dina.

— Pourquoi ne m'avez-vous pas téléphoné ? J'aurais pu venir les garder. *J'étais* ici. Sur ce fichu perron, en train de vous imaginer les bébés et vous morts dans un fossé quelque part.

Il était sérieux. Elle ignorait si elle devrait être touchée, amusée ou en colère. Ce fut l'amusement qui l'emporta.

Elle réprima un rire et fut heureuse de le voir se rembrunir.

— Vous n'êtes pas ma mère, railla-t-elle.

— Non. Je suis leur père, et vous auriez dû répondre à mes appels.

Plongeant le regard dans ses yeux, elle vit, au-delà

de sa colère, l'inquiétude qui l'avait assailli pendant des heures. Si la situation avait été inversée, et qu'elle n'avait pas pu le joindre, elle aurait été furieuse aussi. Inquiète. Effrayée. Et son imagination l'aurait torturée avec des images d'accidents de voiture, de kidnappings… et même d'envahisseurs !

Peut-être aurait-elle dû répondre à ses coups de fil. Mais à la vérité, elle ne laissait son téléphone allumé pendant le travail qu'au cas où il y aurait une urgence avec les bébés. Sinon, elle se concentrait sur sa tâche. Et chaque fois qu'elle avait vu le numéro de Connor s'afficher, elle avait pris un malin plaisir à refuser l'appel. Connor était si… dominateur que le fait de pouvoir le contrarier, même un peu, lui faisait du bien. Mais maintenant, elle avait des regrets.

— D'accord, je suis désolée.

C'était peut-être un peu court.

— J'aurais dû vous faire savoir que les enfants allaient bien, ajouta-t-elle.

— Ce n'est pas seulement pour eux que j'étais inquiet, dit-il, d'une voix plus grave, plus basse, plus intime.

Dans la douce lumière du soir, ses yeux bleus semblaient insondables. Elle se sentit attirée. A tel point qu'elle détourna les yeux et recula d'un pas.

Les bébés étaient couchés, et le babyphone allumé, aussi sortit-elle de la chambre. Elle avait besoin d'espace pour respirer. Allumant au passage, pour chasser l'obscurité et l'intimité qui l'accompagnait, elle gagna le salon, et Connor lui emboîta le pas. Elle prit une grande inspiration avant de prendre la parole.

— Je suis fatiguée, Connor. Pouvons-nous finir cette conversation une autre fois ?

Plutôt que de répondre, il posa une question à son tour.

— Pourquoi ne m'avez-vous pas demandé de surveiller les enfants ?

— La réponse la plus simple ? Ça ne m'est même pas venu à l'esprit.

Il sentit une vague de frustration l'envahir quand il comprit qu'elle disait vrai. Il vit la fatigue dans ses yeux et remarqua la posture défensive qu'elle adoptait toujours quand ils commençaient à se disputer, et cela suffit presque à dissiper la colère qui bouillonnait en lui. Ces dernières heures, il s'était senti plus impuissant que jamais, et il avait détesté cela. Il avait l'habitude de diriger les choses, de savoir ce qui se passait, en permanence. Etre dans l'ignorance concernant ses propres enfants avait été une véritable torture.

Quand Dina était finalement arrivée, il était si tendu qu'il aurait pu se briser en deux. Seule la présence des bébés endormis l'avait empêché de laisser libre court à sa fureur. Mais sa frustration continuait de vriller au creux de son ventre.

Si elle ne lui avait pas téléphoné, c'était parce qu'elle n'avait pas pensé à lui. Elle avait sollicité l'aide de sa grand-mère, et non la sienne. Parce qu'il ne faisait pas partie de la vie des enfants. Il était encore à la périphérie de leur existence, et lui seul était en mesure d'y remédier.

— Cela va changer, dit-il d'un ton neutre, heureux de réussir à garder son calme.

— Ecoutez, je suis désolée que vous vous soyez inquiété. Mais je suis trop fatiguée pour en discuter maintenant.

— Bien. Nous en parlerons demain matin.

— D'accord, cela me va.

Elle désigna d'un geste la porte d'entrée derrière lui.

— A présent, je vais me coucher, et vous devriez rentrer chez vous.

— Oh ! fit-il, s'appuyant contre le chambranle de la porte avec une décontraction feinte, je ne vais nulle part.

— Quoi ?

Voyant la lueur indignée dans les yeux noisette de Dina,

il sourit. Il aimait la façon dont elle passait de la glace au feu en une fraction de seconde, et il avait très envie de découvrir à quel point elle serait torride dans son lit. Pendant une seconde ou deux, cette image assaillit son esprit, l'empêchant de parler. Quand il revint à l'instant présent, elle pestait en chuchotant, pour ne pas réveiller les bébés dans l'autre pièce.

— Vous pensez pouvoir rester ici sans y être invité ? Chez moi ? Qu'est-ce qui vous en donne le droit ? Rien. Absolument rien, dit-elle, répondant à sa propre question.

Elle observa le babyphone qu'elle tenait dans ses mains, duquel s'échappaient des bruits. D'un instant à l'autre, les bébés pourraient se réveiller, et cette conversation se terminerait.

Alors, il décida de la terminer lui-même.

Il ne réfléchit pas. Il suivit simplement son instinct, et le désir impérieux qui l'avait tenaillé depuis le premier regard. Sans un mot, il attira Dina à lui et l'embrassa.

A l'instant où sa bouche rencontra la sienne, la chaleur explosa entre eux. Des sensations qu'il n'avait jamais connues auparavant l'enveloppèrent, et il ne put que l'étreindre, la maintenant captive, plaquée contre son corps. Elle passa de la surprise à l'abandon en un battement de cœur. Comme si elle aussi était consumée par les flammes qui le brûlaient, elle noua les bras autour de son cou et s'accrocha à lui. Leurs langues s'entremêlèrent dans une danse frénétique. Leur respiration se fit courte et saccadée. Les lumières vives du salon qui brillaient autour d'eux ne dissipaient en rien l'intimité qui les enveloppait.

Le cerveau en ébullition, le cœur battant et son sexe si dur qu'il en était douloureux, il savoura la sensation de la bouche de Dina sous la sienne. Plus il l'embrassait, plus son corps s'embrasait, consumant jusqu'à son âme. Elle soupira en s'appuyant contre lui. Ce doux son pénétra son cerveau et suffit à le ramener à la raison. Il avait été à deux doigts de lui faire l'amour à même le sol.

Quand cela arriverait, ils seraient dans un lit. Ils auraient de l'intimité. Et tout le temps nécessaire pour explorer ce désir qui faisait rage entre eux. Il interrompit le baiser, recula d'un pas et, avec satisfaction, la vit chanceler avant de retrouver son équilibre. Le souffle court, le cœur battant contre sa poitrine, il lâcha :

— Je reste ici ce soir.

Elle secoua aussitôt la tête.

— Nous n'allons pas…

— Je dormirai sur le canapé.

Leurs regards se croisèrent, et elle sembla comprendre qu'il était sérieux. La tension saturait l'air. Elle se contenta de hocher la tête, acceptant l'inévitable.

— Ce n'est pas fini, prévint-il.

— Si, pour ce soir, répondit-elle, en passant devant lui pour gagner sa chambre au bout du couloir.

Elle disparut à l'intérieur et ferma la porte derrière elle.

Se retrouvant seul, il se passa la main dans les cheveux et résista difficilement à l'envie de tirer dessus pour soulager un peu de sa frustration. Puis il se dirigea vers le canapé trop petit et le fixa d'un œil noir.

Il allait passer une nuit horrible.

Pendant cette longue nuit sans sommeil, Connor avait eu le temps de réfléchir. Et de glaner quelques informations. Certes, il avait peut-être franchi une limite en fouillant dans l'ordinateur de Dina, qu'elle n'avait même pas protégé par un mot de passe. Mais il s'était dit que les triplés étaient une raison tout à fait valable pour empiéter un peu sur sa vie privée.

Comme ses avocats l'en avaient informé, l'entreprise de Dina battait de l'aile. Dina était déjà prise dans la spirale de l'endettement, et cette spirale prenait de la vitesse chaque jour. Il avait suffisamment examiné ses finances pour savoir qu'elle utilisait son maigre compte d'épargne pour compléter ses revenus, et elle ne pourrait pas continuer ainsi très longtemps.

Donc, Dina Cortez n'était pas en mesure de subvenir aux besoins de trois enfants. Cette information pourrait lui être utile.

Il avait déjà changé les couches des bébés et finissait de les habiller quand elle entra dans la chambre le lendemain, de bonne heure. En un regard, il sut qu'elle avait aussi peu dormi que lui.

— Vous êtes déjà debout ? s'étonna-t-elle.

Il haussa les épaules et finit d'enfiler le T-shirt de Sam.

— Je n'ai pas vraiment dormi.

Il lui lança un regard malicieux.

— J'avais trop de choses en tête.

Elle inspira brusquement, et il devina qu'elle avait pensé à ce baiser, et à ce qui aurait dû suivre. Le même genre de pensées l'avait tourmenté toute la nuit. L'idée qu'elle était juste au bout du couloir, et qu'elle accueillerait volontiers ses caresses l'avaient rendu fou. Il lui avait fallu faire appel à toute sa volonté pour s'empêcher d'aller la retrouver.

Quoi qu'il en soit, il n'était pas ici à cause de son attirance pour elle. Il était ici pour ses enfants, et ils devaient passer en premier. S'il faisait des avances à Dina, cela compliquerait tout. Mieux valait régler la question des triplés, avant de passer à ce qu'il voulait d'elle.

Il prit une longue inspiration.

— Et puis, ce canapé est un instrument de torture, plaisanta-t-il.

— Eh bien, il n'est pas fait pour dormir, surtout pour quelqu'un d'aussi grand que vous.

— J'en ai fait la douloureuse expérience.

Il souleva Sam de la table à langer, l'embrassa, puis le posa sur le sol avec son frère et sa sœur.

— Les enfants sont changés et habillés. Si nous leur donnions le petit déjeuner, et qu'ensuite nous ayons une conversation ? suggéra-t-il.

— Il me faut un café.

— Je vais prendre ça pour un oui, dit-il, portant deux des bébés et laissant Sam à Dina.

Il passa devant elle pour rejoindre la cuisine.

La pièce était baignée de soleil et égayée par les babillements joyeux des trois bambins. Malgré la fatigue, Connor et Dina préparèrent ensemble le lait, les flocons d'avoine et les bananes. Pendant qu'ils donnaient à manger aux enfants, Connor commença :

— La soirée d'hier m'a fait comprendre que les choses devaient changer.

— Quelles « choses » ?

Il avait entendu la méfiance dans sa voix, même si elle ne se voyait pas sur son visage.

— Toute cette situation. Vous. Moi. Les triplés. Pour l'instant, elle ne me convient pas du tout.

Elle soupira.

— Cela ne fait que quatre jours. Vous pourriez être un peu plus patient.

— Ce n'est pas dans ma nature.

— Je commence à m'en rendre compte, murmura-t-elle.

— En tout cas, quatre jours, cela suffit pour prendre certaines décisions, rétorqua-t-il, en donnant une cuillerée de flocons d'avoine à Sadie, qui ouvrit joyeusement la bouche comme un oisillon. Par exemple, votre entreprise. Pourquoi avez-vous décidé d'être traiteur ?

— Comment ? Eh bien, j'avais un camion restaurant qui marchait très bien.

Elle sourit, se souvenant sans doute des bons moments.

— A tel point que j'ai vendu le camion à mon cousin

Raul. Je me suis lancée dans l'activité de traiteur en pensant que ce serait une étape avant d'atteindre mon but : ouvrir un vrai restaurant.

— C'est un bon objectif, mais difficile à réaliser quand votre affaire est en train de couler.

— Je vous demande pardon ?

Elle se raidit, la cuillère de céréales qu'elle destinait à Sage suspendue en l'air. Le petit garçon cria et tapa des deux mains sur son plateau avec impatience.

— Désolée, désolée, bébé, murmura-t-elle en lui donnant la cuillerée avant de se retourner vers Connor. Où avez-vous eu ces informations sur mon entreprise ?

Il ne pouvait lui en vouloir d'être fâchée, mais il ne s'excuserait pas de faire le nécessaire pour prendre soin de ses enfants. Si cela rendait leur relation plus difficile pour un temps, il s'en accommoderait. Au bout du compte, il savait qu'il aurait ses enfants, et Dina.

Pour l'heure, il se contenta de répondre :

— Mes avocats emploient un détective privé…

— Vous avez fait enquêter sur moi ?

Il acquiesça, ignorant son air choqué, car cela ne ferait qu'empirer d'une minute à l'autre.

— Et, pour votre gouverne, j'ai regardé vos comptes hier soir.

— Vous avez fait quoi ? s'exclama-t-elle d'une voix glaciale.

Elle regarda vers son ordinateur, posé innocemment sur le comptoir, puis reporta son attention sur lui.

— Vous avez regardé mes comptes ?

— Oui, si vous attendez des excuses, vous allez être déçue.

Il la transperça du regard et ne tressaillit pas en voyant l'expression de rage pure sur son visage. Ses yeux de braise lançaient des éclairs.

— Vous vous occupez de mes enfants, et j'avais besoin

d'être sûr que vous pouvez le faire correctement. Il s'avère que ce n'est pas le cas.

— Ah, oui ? Pourtant, je me suis bien débrouillée jusqu'ici. Les bébés vont *bien*, et vous le savez. Ils sont nourris, heureux, *aimés*.

Elle redressa les épaules et leva le menton.

— Nous nous entendons très bien tous les quatre. Si vous voulez verser une pension alimentaire, je serai heureuse de l'accepter pour eux. Mais je n'ai pas besoin de votre aide pour diriger mon affaire ou nos vies.

Il admirait la fierté. Cela dit, être fière était une chose, et être trop obstinée pour voir la vérité en face en était une autre.

— Bien sûr que si, et vous le savez. C'est d'abord pour cela que vous m'avez contacté. Ce n'est pas seulement pour l'argent, et vous le savez, Dina. Vous êtes en train de vous tuer à essayer de tout faire toute seule. Vous avez des factures en retard, et vous n'avez pas eu de mission bien payée depuis l'arrivée des triplés.

Elle rougit, non d'embarras mais de colère.

— Je l'admets, mon affaire a souffert quand les bébés sont arrivés. J'ai dû refuser des commandes et passer l'essentiel de mon temps avec eux. Ils étaient traumatisés parce qu'ils avaient perdu leurs parents et leur foyer. Vous ne pouvez pas le savoir, puisque vous n'étiez pas là. Il a fallu des semaines pour leur faire prendre de nouvelles habitudes. Pour leur donner un sentiment de sécurité.

Elle le fusillait du regard, et ses yeux étaient incroyablement captivants.

— C'est moi qui ai maintenu le cap. Et ils étaient ma priorité. Je suis vraiment navrée si vous pensez que mon entreprise ne fonctionne pas bien.

Elle inspira.

— Maintenant que les enfants ont de nouveau leurs

repères, je me porte de nouveau candidate pour différents événements et…

— Des anniversaires de mariage. Ce n'est guère rémunérateur.

Baissant les yeux, elle prit une cuillerée de flocons d'avoine et l'enfourna dans la bouche impatiente de Sage.

— Tout travail est bon à prendre, assena-t-elle. Et puis, une fête mène à l'autre. La réputation d'un traiteur fonctionne beaucoup sur le bouche-à-oreille et…

— Avouez-le, Dina. Vous avez la tête sous l'eau, et vous essayez désespérément de remonter à la surface.

— Pourriez-vous cesser de m'interrompre, je vous prie ?

— Admettez-le, insista-t-il. A ce stade, vous n'atteindrez jamais votre objectif d'ouvrir un restaurant. Vous aurez de la chance si vous arrivez à poursuivre votre activité jusqu'à la fin de l'année. Et une fois que votre entreprise aura coulé ? Quel est votre plan B ? En avez-vous seulement un ?

Il vit dans ses yeux qu'elle ne pouvait débattre avec lui, mais qu'elle allait essayer quand même.

— Ces enfants ne souffriront jamais, affirma-t-elle, en soutenant son regard. Peu importe ce que je devrai faire, ils ne manqueront jamais de rien.

— Je le sais, dit-il calmement.

Il plaça de petits bols de plastique emplis de tranches de banane sur les plateaux des triplés, et attendit d'avoir toute son attention pour reprendre la parole.

— Je vous donnerai deux cent cinquante mille dollars si vous me cédez la garde des enfants. Tout de suite. Aujourd'hui.

Il vit la confusion noyer la fureur dans ses yeux sombres, juste avant qu'elle explose de rage.

— Vous *oseriez* m'offrir *de l'argent* ? fulmina-t-elle. Vous pensez pouvoir *m'acheter* ? Vous croyez que je pourrais *vendre ma famille ?*

Elle se leva lentement, comme si chacun de ses muscles la faisait souffrir. Les bébés l'observèrent avec curiosité. Ils ne pleurèrent pas car, malgré sa colère, Dina continuait de chuchoter. Et, en fait, sa rage semblait encore plus explosive que si elle avait crié.

— Acceptez, et vous pourrez ouvrir le restaurant que vous désirez tant. Réaliser vos rêves. Je vous offre un moyen de sortir du gouffre financier dans lequel vous vous enfoncez.

— Réaliser mes rêves en vendant les bébés ? Vous avez donc une si piètre opinion de moi ?

— Pas du tout, rétorqua-t-il avec douceur, refusant de se laisser contaminer par sa colère. Je pense que vous êtes intelligente, maligne et assez sage pour reconnaître une réelle opportunité quand elle se présente.

Elle étouffa un rire.

— Vous pensez que j'en veux à votre argent ?

Il haussa les épaules.

— C'est vous qui m'avez demandé une pension alimentaire.

— Pour *eux !* Pas pour moi. Mon Dieu, vous êtes incroyable ! Parce que je vous ai demandé une pension, vous croyez que je serais prête à me laisser acheter ?

Il haussa les épaules, sans lui laisser voir qu'il était satisfait de sa réaction, autant que surpris. Peu de gens refuseraient un quart de million de dollars sans au moins y réfléchir d'abord.

— Vous les hommes riches êtes tous pareils. Le monde tourne autour de l'argent. Eh bien, peut-être dans votre univers, mais pas ici, dans la réalité. Je ne veux rien de vous. Je trace ma route seule, comme je l'ai toujours fait. Mon affaire est exactement cela : *mon* affaire.

— Votre affaire, rétorqua-t-il en se levant lentement pour lui faire face, est devenue la mienne quand vous êtes devenue la tutrice de *mes* enfants.

Il la laisserait pester et fulminer, mais elle finirait par comprendre, s'il le répétait dix fois par jour.

— Ces enfants sont ma priorité. *Mes* enfants. Pas les vôtres.

Elle ricana.

— Vous étiez le donneur de sperme. Vous n'êtes pas un père.

Tout en lui se raidit. Les mots qu'elle avait pratiquement crachés restèrent en suspens dans l'air comme une vilaine tache.

— Vous n'avez pas le droit de me dire cela, assena-t-il d'une voix grave et dure. Vous savez ce que Jackie et votre sœur m'ont fait. Vous connaissez la vérité.

Elle serra les dents, et inspira doucement.

— Soit, vous avez raison. Sur ce point. Je n'aurais pas dû dire cela. Mais vous avez tort sur tout le reste. Je ne veux rien de vous, Connor.

— Alors, vous êtes la première femme que j'aie jamais rencontrée qui n'ait pas de but caché. Quelles étaient les chances pour cela arrive ?

— Je ne vous suis pas.

La colère fit place à la confusion.

— Toutes les femmes que j'ai connues ont essayé de se servir de moi, expliqua-t-il. De mon nom, de mon argent, de ma famille. Que feriez-vous si tous ceux que vous connaissez ne vous approchaient que par intérêt ? Jackie était la seule femme qui n'ait pas essayé de m'utiliser d'une quelconque façon.

Sa gorge était nouée quand il ajouta :

— Et, en fin de compte, elle et votre sœur se sont aussi servies de moi.

Il n'avait pas eu l'intention d'en dévoiler autant sur sa vie personnelle. La conversation portait sur Dina, sur son entreprise défaillante et sur le bien-être des triplés.

Elle marqua un temps avant de répondre.

— Eh bien, je ne suis pas comme elles.

— C'est vrai, vous avez refusé mon argent. Je vous l'accorde. Mais, ajouta-t-il en l'observant la tête penchée, peut-être attendez-vous simplement davantage.

Il n'y croyait pas vraiment, mais il éprouva une petite pointe de satisfaction quand elle le toisa d'un œil noir.

— Vous devriez partir, suggéra-t-elle.

— Hors de question.

Il regarda les bébés, qui les observaient maintenant d'un air légèrement inquiet. Délibérément, Connor ravala la colère qui lui nouait les entrailles. Il n'allait pas traumatiser ses enfants.

— Je vais vous dire ce qui va se passer. Les triplés et vous allez emménager chez moi. Dès aujourd'hui.

— C'est une plaisanterie ?

— Pas du tout. Je suis très sérieux.

Il planta les deux mains sur la table et se pencha vers elle.

— Je refuse de disparaître de la vie de mes enfants. Je ne veux pas être la dernière personne à qui vous pensez quand vous avez besoin d'aide pour vous occuper d'eux. Et, plus important, je ne dormirai pas une nuit de plus sur cet instrument de torture que vous appelez canapé.

— Vous ne pouvez pas prendre une décision de ce genre et vous attendre à ce que je…

— Ne venez-vous pas de dire, *à l'instant,* que les bébés ne manqueraient jamais de rien, quoi que vous deviez faire ?

— Si, dit-elle. Mais je ne parlais pas de *cela*…

Il leva la main pour obtenir le silence et, étonnamment, il l'obtint. Elle était sans doute trop abasourdie pour discuter.

— Votre maison est trop petite pour nous tous, et vous le savez.

— Vous n'avez pas été invité à rester, souligna-t-elle.

— Je suis leur père. Ils restent avec moi.

— Je suis leur tutrice. Ils restent avec moi.

— C'est bien ce que je dis. Aucun de nous ne cédera sur ce point, alors, c'est ma solution qui est la meilleure.

— Parce que vous le dites.

— Parce que votre maison entière tiendrait dans un de mes placards.

Il croisa les bras.

— Vous refusez d'être achetée, ce que j'admire, soit dit en passant.

— Eh bien, ironisa-t-elle, merci pour le compliment !

Il ignora son sarcasme.

— Vous voulez les enfants. Moi aussi. La solution, c'est que nous restions tous les deux avec eux. Nous ne pouvons pas faire cela ici, alors le choix de ma maison est logique.

— La logique. C'est la seule raison ?

— Oui, quoi d'autre ?

— Et le fait de vivre ensemble ? Comment cela nous affectera-t-il ?

— Vous parlez du baiser d'hier soir ?

— Non, je parle de ce que vous pourriez attendre après le baiser d'hier soir.

Un peu insulté qu'elle sous-entende que cet emménagement était un moyen de coucher avec elle, il se rembrunit.

— Détendez-vous. Vous aurez votre suite. Je n'ai pas besoin de piéger les femmes pour les avoir dans mon lit. Ou de les forcer. Elles y viennent très volontiers.

Si elle serrait les dents plus fort, sa mâchoire pourrait se briser.

— Je refuse, conclut-elle enfin.

Ces deux mots, comme la situation, lui arrachèrent un sourire.

— Pourtant, il me semble me souvenir qu'hier soir vous me rendiez mon baiser.

— Un détail.

— Nous verrons bien.

— Faites-moi confiance, affirma-t-elle, le regard en

feu. Je ne serai pas une de ces nombreuses femmes qui défilent dans votre lit.

— Ne faites pas de promesses que vous devrez rompre plus tard, conseilla-t-il.

— Ça ne se produira pas.

— Mais le déménagement, si, dit-il placidement.

Il guetta sa réaction.

Elle regarda les enfants, qui avaient le visage couvert de banane. Il vit le moment où elle décida de céder.

— Bien, déclara-t-elle. Nous viendrons habiter chez vous. *Temporairement.*

— Qu'entendez-vous par « temporairement » ?

— J'imagine que nous le découvrirons, non ?

Il haussa un sourcil. Une fois les triplés dans sa maison, ils ne repartiraient plus. Que Dina reste avec eux ou non, c'était à elle de voir. Mais Connor était sûr d'une chose, malgré ses dénégations : tôt ou tard, Dina finirait dans son lit.

- 6 -

— C'est une erreur, affirma Dina.

La grand-mère de Dina leva les yeux de la pile de vêtements d'enfant et claqua la langue.

— Ce n'est pas la bonne attitude, Dina.

— Quelle autre attitude pourrais-je avoir ?

Dina avait le ventre noué, et une migraine lui martelait la tête. Une migraine sans nul doute causée par une nuit sans sommeil, la dispute avec Connor, et maintenant ce déménagement précipité, dont elle était sûre qu'il aboutirait à un désastre.

— Vivre avec Connor King ? Même temporairement ? C'est une mauvaise décision. Je le sens.

En fait, elle ressentait surtout de l'inquiétude. Depuis qu'il l'avait embrassée, elle avait l'impression d'être sur la corde raide. Aller chez lui, sur son terrain, dormir dans une chambre près de la sienne… il était impossible que cela se termine bien. Surtout parce qu'aussi exaspérant et frustrant soit-il, Connor était aussi bien trop séduisant.

Et puis, il y avait les triplés. Il prenait possession des bébés, à défaut d'un autre terme plus adéquat. Cela allait sûrement peser dans la balance, s'il décidait vraiment de demander leur garde devant un tribunal. Tous les juges du monde laisseraient les bébés dans un palais détenu par un milliardaire qui pouvait s'offrir une armée de nourrices, plutôt qu'avec une cuisinière presque ruinée qui vivait dans un bungalow de location bien trop petit.

— Oh ! Seigneur ! s'exclama-t-elle.

De nouveau, sa grand-mère fit claquer sa langue, et Dina grimaça.

— C'est une occasion pour toi d'apprendre à connaître le père des enfants que tu aimes, lui conseilla la vieille dame. Saisis-la. Apprends ce que tu peux.

— Tu veux dire, pour m'en servir contre lui plus tard ?

Elle tapota son menton d'un doigt en y réfléchissant. Dina ne pouvait prendre le risque que Connor prenne le dessus. Elle vivrait chez lui, partagerait les enfants avec lui et lui donnerait malgré elle plus de poids s'il réclamait leur garde. Elle devait être prête à se défendre au besoin.

— Non, dit sa grand-mère avec un soupir. Je veux dire, apprendre à le connaître. Vous êtes liés tous les deux par ces enfants. Vous ferez partie de la vie de l'autre pour toujours. N'est-ce pas plus intelligent de connaître l'autre personne, plutôt que de présumer le pire à son sujet et d'agir en conséquence ?

Dina gémit et se laissa tomber sur le lit, les mains sur son giron.

— Je déteste quand tu es rationnelle.

La vieille dame rit et se remit à plier les T-shirts et les pantalons des triplés.

— Tu ne veux pas reconnaître qu'il a raison, n'est-ce pas ?

— Il n'a pas raison. A quel propos ?

— A propos de cette maison. Elle est bien trop petite pour toi et trois bambins qui grandissent vite. Tu le sais, Dina. Simplement, tu ne veux pas qu'on te le lance en pleine figure.

Exact. Le bungalow était étouffant la plupart du temps. Elle l'avait loué trois ans plus tôt, pour elle, de manière provisoire. Le loyer étant raisonnable, elle s'était dit qu'elle pourrait économiser pour pouvoir acheter. Avec son entreprise florissante, il ne lui aurait guère fallu de temps pour s'offrir un joli appartement quelque part. Elle avait approvisionné son compte d'épargne, ouvert une entreprise de traiteur, sûre que tous ses projets allaient se réaliser sans accroc.

Mais ensuite, les bébés étaient arrivés, le loyer avait augmenté, et son activité avait baissé. Alors, elle s'était retrouvée coincée dans ce bungalow. Quand Connor avait dit que son entreprise coulait et entraînait avec elle ses rêves d'ouvrir un restaurant, il avait vraiment visé juste.

Sa grand-mère avait peut-être raison. Elle devrait continuer à payer le loyer tout en vivant chez Connor, pour avoir un chez soi où se replier quand le plan de Connor échouerait. Mais tout le reste pouvait tourner en sa faveur. Peut-être pourrait-elle de nouveau mettre de l'argent de côté, et réapprovisionner son compte presque vide.

— Soit. Nous habiterons chez lui. Pour un temps.

— Bien. Et tu le feras avec une attitude positive.

— Oh ! je suis sûre que tout cela va m'exploser à la figure. Est-ce que cela compte ?

— Non. Quel est le vrai problème, *nieta ?*

Fronçant les sourcils, Dina retira une tache de purée pour bébé séchée sur l'ourlet de son short blanc.

— Connor King est trop dominateur, murmura-t-elle enfin. Il est splendide, autoritaire, riche.

— Et tu t'inquiètes à cause de ta mère.

Dina la regarda d'un air contrit. Quelle que soit la mère qu'Helen avait été pour Dina, elle avait aussi été la fille d'Angelica, et Dina se sentait coupable d'avoir rappelé son deuil à sa grand-mère.

— Je suis désolée. Mais tu as vu ce qui est arrivé à maman, toi aussi. Elle s'amourachait d'hommes dominateurs, et ensuite elle s'effondrait petit à petit en devenant celle qu'ils voulaient. Elle s'est perdue, à essayer d'être ce qu'elle n'était pas.

Avec un lourd soupir, Angelica s'assit à côté de Dina et prit sa main.

— J'adorais ta mère, mais ce n'était pas une femme forte. Elle s'est toujours demandé qui elle était. Ma fille se tournait vers les hommes pour avoir la réponse plutôt que vers elle-même, et c'était là son erreur. Mais ce n'est pas la tienne.

Dina plongea le regard dans celui de sa grand-mère.

— Tu t'inquiètes pour rien, dit sa grand-mère avec douceur. Tu as une force qu'elle n'a jamais eue. Tu es confiante alors qu'elle était hésitante. La force chez un homme n'est pas une mauvaise chose. Seule la faiblesse peut être dévorée par la force. Tu n'en as aucune.

Dina aimerait le croire, mais sa confiance en elle était assez basse ces derniers temps. Qui plus est, vivre avec Connor, être près de lui en continu, serait le genre de tentation qu'elle avait toujours évitée. Et cette idée ne la rendait que plus mal à l'aise.

— A présent, déclara sa grand-mère en se levant, aide-moi à finir les bagages des *niños*. Il est temps d'affronter ta peur et de la vaincre.

— D'accord. Vaincre ma peur.

Elle se leva à son tour et observa la pile de vêtements de bébés qui attendaient d'être pliés. Tandis qu'elle reprenait sa tâche, elle songea que Connor n'était pas un homme facile à vaincre.

Evidemment, la maison de Connor était splendide. Nichée dans un parc arboré et luxuriant, elle avait des allures de ranch, en briques, en pierres et en verre, qui semblait avoir poussé naturellement dans son environnement.

Dina fut sans voix dès qu'elle passa la double porte

d'entrée. Elle remarqua le parquet en chêne poli, les magnifiques meubles, depuis les tables luisantes aux tableaux sur les murs taupe en passant par la cheminée de marbre gris qui dominait un mur du vaste salon. Ce fut là qu'ils installèrent les enfants et que Dina put prendre un instant pour admirer la pièce. Les canapés moelleux invitaient à s'y blottir et à se détendre. Des livres et des magazines étaient empilés sur les tables de chêne, et une porte-fenêtre s'ouvrait sur un patio en pierre, derrière lequel s'étendait une pelouse verte surplombant l'océan. Le mur de verre face à eux offrait une vue à couper le souffle, surtout à cet instant. Le soleil couchant traçait sur la mer un chemin rouge et or et striait le ciel de bandes grises, dorées et mauves.

Elle tourna lentement sur elle-même pour admirer la vue. Dommage qu'elle ait l'impression d'être une paysanne invitée au château. Toute la maison sentait les fleurs fraîches et la cire au citron. Et, même si elle détestait l'admettre, son bungalow tiendrait largement dans le salon.

Les enfants étaient à ses pieds, assis sur un large tapis qui coûtait sans doute plus que sa voiture, et s'occupaient avec des jouets tout neufs que Connor et elle venaient de déballer. Deux canapés en cuir marron se faisaient face, séparés par une large table basse de bois patiné. Des fauteuils de différentes teintes de bleu et de vert étaient disposés autour de la large pièce, et le mur de verre semblait faire entrer la nature à l'intérieur.

Une employée de maison appelée Louise, aux cheveux grisonnants et aux yeux bleu vif, apporta de grands verres de thé glacé ainsi qu'une assiette de cookies et trois tasses antifuites remplies de lait pour les triplés. Décidément, tout était parfait !

— Vous croyez pouvoir tenir le coup ici ?

Elle se tourna vers Connor, confortablement installé

sur l'un des canapés, ressemblant exactement à ce qu'il était… le seigneur des lieux.

— Vous aimez ça, n'est-ce pas ? dit-elle.

— Etre à l'aise ? Après le temps passé sur votre canapé ? Oh ! oui.

Elle soupira, car elle ne pouvait guère lui en vouloir.

— Votre maison est magnifique.

Il eut un petit rire.

— Cela vous fait mal de le reconnaître ?

— Beaucoup. Je l'avoue, j'espérais découvrir que vous viviez dans un cauchemar sans âme, tout blanc et moderne…

— Oh ! doucement. Vous venez de décrire la maison de mon frère Colt.

— Vraiment ?

Il haussa les épaules.

— Je ne l'ai jamais aimée. Elle me semblait froide, mais lui trouvait qu'elle semblait nette. Sa femme et ses enfants se chargent de la salir pour lui.

— Quoi qu'il en soit, cette maison est magnifique, mais sachez-le, j'ai l'impression d'avoir été manipulée pour emménager ici, et je n'aime pas ça.

— Je ne vous ai pas forcée.

Il se redressa, les coudes sur ses genoux.

— Je veux mes enfants, Dina. Vous avez choisi de venir avec eux.

— Pour l'instant.

Il haussa une épaule.

— Et nous sommes dans l'instant, n'est-ce pas ?

Oui, mais que se passerait-il ensuite ? Dans une semaine, deux, trois ? Plus ils resteraient dans cette maison, plus Connor aurait une base solide pour demander la garde des enfants. Elle n'était pas idiote : elle savait qu'il comptait lui prendre les triplés. Cette pensée lui serra le cœur, mais, une fraction de seconde plus tard, une idée jaillit dans son esprit.

Depuis le début, elle s'était dit que Connor avait la main. Et de bien des façons, c'était le cas. Mais *vivre* réellement avec trois bébés qui exigeaient beaucoup d'attention était une expérience inédite pour lui. Ce séjour chez Connor pourrait bien tourner en sa faveur, songea-t-elle avec un sourire.

Avant la mort de Jackie et d'Elena, Connor avait juste voulu être un père à temps partiel. A présent, c'était son sens du devoir et de l'honneur, et le fait qu'on lui ait menti, qui l'avaient poussé à prendre les triplés en charge.

Et si, une fois qu'il aurait ce qu'il voulait, il n'en voulait plus ? Si le quotidien avec trois bébés lui montrait qu'il n'était pas prêt pour la paternité ? Vivre ici, et le laisser se charger des enfants, pourrait prouver à Connor une bonne fois pour toutes que les triplés étaient mieux avec elle.

Elle se réjouit en son for intérieur et se détendit pour la première fois depuis leur baiser de la veille.

— Qu'est-ce qui vous fait sourire ? demanda-t-il d'un ton soupçonneux.

— Rien.

Lorsqu'elle croisa son regard, elle sentit quelque chose tressaillir en elle. Ces derniers temps, elle était souvent mal à l'aise. Le baiser qu'ils avaient échangé l'avait ébranlée, et les émotions qu'elle avait alors éprouvées étaient encore très présentes pour elle. L'angoisse aussi. Elle n'avait jamais laissé un homme s'approcher suffisamment d'elle pour s'inquiéter de ce qu'elle éprouvait.

En observant les yeux bleu céruléen de Connor, elle sut que *cet* homme était dangereux. Pas seulement pour la garde des bébés, mais pour *elle*.

— Louise a préparé votre chambre, annonça-t-il. Elle est à l'étage, à côté de celle des bébés. La mienne est en face.

— Pratique, murmura-t-elle.

— N'est-ce pas ?

Il sourit, et elle sentit son ventre se nouer.

— Quel est le problème, Dina ? Vous avez peur de vos réactions quand je suis près de vous ?

Exactement, mais elle ne pouvait guère l'avouer.

— Je pense réussir à me contrôler, répliqua-t-elle en soulevant Sadie pour la caler sur sa hanche.

— Vous voulez parier ?

Connor souleva les deux autres enfants sans la quitter des yeux. Un sourire naquit au coin de ses lèvres, et elle sentit quelque chose frémir en elle.

Ce n'était pas bon signe.

Une semaine plus tard, Connor était un homme à cran.

Qui eût cru que trois bébés pourraient prendre possession d'une maison en si peu de temps ? Il y avait des jouets partout, des tasses pour enfant oubliées sous le canapé, et des taches sur la moitié de ses T-shirts. Les triplés étaient des forces de la nature.

Il était épuisé.

Et il n'y avait pas que les triplés qui le fatiguaient. Il y avait aussi le fait de savoir que Dina était de l'autre côté du couloir, juste là, chaque soir. Il l'imaginait sous la douche, nue et mouillée, avec de l'eau qui ruisselait sur sa peau couleur miel. Ou étendue sur le lit à baldaquin de sa chambre, nue, lui souriant en lui tendant les bras.

Il songeait à la façon dont elle riait, la façon dont elle souriait aux bébés ou dont elle les portait, les aimait. Elle éveillait trop de pensées dans son cerveau déjà surmené, et il était sûr qu'elle savait qu'il souffrait. Et qu'elle s'en réjouissait.

Dina avait à peine levé un doigt pour les enfants depuis leur emménagement. Elle s'était effacée, arguant qu'elle était sûre qu'il voulait apprendre à connaître ses enfants.

Elle lui laissait le bain et les repas. Elle le regardait leur courir après tous les matins pour les habiller. Et elle riait chaque fois que l'un d'eux lui échappait.

Il savait qu'elle s'attendait à ce qu'il échoue. A ce qu'il rende les armes et déclare qu'il n'était pas intéressé par une garde complète, que c'était trop de travail, et autres bêtises de ce genre. Mais elle en serait pour ses frais. Il n'avait pas changé d'avis. Mieux, sa résolution n'avait fait que se renforcer cette semaine. La place de ses enfants était auprès de lui, et il ferait tout ce qu'il fallait pour s'assurer qu'ils y demeurent.

Restait à savoir comment négocier avec Dina.

— Elle a dit non, n'est-ce pas ?

— Quoi ? Qui ? Oh ! oui.

Connor secoua la tête et leva les yeux vers Colt. Dans le patio, la fumée du barbecue s'élevait en nuages épais avant de se dissiper dans la brise océane. L'odeur des steaks en train de cuire emplissait l'air.

C'était Penny qui avait lancé l'idée d'un barbecue familial. L'épouse de Colt avait souhaité rencontrer Dina et les enfants.

— Tu veux dire, quand j'ai proposé de l'acheter ? demanda Connor.

Il esquissa un pâle sourire en se rappelant l'air outré de Dina.

— Oui, elle a dit non. Et quelques autres choses.

— Je t'avais bien dit que ça ne marcherait pas, conclut Colt avant de prendre une gorgée de bière.

— Merci. « Je te l'avais bien dit » est toujours si agréable à entendre.

Colt l'ignora.

— Alors, des idées de ce que tu vas faire ?

— Des tas.

Il retourna les steaks à l'aide d'une spatule. La graisse goutta sur les charbons, et des flammes jaillirent.

— Tu devrais acheter un barbecue à gaz, suggéra Colt.

— J'aime le charbon. Pour répondre à ta question, Rafe et son équipe viennent la semaine prochaine pour dessiner des plans pour la nouvelle suite des enfants.

— Dina est au courant ?

— Pas encore, mais pourquoi devrait-elle s'y intéresser ?

— Oh ! je ne sais pas, parce qu'elle a cru que venir ici était temporaire et que, maintenant, tu en fais une chose permanente ? Que se passe-t-il dans ta tête ?

— J'ai des projets. D'accord, j'admets que c'est un peu plus difficile que je le croyais de s'occuper de tant de bébés en même temps.

— Si mes souvenirs sont bons, tu t'es bien fichu de moi quand ça m'est arrivé.

Connor ne releva pas la critique.

— Pour l'instant, j'ai pour projets d'apprendre à connaître mes enfants, de faire travailler notre avocat sur la demande de garde et d'aller en Irlande.

— Tu emmènes Dina et les enfants avec toi ?

— Pourquoi pas ?

Il avait pris un air détaché, mais à la vérité, ce voyage était une obligation, et il n'appréciait guère l'idée d'être loin de Dina et des bébés pendant une semaine. Il refusait de se demander *pourquoi*.

— Dina a un passeport, et j'ai demandé aux avocats de la famille de préparer ceux des bébés. Nous irons là-bas, nous passerons dire bonjour au cousin Jefferson et à sa famille, et nous visiterons le château d'Ashford. Trois jours, quatre au plus, et nous serons de retour en Californie.

Quand son frère lui adressa un regard entendu, Connor secoua la tête.

— Ne t'imagine pas des choses. J'emmène les enfants, et Dina les accompagne partout. C'est tout.

— Mais bien sûr.

Avalant une gorgée de bière, Colt fit un signe de tête vers les femmes et les enfants.

— Si tu veux mon avis, ce serait dommage de laisser une si jolie femme à la maison.

— Personne ne t'a demandé ton avis, rétorqua Connor.

Puis il retira les steaks du barbecue.

— C'est prêt.

— Vous ne m'aviez pas dit que votre frère et vous étiez de vrais jumeaux, commenta Dina plus tard, quand tout le monde fut parti.

— Il y a quelques différences. Je suis le plus beau.

Elle rit, et se rendit compte que, cette semaine, elle était moins nerveuse en sa présence. Moins méfiante. Cela devrait sans doute l'inquiéter. Mais pour l'instant, elle se sentait trop bien pour laisser son anxiété gâcher son humeur.

Les triplés étant couchés, et Louise s'étant retirée dans sa suite à l'arrière de la maison, Connor et Dina étaient seuls. Le patio était calme et frais, et le bruit de l'océan qui se heurtait aux falaises était apaisant. Ils étaient installés sur des chaises Adirondack, un verre de vin à la main.

— L'épouse de Colt est formidable, commenta-t-elle. Vous saviez qu'elle refaisait toute la décoration de leur maison ?

— Oui. Notre cousin Rafe de chez King Construction l'adore, plaisanta-t-il. Elle fait changer tant de choses que c'est devenu un projet immense, qui occupera l'équipe de Rafe pendant des mois.

— Elle m'a montré leur propriété tout à l'heure. Celle qui ressemble à une grande boîte blanche avec des fenêtres ?

Dina l'avait détestée au premier regard. Penny lui avait confié avoir ressenti la même chose au départ. Mais elle faisait ajouter des touches hispaniques à la décoration, et quand elle aurait fini, Dina était prête à parier que la maison serait superbe.

— Penny m'a aussi appris que Rafe allait mettre leur chantier en pause, le temps de réaliser des travaux pour vous.

— Elle a vendu la mèche, alors ?

Il se tourna vers elle. Ses yeux bleus brillaient sous le clair de lune.

— Vous faites construire une suite pour les bébés, et vous ne m'en avez rien dit ?

Quand Penny avait abordé le sujet, Dina avait ressenti un sursaut de panique. Si Connor faisait agrandir sa demeure, cela prouvait que, pour lui, leur séjour n'avait rien de temporaire.

— J'allais le faire, dit-il, la voix calme et presque perdue dans le soupir des vagues.

— Vous allez vraiment demander leur garde, n'est-ce pas ?

Il se pencha en avant.

— Je n'ai jamais caché que je veux avoir mes enfants auprès de moi, Dina.

— Je sais, dit-elle, portant son regard vers la lune pleine qui projetait une lumière argentée sur l'océan. Le problème, c'est que je les veux aussi, Connor.

Il se leva, puis l'aida à se lever à son tour. Elle était pieds nus, et le sol de pierre était humide et froid. Posant les mains sur ses bras, il plongea son regard dans le sien, et elle sentit ce sentiment sauvage et dangereux monter en elle une fois de plus.

— Je vous déconseille de vous battre contre moi devant un tribunal, Dina. Vous perdriez.

— Si je ne me bats pas, j'ai déjà perdu, souligna-t-elle, et elle se félicita d'avoir gardé une voix égale malgré le tremblement persistant en elle.

Le vent les enveloppa brièvement dans une étreinte fraîche. Les cheveux de Dina volèrent devant ses yeux, et il les écarta, en caressant les mèches soyeuses entre ses doigts.

— Nous ne sommes pas obligés d'être ennemis, murmura-t-il. Nous pouvons trouver un moyen de nous entendre.

— Je ne vois pas comment, objecta-t-elle, fixant ses yeux bleus qui semblaient briller encore davantage dans l'obscurité.

— Nous pourrions commencer ainsi, murmura-t-il, et il l'embrassa de nouveau.

Elle se laissa aller contre lui tandis qu'il l'attirait plus fermement, suffisamment pour qu'elle sente la preuve de son désir contre elle. Elle sentit son ventre se nouer, son rythme cardiaque s'accélérer, et son esprit cesser de fonctionner. Heureusement.

Toute sa vie, elle l'avait passée à essayer d'éviter le genre de sensations qui la submergeaient en cet instant. Si elle pensait à ce qu'elle faisait, elle devrait arrêter. Elle devrait être rationnelle. Logique. Raisonnable.

Alors, elle ne réfléchit pas.

Elle laissa libre cours à ses émotions et s'abandonna à la sensation étonnante d'être étreinte et embrassée par un homme qui pouvait la faire chanceler d'un simple regard. Elle avait su qu'un seul baiser ne serait jamais suffisant.

Et quand il recula, rompant le contact, elle sut que deux baisers ne suffiraient pas non plus.

Elle empruntait une route qu'elle n'avait jamais eu l'intention de prendre. Mais faire marche arrière n'était tout simplement pas envisageable.

Il caressa sa joue et lui sourit. La seule consolation de Dina dans toute cette histoire était qu'il semblait aussi ébranlé qu'elle.

— Que faisons-nous, Connor ?

— Maintenant ?

Il sourit, lui releva le menton et déposa un baiser bref et ferme sur sa bouche.

— Nous nous disons bonne nuit, pendant que je suis encore assez gentleman pour vous laisser partir.

— Ce n'est pas ce que je voulais dire.

— Je sais, dit-il en reculant. Dina, je vous désire plus que je n'ai jamais désiré quiconque, alors je préfère vous avertir. Soit vous partez maintenant, soit vous vous réveillerez dans mon lit.

Elle sentit une onde de chaleur monter au creux de ses cuisses, et son souffle s'accéléra très légèrement.

— Je ne vais pas dormir avec vous, Connor.

— Vous avez raison sur ce point, ironisa-t-il. Dormir n'était pas ce que j'avais en tête.

La chaleur se répandit dans tout son corps. C'était drôle, il avait suffi qu'il la mette en garde pour qu'elle le désire encore plus.

— Connor…

— Rendez-nous service à tous les deux, et allez vous coucher, d'accord ?

Il passa la main sur sa nuque puis laissa sa main retomber sur le côté.

— D'accord, j'y vais, dit-elle.

Elle avait à peine fait quelques pas qu'il lança :

— Au fait, nous allons en Irlande dans quelques jours, si vous avez des dispositions à prendre avant notre départ.

— *En Irlande ?*

- 7 -

Dina était traitée comme une princesse.

Et elle avait l'impression d'être un imposteur.

Elle avait été entraînée vers les postes de contrôle, passant devant les milliers de gens alignés devant les autres terminaux, pour rejoindre la zone des jets privés, presque vide en comparaison. C'était là qu'elle avait découvert qu'un voyage en Kingjet était une expérience bien différente d'un vol régulier.

L'avion privé et spacieux était pourvu de sièges de cuir confortables, d'un bar, et de trois lits à barreaux vissés au sol pour le sommeil des triplés. La salle de bains était aussi luxueuse que le reste de l'appareil. Pendant le long trajet jusqu'en Irlande, elle s'était détendue en regardant des films sur un grand écran pendant que Connor s'était plongé dans le travail.

Après l'atterrissage, ils avaient de nouveau passé le contrôle douanier sans avoir à attendre comme tout autre être humain de la planète, et s'étaient engouffrés dans une limousine avec chauffeur en livrée. Le trajet depuis l'aéroport de Shannon jusqu'au château d'Ashford dura une heure et demie, mais Dina était si occupée par les triplés et par la vue splendide qu'elle vit à peine le temps passer.

La veille, elle était chez elle, en train de se battre pour trouver du travail, et aujourd'hui, elle était en Europe. Malheureusement, elle n'avait guère eu de dispositions à prendre avant ce voyage. Elle n'avait aucun engagement de prévu, et donc aucune raison de refuser d'accompagner Connor. Maintenant, tandis que le magnifique paysage défilait derrière les vitres, elle s'en réjouissait.

Connaissant déjà l'Irlande, Connor prenait plaisir à jouer les guides touristiques.

— Dans un jour ou deux, nous nous rendrons à Cong, et nous emmènerons les enfants se promener dans le village.

— D'accord, dit-elle en souriant. Qu'est-ce que c'est, Cong ?

Il rit.

— Un village vraiment très joli, où a été tourné *L'Homme tranquille*. Vous savez, ce film avec John Wayne ?

— J'adore ce classique.

— Moi aussi. Il y a une statue dans le village à la mémoire du film. Et on peut visiter une réplique parfaite du cottage qu'ils ont utilisé. Il y a de jolies boutiques, de bons restaurants, et d'excellents pubs. Ça vous plaira.

Elle n'en doutait pas. Ce dont elle doutait, c'était que Connor se soucie de savoir si elle s'amusait ou non. Mais cette question demeura sans réponse, tandis que la limousine empruntait une longue allée de gravier au bout de laquelle se dressait le château.

Quand la voiture fut à l'arrêt, elle en descendit et eut l'impression de se retrouver en plein conte de fées.

Le château était stupéfiant, avec ses pierres grises polies par le temps, son lierre grimpant, ses magnifiques massifs de fleurs aux couleurs vives, sa longue allée sinueuse et les forêts alentour. Une fontaine se dressait au centre des jardins, et un lac s'étendait devant le château. Les reflets du soleil sur l'eau ressemblaient à des poignées de diamants.

Elle tourna lentement sur elle-même, tentant de tout enregistrer dans son esprit, sans y parvenir. Il lui faudrait des mois pour apprécier pleinement le décor. Elle n'avait jamais vu autant de nuances de vert. C'était comme être à l'intérieur d'une émeraude, et regarder le soleil jouer avec ses facettes.

— Il est rare qu'il fasse si beau en juin, commenta Connor. D'habitude, le ciel est gris, le vent froid, et en général, il pleut. Le soleil ne brille sûrement que pour vous aujourd'hui.

Elle rit. Elle se sentait flattée, même si c'était ridicule. Puis elle observa le château lui-même, depuis le sol jusqu'aux remparts, qu'elle imaginait visité par des fantômes.

— Cela vous plaît ?

— Oh ! oui, beaucoup, avoua-t-elle.

— C'est le plus vieux château d'Irlande, et ce n'est pas rien. Je pense qu'il remonte au XIIe siècle.

— Et il est toujours là.

Ses doigts la démangeaient de toucher les vieilles pierres, de les sentir vibrer d'histoire et des souvenirs de tous ceux qui avaient vécu ici.

— C'est incroyable, dit-elle en souriant. Je n'ai jamais rien vu d'aussi magnifique.

Il la fixa un instant.

— Oui. C'est exactement ce que je me dis.

Elle ne savait même pas comment réagir. Par chance, elle n'eut pas à le faire. Un groupe de gens sortit du château, se dirigeant vers leur voiture. Un petit homme en costume noir s'avança vers Connor et lui serra la main.

— Monsieur King, dit-il avec un accent charmant. Nous sommes ravis de vous revoir. Nous avons fait préparer votre suite habituelle.

— Merci, Sean, dit Connor. Dina, je vous présente Sean Flannery, le directeur du château.

— Enchantée.

— Tout le plaisir est pour moi, madame, répondit Sean, serrant fermement sa main avant de s'adresser à Connor. Nous nous sommes occupés de vos demandes particulières. La chambre supplémentaire est équipée pour les triplés. Si je puis me permettre, mes félicitations à vous et à votre charmante épouse.

Dina cilla, surprise. Mais elle ne devrait pas l'être, s'avisa-t-elle. Pourquoi le personnel de l'hôtel ne supposerait-il pas que Connor et elle étaient mariés ? Après tout, ils voyageaient avec des triplés.

— Oh ! merci, mais…

Connor passa un bras autour de ses épaules.

— Mon épouse est fatiguée par le voyage, Sean, alors, si cela ne vous ennuie pas, j'aimerais que nous nous installions tout de suite.

— Certainement.

Il fit un signe de la main et, aussitôt, les employés se ruèrent vers la limousine, sortirent les bagages du coffre et se hâtèrent vers l'entrée voûtée.

Dina lança un regard à Connor, mais il secoua la tête, comme pour dire « plus tard », alors, elle se tut. Elle détacha les bébés de leurs sièges et, un par un, les confia à Connor, qui les rassembla sur la pelouse parfaite. Mais les triplés, restés assis trop longtemps, refusèrent de rester immobiles. Tous trois prirent différentes directions, marchant d'un pas incertain sur l'herbe, en poussant des cris et en babillant.

— Nous devrions les rattraper avant qu'ils abîment les massifs, tombent dans la fontaine ou…

— Tout va bien, la rassura Connor, observant les enfants avec un sourire plein de tendresse. Ils explorent leur environnement, c'est tout.

— Si vous le dites, fit-elle, sceptique.

Elle admira la noble façade du château, et imagina déjà les meubles luxueux à l'intérieur. Aussitôt, elle songea avec inquiétude à ce que trois bébés curieux pouvaient faire à une décoration élégante.

— Peut-être aurions-nous dû trouver un hôtel plus petit. Des triplés ? Ici ?

— Si je peux me permettre, madame King, intervint Sean avec un clin d'œil, vous ne devez pas vous inquiéter une seule seconde. Vous êtes en Irlande. Les enfants sont bienvenus partout.

Se sentant rassurée et plus que bienvenue, Dina réussit presque à se détendre. Jusqu'à ce qu'elle voie Sadie arracher des fleurs et qu'elle doive courir pour attraper la petite fille avant qu'elle cause trop de dégâts. Connor, de son côté, courut après les garçons, pendant que le vent irlandais soufflait tout autour d'eux.

Quand ils furent installés dans leur suite royale et qu'ils eurent commandé à dîner dans leur chambre, les triplés étaient prêts à se coucher. Travaillant en équipe, Connor et Dina leur donnèrent le bain et les mirent au lit. Puis Connor servit deux verres de vin. Dina et lui s'effondrèrent dans les fauteuils de velours vert du fastueux salon.

Les grandes fenêtres donnaient sur le lac. Le Lough Corrib, comme Connor l'en informa. Dina observa le ciel crépusculaire et les cimes des arbres qui gardaient le château et dansaient dans le vent. C'était un décor magique.

— Le directeur semble très bien vous connaître, fit-elle remarquer. Vous avez même votre suite habituelle.

— Je séjourne toujours ici quand je rends visite à mon cousin Jefferson et à sa famille.

Il se cala dans le fauteuil moelleux.

— L'élevage de moutons de Maura n'est qu'à une demi-heure, et le château est confortable.

— Confortable ? répéta-t-elle, amusée. Ce château est… je n'ai même pas de mots pour le décrire. Je n'ai jamais rien vu qui ressemble un tant soit peu à cet endroit.

Il étendit ses jambes et croisa les chevilles.

— Attendez de le voir de nuit, quand le clair de lune se reflète sur le lac. C'est spectaculaire. Demain, nous pourrons emmener les triplés au lac, les laisser jeter des pierres…

— Ou les laisser y tomber et nager ?

— Nous veillerons sur eux. Mais c'est une bonne question. Ont-ils déjà pris des cours de natation ?

— Non, dit-elle, étudiant le vin couleur or dans son verre. Elena avait prévu de s'en occuper cet été, mais…

Il fronça les sourcils, puis prit une petite gorgée de son verre.

— Eh bien, nous devrons nous en charger à sa place. Mon cousin Rafe va installer une barrière autour de ma piscine, mais les cours de natation sont quasiment vitaux pour les enfants, vous ne croyez pas ?

— Je suis de votre avis.

— Bien.

Son petit sourire fit naître une onde de chaleur en elle, qu'elle tenta d'ignorer.

— Je vais faire venir un maître-nageur privé chez moi, dès le mois prochain.

— J'ignore si nous serons encore chez vous le mois prochain.

— Oh ! je pense que oui.

Penchant la tête, il la regarda longuement.

— Connor…

Il ne considérait par leur emménagement comme temporaire, mais c'était ainsi qu'elle *devait* le considérer. Peu importait si elle en avait l'impression parfois, mais Connor, les triplés et elle n'étaient pas une famille. Ils étaient plutôt… des survivants d'un naufrage, blottis sur ce qui était, pour l'instant, un fabuleux canot de sauvetage.

Elle devait lui faire comprendre qu'elle ne pouvait rester indéfiniment chez lui. Mais que dire ? Qu'elle était trop nerveuse pour vivre chez lui ? Qu'elle ne répondait plus de rien quand il était près d'elle ? Un homme aussi sûr de lui n'avait vraiment pas besoin d'entendre ce genre de choses. En maugréant, elle porta son verre à ses lèvres.

— Vous disiez ?

— Rien, mentit-elle. Alors, que faisons-nous en Irlande, au juste ?

Il sourit, comme s'il avait deviné qu'elle essayait désespérément de changer de sujet.

— Eh bien, comme je vous l'ai dit, j'ai déjà séjourné ici, mais cette fois, je vais m'entretenir avec la direction et rassembler des informations sur les activités proposées aux familles, afin de déterminer si le château d'Ashford ferait une bonne destination pour notre société d'aventures familiales.

— Comment pourrait-on *ne pas* apprécier un séjour ici ?

— Certes, c'est splendide, mais est-ce que ce sera suffisant pour être classé comme aventure familiale ? Cela reste à voir.

— Peut-être que l'important, ce n'est pas l'aventure mais le fait qu'une famille passe du temps ensemble dans un endroit stupéfiant. Le château lui-même suffirait pour captiver l'imagination de n'importe quel enfant. Ils s'imagineraient en chevaliers et en princesses…

Il acquiesça.

— Vous avez peut-être raison. Mes frères et moi aurions adoré cet endroit quand nous étions petits.

Plusieurs secondes s'écoulèrent, puis il demanda :

— Avez-vous vu les triplés souvent, avant qu'ils viennent vivre chez vous ?

— Je vous demande pardon ? dit-elle, décontenancée par sa question.

Il fixa son verre vin, puis leva lentement les yeux vers elle.

— Les bébés. Les avez-vous vus souvent avant la disparition de Jackie et d'Elena ?

— Non, parce qu'elles vivaient à San Francisco, dit-elle calmement, mais elles sont venues me voir, et je suis allée leur rendre visite quelquefois.

— Comment étaient-ils ?

Sa voix était si basse que c'était presque comme s'il regrettait de poser cette question.

— Les bébés, je veux dire.

Dina éprouva un élan de compassion pour lui. En une semaine, il s'était énormément investi avec les triplés. Elle avait cessé d'attendre qu'il baisse les bras et prenne la fuite. Il ne tournerait jamais le dos à ses enfants, et elle était de plus en plus convaincue qu'il *aimait* être père.

Qui plus est, il était en train de changer sa maison, son monde, pour les adapter à eux, et on lui avait volé leur première année de vie. Oui, volé, songea-t-elle, et elle eut une pensée de dégoût envers sa sœur, où qu'elle soit. Jackie et Elena avaient eu tort de le priver de sa progéniture. Tort de quitter la ville et de fuir plutôt que de partager les enfants avec l'homme qui les avait aidées à les créer. Et si Dina avait été au courant, elle aurait révélé la vérité à Connor elle-même.

Peut-être avait-elle tort de se battre contre lui avec tant de force. Mais quel choix avait-elle, en vérité ? Elle ne pouvait pas renoncer aux triplés. Pas même pour les confier à leur père. Ce serait comme s'arracher le cœur.

Il l'observait, attendant qu'elle continue, qu'elle lui parle des enfants qu'il connaissait à peine. Elle prit une inspiration.

— Les bébés étaient très mignons. Mais, seigneur, ils étaient si petits à la naissance !

Il eut un sourire mélancolique.

— Je parie que Jackie avait peur de les porter.

— En effet, confirma-t-elle en riant. Au début, mais elle a surmonté sa peur grâce à l'insistance d'Elena.

— Quel genre de mère était-elle ? Jackie ?

— Un peu folle. Drôle.

Dina sourit en se remémorant ses souvenirs et tenta de les rendre réels pour Connor.

— C'était Elena qui organisait les journées des triplés.

Elle notait tout. L'heure des repas, de la sieste, du jeu, du bain. Ma sœur adorait les emplois du temps.

A présent, c'était à son tour d'être mélancolique. Cela ne faisait que trois mois qu'elle avait perdu sa sœur aînée, et Elena lui manquait.

— Mais Jackie était amusante. Quand les enfants étaient plus grands, elle se déguisait pour leur lire des histoires à l'heure du coucher. Elle leur avait acheté des petites battes de base-ball pour qu'ils puissent jouer dès qu'ils marcheraient…

— Ça ne m'étonne pas de Jackie. Elle jouait comme arrêt-court. Elle était vraiment douée.

Son sourire s'évanouit, et il sembla songeur.

Le crépuscule envahit la pièce, et les ombres s'étirèrent. Etre assise dans la pénombre avec lui, à partager des souvenirs pour qu'il puisse créer des images dans son esprit, lui donnait un sentiment d'intimité. Mais, songea-t-elle soudain, elle pouvait faire mieux.

Elle alluma une lampe de cristal sculpté sur la table à côté d'elle. Connor plissa les yeux pour contrer la soudaine clarté, tandis qu'elle prenait son sac à main. Elle sortit son téléphone et l'alluma.

— Aimeriez-vous voir des photos ? proposa-t-elle.

Une lueur d'intérêt brilla dans son regard, et il lui offrit un sourire chaleureux.

— Vous êtes sérieuse ?

En guise de réponse, elle sourit, puis lui donna le téléphone.

— Je ne supprime jamais rien, dit-elle, alors, il y a des photos d'eux de la naissance jusqu'à maintenant.

Il regardait déjà les photos, passant son doigt sur l'écran pour les faire défiler.

— J'en ai pris certaines, et d'autres, Elena me les a envoyées par e-mail.

Il rit.

— Quoi ? demanda-t-elle.

Connor leva les yeux vers elle, l'air à la fois triste et amusé.

— Cette photo. Noël dernier, je suppose ?

Elle savait de quelle photo il parlait, mais elle alla tout de même s'agenouiller à côté de lui, sur l'épais tapis, et regarda l'écran du téléphone. Les trois bébés étaient habillés de pyjamas ornés de sucres d'orge, et affublés d'un bonnet de Père Noël et de petites barbes blanches.

— Même Sadie avait une barbe ? observa-t-il en riant.

Elle sourit. Elle était chez sa sœur quand les deux femmes avaient pris cette photo, pour s'en servir comme carte de vœux.

— Jackie ne voulait pas que Sadie se sente mise à l'écart, expliqua-t-elle avec douceur.

— Ça lui ressemble, approuva-t-il.

Lentement, il regarda les autres photos, sans dire un mot.

Elle resta immobile, en observant l'expression de Connor. Chaque émotion qu'il ressentait se lisait sur son visage, brillait dans ses yeux, taquinait ses lèvres. Sur un écran trop petit, il regardait ses enfants changer et grandir et, à l'évidence, ces photos le touchaient profondément. Quand il eut enfin terminé, il lui rendit l'appareil.

— J'ai déjà manqué tant de choses.

— Vous ne saviez pas, Connor.

— Ça ne change rien.

Il semblait triste, mais il y avait aussi une lueur de détermination dans son regard, et elle redouta la suite.

— Je ne manquerai plus rien de la vie de mes enfants, Dina.

Elle sentit sa main se crisper sur son téléphone. Quelques minutes plus tôt, elle avait eu de la peine pour lui, et pris son parti contre sa propre sœur. Mais, en regardant dans ses yeux à cet instant, elle comprit qu'il n'avait pas besoin de sa compassion.

— Ce qui veut dire ?

— Ce qui veut dire, expliqua-t-il calmement, que je ne récupérerai jamais leur premier Noël. Ils ont eu leurs premières dents, fait leurs premiers pas, tout cela sans que je connaisse leur existence.

— Je sais, Connor, et c'est terrible, mais…

Il lui releva le menton et tourna son visage vers le sien.

— Vous et moi, Dina, devrons trouver un accord.

— Quel genre d'accord ?

— Là est bien la question, n'est-ce pas ? Je sais quel genre d'accord m'intéresse. J'imagine que tout ce dont nous avons besoin, c'est que vous décidiez ce que vous voulez de votre côté.

Oh ! elle savait ce qu'elle *voulait*. Mais elle ne savait pas si l'obtenir allait arranger la situation… ou l'aggraver.

Voir Connor évoluer avec sa famille fut une révélation. Certes, elle savait qu'il était proche de son jumeau. Pourquoi en aurait-il été autrement ? Mais Jefferson King était un cousin, pourtant Connor et lui semblaient aussi proches que des frères. Manifestement, la famille était très importante non seulement pour Connor, mais pour les King en général. Cette pensée venait confirmer ce qu'elle avait perçu la veille. Connor ne prendrait jamais le risque de renoncer à ses enfants, sa chair et son sang.

— Charmants, n'est-ce pas ?

Dina reporta son attention sur Maura King. Cette petite jeune femme était splendide, malgré ses grosses bottes de caoutchouc et la veste trop grande qu'elle portait par-dessus un épais chandail rouge. Juin en Irlande, exactement comme Connor le lui avait dit, se traduisait par des nuages, du vent, du froid et de la pluie.

Ce matin, ils s'étaient rendus au village de Craic, afin d'acheter des vêtements plus chauds pour les triplés, puisqu'une garde-robe californienne ne préparait personne au froid humide. L'Irlande était belle et sauvage, comme la Californie ne le serait jamais, et Dina l'adorait déjà.

Maura King était éleveuse de moutons quand Jefferson, en repérage pour l'un des films de King Studios, l'avait rencontrée. Puisqu'elle dirigeait encore sa ferme et que Jefferson travaillait depuis son manoir, Dina supposa qu'épouser un des hommes les plus riches du monde n'avait guère changé Maura Donohue King.

— Charmants ? répéta Dina.

Elle regarda Connor, Jefferson et les six enfants — Maura et Jefferson avaient trois enfants et un quatrième en route — courir comme des fous autour du jardin, avec un lévrier irlandais noir et gris appelé King. Dina avait trouvé que son nom était un choix étrange, mais Maura avait expliqué qu'elle avait eu le lévrier à un moment où Jefferson et elle étaient brouillés.

De prime abord, Dina s'était sentie intimidée par la taille de l'animal. Elle n'avait jamais vu de chien aussi grand. Mais comme Maura l'avait promis, le lévrier était un gentil géant. En un rien de temps, les triplés s'étaient mis à ramper sur lui, tirer sur ses oreilles et monter sur ses énormes pattes. King ne bronchait pas. Mieux, il était comme une vraie nourrice, ramenant les enfants vers les adultes quand ils s'éloignaient un peu trop.

— Oui, j'imagine qu'ils sont charmants, approuva Dina. Comme votre maison, au fait, dit-elle en regardant par-delà les eaux couleur étain du Lough Mask.

Les arbres se penchaient sous le vent et de minuscules crêtes se formaient sur la surface du lac. Des routes étroites bordées d'ajoncs aux petites fleurs jaunes serpentaient dans les prairies, entourées de murs de pierre. La ferme elle-même était ancienne et vaste, et derrière elle s'élevait le massif de Partry.

— Merci, dit Maura, jetant un coup d'œil à sa maison.

Je l'aime comme elle est, mais Jefferson ne cesse d'ajouter ceci ou cela, au point que je ne sais jamais ce que je vais trouver en rentrant des pâturages.

— Mais cela ne vous ennuie pas vraiment.

— Pas du tout, mais ne lui répétez pas, dit-elle avec un clin d'œil. Il est déjà trop sûr de lui.

Dina rit.

— Apparemment, c'est un trait de caractère commun aux King.

— Sans doute, dit Maura en s'appuyant sur la clôture qui entourait le jardin. Tous ses frères sont exactement pareils, ainsi que les quelques cousins que j'ai rencontrés. Pourtant, je ne le changerai pour rien au monde. En fait, j'aime quand un homme me met en colère aussi souvent qu'il m'attire.

— En cela, Jefferson et Connor se ressemblent, souligna Dina, songeant aux nombreuses disputes entre Connor et elle depuis le peu de temps qu'ils se connaissaient.

Et, à l'instar de Maura, Dina était attirée même quand elle était furieuse contre lui.

— J'ai vu comment il vous regarde, et comment vous le regardez, commenta Maura en souriant et en pianotant sur la clôture.

Dina s'abstint de tout commentaire. Que dire ? Que c'était faux ? Ce serait mentir.

— Et les enfants sont adorables.

— C'est vrai. Les vôtres aussi, complimenta Dina en observant les enfants qui couraient dans le jardin malgré le vent froid et piquant.

Maura gloussa.

— Ils sont adorables, chacun d'entre eux. Jensen, l'aîné, a quatre ans. Julie a suivi un an plus tard, et ensuite James.

Regardant les enfants jouer et rire, Dina sentit son cœur se serrer. Que ressentirait-elle, si elle faisait réellement partie de ce groupe ? Certes, elle en faisait partie, par le biais des triplés. Elle était leur tante autant que leur tutrice, et elle le serait toujours. Mais Maura, Jefferson et leurs enfants, ainsi que Connor et les triplés faisaient partie de la même famille, et ce lien excluait Dina. C'était ridicule de vouloir se lier davantage à Connor, alors que, dans le même temps, elle tentait désespérément de rester loin de son lit afin de protéger son cœur.

Elle devait l'admettre, jusqu'à sa rencontre avec Connor, elle avait évité d'instinct tout ce qui ressemblait de près ou de loin à une véritable relation. Les souvenirs de la vie tumultueuse de sa mère étaient encore trop vifs pour qu'elle agisse autrement. Et pourtant, Connor avait réussi lui faire baisser sa garde.

— Et avec trois enfants, vous êtes de nouveau enceinte, observa Dina en jetant un coup d'œil au ventre arrondi de Maura.

— Mon Jefferson adore les enfants, et en veut autant que possible.

Maura passa la main sur son ventre comme pour apaiser l'enfant rétif à l'intérieur.

— Et comme je suis d'accord, et que j'adore de plus en plus être mère, je suis ravie d'en avoir un autre. Même si ça signifie que Jefferson ajoute une autre aile à la maison. Cet homme est fou.

Dina sourit, mais elle éprouva une pointe d'envie pour la relation entre Maura et son époux. Il dirigeait son studio de cinéma d'ici, et se rendait de temps en temps aux Etats-Unis. Maura dirigeait sa ferme comme elle l'avait toujours fait, et pourtant, tous deux formaient une équipe, renforcée par les enfants qu'ils partageaient. Qui ne les envierait pas ?

Dina regarda Connor, qui faisait semblant de se battre avec les enfants et Jefferson. Les rires enfantins portés par le vent d'Irlande parvenaient jusqu'à elle. Elle sourit, et si ce sourire était un peu mélancolique, qui pourrait le lui reprocher ?

— Les King sont difficiles, même quand tout va bien, lança Maura de but en blanc, comme si elle avait décidé de laisser tomber les politesses pour passer directement au cœur du sujet. Mais je peux vous dire, d'après ma propre expérience, qu'ils valent la peine.

— Entre Connor et moi, c'est différent.

— Ah, oui ? fit Maura en riant. Je me souviens avoir résisté moi aussi. Jefferson ne cessait d'agiter son argent sous mon nez. Vous saviez qu'il m'avait acheté un camion, sans même m'en parler ?

Elle secoua la tête.

— Il était rouge et rutilant comme une promesse. Et même si je me suis emportée contre lui pour m'avoir acheté ce fichu engin, j'en suis tombée amoureuse au moment où je l'ai vu. Je le conduis encore aujourd'hui, et il est toujours aussi beau.

— Il vous a acheté un camion ? répéta Dina d'un ton incrédule.

— Eh oui ! Il a décrété que j'en avais besoin, que je veuille l'admettre ou non. Et il avait raison, même si cela me tuait de le reconnaître. Ma vieille machine parcourait ses derniers kilomètres, pour ainsi dire. Mais les King sont ainsi, vous savez. Ils prennent une décision qu'ils pensent juste, et bien malin qui saura les convaincre du contraire.

— Je n'aime pas être dirigée, affirma Dina.

— Personne n'aime ça. Mais ça ne veut pas dire que vous ne pouvez pas le diriger un peu vous aussi ?

Dina lui sourit.

— Vous savez, je crois que vous et moi allons devenir de grandes amies.

— J'en ai déjà l'impression, approuva Maura en souriant. Et, puisque Jefferson a décidé que nous irions tous en Californie le mois prochain pour emmener les enfants à Disneyland avant la naissance du bébé, je vous reverrai bientôt. Vous pourrez me raconter comment vous dirigez Connor.

Le mois prochain. Dina ne savait même pas si elle serait encore chez Connor le mois prochain.

— Peut-être pourrions-nous tous aller au parc d'attractions ensemble ? suggéra Maura. Ce serait génial. Je vais téléphoner à ma sœur, Cara, et m'assurer qu'elle sera disponible aussi. Elle est très occupée, mais elle adore voir les enfants quand nous sommes aux Etats-Unis.

— Cara…

Dina réfléchit un instant. La ferme de Maura portait encore le nom de Donohue Sheep Farm, même si la propriétaire était désormais une King. Alors… sa sœur s'appelait Cara Donohue.

— Cara Donohue est votre sœur ?

Maura s'illumina.

— Vous connaissez ses films ?

— Bien sûr. Elle est merveilleuse.

Et elle ne se serait jamais doutée que la jeune actrice en vogue à Hollywood était liée à la famille King.

— Oh ! elle l'est, assura Maura avec fierté. C'est le film que Jefferson a tourné ici à la ferme qui lui a permis de percer. Elle avait fait des feuilletons à Londres, mais après ce petit film, Jefferson lui a signé un contrat pour tourner…

— *La Fiancée d'O'Malley,* finit Dina.

— Exactement.

Maura rayonnait.

— Elle a été sélectionnée comme meilleure actrice pour ce rôle. Elle n'a pas gagné bien sûr, mais c'était déjà fantastique qu'elle soit sélectionnée.

Tout ce voyage était fantastique, songea Dina. Maura était agréable et amicale, Jefferson chaleureux et drôle, et Connor… elle le regarda et, comme s'il avait senti son regard, il lui offrit un sourire qui fit naître une onde de chaleur en elle.

— Oh ! oui, murmura Maura, lui donnant un petit coup de coude. Il y a beaucoup de choses à diriger ici, Dina. C'est à vous de voir, bien sûr, mais un King, comme je vous l'ai dit, vaut vraiment la peine.

Après sa conversation avec Maura, Dina était d'humeur étrange. Même si elle avait été patiente avec les triplés comme toujours, c'était comme si son corps était présent, mais son esprit ailleurs. De retour au château, une fois les enfants endormis, Connor la rejoignit devant la fenêtre ouverte du salon. Un vent froid s'engouffrait à l'intérieur, mais cela ne semblait pas la gêner. Ses mains agrippaient le rebord de la fenêtre et son visage était tourné dans le vent. Ses longs cheveux noirs dansaient et volaient autour de son visage tel un halo sombre.

— Tout va bien ? s'enquit-il.

— Je ne sais pas, dit-elle avec douceur.

Il la prit par le bras et la fit pivoter vers lui. Sondant son regard, il tenta de savoir ce qu'elle pensait, ce qu'elle ressentait, mais si ses yeux de braise l'attiraient comme toujours, il ne pouvait deviner ce qu'ils cachaient. La seule façon de le découvrir était de creuser sous la surface.

Exactement ce qu'il brûlait de faire depuis trop longtemps.

Il avait déjà connu ce genre de désir irrépressible. D'habitude, quand il désirait une femme, il l'avait. Mais avec Dina, il ne pouvait que prendre son mal en patience. La plupart des femmes qui avaient traversé sa vie avaient sauté sur l'occasion de grimper dans son lit. Le problème avait toujours été de les en faire repartir.

Naturellement, Dina était différente. Et il aimait cela. En fait, tout en elle lui plaisait. Sa douceur avec les bébés, sa volonté de lui tenir tête pour ce qu'elle croyait juste, le fait qu'elle ne veuille rien de lui, sauf ce qu'il devait aux bébés. Elle avait même été insultée à la pensée qu'il veuille l'acheter. Elle était fichtrement fascinante, sur tous les plans, et c'était une sacrée surprise. Connor n'avait pas envie de ressentir quoi que ce soit d'autre que le désir qui avait pris possession de son corps. Il n'était pas intéressé par les relations sérieuses. Ce qu'il voulait, c'était elle.

— Vous êtes en pleine réflexion, remarqua-t-il d'un ton calme et taquin. Ça ne peut pas être bon pour moi.

— Ce n'est peut-être pas bon pour moi non plus. Ecoutez, Connor, nous devons songer à ce que nous sommes en train de faire. Je ne peux pas continuer à vivre chez vous avec les triplés indéfiniment. J'ai une vie et une affaire à tourner. Je ne peux pas tout quitter comme ça.

— Qui vous empêche de diriger votre affaire depuis ma maison ?

— Ça ne résout qu'un problème, rétorqua-t-elle, frustrée. Je ne peux pas vivre chez vous juste parce que vous pensez que c'est plus pratique.

— Vous vivez avec moi, Dina, parce que vous voulez être avec les triplés, et que je refuse de renoncer à eux.

— Alors, où cela nous mène-t-il, au juste ?

Elle secoua la tête pour écarter les cheveux de son visage et le regarda dans les yeux.

— Aucun de nous n'est prêt à céder, alors nous sommes bloqués dans une impasse, c'est ça ?

Il ne pouvait pas lui donner de réponse, car il n'en avait pas. Depuis leur arrivée en Irlande, c'était presque comme s'ils avaient été une famille. Il avait laissé le directeur du château, Sean, supposer que Dina et lui étaient mariés. Il avait trouvé cela plus pratique, mais peut-être n'avait-il pas trouvé cette supposition aussi dérangeante qu'il l'aurait cru.

Puisque cette prise de conscience l'ébranlait, il la mit de côté pour l'examiner plus tard. Peut-être. Pour l'heure, il n'y avait qu'une chose qui l'intéressait, et il en avait assez d'attendre.

— Pourquoi s'inquiéter de tout cela ce soir, Dina ?

— Nous devons…

— Pour l'instant, tout ce que nous devons faire, c'est ceci.

Il prit son visage entre ses mains, et posa la bouche sur la sienne. Ce fut un baiser doux, tendre comme une caresse. Puis il recula, plongeant son regard dans le sien.

— Je vous désire, Dina, dit-il d'une voix aussi douce que son baiser. J'ai envie de vous depuis le premier jour.

— Je sais, murmura-t-elle. Moi aussi.

Il sourit, appuya le front contre le sien, et son corps se tendit de désir en un battement de cœur.

— Alors, qu'attendons-nous ?

- 8 -

Prenant Dina par la main, Connor saisit le babyphone sur la table avant de se diriger d'un pas décidé vers sa chambre, pendant que Dina pressait le pas pour le suivre. Une fois à l'intérieur, il ferma la porte, posa le récepteur et attira Dina dans le cercle de ses bras. Il s'accorda un long baiser torride, appréciant sa saveur, la sensation de son corps contre le sien, le fait qu'elle s'abandonne au feu qui brûlait entre eux.

Le clair de lune filtrait par les fenêtres et éclairait son visage et ses cheveux, leur conférant une teinte vif-argent. Elle était d'une beauté vibrante, qui l'avait captivé au premier regard. Il eut la bouche sèche quand il recula pour mieux la contempler.

La pièce était sombre, hormis le pâle nuage formé par le clair de lune. Un lit à baldaquin occupait une grande partie de la pièce, également meublée de tables, de chaises, et d'un poêle en faïence bleue éteint.

— C'est sans doute une erreur, avança-t-elle.

Il sentit son cœur s'arrêter une seconde.

— Tu veux dire que tu veux arrêter là ?

Il s'arrêterait, si elle avait changé d'avis, mais il était presque sûr que cela le tuerait.

— Non.

— Dieu merci !

Ils avaient assez attendu comme cela. Cette tension

sensuelle entre eux couvait depuis leur première entrevue, dans ce minuscule bungalow. Connor savait qu'elle avait raison, qu'ils commettaient sans doute une erreur. Ils avaient encore tant de choses à régler que le sexe ne ferait que compliquer la situation. Mais il y penserait plus tard. Pour l'instant, ils allaient assouvir leur désir.

Il la fit reculer jusqu'au lit, tout en lui ôtant son pull-over. Il était impatient de la toucher. Il voulait sentir sa peau sous ses mains. Caresser chacune de ses courbes tentantes, explorer ce corps dont il rêvait depuis des jours.

Elle lui retira son pull avec tout autant de fièvre, sa fougue nourrissant la sienne. Et pourtant, bien qu'il ait hâte de la voir nue, il éprouva le besoin impérieux de prendre son temps, de profiter pleinement de ce moment qu'il avait tant attendu.

Alors, il ralentit, se forçant à étouffer l'envie de la jeter sur le lit et de s'enfouir en elle. Il déboutonna sa chemise, et la fit doucement glisser le long de ses bras. Elle frissonna quand elle fut devant lui, ne portant que son soutien-gorge et son jean.

— Tu as froid ? demanda-t-il.

— Non. Au contraire, j'ai l'impression que je n'aurai plus jamais froid.

Il esquissa un sourire.

— Bien. Très bien.

Il effleura ses côtes, glissa vers son ventre puis remonta jusqu'à son soutien-gorge de dentelle noire, terriblement sexy contre sa peau douce et dorée.

Il dégrafa le sous-vêtement, et laissa ses seins emplir ses mains. Il frotta ses pouces contre ses tétons durcis. Elle eut le souffle coupé, et chancela. Il savait ce qu'elle ressentait. Cette tension intense, cette faim dévastatrice. Il n'avait jamais connu de désir si puissant. N'avait jamais tiré un tel plaisir d'une simple caresse. Peut-être était-ce à cause de leur proximité croissante, due aux triplés. Ou parce qu'ils avaient attendu si longtemps pour satisfaire leur faim mutuelle. Ou peut-être ses propres fantasmes nourrissaient-ils les réactions qui jaillissaient en lui tel un feu d'artifice.

Les raisons importaient peu. Tout ce qui comptait, c'était Dina, et la sensation douce et soyeuse de son corps contre le sien.

Il se pencha pour la goûter, prenant d'abord un téton en bouche, puis l'autre. Elle se mit à haleter. Elle se cambra contre lui, lui demandant en silence de continuer. Son cœur s'emballa quand elle s'accrocha presque désespérément à ses épaules.

Mais elle ne pouvait le maintenir immobile, pas quand il voulait l'explorer tout entière. Il était bien décidé à réaliser tous les fantasmes auxquels il s'était adonné ces derniers jours. Il glissa ses mains vers son jean, pour défaire son bouton et descendre sa fermeture. Lentement, il fit glisser le pantalon et le slip noir le long de ses jambes, et suivit le même chemin avec sa bouche. Elle serra les cuisses pour les empêcher de trembler. Il lui retira son jean, caressant chaque centimètre de sa peau au passage, puis il se releva lentement, en faisant courir ses mains le long de son corps. C'était tellement plus fort qu'il l'avait imaginé. Le désir de Dina nourrissait le sien et attisait le feu qui brûlait en lui.

Quand il fut debout, il prit possession de sa bouche dans un baiser enfiévré, tout en laissant sa main dériver entre ses cuisses. Elle laissa échapper un gémissement quand il la caressa de manière plus intime. Puis, elle l'attira plus près tandis que leurs lèvres et leurs langues se mêlaient avec fougue.

Elle était chaude, moite, et si prête que Connor eut le souffle coupé. Il écarta ses lèvres des siennes pour voir ses yeux briller de passion tandis qu'il la plongeait dans une frénésie de plaisir. Ses doigts la caressèrent et s'enfoncèrent en elle. Son pouce taquina son clitoris gonflé jusqu'à ce qu'elle gémisse, en proie au désir qui la consumait.

Il posa la main sur sa nuque pour la maintenir immobile et la regarda dans les yeux. Elle ne pouvait pas lui cacher ses réactions, et elle n'essaya même pas. Elle ondula des hanches contre sa main tandis qu'il accélérait la force et la cadence de ses caresses. Lorsqu'il la sentit au bord de l'explosion, il s'arrêta. Il ne voulait pas qu'elle jouisse trop vite. Il voulait… il avait besoin de continuer de la toucher encore. D'entendre ses soupirs, ses suppliques. Il voulait plonger son regard dans le sien et voir la passion y grandir.

Elle agrippa ses avant-bras et, même à travers l'étoffe de sa chemise, il eut l'impression que ses doigts lui brûlaient la peau.

— Laisse-toi aller, Dina, lui enjoignit-il avec douceur, incapable de détacher son regard de ses yeux fascinants.

Il y avait là tant de feu. Tant de passion. Et tout cela pour lui.

— Laisse-toi porter.

— Connor…, murmura-t-elle d'une voix haletante et tremblante.

Il plongea les doigts entre ses replis chauds.

Alors, elle s'abandonna au plaisir. Son corps trembla, ses hanches ondulèrent contre lui, et elle rejeta la tête en arrière, criant son nom dans un souffle étranglé.

Avant même que les spasmes aient disparu, Connor écarta la couette rouge carmin. Il allongea Dina sur les draps blancs, acheva de se déshabiller et la fit patienter juste le temps de prendre un préservatif sur la table de et de le dérouler sur lui avant de la rejoindre sur le grand lit. Elle ouvrit les bras pour l'accueillir, et il fut enveloppé par sa chaleur, comme un homme qui avait froid depuis bien trop longtemps.

Elle écarta les jambes pour l'accueillir en elle. Il la pénétra d'un long coup de reins, et sentit sa chaleur soyeuse autour de son sexe dressé. Pendant un long moment, il resta immobile, savourant le fait d'être enfin là où il voulait le plus être. Puis elle enroula les jambes autour de sa taille, l'attirant plus profondément en elle. Il alla et vint en elle, lentement d'abord, tandis que ses mains douces exploraient son dos et que ses ongles courts marquaient sa peau, augmentant encore son excitation. Puis il accéléra le rythme, prenant possession de son corps pour ne faire plus qu'un avec elle.

Ils ondulèrent ensemble, toujours plus près de l'orgasme. Il l'embrassa encore et encore, tandis que leurs corps s'agitaient pour atteindre la libération. Bientôt, il la sentit trembler entre ses bras et, quand elle resserra son étreinte et cria son nom, il s'abandonna à son tour, se soumettant à l'inévitable tandis que son cœur explosait.

Elle le serra contre elle, longtemps après les derniers spasmes de ce séisme sensuel. Elle n'avait jamais rien connu de tel. N'avait même pas eu conscience que son corps était capable de ressentir tant de choses. Certes, elle n'était pas une vierge qui venait de vivre son premier orgasme. Mais, étrangement, le fait qu'elle ait eu trois amants avant lui ne faisait que souligner l'extraordinaire vérité de ce qui venait de se produire.

Jusqu'à ce soir, elle aurait dit que le sexe était agréable, et les orgasmes assez plaisants. Mais ces piètres mots étaient loin de définir ce qu'elle venait de vivre. Avec chaque caresse, Connor avait mis son corps et son âme en feu. Elle avait ressenti jusqu'au tréfonds de son être la force de son assaut sensuel. A présent, tandis qu'il reposait sur elle, elle se sentait en quelque sorte… complète, comme elle ne l'avait jamais été.

A cet instant, elle eut une révélation. Elle aimait Connor King. Elle ignorait quand cela avait commencé, ou quand elle avait emprunté ce chemin dangereux vers l'amour, mais il n'y avait pas de doute. Vivre des ébats époustouflants et se croire amoureuse, c'était un tel cliché !

Elle ferma les yeux tandis que son esprit s'emballait. Il ne s'agissait pas seulement de sexe, argumenta son esprit. Il y avait tout le reste : la façon dont il s'occupait des triplés, sa loyauté envers sa famille, sa volonté de l'inclure, et même son obstination. En fait, les orgasmes extraordinaires étaient plutôt la cerise sur un incroyable gâteau. Pourtant, une autre part de son esprit exigeait de savoir comment pareille chose était possible. Elle ne le connaissait que depuis deux semaines. Comment pouvait-on aimer quelqu'un après si peu de temps ? C'était fou, ne serait-ce que d'y songer, pourtant, ce sentiment qu'elle éprouvait était indéniable.

Rouvrant les yeux, elle fixa le plafond, mesurant toute l'ironie du moment. Durant la majeure partie de sa vie, elle avait évité les situations qui pouvaient mener à l'amour, et voilà qu'elle se retrouvait à aimer précisément l'homme avec lequel elle était en conflit depuis le premier jour. Ce devait être une plaisanterie de l'univers à ses dépens.

Toutefois, même si elle s'inquiétait des conséquences, elle ne pouvait s'empêcher de savourer cet instant. Elle connaissait enfin l'amour. Elle ignorait si, au bout du compte, il lui apporterait de la joie ou de la peine. Caressant le dos de Connor, elle savoura l'instant, même si elle était terrifiée. Pour l'heure, elle était dans un château irlandais, au côté de l'homme qu'elle aimait, et elle n'allait pas gâcher une seconde de plus à s'inquiéter du lendemain.

Il y aurait bien assez de temps pour démêler ses pensées, pour tenter de croire qu'un homme puisse l'accepter telle qu'elle était, sans attendre qu'elle change pour lui plaire davantage. Et puis, il y avait le fait qu'ils n'étaient liés que par les triplés. S'il obtenait la garde de ces bébés, il n'aurait plus besoin d'elle, et elle disparaîtrait de sa vie. Elle le savait bien, et détestait cette pensée.

L'aimer était une terrible bêtise, mais elle ignorait comment rectifier cette erreur à présent, alors qu'il était trop tard pour revenir en arrière.

— Tout va bien ? s'enquit-il.

Avait-il deviné ce qu'elle pensait ? Ce qu'elle ressentait ? Non, impossible. Sinon, il aurait bondi hors du lit et mis de la distance entre eux. Alors, elle enfouit ses émotions au fond d'elle et répondit d'un ton léger :

— A *merveille.*

Il lui donna un petit baiser.

— Moi aussi.

Lorsqu'il posa la main sur son sein, elle haleta. Son corps venait à peine de se remettre de ce premier round incroyable, pourtant, il semblait déjà prêt à repartir.

Elle sentit Connor pulser en elle, et sut qu'il éprouvait la même chose.

— Connor…

Il secoua la tête, le désir renouvelé se lisant sur son visage.

— Je veux te faire encore l'amour. Et encore. Et encore.

— Nous devrions sans doute discuter de ce…

— Je n'ai pas vraiment envie de discuter pour l'instant.

Il se leva.

— Ne bouge pas, ordonna-t-il.

De toute façon, elle ne pensait pas être capable de bouger. Un instant plus tard, il prit un nouveau préservatif, l'enfila et la rejoignit sur le lit.

— Fini de discuter, murmura-t-il.

Il s'agenouilla, l'attira pour l'installer à califourchon sur lui. Elle rejeta les cheveux en arrière et plongea le regard dans le sien quand il la tint par les hanches. Ils auraient tout le temps de discuter plus tard.

Elle se mit à onduler au-dessus de lui, créant une délicieuse friction qui ralluma le feu qui couvait encore en eux.

— Chevauche-moi, Dina. Conduis-moi au bord du précipice, puis saute avec moi.

Elle obéit, le souffle coupé par le tourbillon de sensations qui déferlait en elle. Elle augmenta sa cadence, aidée par ses mains puissantes.

Elle l'accueillit plus profondément en elle, plus loin qu'elle l'aurait cru possible. Elle lâcha ses larges épaules pour prendre son visage entre ses mains et l'embrassa, entrouvrant ses lèvres avec sa langue, exigeant d'entrer. Exigeant qu'il lui donne tout de lui, et plus encore.

Il plongea les mains dans ses longs cheveux épais et maintint son visage en place tandis qu'il lui donnait exactement ce dont elle avait besoin. Cette fois, quand la déferlante de plaisir s'abattit sur eux, leurs bouches étaient mêlées, et chacun avalait les gémissements de l'autre.

Quand ce fut fini, ils se regardèrent, et elle aurait voulu pouvoir lire dans son esprit, dans son cœur. Ressentait-il quoi que ce soit pour elle, autre que du désir ? Eprouvait-il de l'attachement ou de l'affection ? Quelque chose qui pourrait se transformer en amour, avec le temps ?

Mais auraient-ils ce temps ? Son emménagement chez lui était temporaire, et elle le savait. De plus, elle ne pourrait pas continuer à vivre avec un homme qu'elle aimait en sachant qu'il ne l'aimait pas en retour.

Il appuya son front contre le sien et tenta de réguler sa respiration.

— Accorde-moi une demi-heure, dit-il en souriant, et nous pourrons recommencer.

Puisque son corps bourdonnait encore de plaisir, elle se réjouissait à cette perspective.

— Volontiers, dit-elle.

Elle voulait mettre de côté ses prises de conscience, jusqu'à ce qu'elle soit seule pour y réfléchir.

— Tu es vraiment mon genre de femme, déclara-t-il.

Il sourit et taquina ses mamelons de ses pouces, provoquant une décharge de plaisir en elle.

— Continue comme ça, et nous n'arriverons jamais au bout de cette demi-heure de délai, avertit-elle.

— Je suis prêt à prendre le risque.

Il déposa un baiser sur le point de pulsation de sa gorge. Elle rejeta la tête en arrière et sentit l'excitation monter délicieusement en elle.

— Ce n'est pas du jeu, objecta-t-elle.

Il sourit contre son cou et murmura :

— Je suis un King, chérie. Nous obtenons toujours ce que nous voulons.

Oui, il la voulait. Mais pour combien de temps ? songea-t-elle, le cœur serré.

De l'autre côté de la pièce, un cri résonna dans le babyphone qui fit voler en éclats la brume de la passion aussi sûrement qu'un interrupteur chassait l'obscurité.

Avec un soupir, Connor recula et écarta ses longs cheveux de son visage.

— L'appel du devoir, déclara-t-il.

Le devoir. Pourquoi avait-il choisi ce terme en particulier ? Les triplés étaient-ils simplement un devoir, malgré la façon dont il se comportait avec eux ? Et *elle,* était-elle aussi un devoir ? Ou juste une commodité ?

— D'accord, dit-elle, le libérant tandis que ses pensées s'assombrissaient et que les doutes se répandaient dans ses veines comme du goudron. Je devrais aller m'en occuper avant que celui qui pleure réveille les deux autres.

— Non, fit-il, agrippant sa main quand elle voulut prendre ses vêtements. Je m'en charge. Tu n'as plus à tout faire toute seule, Dina. Tu m'as.

Il enfila son jean, qu'il ne prit pas la peine de fermer. Il lui donna un rapide baiser, qu'il ponctua de ce petit sourire qui faisait toujours vibrer son cœur.

— Je reviens. Ne bouge pas.

Elle obéit. Elle resta assise au bord du lit défait, et songea à ses paroles. « Tu m'as. » Pour de vrai ?

Une semaine plus tard, ils étaient de retour à Dana Point, et l'Irlande n'était plus qu'un formidable souvenir.

Connor sourit en s'avançant vers la porte de sa maison. Il n'avait jamais autant apprécié un voyage professionnel. Bien sûr, il avait mis sur pied une nouvelle aventure pour sa société, mais ce n'était pas la seule raison. Il avait aimé passer du temps avec sa famille : les triplés, Maura, Jefferson et leur progéniture. Et il avait adoré découvrir l'alchimie sexuelle entre Dina et lui.

Cela avait été une surprise, mais il aurait sans doute dû s'y attendre. Dina ne ressemblait à aucune femme qu'il avait connue, alors pourquoi le sexe avec elle aurait-il été ordinaire ? Aussitôt, son corps se tendit, et il n'en fut même pas étonné. Le seul fait de penser à Dina suffisait à réveiller son désir, qui couvait toujours en lui.

Il ouvrit la porte et fut accueilli par une vague d'effluves délicieux provenant de la cuisine. Puisque son employée de maison, Louise, n'avait jamais cuisiné mexicain, il sut aussitôt qui était aux fourneaux. En souriant, il suivit les odeurs alléchantes et ouvrit la porte de la cuisine. Là, il s'arrêta net, et apprécia le spectacle.

Dina avait noué ses longs cheveux noirs en une queue-de-cheval haute. Elle était pieds nus, et portait un T-shirt rouge et un short en jean délavé. De la musique s'échappait des haut-parleurs au-dessus de sa tête, et elle dansait en rythme sur le carrelage gris et noir. Observant le balancement de ses hanches, il eut soudain la bouche sèche.

Ils étaient rentrés d'Irlande depuis deux jours, et elle n'était pas revenue dans son lit depuis leur départ du château. Elle lui manquait terriblement. Il n'avait pas le souvenir qu'une femme ait eu un tel effet sur lui qu'il se languisse d'être avec elle. Jusqu'à Dina, les femmes n'avaient été que des distractions fugaces.

Avec elle, c'était différent. Il avait envie d'elle. Ici. Maintenant. Serrant les mâchoires, il reprit le contrôle de ses sens et fit un pas dans la pièce.

— Ça sent drôlement bon, ici.

Dina poussa un cri et porta la main à son cou.

— Tu m'as fait peur !

— Désolé, dit-il en haussant les épaules. Tu ne m'as pas entendu entrer.

Son regard parcourut les murs gris familiers, les plans de travail en marbre rouge, et les placards blancs. La pièce était grande, et il ne l'avait vue que quelquefois depuis qu'il avait emménagé, quatre ans plus tôt. C'était le territoire de Louise, et il n'y faisait pas intrusion.

— Où sont les enfants ?

— Louise les surveille à l'étage, l'informa-t-elle. Je devais préparer les apéritifs pour un cocktail, et elle m'a proposé de les garder pour que je puisse avancer plus vite.

— Alors, nous ne pourrons rien manger de tout cela ?

Il jeta un coup d'œil aux plateaux posés au bout du comptoir et sur la grande table ronde près de la fenêtre en saillie. Les rayons dorés du soleil traversaient la pièce et se reflétaient sur le réfrigérateur en inox.

— Nous pouvons manger ceci, dit-elle.

Elle se retourna vers la cuisinière et souleva le couvercle d'une grande marmite. Un nuage de vapeur s'en échappa.

Il en huma les arômes et soupira de plaisir.

— Ça a l'air succulent. Qu'est-ce que c'est ?

— Une soupe au poulet et aux *tortillas*, expliqua-t-elle avant de reposer le couvercle.

Leurs regards se croisèrent et, l'espace d'une seconde, il y lut le même désir que celui qu'il éprouvait. Comme si elle avait deviné ses pensées, elle s'éclaircit la voix, recula et s'affaira avec ses plateaux.

Il la rejoignit et se plaça à côté d'elle, assez près pour que leurs bras se touchent. Il l'entendit haleter et sourit.

— Alors, qu'est-ce que tu as d'autre ?

Tout en posant les couvercles de plastique transparent sur les plateaux, elle annonça :

— Mini *chimichangas* au poulet, *quesadillas* aux poivrons rouges et aux épinards, *taquitos* au bœuf, *jalapeños* fourrés au fromage, et mini *burritos* au porc braisé.

Il vola un *burrito* et mordit dedans avant qu'elle ait le temps de se retourner.

— Hé ! protesta-t-elle. C'est pour mon client.

Connor gémit quand les saveurs explosèrent dans sa bouche. Visuellement, cela semblait déjà délicieux, mais cet aperçu gustatif lui prouva que Dina était une véritable artiste. Il comprenait maintenant pourquoi elle voulait ouvrir un restaurant.

En mâchant lentement, il secoua la tête et regarda le reste du *burrito* dans sa main.

— Ça, dit-il avec respect, c'est incroyable.

Elle sourit, flattée par le compliment.

— Merci.

Elle poussa un soupir.

— Je cuisine depuis ce matin, et maintenant que tout est fini, je dois me doucher et me changer pour livrer les plats à mon client.

Connor finit son *burrito* et tenta de ne pas lorgner les autres délices.

— Où a lieu ce cocktail ?

— A Long Beach, dit-elle en empilant les plateaux. Alors, je dois me dépêcher. Maintenant que tu es là, tu peux relayer Louise. Je suis sûre qu'elle sera ravie de faire une pause.

— Long Beach est à une heure d'ici.

Il n'aimait guère l'idée qu'elle conduise seule pour revenir après la fête. Il serait sans doute plus de minuit, et, si elle prenait l'autoroute de la côte Pacifique, il y aurait plusieurs zones sombres à traverser.

Il était *inquiet* pour elle.

— Tu as quelqu'un pour t'assister ?

— Non. C'est une petite fête. Je peux me débrouiller seule.

— Je devrais peut-être t'accompagner, lança-t-il, presque aussi surpris par cette offre qu'elle semblait l'être.

— Pourquoi ?

— Eh bien, je pourrais porter ces plateaux, pour commencer. T'aider à t'installer, conduire à l'aller et au…

— Mais que t'arrive-t-il ? s'étonna-t-elle.

Bonne question. Lui-même ignorait pourquoi elle l'attirait tant. Pourquoi le fait d'être avec elle lui donnait le sentiment d'être plus vivant. Plus… fichtre. *Plus,* tout simplement. Après cette semaine en Irlande, il avait découvert qu'il voulait être avec elle en permanence. Il voulait l'entendre rire. La regarder jouer avec les enfants. Voir ses grands yeux briller de plaisir. Se retourner dans son lit et la prendre ses bras.

Mais il n'allait pas lui dire tout cela, alors il choisit la raison la plus immédiate.

— Je n'aime pas l'idée que tu prennes la route si tard, toute seule.

Elle esquissa un lent sourire, puis se hissa sur la pointe des pieds pour déposer un doux baiser sur ses lèvres.

— C'est très gentil.

Il se rembrunit. Il n'était pas gentil. N'importe qui pourrait le lui dire.

— Dina…, commença-t-il, prenant sa main dans la sienne quand elle passa devant lui.

Il avait le ventre noué, mais il n'était pas disposé à examiner de trop près ses sensations, ses émotions et ses pensées. Mais il y avait une chose qu'il devait dire avant qu'elle quitte la pièce. Une chose qu'il voulait mettre au clair.

Elle regarda leurs mains jointes, puis leva les yeux vers lui.

— Je ne peux pas discuter maintenant, Connor. J'ai un travail à assurer.

Il ne la lâcha pas pour autant.

— Certes, mais tu n'es pas à une minute près.

— D'accord. De quoi s'agit-il ?

— Depuis notre retour d'Irlande, tu dors dans ta chambre.

— Oui, dit-elle, inspirant brusquement. Je pensais que ce serait mieux si nous revenions à la réalité.

— La réalité n'est pas drôle, dit-il, l'attirant vers lui.

Il plongea le regard dans le sien, pour qu'elle puisse voir son désir et sa faim dans ses yeux. De sa main libre, il prit son sein en coupe, et sourit quand elle ferma les yeux en soupirant. Taquinant son téton avec son pouce, il le sentit se durcir sous l'étoffe de son soutien-gorge et de sa chemise.

— J'ai envie de toi, Dina. Tout de suite, mais je peux attendre jusqu'à ce soir.

— Connor…

Quoi qu'elle ait voulu dire, elle sembla changer d'avis après quelques secondes. Sans le quitter des yeux, le corps collé au sien, elle passa la langue sur sa lèvre inférieure, ce qui provoqua une onde électrique en lui.

— D'accord, céda-t-elle enfin, posant la main sur celle qui couvrait son sein. Ce soir.

— Et toutes les nuits suivantes.

Il savait bien qu'il allait trop loin, mais il s'en moquait. La toucher de nouveau était à la fois une torture et un délice.

— Et toutes les nuits suivantes, dit-elle avec douceur.

Elle secoua la tête, comme si elle savait qu'elle commettait une erreur mais qu'elle était déterminée à la faire quand même.

— C'est insensé, tu en es conscient ?

— Ce qui est insensé, c'est de pouvoir passer nos nuits ensemble et de nous en priver.

Elle eut un petit rire.

— Tout de même, ce n'est pas une bonne idée.

— C'est la meilleure idée depuis l'invention de la pizza, rétorqua-t-il.

— J'imagine que nous verrons.

A contrecœur, elle recula.

— Mais pour l'instant, je dois filer. Je devrais être de retour vers 1 heure du matin, peut-être plus…

— Je t'attendrai.

Déjà, son corps se tendait d'un désir douloureux.

— D'accord. Super, dit-elle.

Elle s'éloigna, et Connor laissa courir son regard sur ses longues jambes fuselées, dévoilées par ce short très court.

Elle se dirigea vers la porte mais se retourna pour lui lancer un avertissement.

— On ne touche plus aux gourmandises !

— Tu es la seule gourmandise qui m'intéresse.

— Je vois !

Elle déglutit, puis quitta la pièce à la hâte, comme si elle craignait de rester une minute de plus.

- 9 -

Quand elle retourna dans la maison sur la falaise, Dina était exténuée et ravie. Elle avait obtenu deux autres commandes rien qu'avec ses amuse-bouches. C'était fou ce qu'elle pouvait accomplir avec un peu d'aide. Comme Louise avait surveillé les triplés toute la journée, Dina avait pu avancer deux fois plus vite que lorsqu'elle devait aussi s'occuper des bébés.

Elle entra, et écouta le silence dans la vaste maison. Puis elle monta l'escalier dans le noir ; les seules lumières allumées étaient les veilleuses branchées sur les prises, qui brillaient comme des étoiles déchues dans l'ombre. Elle regarda la porte de Connor, puis la sienne, et hésita.

A cet instant, la porte de Connor s'ouvrit, et un rai de lumière se répandit dans le couloir. Il appuya la main sur le chambranle et la regarda, tête penchée.

— Tu n'allais pas te défiler, dis-moi ?

— J'y songeai, avoua-t-elle.

Elle jeta un coup d'œil vers la chambre des enfants, dont la porte était légèrement entrouverte.

— J'ai pris le babyphone dans ma chambre, alors, dit-il avec un sourire malicieux, si tu veux pouvoir les entendre ce soir, tu devras dormir avec moi.

Elle n'avait songé qu'à ce moment durant tout le trajet de retour. La circulation étant fluide, elle avait laissé son esprit dériver. Bien sûr, il avait dérivé directement vers Connor, et vers la situation dans laquelle elle se trouvait.

Leur voyage en Irlande avait tout changé entre eux. Elle avait couché avec lui, s'était rendu compte qu'elle était amoureuse de lui, et pourtant, elle n'avait toujours pas de réponses concernant la garde des triplés. Elle savait que Connor voulait ces enfants, autant qu'elle. Aucun d'eux ne céderait d'un iota, alors ces nuits de plaisir n'avaient fait que rendre plus confuse une situation déjà complexe.

Néanmoins, elle ne pouvait pas regretter ce qui s'était passé. Les deux derniers jours, elle avait eu du mal à dormir seule dans sa chambre. Elle avait voulu le rejoindre mais s'était abstenue, ne sachant pas s'il comptait faire durer leur liaison.

A présent, elle savait qu'il voulait la même chose qu'elle et cela… ne changeait rien. Il y avait encore trop de questions. Trop de pièges potentiels.

— Alors ? insista-t-il.

La lumière de la chambre dessinait les contours de sa silhouette.

— Je vois bien que tu cogites, dit-il. J'entends presque tes pensées s'entrechoquer dans ton esprit.

Heureusement, il ne pouvait pas savoir *à quoi* elle pensait.

— Il y a beaucoup de choses à prendre en compte, fit-elle valoir.

— Pas vraiment.

Il la rejoignit à grandes enjambées. Ses pieds nus ne firent aucun bruit sur le tapis du couloir. Quand il fut près d'elle, il posa les mains sur ses épaules et sa chaleur se diffusa en elle, chassant tous ses doutes. Ses questions. Du moins, pour le moment.

— Nous avons déjà franchi la ligne, Dina, dit-il avec douceur. Ce serait insensé d'essayer de revenir en arrière, et de faire comme s'il ne s'était rien passé.

— N'est-ce pas le fait de franchir cette ligne qui était fou ?

Il esquissa un sourire.

— Trop tard pour se poser cette question. Viens avec moi, Dina. Dors avec moi.

Elle n'avait jamais vraiment eu le choix, s'avisa-t-elle en silence. Le fait que tout puisse lui exploser au visage ne semblait pas compter. Pour l'heure, elle aurait ce qu'elle voulait, ce dont elle avait besoin. Elle pourrait avoir Connor. Quelle que soit la façon dont cela se terminerait entre eux, ce qu'elle pourrait avoir *maintenant* était trop tentant pour qu'elle puisse résister.

— D'accord, conclut-elle, et elle le suivit dans sa chambre.

Quelques heures plus tard, Dina était allongée, blottie contre Connor, et écoutait les battements de son cœur sous son oreille. Elle était encore secouée de spasmes, après l'orgasme qui l'avait balayée quelques instants plus tôt.

La nuit était calme, hormis les doux bruits étouffés s'échappant du babyphone sur la commode de Connor. Le clair de lune filtrait par les fenêtres et une douce brise transportait les effluves de l'océan.

Son regard balaya ce qu'elle pouvait distinguer de la chambre. Le lit immense, la fenêtre en saillie et sa banquette rembourrée, qui invitaient à se détendre et à apprécier la vue sur l'océan et la plage. Il y avait une table, des chaises, une cheminée de marbre noir, et une porte dont elle supposait qu'elle menait à une salle de bains privée. La suite était luxueuse et confortable à la fois.

Et pourtant, elle n'arrivait pas à se détendre. Son corps était satisfait, mais son esprit ne connaissait pas le repos.

— Tu cogites encore, supposa Connor.

— Je l'avoue, murmura-t-elle avec un petit rire.

— Eh bien, j'ai réfléchi moi aussi.

Elle leva les yeux vers lui, soudain méfiante.

— A quoi ?

— A ça. A nous. A ce que nous sommes et à ce que nous voulons.

— Cela en fait, des pensées.

Elle ne savait pas si elle devait se sentir soulagée ou inquiète qu'il passe du temps à songer aux mêmes choses qu'elle.

— Notre relation a changé, commença-t-il.

— C'est juste.

C'était un immense euphémisme, comme dire que l'océan était grand et humide, mais soit. Elle attendit la suite, se demandant où il voulait en venir.

Il prit appui sur un coude pour l'examiner. Il posa un bras sur son ventre, comme s'il voulait la garder près de lui, alors qu'elle n'avait aucune intention de s'en aller.

— Le problème de la garde n'est toujours pas réglé, continua-t-il.

— Oui…

Elle sentit son corps se mettre en alerte, se préparant à tout.

— Nous devrions nous marier.

— Quoi ?

D'accord, elle n'était pas préparée à *tout*. Pendant un bref instant, elle se demanda s'il était amoureux d'elle. Etait-ce une sorte de conclusion magique à un conte de fées qu'elle n'avait pas eu conscience de vivre ? Pendant cet instant, son cœur se gonfla d'espoir, ses inquiétudes s'envolèrent et, en quelques secondes, des fantasmes naquirent dans sa tête.

— C'est la seule solution logique.

Logique.

Elle entendit ses fantasmes éclater comme des bulles de savon.

— Dans quel univers ?

Pourquoi fallait-il qu'ils aient cette conversation *nus ?*

Elle s'assit, tirant sur la couette bleu nuit pour se couvrir. En quelques secondes, elle était passée de la félicité et du rêve à la confusion totale.

Il sourit, et elle sentit son cœur tressauter. Tout serait tellement plus facile, si elle ne l'aimait pas !

— Nous voulons tous les deux les enfants, dit-il. Nous nous désirons. Ça pourrait marcher.

Elle n'arrivait pas à croire qu'il fasse cette suggestion. Un mariage ? Il avait perdu l'esprit.

— Avant que tu ne dises non, reprit-il comme s'il pouvait lire dans ses pensées, réfléchis. Nous retirerons tous les deux quelque chose de ce mariage.

— C'est insensé.

Il secoua la tête.

— Pas insensé. Brillant.

Elle ravala un rire. A dire vrai, elle ne savait toujours pas quoi répondre. Un simple « non » ne semblait pas raisonnable. Connor était encore en position de force concernant la garde des triplés. Elle savait qu'il n'y avait pas un seul juge en Californie qui choisirait une femme endettée plutôt qu'un père fortuné prêt à tout pour ses enfants. D'un autre côté, comment pouvait-elle dire oui ?

— Ainsi, j'aurai un accès total à mes enfants.

— Et j'aurais… ?

— Tu auras les enfants aussi, et l'aide dont tu as besoin, quand tu en auras besoin. Regarde tout ce que tu as pu accomplir hier. Comme Louise gardait les bébés, tu as pu travailler sans interruption.

— C'est vrai, reconnut-elle, mais ce n'est pas vraiment une raison pour *se marier.*

— Ce n'est pas tout. Ma maison a bien plus d'espace que nécessaire pour nous tous. Les triplés et toi serez à l'étroit dans ton minuscule logement dans six mois.

— Oui, mais…

— Toi et moi, nous ne serions pas obligés de nous faire la guerre pour leur garde.

— Certes, mais…

— Et, ajouta-t-il avec un sourire malicieux qui illumina ses yeux, tu dois l'admettre, le sexe est génial.

— Bien sûr, mais…

— Et puis, il y a ton rêve d'ouvrir un restaurant. Je peux t'aider. Je te soutiendrai.

Elle sentit une boule de froid se loger au creux de sa poitrine.

— Pourquoi ferais-tu ça ?

Il haussa les épaules.

— Eh bien, ta soupe était exquise. Et j'ai goûté ce *burrito*. Il en reste encore, au fait ?

— Non, lâcha-t-elle.

— Dommage.

Elle ignorait où il voulait en venir, mais elle avait un mauvais pressentiment.

Il changea de position pour s'asseoir face à elle. Contrairement à elle, qui continuait de tenir le duvet pour cacher sa nudité à un homme qui connaissait déjà chaque partie de son corps, il n'avait aucun problème à avoir cette conversation en tenue d'Adam.

Elle s'intima de ne pas laisser son regard dériver plus bas que son cou. Elle devait rester concentrée, mais son corps musclé et hâlé ne lui facilitait pas la tâche.

— En tout cas, pour répondre à ta question, je suis prêt à te soutenir financièrement si tu ouvres un restaurant, parce que tu es un chef talentueux.

— Je vois, articula-t-elle tandis que sa respiration s'accélérait.

— Ainsi, tu n'auras pas à t'inquiéter que ton affaire périclite. Tu peux simplement changer d'activité.

— Vraiment ?

Soudain, cette tension sexuelle entre eux ne fut plus un problème. Seigneur, ce qu'elle pouvait être idiote ! Elle s'était attardée sur ses émotions, tandis que lui pensait stratégie.

— Je peux m'arrêter. Et te laisser m'acheter un restaurant, reformula-t-elle.

— C'est ça.

Il semblait si content de lui qu'elle eut envie de le secouer.

Au lieu de cela, elle réprima sa colère et son indignation croissantes, et marmonna :

— Alors, plutôt que de te laisser me payer pour les bébés, je te laisse me payer pour t'épouser.

Quelques secondes passèrent.

— Comment ?

— Incroyable, dit-elle.

Elle se leva et tira fort sur la couette, obligeant Connor à se lever, puis l'enroula autour d'elle comme une toge.

— Je t'ai dit que je refusais de vendre *ma famille*. Qu'est-ce qui te fait penser que je me vendrais, *moi ?*

— Hé là ! fit-il, levant les deux mains en geste d'apaisement. Qui a parlé de te vendre ?

— Toi. A l'instant. « Le sexe est génial. Epouse-moi et je t'achèterai un restaurant. »

D'un geste impatient, elle écarta ses cheveux emmêlés de devant son visage.

— Ça me semble tout à fait clair. Tout ce que j'ai à faire, c'est coucher avec toi, ainsi je pourrai garder les enfants que j'adore et, en plus, voir mes rêves se réaliser.

— C'est insultant.

— Je suis bien de ton avis.

— Pour nous *deux*, clarifia-t-il.

Secouant la tête, il sauta du lit et vint se placer devant elle.

— Ça me sidère. Pourquoi faut-il que les gens sans argent soient toujours sur la défensive ?

Elle en eut le souffle coupé.

— Tu veux rire ? Tu crois que le problème en l'occurrence vient de *moi ?* Pourquoi faut-il que les gens avec *trop* d'argent soient si arrogants ?

— Je ne suis pas arrogant, j'essaie de t'aider, se défendit-il.

— Ce n'est pas l'impression qu'on a quand on est de *ce* côté du chéquier.

— Tu m'as mal compris.

— Ce doit être parce que je suis sur la défensive, ironisa-t-elle.

Elle souleva la couette pour pouvoir marcher, car elle ne pouvait rester immobile une minute de plus. Elle avait le ventre noué par la colère, et elle avait vraiment l'impression de voir rouge.

— Ce n'est pas exactement la réaction que j'attendais après une demande en mariage, regretta-t-il.

— Ce n'est pas exactement le genre de demande en mariage dont toutes les filles rêvent.

— Attends une minute. Je ne parle pas d'amour. Je parle d'un accord financier, via un mariage.

Elle lui décocha un regard noir.

— Oh ! tu as été parfaitement clair sur ce point.

— Mais enfin, pourquoi réagis-tu ainsi ?

— C'est fou que tu ne puisses pas le comprendre !

Il soupira et planta les mains sur ses hanches nues.

— Je n'essaie pas de t'acheter, Dina.

— Vraiment ? Alors, pourquoi ne cesses-tu de me jeter ton argent à la figure ?

— Que suis-je censé faire, rétorqua-t-il en levant les mains en l'air, faire comme si je n'en avais pas ?

— Tu n'arriverais jamais à être convaincant de toute façon, grommela-t-elle.

Elle regarda la nuit par la fenêtre. Des étoiles parsemaient le ciel, et l'océan éclairé par la lune écumait et s'agitait, comme les émotions en elle.

— Tu sais, ce snobisme à l'envers commence à me fatiguer, lança-t-il.

— Je te demande pardon ?

Elle se tourna vers lui, les yeux plissés.

Il se fendit d'un rire dépourvu d'humour.

— Tu as très bien compris. Tu te sens menacée par mon compte en banque.

C'était vrai. L'argent conférait du pouvoir, et personne ne le savait mieux que ceux qui n'en avaient aucun.

— Eh bien, qui ne le serait pas ?

— Je te propose de t'épouser, d'élever les enfants avec toi, et de t'aider à réaliser ton rêve d'ouvrir un restaurant. Pourquoi cela fait-il de moi le méchant dans l'histoire ?

— Tu n'es pas méchant… juste autoritaire, et dominateur.

Elle repoussa son épaisse chevelure en arrière.

— Je n'ai pas besoin que tu me dises quand mettre un terme à mon activité, ou que tu m'achètes un restaurant. Je peux réaliser mes rêves toute seule.

— Et je peux t'aider. Pourquoi est-ce un problème ?

— Parce que tu veux quelque chose en échange, parce que tu penses que c'est la meilleure solution, et que je devrais simplement obéir.

— Mais d'où sors-tu pareille idée ?

Elle savait d'où elle la sortait. Des années à regarder sa mère changer sa vie, sa coiffure, sa personnalité, son rire, tout cela pour plaire à ses compagnons successifs. Elle l'avait fait si longtemps que la femme qu'elle était en réalité était devenue floue comme une photo laissée au soleil. A la fin, c'était comme si elle avait complètement disparu, se dissolvant dans l'un des personnages qu'elle avait prétendu être.

Dina refusait d'emprunter le même chemin. Elle ne laisserait pas son attirance pour Connor altérer son identité.

— Tu n'es pas obligée d'ouvrir ce fichu restaurant. Tu peux continuer ton activité de traiteur…

— Merci beaucoup.

Elle croisa les bras sous ses seins et tapa du pied sur le tapis.

— Tu es sûr qu'une femme *traiteur* est assez bien pour épouser l'un des King de Californie ?

— Assez bien ?

— Un King ne peut pas épouser une pauvre cuisinière, n'est-ce pas ?

— Tu divagues. J'ai un cousin marié à la reine des cookies, un autre dont la femme possède une ferme de sapins de Noël et je pourrais continuer, mais ce n'est pas le sujet. Il ne s'agit pas de moi. Il s'agit de toi. Que peut-il bien se passer dans ta tête ?

Il marqua un temps puis ajouta :

— Tu pourrais faire des *tacos* et les vendre sur un stand devant la maison, ça me serait bien égal.

— Oh ! merci, une fois de plus.

Elle ne le croyait pas sur parole. Il était en train de la manipuler, pour l'amener à faire ce qu'il attendait d'elle. Elle se sentait blessée, pourtant, en dépit de cette horrible dispute, elle l'aimait. Et elle l'aimerait sans doute toujours. C'était déprimant.

— Alors, j'ai tort si je veux t'aider, et j'ai tort si je ne t'aide pas ? conclut-il.

Elle serra la couette de soie contre elle, et prit une grande inspiration avant de répondre.

— Tu veux trop de choses.

— Je veux ma famille, et je suis prêt à t'y inclure. Quel est le problème ?

Elle ne pouvait pas le lui avouer. Elle ne pouvait pas lui dire qu'elle l'aimait, parce qu'il n'avait pas envie de l'entendre. Elle ne pouvait pas répondre que le marché qu'il proposait lui brisait le cœur, même si elle était tentée de l'accepter. Parce qu'il voulait trop d'elle, et ne donnait pas assez en retour.

— Connor, tu ne peux pas épouser quelqu'un juste pour résoudre une question de garde d'enfants.

— Pourquoi pas, enfin ?

Il désigna le lit défait.

— Dis-moi que notre liaison n'est pas la meilleure aventure de ta vie.

Ce serait mentir. Regardant le lit d'un air sombre, elle tenta de ne pas penser à leurs ébats époustouflants, à peine quelques instants plus tôt.

— Le sexe n'est pas une raison pour se marier.

— Bien sûr que si. Et une sacrée bonne raison.

Il expira, croisant les bras sur son torse.

Elle évitait toujours de s'attarder sur son corps.

— Dina, tu réagis de manière émotionnelle.

— Eh bien, oui.

— Si tu regardais ma proposition sous un angle rationnel, tu verrais que c'est parfaitement logique. Nous nous entendons bien. Cette maison est parfaite pour les enfants, et le sera encore plus quand mon cousin Rafe aura construit la suite des triplés…

Elle roula des yeux. Voilà qu'il agitait de nouveau son chéquier sous son nez.

— … l'alchimie sexuelle entre nous est incroyable. Je t'apprécie, et tu m'apprécies.

Pas à cet instant, en tout cas. Derrière les fenêtres, elle vit les vagues s'écraser contre la falaise. On aurait dit que l'univers soupirait. Connor continua son argumentaire, et sa voix, grave et persuasive, se mêla aux soupirs de l'océan.

— Nous n'aurons jamais à nous battre pour les enfants, dit-il d'un ton presque séducteur. Nous pouvons les partager. Tout partager.

Elle leva les yeux vers lui et se noya dans les profondeurs bleu acier de ses iris. Elle l'aimait. Elle ne pouvait le lui avouer, parce qu'il ne voulait pas l'entendre, et que de toute façon, elle ne voulait pas lui donner autant de pouvoir sur elle. Mais un amour à sens unique était-il suffisant pour faire fonctionner un tant soit peu un mariage ? Même un mariage de convenance ?

— Penses-y, insista-t-il, caressant sa joue.

Puis il l'attira à lui, et, contre son torse, elle entendit son cœur battre, comme tout à l'heure. Son rythme était calme, régulier.

— Penses-y, tu veux bien ?

C'était là le problème. Elle était presque sûre qu'elle ne pourrait penser à rien d'autre.

— Dis oui.

Le lendemain matin, dans un café du quartier, Angelica Cortez sourit à sa petite-fille de l'autre côté de la table.

— Pourquoi refuser sa demande en mariage ?

— Parce qu'il ne m'aime pas, répondit Dina, remuant la crème dans son café et regardant le nuage blanc se dissoudre dans le liquide noir.

— Mais tu l'aimes.

Relevant la tête en sursaut, elle fixa sa grand-mère.

— Je n'ai jamais dit ça.

— Je ne suis pas aveugle, *nieta,* dit la vieille dame avec douceur.

Le café était plein, essentiellement de gens qui allaient à la plage ou en revenaient. En cette fin de juin, le temps était encore frais, mais pas au point de décourager les surfeurs. Une fine couche de sable recouvrait le sol, et chaque fois qu'un client ouvrait la porte, un vent froid s'engouffrait, rappelant à tous que ce n'était pas encore le plein l'été.

Dina était sortie de la maison tôt, en remerciant Dieu que Louise soit tout à fait disposée à passer du temps avec les triplés. Dina avait besoin de parler avec sa grand-mère, l'être humain le plus sage sur terre. Or, elle n'aurait guère pu discuter si elle avait dû courir après les enfants.

Connor devait retrouver son cousin Rafe chez lui pour le début des travaux. Les événements semblaient s'enchaîner, que Dina soit prête à l'accepter ou non. Une fois la suite des triplés achevée, Connor demanderait la garde exclusive des bébés, elle en était certaine. La seule façon d'éviter cela était de l'épouser. Mais comment pouvait-elle s'y résoudre, sachant que le mariage ne serait jamais ce qu'elle voudrait qu'il soit ?

— D'accord, reconnut-elle. Je l'aime. Mais n'est-ce pas une raison de plus de *ne pas* l'épouser ?

Sa grand-mère rit.

— Au contraire, l'amour est la meilleure raison pour se marier. Toi et lui, vous adorez les triplés. Et, de toute façon, vous vivez ensemble…

Etonnamment, le fait que sa grand-mère sache qu'elle couchait avec quelqu'un avait encore le pouvoir de la faire rougir.

— Alors pourquoi refuses-tu de l'épouser ?

— Parce que ce serait un contrat, expliqua Dina en prenant une gorgée de café. Une sorte d'accord commercial.

— Un mariage arrangé, conclut Angelica avec un signe de tête. Ton grand-père et moi avions un mariage de convenance nous aussi. Cela a bien marché pour nous, pendant quarante-sept ans.

Dina soupira.

— *Abuela,* c'est différent.

— En quoi ? Tu l'aimes déjà, *nieta.* Ce n'est pas une mauvaise chose.

— Ça pourrait l'être.

— Et ce pourrait être merveilleux. Tu ne le sauras que si tu essaies.

— Et si nous essayons et que nous échouons, les bébés souffriront.

— Alors, n'échoue pas.

Elle prit les mains de Dina dans les siennes.

— Beaucoup de mariages arrangés deviennent des unions d'amour. Pourquoi pas le tien ?

Parce que Connor ne voulait pas d'épouse. Il voulait une amante. Une partenaire pour l'aider à élever les enfants. Et parce que, même si elle l'aimait, une part d'elle s'attendait que Connor la pousse à devenir une autre que celle qu'elle était.

— Tu n'es pas ta mère, dit Angelica doucement, mais sa voix surmonta tout de même le cliquetis des tasses et le bourdonnement des conversations autour d'elles. Fais confiance à cet homme. Ou, mieux encore, fais-toi confiance.

Deux semaines plus tard, Dina portait le nom des King.

La cérémonie avait eu lieu en présence de la famille et de quelques amis.

Le jardin de Connor était décoré de rubans blancs et de fleurs d'été, et des tables et des chaises étaient disposées sur la vaste pelouse parfaitement entretenue. Le soleil était éclatant, la musique s'échappait des haut-parleurs, et leurs invités se restauraient au buffet que Dina avait préparé elle-même.

— Ta nouvelle épouse est un vrai cordon-bleu, commenta Colt.

Connor jeta un regard à son frère, puis reporta son attention sur Dina, qui portait une longue robe bustier crème, et dansait avec Sage. Les deux autres triplés passaient de bras en bras pendant que les enfants de ses cousins couraient dans la foule en riant.

— Oh ! oui, approuva Connor sans la quitter des yeux.

Sa robe épousait à la perfection ses courbes plantureuses, qu'il était impatient d'explorer de nouveau. Ses longs cheveux de jais flottaient autour de ses épaules tandis qu'elle dansait, le petit garçon dans les bras. Quand elle rejeta la tête en arrière en riant, il eut envie de lécher l'élégante courbe de son cou.

Tout son corps se tendit, et il dut détourner les yeux avant qu'il lui devienne impossible de masquer sa réaction.

— Je n'ai pas pu la convaincre d'engager un traiteur, dit-il à son jumeau. Elle a insisté pour tout faire elle-même.

— Je ne m'en plains pas.

Colt prit un autre mini *burrito* et le fourra dans sa bouche.

— Elle est aussi très belle, ajouta-t-il en souriant.

— Oui, c'est vrai.

— Cela dit, je n'aurais jamais cru te voir te marier un jour.

— C'est un contrat, Colt. Je te l'ai expliqué.

Il regarda Dina, c'était plus fort que lui.

— C'est vrai. Un contrat. C'est sans doute pour ça que tu baves devant elle, railla-t-il en lui donnant un coup de coude.

— Je ne…

Il s'interrompit, prit une gorgée de bière puis reprit :

— Je n'ai jamais voulu me marier, parce que je n'aurais jamais pu faire suffisamment confiance à une femme. Mais s'il s'agit d'un accord professionnel, je ne risque rien.

Haussant les épaules, il regarda Dina confier Sage à Louise pour danser avec Sam. Une vague de tendresse l'envahit, mais il l'ignora.

— Si Dina n'assure pas son rôle, je divorcerai, et je garderai les enfants. Si tout se passe bien, nous aurons des nuits fantastiques sans émotions compliquées. Je gagne à tous les coups.

L'idée de divorcer de sa toute nouvelle épouse lui glaça le cœur, mais il occulta la sensation. Il ignorait ce qui avait finalement convaincu Dina de l'épouser, mais son intuition lui disait qu'il devrait remercier Angelica Cortez. Et maintenant que Dina et lui étaient mariés, il ferait tout pour que cela fonctionne. Il observa Dina, et le froid dans son cœur fut chassé par une chaleur qui semblait l'accompagner constamment désormais. Ce n'était pas seulement du désir, c'était davantage. Cela allait plus loin que de l'affection, mais essayer de mettre un nom sur ce qu'il ressentait le rendait mal à l'aise, alors il renonça.

Colt l'observa un long moment, puis secoua la tête et mordit dans une chips chargée de sept couches de sauce.

— Tu es un idiot. Le mariage, c'est plus que le sexe, Connor. C'est communiquer, rire, et *se faire confiance.* Tu parles déjà de divorce.

— Non, répliqua-t-il malgré la pointe de culpabilité qui le saisit. Je dis juste que je ne peux pas perdre.

— Bien sûr que si.

Colt finit sa chips et haussa les épaules.

— Mais tu le comprendras tout seul. J'ai foi en toi. Pour l'instant, je vais danser avec ma femme. Tu devrais songer à en faire autant.

- 10 -

La vie de Dina changea presque instantanément.

Etre mariée à un King ouvrait des portes dont elle n'avait même pas soupçonné l'existence. Soudain, son affaire de traiteur était plus active que jamais. Elle devrait être contrariée que ce soit le nom des King et non ses propres compétences culinaires qui lui valent ce succès. Mais elle était trop heureuse pour s'en formaliser.

Préparer le buffet de son propre mariage n'avait pas été facile, mais comment se dire traiteur et engager ensuite quelqu'un d'autre pour son grand jour ? Par conséquent, elle avait travaillé deux jours durant et, avec l'aide de Louise, avait réussi à être dans les temps. Non seulement tous les convives avaient adoré sa cuisine, mais deux invités avaient appelé quelques jours plus tard pour l'engager pour leurs propres fêtes.

Toutefois, même si son affaire semblait déjà en meilleure forme après un mois de mariage, elle était encore nerveuse, et se demandait si oui ou non elle avait bien fait. Son amour pour Connor faisait partie d'elle à présent. Ce sentiment s'était frayé un chemin jusque dans les moindres cellules de son corps, et il était inutile de l'occulter ou de l'ignorer. Mais être amoureuse ne la rendait pas aveugle pour autant.

Connor n'était pas intéressé par l'amour, il avait été très clair sur ce point. Et, depuis le mariage, elle l'avait parfois surpris à l'observer d'un air si pensif qu'elle s'était demandé ce qu'il pouvait bien se dire. Mais il restait le même homme qu'avant. Irritant. Charmant. Séducteur. Et quand il l'emmenait chaque soir dans la chambre qu'ils partageaient désormais, il parvenait à chasser les doutes qui la tenaillaient le jour.

Assise sur une couverture, sous un arbre, elle regardait les triplés courir joyeusement dans le jardin. Les trois bébés étaient heureux, en bonne santé, et ils adoraient Connor et leur nouveau foyer. Tous les cinq formaient une famille, et si elle adorait cela, elle songeait à ce qui se passerait si tout s'écroulait. Cependant, c'était dans des moments comme celui-ci qu'elle se disait qu'épouser Connor avait été une bonne décision.

Depuis le jardin, on entendait les bruits sourds des marteaux, la plainte stridente des scies et les cris de l'équipe de travailleurs. King Construction abattait des murs dans la maison et agrandissait la chambre des triplés pour en faire une suite qui évoluerait avec eux. Le bruit était assourdissant, mais les ouvriers travaillaient vite, et auraient sans doute fini dans quelques semaines.

Tout dans le monde de Dina avait changé.

Certes, c'était excitant, mais cela lui donnait aussi le sentiment d'être vulnérable.

Peut-être avait-elle eu tort d'épouser un homme qui ne l'aimait pas, mais elle ne pouvait regretter sa décision. Elle avait les triplés. Elle avait Connor. Et elle avait une affaire en plein essor. Elle aurait été folle de se plaindre.

Entourée de tasses antifuites, de biscuits et de bols de bananes tranchées, elle prit un grand bloc-notes et son crayon préféré. Elle adorait son ordinateur portable et sa tablette, mais quand elle voulait vraiment être créative et laisser son esprit vagabonder, elle avait besoin de crayons et de papier.

Négligemment, elle commença à rédiger des idées de

menus pour la fête estivale d'une agence immobilière. Regardant alternativement le bloc-notes et les enfants, elle sourit en commençant à dresser la liste des ingrédients dont elle aurait besoin.

Quand elle entendit le cri déchirant, elle laissa tout tomber pour se précipiter.

Connor avait une pile de dossiers à parcourir et à signer, et un déjeuner d'affaires dans moins d'une demi-heure. Toutefois, il songeait à annuler tous ses rendez-vous de l'après-midi et à partir tôt. Cela ne lui ressemblait guère, songea-t-il en souriant, car il avait toujours été l'homme responsable de cette entreprise. Il arrivait tôt, et partait tard. Il n'avait pas vraiment eu de *vie,* jusqu'à ce que les triplés et Dina secouent son monde. Et maintenant qu'il les avait, il n'aimait pas être loin d'eux.

Deux jours plus tôt, ils étaient allés à la plage. Les triplés avaient adoré le sable, l'eau, les mouettes. Il entendait encore les rires de Sadie quand les vagues avaient taquiné ses orteils. Sage avait préféré ingérer du sable, et Sam avait adoré détruire les châteaux que Connor et Dina leur avaient construits.

Son sourire s'adoucit quand il revit Dina, dans son bikini bleu électrique si minuscule. C'était décidé, il partirait plus tôt, ainsi ils pourraient tous retourner à la plage.

Il n'avait jamais envisagé de se marier dans le passé, mais jusqu'ici, la vie conjugale était plutôt plaisante. Néanmoins, son affection croissante pour son épouse le préoccupait. Rien que de songer à elle lui donnait envie de sourire, et n'était-ce pas un autre motif d'inquiétude ? Non seulement il l'appréciait, mais il était impatient de la revoir. Et il éprouvait un brusque élan d'excitation chaque fois elle entrait dans la pièce. Cela ne lui était jamais arrivé avec aucune autre femme.

Sa présence dans sa vie l'affectait à un tel point qu'il avait du mal à l'admettre, même pour lui-même.

— Connor.

Il leva les yeux vers Colt. Celui-ci se tenait à l'entrée de son bureau, l'air sombre. Aussitôt, il sentit la peur glisser dans son dos comme des gouttes d'eau glacée. Il se leva d'un bond.

— Que se passe-t-il, Colt ?

— Louise a téléphoné. Sam s'est blessé, et Dina l'a emmené aux urgences.

Il sentit une sensation de froid l'envahir. Il eut l'impression de baigner dans une eau glacée et de devoir lutter pour respirer. La peur était si forte et si brute qu'elle lui serrait la gorge. Une image de Sam emplit son esprit. Il était si beau. Si heureux. Si dangereusement vulnérable. Connor se força à avancer vers la porte.

— C'est grave ? Qu'est-il arrivé ? Pourquoi Dina ne m'a-t-elle pas téléphoné ?

— Elle a essayé.

Colt le suivit tandis que Connor passait devant le bureau de leur assistante.

— Tu étais au téléphone avec un client, et Linda ne t'a pas passé son appel.

— Je suis vraiment désolée, dit la jeune femme derrière son bureau, les larmes aux yeux. Elle ne m'a pas dit…

— Peu importe.

Connor n'avait pas le temps de rassurer Linda.

— Je vais à l'hôpital, dit-il à Colt.

— Je sais.

Colt lui tapota l'épaule.

— Appelle-moi quand tu auras des nouvelles.

— Entendu.

Connor passa la porte et traversa le parking en quelques secondes. Moins d'une minute plus tard, il était sur l'autoroute. Par chance, leurs bureaux étaient à Laguna Beach, à seulement quelques kilomètres de l'hôpital. Mais chacun de ces kilomètres lui sembla interminable.

Son esprit s'emplit d'images terribles. Sam qui saignait. Dina qui sanglotait, toute seule dans une chambre stérile, veillant sur le petit garçon qu'ils aimaient tant tous les deux. Dans sa tête, Connor entendit Sam crier, et son frère et sa sœur se mettre à pleurer.

Le cœur de Connor cognait dans sa poitrine et ses poings se serraient de manière convulsive sur le volant, tandis qu'il filait sur la route, ignorant les feux orange et appuyant sur l'accélérateur quand il en avait l'occasion, la peur rongeant son cœur.

Il se gara devant les urgences. Peu lui importait que sa voiture finisse à la fourrière. Il fallait qu'il voie Dina. Sam. Il courut vers les portes automatiques, se précipita vers le bureau d'accueil, et jeta un regard circulaire vers la salle d'attente. Pas de Dina. Pas de Sam. Rien que des enfants et des adultes, qui pleuraient, qui s'inquiétaient. Il savait ce qu'ils ressentaient. Il tapa des deux mains sur le bureau et assena :

— Sam King. Cortez. Où est-il ?

La secrétaire d'un certain âge haussa un sourcil.

— Alors ? Cortez ou King ?

Il prit une inspiration pour rassembler un semblant de calme.

— Cortez. Bientôt King. Et quelle importance ? C'est un bébé. Il est blessé. Je suis son père.

Durant une seconde ou deux, il eut l'impression qu'elle allait se disputer avec lui, mais elle avait dû voir le désespoir dans ses yeux et prendre pitié de lui. Tant mieux si cela fonctionnait, songea Connor. S'il l'avait fallu, il aurait proposé de construire toute une aile à cet hôpital, si cela signifiait qu'on le conduirait jusqu'à Sam.

— Salle d'examen numéro deux. Sur la gauche.

Il prit la direction indiquée, ignorant l'odeur de la

détresse et des antiseptiques. Il entra dans la pièce en trombe. Dina se retourna brusquement, avec Sam dans les bras. Le visage de l'enfant était rouge et strié de larmes, et il semblait effrayé. Dès qu'il vit Connor, il tendit ses deux petits bras potelés.

— Pa !

Le cœur déjà affolé de Connor tressauta. Il attrapa le petit garçon et le serra contre lui. « Pa. » Sam venait de dire son premier mot, et la magie de cet événement noya brièvement sa peur croissante. Pendant un instant, Connor respira le parfum doux et frais de Sam. Sam appuya la tête contre son épaule avec un léger soupir.

Connor se tourna vers Dina.

— Que s'est-il passé ?

Elle aussi avait le visage marqué par les larmes. Ses grands yeux bruns étaient encore humides, et sa lèvre inférieure tremblait.

— Les enfants jouaient dans le jardin. J'étais juste à côté, Connor. Tout se passait bien, et soudain, Sam a poussé un cri. Quand je suis allée le prendre, sa jambe saignait et…

Connor remarqua le bandage taché de sang et hâtivement noué autour de sa jambe. Sam renifla, et Connor lui tapota doucement le dos, espérant l'apaiser.

— Comment est-ce arrivé ? Qu'est-ce qui l'a coupé ? Tu as vu l'objet ?

— Un clou dans l'herbe. Un grand clou, comme ceux qu'on utilise pour les toitures. Il venait sans doute du chantier de la suite.

Secouant la tête avec ardeur, elle ajouta :

— J'aurais dû y penser. Etre plus prudente. J'aurais dû savoir qu'il y avait un risque.

Elle s'en voulait tellement que Connor eut de la peine pour elle. Sans même réfléchir, il l'attira de son bras libre contre lui et l'étreignit.

— Ce n'est pas ta faute. Je n'y ai pas pensé non plus. Mais je vais parler à Rafe. Je veux qu'un de ses employés passe un fichu détecteur de métaux dans l'herbe chaque soir, après leur journée de travail.

Elle secoua la tête contre lui.

— Ils ne voudront pas faire ça.

— Je paierai un supplément.

Elle rit, levant les yeux vers lui.

— D'accord, parfois ton chéquier est bien pratique.

Il sourit et embrassa le sommet de sa tête.

— Les accidents arrivent, dit-il, les serrant tous les deux contre lui. Rappelle-moi de te raconter toutes les fois où Colt et moi avons fini aux urgences. Notre mère disait qu'ils allaient nous réserver nos propres chambres.

Il la sentit se détendre un peu et sourire malgré la situation. Sam était blessé, mais il n'était pas en danger. Il guérirait. Et Dina était ici, dans les bras de Connor, et pour la première fois depuis que son frère était entré dans son bureau tout à l'heure, Connor respira normalement.

— Alors, qu'a dit le médecin ? demanda-t-il.

— Rien. Nous n'en avons pas encore vu un.

— C'est inacceptable. Prends Sam, je vais trouver un médecin, l'amener ici et…

A cet instant, la porte s'ouvrit, et une jeune femme avec un sourire chaleureux, des cheveux roux et un stéthoscope orné d'un ours en peluche entra.

— Bonjour, je suis le Dr Lamb.

Elle parcourut le dossier dans ses mains, puis regarda son patient.

— Ce doit être Sam.

Le petit garçon releva la tête, lui jeta un coup d'œil, puis enfouit de nouveau le visage contre l'épaule de Connor.

Tout l'instinct protecteur que Connor possédait remonta à la surface. Sam s'attendait à ce que Connor prenne soin de lui et assure sa sécurité. Ses petits poings serraient sa chemise et s'y accrochaient, et Connor dut se forcer à faire asseoir Sam sur la table d'examen.

Le Dr Lamb fouilla dans un tiroir et en sortit un animal en peluche encore emballé. Elle libéra l'éléphant, puis se pencha pour se mettre à la hauteur de Sam et le lui donna.

— Si tu t'accrochais à lui pendant que j'examine ta jambe, d'accord ?

Avec méfiance, Sam prit la peluche. Connor serra la main de Dina, puis la lâcha avec réticence afin qu'ils puissent tous deux prendre place de chaque côté du jeune médecin. Connor se sentait impuissant, et il détestait cela. Il ne pouvait rien *faire* et cela le tuait. Il passa une main sur sa nuque et regarda le Dr Lamb examiner Sam avec douceur.

— Eh bien, annonça-t-elle quand elle eut fini, on dirait que nous allons avoir besoin de quelques points de suture.

— Oh ! non, murmura Dina.

— Pas d'inquiétude, dit le médecin en souriant à l'attention de Sam. Nous avons un spray anesthésiant. Il ne sentira rien, je vous le promets. Ses vaccins sont-ils à jour ?

Connor fut désarçonné.

— Je n'en ai aucune idée.

Il se tourna vers Dina.

— Oui, dit-elle. Je n'ai pas les documents avec moi, mais, si je peux utiliser votre ordinateur, je peux vous les obtenir.

— Non, cela ira. Nous allons lui donner une petite dose de sérum antitétanique, par sécurité.

Tandis que le médecin s'affairait et que Dina distrayait Sam, Connor les observa. Si Dina n'avait pas été là, il n'aurait rien pu dire de l'historique médical de Sam. Il avait encore tant à apprendre. A découvrir. Et il devait faire en sorte d'adopter légalement ses enfants, s'assurer qu'ils portent son nom.

Il posa son regard sur Dina. Elle réconfortait Sam, qui

jouait avec l'éléphant en peluche. C'était une merveilleuse mère pour les triplés et une femme extraordinaire. Puisqu'ils étaient mariés à présent, elle devrait adopter les enfants aussi. Ainsi, ce serait officiel. Ils seraient tous des King. Une vraie famille.

Il était heureux que Dina soit avec lui, pour partager l'inquiétude, l'angoisse. Il avait toujours été du genre à se débrouiller seul. A prendre les choses en main, et à ne jamais laisser la panique prendre le dessus. Mais il n'avait jamais eu d'enfants avant, et maintenant que c'était le cas, il savait que la peur serait toujours sa plus proche compagne. Toutefois, le fait d'avoir Dina auprès de lui l'apaisait. Il la connaissait depuis peu, pourtant, leur relation était plus profonde que toutes celles qu'il avait nouées dans sa vie.

Comme si elle avait senti son regard sur elle, elle lui sourit. Et il sentit son cœur basculer irrévocablement. Elle reporta rapidement son attention sur Sam, mais les dégâts étaient faits. Ce sourire, ces grands yeux sombres, cette chaleur en elle avaient fini par franchir sa dernière ligne de défense.

Et ce fut là, dans cette petite pièce chargée qui sentait l'antiseptique, qu'il comprit qu'il ne pouvait ignorer la terrible vérité plus longtemps.

Il était un homme amoureux de sa femme.

Une prise de conscience qui le secoua jusqu'au tréfonds de son être.

Certes, depuis cette révélation dans la salle des urgences, deux semaines plus tôt, Connor avait réussi à digérer le fait qu'il aimait Dina. Mais, puisqu'il ne faisait toujours pas confiance à sa femme, il avait décidé de garder ses sentiments pour lui. Il continuait d'attendre qu'elle commette une erreur, lui prouvant ainsi qu'elle était comme toutes les autres. Pourtant, jusqu'ici… elle n'en avait commis aucune.

Au contraire, elle continuait de lui montrer qu'elle était simplement la personne qu'elle prétendait être. Forte. Indépendante. Aimante. Alors, pourquoi ne pouvait-il pas baisser sa garde ?

Il ne pouvait pas l'aimer sans être en danger. Or, tant qu'elle ignorait ce qu'il ressentait, ce risque était limité. *Lâche ?* murmura son esprit. *Non, brillant,* protesta-t-il sévèrement. On s'était servi bien trop de fois de lui pour qu'il baisse sa garde. Certes, Dina n'était pareille à aucune autre. Elle n'était pas intéressée par son argent. Elle avait même été insultée chaque fois qu'il avait essayé de l'aider sur le plan financier.

Mais comment savoir si c'était réel ? Peut-être était-ce un numéro de comédienne, pour endormir sa méfiance. D'accord, c'était une idée stupide, même venant de lui. Néanmoins, il ne pouvait toujours pas se résoudre à lui faire totalement confiance. Comment pouvait-on attendre cela de lui ? Il ne la connaissait que depuis un peu plus d'un mois. Alors, il prendrait son temps. Il lui laisserait quelques mois. Peut-être un an. Si elle était vraiment celle qu'elle prétendait être, alors il lui avouerait son amour. Il avait simplement besoin d'avoir des certitudes.

Il avait demandé à Dina de préparer un buffet pour cinquante de ses clients les plus importants, et il n'avait eu que des compliments toute la soirée. Pas seulement sur la cuisine, mais aussi sur sa charmante épouse. Grâce à Dina et à l'organisatrice d'événements avec laquelle elle avait collaboré, la soirée avait été une grande réussite.

La plupart des invités étaient partis. Connor surprit la conversation de deux hommes qui s'éloignaient.

— Oui, qui eût cru que Connor King se marierait un jour ? disait l'un.

— Qui plus est, avec une femme avec enfants, renchérit son ami. Tu crois que ce sont vraiment les siens ?

— Qui sait ? répondit l'autre, tandis que Connor reculait dans l'ombre pour écouter sans être vu. En tout cas, si je pouvais avoir une femme pareille dans mon lit, je l'épouserais même si elle était une menteuse éhontée. Ce ne serait pas la première fois qu'une femme sans le sou épouse un homme riche pour se faciliter la vie.

— Tant qu'à être utilisé, autant l'être par une femme aussi jolie et aussi bonne cuisinière.

Ils disparurent un instant plus tard, et Connor sortit de sa cachette pour dire au revoir aux autres invités. Mais cette conversation ne cessait de se rejouer dans son esprit. Les gens jasaient, comme il l'avait prévu. Ils supposaient que Dina se servait de lui. Etait-ce le cas ?

— C'était une fête splendide, Connor. Merci de nous avoir reçus.

— Tout le plaisir était pour moi, dit-il, serrant la main de David Halliwell, l'un de ses gros clients.

La soirée d'août était chaude, mais la brise océane la rendait agréable. Des guirlandes lumineuses étaient suspendues aux arbres, et des notes de piano s'égrenaient encore dans les haut-parleurs. Les derniers invités commençaient à partir, et il était impatient d'être seul avec sa femme. Peut-être avait-il tort de cacher ses sentiments. Peut-être était-il temps de lui dire qu'il l'aimait. De prendre ce risque.

— Votre femme est un génie, déclara Marian Halliwell. Je l'ai engagée pour s'occuper de notre anniversaire de mariage le mois prochain, et ma sœur va faire appel à elle pour l'inauguration de sa boutique, en septembre.

Il éprouva une pointe de fierté.

— Je suis sûr qu'elle est ravie.

— Oh ! oui, chantonna Marian. Je lui ai dit que maintenant qu'elle est une King, le monde s'ouvre à elle.

— Vraiment ?

Il jeta un regard vers Dina, qui supervisait le rangement.

— Elle le savait déjà, bien sûr, continua Marian. Elle

a dit elle-même que devenir une King était la meilleure décision professionnelle qu'elle ait prise.

— Elle a dit ça ?

Des soupçons commencèrent à s'infiltrer dans l'esprit de Connor. *Une décision professionnelle.* Elle l'avait épousé, avait pris son nom, et maintenant, elle rencontrait le succès dont elle n'avait fait que rêver auparavant. Quand il lui avait offert de lui acheter un restaurant, elle avait décliné son offre, outrée. Maintenant, apparemment, elle n'était pas gênée par l'aspect professionnel de leur union, et c'était lui qui aspirait à ce que ce mariage soit davantage qu'un contrat.

— Allons, Marian, dit son mari en la prenant par les épaules. Il est temps de partir.

— Oui. Dites à Dina que je lui téléphonerai pour régler les détails, ajouta-elle en s'éloignant.

Il leur fit un signe de tête en guise d'au revoir, mais il n'était plus réellement concentré. Les doutes l'assaillaient, et il devait admettre que le commentaire innocent de Marian l'avait ébranlé. Sa méfiance habituelle remonta à la surface et chassa toute idée de déclarer ses sentiments à Dina.

De l'autre côté du jardin, son épouse s'affairait sous le clair de lune et les lumières scintillantes. Elle ressemblait à un rêve. Le genre de rêve auquel un homme pourrait croire, même s'il n'était pas réel.

Tandis qu'il l'observait, un homme s'approcha d'elle et la conduisit à l'écart. L'instinct poussa Connor à traverser le jardin, en ignorant les employés qui empilaient les chaises et portaient les plats dans la cuisine. Le regard fixé uniquement sur les buissons et sur l'homme qui tentait d'entraîner Dina, Connor hâta le pas. Mais que découvrirait-il ? S'agissait-il d'un rendez-vous amoureux et clandestin ?

***

— C'était une belle soirée.

Dina se hérissa, mais afficha un sourire forcé en se tournant vers son interlocuteur. Depuis une demi-heure, partout où elle allait, elle le trouvait sur son chemin. Il avait une quarantaine d'années et portait un costume qui coûtait sans doute plus que le loyer de son vieux bungalow. A cause de ses trop nombreux voyages jusqu'au bar à margaritas, il semblait penser qu'il était irrésistible.

— Merci, dit-elle. Je suis heureuse que cela vous ait plu.

— Connor a toujours eu de la chance avec les femmes, dit-il, approchant et lui caressant le bras.

Elle recula, mais il avança, et elle se rendit compte qu'ils étaient seuls dans ce coin du jardin.

— Merci, mais si vous voulez bien m'excuser…

— Vous n'avez pas à fuir, insista-t-il, agrippant fermement son bras. J'ai autant d'argent que ce bon vieux Connor. Vous et moi, on pourrait s'amuser un peu.

— Je vous demande pardon ?

Elle tenta de se dégager, mais il était fort, malgré son ivresse. Elle ne voulait pas faire de scène, mais elle n'aimait pas être malmenée.

— Allons, juste un baiser, et je vous laisse tranquille.

— Vous pouvez me laisser tranquille sans le baiser.

Honnêtement, elle voulait qu'il disparaisse et que cette soirée se termine. C'était un événement important pour Connor, et elle ne voulait pas le gâcher en faisant un scandale. Mais si cet homme ne la lâchait pas, elle allait se mettre à donner des coups de pied et à crier.

— Un baiser. Ce n'est pas grand-chose.

— Bas les pattes, avertit-elle, tentant de se libérer.

— Mais vous êtes si jolie, poursuivit-il, et il se plaça dos à la fête pour que les autres ne puissent pas la voir. Un baiser. Ça vous plaira.

— Non, je…

Il pencha la tête, et elle recula en sursaut mais, avant que la bouche de l'importun touche la sienne, il fut tiré en arrière et jeté à terre.

Elle vit le visage furieux de Connor, et son cœur se remplit de joie. Au diable le féminisme, avoir son chevalier pour venir à sa rescousse avait des avantages ! L'incident fut rapidement clos. L'homme soûl se releva maladroitement, puis marmonna des excuses avant de disparaître. Dieu merci, la plupart des invités étaient déjà partis. Regardant autour d'elle, elle se rendit compte que Connor et elle étaient seuls. Le rangement était presque terminé, et l'équipe ne tarderait pas à partir.

— Merci, dit-elle, reportant son regard sur Connor.

Il était crispé et semblait toujours furieux. Mais pas contre le type qu'il avait mis à terre… contre *elle*.

— Connor ?

Il sembla encore plus froid.

— Nous en parlerons plus tard. Quand tout le monde sera parti. Retrouve-moi dans le grand salon.

Elle le regarda traverser le jardin d'un pas déterminé, sans se retourner. Un vide béant s'ouvrit en elle. Malgré tout, elle devait respirer. Avancer, aider les employés à tout débarrasser. Mais c'était comme si ses pieds étaient pris dans du ciment. Elle était blessée et déroutée par la réaction de Connor. Mais que se passait-il ?

Quand les serveurs furent partis, il était tard. Les triplés étaient endormis à l'étage, Louise s'était retirée dans sa suite, et toute la maison était sombre et silencieuse. Elle plaça les dernières assiettes dans le lave-vaisselle, le mit en marche puis, enfin, elle s'autorisa à repenser à l'incident.

La douleur était encore présente, mais sa colère était maintenant libre de s'exprimer et dépassa rapidement la peine dans son cœur. Elle n'avait rien fait de mal, pourtant, Connor était furieux contre elle. Eh bien, en cet instant, elle aussi était furieuse contre lui. Dans la maison silencieuse, le bourdonnement du lave-vaisselle sembla amplifié et la poussa à sortir de la cuisine. Ses pas résonnèrent doucement sur le parquet de chêne quand elle emprunta le couloir menant au salon. Là où Connor lui avait demandé de le retrouver.

Debout devant les grandes fenêtres, il fixait le paysage nocturne. Il avait les mains dans les poches, et si elle ne le connaissait pas assez pour percevoir la tension qui émanait de lui, elle aurait pu penser qu'il était détendu.

— Connor ?

Lentement, il tourna la tête vers elle. Son expression ressemblait à un masque de pierre. Ses beaux traits étaient figés et durs, et il n'y avait aucune chaleur dans ses yeux bleu nuit.

— Si tu veux me tromper, dit-il d'une voix grave, au moins, sois discrète.

— *Te tromper ?*

Elle était si stupéfaite qu'elle vacilla, mais elle se reprit rapidement.

— C'est ce que tu as cru voir ? Tu as perdu la tête ?

Elle avança d'un pas.

— Cet homme était soûl et m'importunait. Il n'y avait aucune *tromperie*. J'essayais de me débarrasser de lui sans faire de scène. Tu ne l'as pas vu quand tu as fait ta grande entrée ?

— Ce que j'ai vu, c'est que vous vous dirigiez tous les deux vers les buissons.

— C'est lui qui m'y a entraînée.

— Et je devrais te croire.

— Pourquoi pas ?

Elle n'aurait pas cru pouvoir être plus surprise par sa colère injustifiée, mais elle avait eu tort.

— Je ne te trompe pas, Connor. Et je ne mens pas.

— C'est vrai. Tu te contentes d'utiliser les gens pour obtenir ce que tu veux.

— Mais *de quoi* parles-tu ?

Il avança vers elle. Chacun de ses pas était lent et mesuré.

— Je te croyais différente. Tu m'as presque convaincu. Mais tout cela n'était qu'un piège, n'est-ce pas ? Tu as fait en sorte que je t'épouse…

Elle était si abasourdie qu'un rire aigu lui échappa.

— J'ai fait en sorte que tu m'épouses ? répéta-t-elle.

Elle était choquée à la fois par ses paroles et par la froideur et le calme de son expression.

— C'est toi qui m'as convaincue de t'épouser…

— Oh ! oui. Tu t'es bien débrouillée. Tu m'as conduit à te désirer au point de ne plus parvenir à réfléchir. Tu t'es installée ici et tu as fait en sorte de faire partie intégrante de ma vie.

Il passa la main sur sa nuque.

— C'est sans doute toi qui as tout manigancé. Tu m'as rendu si fou qu'il était facile de me manipuler pour que je te demande en mariage…

— Te manipuler ?

La fureur était un mot bien faible pour décrire ce qu'elle ressentait. Elle arrivait à peine à respirer.

— Ce que tu peux être arrogant, suffisant…

— Et tu sais le plus beau dans tout ça ? Chaque fois que j'essayais de t'aider financièrement, ton petit numéro d'outragée était impressionnant.

— Un numéro ? Je ne jouais pas la comédie. Je ne voulais pas de ton argent, et je n'en veux toujours pas.

— Non, tu voulais juste mon nom. Ça a toujours été ton but, n'est-ce pas ?

Il avança encore, mais elle ne recula pas. Elle tint bon, releva le menton pour pouvoir regarder les yeux qu'elle avait cru connaître si bien. A présent, il n'y avait rien de familier en eux. Rien que des soupçons, des regrets et de la colère.

Elle pouvait répondre à sa fureur par la fureur, ou elle pouvait chercher au fond d'elle un peu de calme. Essayer de comprendre le sens de tout cela. La douleur le disputa à la colère et remporta le combat. Le froid la pénétra jusqu'aux os, et elle crut qu'elle n'aurait plus jamais chaud.

— Je ne sais pas de quoi tu parles.

— Tu as dit à Marian Halliwell que m'épouser était la meilleure décision que tu aies jamais prise.

Vraiment ? Elle ne s'en souvenait pas. Elle avait parlé à tant de gens à la fête qu'ils se mélangeaient dans sa tête. Mais d'une certaine manière, c'était vrai. Etre mariée à Connor l'avait aidée à développer son affaire. Mais elle avait effectué le travail elle-même. Etre une King ne suffirait pas si elle n'était pas à la hauteur.

— Le fait d'utiliser le nom des King t'a valu beaucoup de nouveaux clients ces derniers temps, non ?

— Tu m'en as trouvé deux, souligna-t-elle.

Il balaya sa remarque d'un revers de la main.

— Tu te sers de moi, Dina.

— Tu le crois réellement, n'est-ce pas ?

Elle le regarda, simplement, les yeux embués par un voile de larmes qu'elle refusait de laisser couler. Elle était secouée, abattue mais, étrangement, elle n'était pas déçue.

— Oui. Je le crois. Tu sais, quand je t'ai proposé de te servir de mon nom et de mes contacts pour donner un coup de pouce à ton activité, j'étais sérieux. Mais j'étais impressionné quand tu as refusé.

Il secoua lentement la tête.

— Il s'avère que tu voulais simplement te donner ce coup de pouce toi-même. Tu pensais vraiment que je ne découvrirais pas comment tu profites de ton nom de famille pour gagner de l'argent ? Tu croyais que ça me serait égal ?

— Je ne l'ai pas fait, Connor.

En silence, elle se félicita d'avoir réussi à garder une voix calme, alors qu'elle tremblait. La douleur fut vive quand son cœur se brisa.

Une part d'elle s'était attendue à ce que le conte de fées vole en éclats. A ce que Connor l'abandonne, et à ce que la réalité s'abatte sur elle. Elle l'aimait, mais ce n'était pas assez. Il ne la connaissait même pas, songea-t-elle avec tristesse. S'il la connaissait, il n'aurait jamais présumé le pire si facilement. Alors, elle ne pouvait pas lui faire confiance. Et l'amour sans confiance n'avait aucune chance.

— Je ne te trompe pas, Connor. Je ne mens pas. Et je ne me sers pas des gens.

Son regard rivé au sien, elle tempéra la colère qui vrillait en elle et laissa la douleur colorer ses paroles.

— Mais tu ne peux pas le voir, parce que tu es trop occupé à attendre que les gens te déçoivent. Tu as tout fait pour retourner la situation, afin de me faire paraître coupable, parce que tu as peur.

— Peur ? railla-t-il.

— Oui, peur.

Elle tendit le bras mais, au lieu de le gifler, elle lui caressa la joue.

— Je reconnais les signes, parce que j'avais peur moi aussi. Et apparemment, j'avais raison. Je ne me suis pas servie de toi, Connor. Je ne t'ai pas épousé pour l'argent ou pour les triplés, même si c'est ce que tu m'as proposé à l'origine. Vois-tu, la seule raison pour laquelle je t'ai épousé, c'est parce que je t'aimais.

Il cilla, puis la scruta d'un air méfiant.

Elle laissa retomber sa main.

— Et ce regard incrédule, c'est la raison pour laquelle je n'ai jamais pris la peine de t'avouer mes sentiments.

— Que veux-tu que je te dise ? marmonna-t-il.

— Rien, tu en as déjà trop dit. Il est tard et je suis fatiguée. Je vais me coucher. Dans la chambre d'amis.

Elle avait fait quelques pas quand il demanda :

— Est-ce qu'il t'a fait mal ?

Elle le regarda par-dessus son épaule.

— Qui ?

— John Ballas. Le type qui t'ennuyait, dit-il, le visage sombre et tendu. Il t'a fait mal ?

Elle secoua la tête.

— Non, il était ivre, c'est tout. Si tu n'étais pas venu, j'aurais pu m'en débarrasser.

Elle marqua un temps, puis ajouta :

— Mais pour répondre à ta question… non. Ce n'est pas lui qui m'a fait mal, Connor.

- 11 -

Connor avait passé la nuit au bureau. Ce n'était pas la première fois qu'il dormait sur le grand canapé de cuir. Mais la veille, il avait vécu des heures terribles.

Sans pouvoir fermer l'œil, il avait rejoué sans cesse cette scène avec Dina. Quel que soit l'angle sous lequel il examinait les faits, il avait toujours l'air d'un idiot. Même s'il avait raison, il avait très mal géré la situation.

Il ne savait même pas ce qui l'avait mis dans un état pareil. Il savait seulement que ces dernières semaines il avait été tendu. Pour être honnête, il l'était depuis le jour où il avait compris qu'il aimait Dina. Cela l'avait ébranlé. Fortement. Pourtant, il avait dépassé cela, en faisant comme si tout allait bien. Puis ses invités avaient commencé à le complimenter sur les talents de Dina, en disant qu'ils allaient l'engager pour leurs événements futurs. Il l'avait regardée parler avec les gens, souriante, heureuse, et une petite voix dans sa tête lui avait murmuré qu'elle se servait de son nom pour faire sa propre promotion. Qu'elle n'était pas différente de toutes les autres femmes qui avaient tenté de se servir de lui dans le passé.

Il se leva et se traîna jusqu'au bureau d'accueil pour préparer du café. Pendant qu'il effectuait cette tâche familière, des images de Dina envahirent son esprit. Son sourire quand il avait écarté John Ballas, et la façon dont ce sourire s'était évanoui, à cause de *lui*.

Les mains appuyées sur la table, il écouta d'une oreille le sifflement de la cafetière. Il avait sauvé son épouse d'un mufle, puis s'en était pris à elle.

— Qui fait ça ?

— Qui fait quoi ?

Connor ne prit pas la peine d'étouffer son gémissement quand il vit Colt dans le couloir. Personne ne penserait qu'ils étaient identiques aujourd'hui, songea-t-il, amer. Colt avait bien dormi, à l'évidence. Il s'était rasé, et ne portait pas les vêtements de la veille. Et puis, sa vie n'était pas dans le caniveau en ce moment.

— Qu'est-ce que tu as fait ?

— Qu'est-ce que je n'ai pas fait ? répondit Connor.

Il reporta son attention sur le liquide noir qui coulait dans la verseuse, trop lentement à son goût.

— Sérieusement, Connor. Je t'ai vu à la fête hier soir. Tu étais si tendu que je m'attendais presque à voir des étincelles jaillir autour de toi.

— Je sais.

— Alors, encore une fois, qu'as-tu fait ?

— Je me suis comporté en crétin, apparemment, marmonna-t-il, guère heureux de partager cette information avec son jumeau.

— Oui, j'avais deviné, puisque Penny a discuté avec Dina ce matin.

Connor releva brusquement la tête. Il plissa les yeux pour contrer la lumière du matin qui filtrait par les fenêtres.

— Elle va bien ? s'enquit-il.

— Y a-t-il une raison pour qu'elle n'aille pas bien ?

Des tas, songea-t-il, mais il se tut. Il y avait des choses dont il ne parlerait pas, même à son frère.

— Lâche-moi un peu, tu veux ? Le café est prêt.

S'en servant une tasse, il but une première gorgée hésitante et néanmoins délicieuse. Mais la chaleur du breuvage et la caféine ne lui firent aucun bien. Il y avait toujours un abîme de douleur au centre de sa poitrine. Et être totalement éveillé ne l'en rendait que plus conscient.

— Mais enfin, qu'est-ce qui s'est passé ? insista Colt.

— Je ne le sais même pas, dit Connor avant de pouvoir mesurer ses paroles.

Il y avait réfléchi toute la nuit, et il ne pouvait toujours pas dire exactement pourquoi il avait perdu son calme. Secouant la tête, il avala une autre gorgée de café.

— Tu dis que Penny a parlé à Dina. Comment est-elle ?

— Blessée. Perdue. Furieuse.

Connor se passa la main sur le visage en soupirant.

— Evidemment, pourquoi ne le serait-elle pas ?

— Quel est le problème, Connor ?

— Je l'ignore.

Il retourna dans son bureau, et son frère lui emboîta le pas. Connor se laissa tomber sur le canapé.

— Quelque chose monte en moi depuis des jours. Peut-être des semaines. Hier soir, je ne sais pas. J'ai juste… perdu les pédales.

Il regarda son frère.

— Je l'aime.

— Grande nouvelle, ironisa Colt.

Connor se renfrogna.

— Eh bien, c'en est une pour moi. Et ce n'est pas une heureuse nouvelle.

Il s'adossa au canapé.

— Je ne voulais pas l'aimer. L'amour est trop risqué. Trop compliqué. Alors, j'ai peut-être cherché des raisons de ne *pas* tenir à elle.

— Pourquoi ?

— Comment peux-tu me poser cette question ? fulmina-t-il. Et toi, comment as-tu réagi quand tu as découvert que Penny t'avait menti ? Qu'elle avait mis au monde tes enfants sans prendre la peine de t'en informer ?

Colt s'agita, mal à l'aise.

— La situation était différente.

— Non. J'ai eu trois enfants dont je ne savais rien.

Avec un bruit sourd, il reposa sa tasse de café sur la table basse et se leva.

— Jackie, ma *meilleure amie,* m'a menti et a disparu de ma vie pour cacher ce mensonge. Elle s'est *servie* de moi. Si Jackie a pu le faire, pourquoi pas Dina ?

— Alors, tu juges tout le monde d'après le comportement de Jackie ?

— Pas seulement elle.

Connor se mit à faire les cent pas. Sa colère s'attisa de nouveau. Et il se dit qu'il n'avait peut-être pas eu tort la veille au soir.

— Combien de femmes ont essayé de nous mettre le grappin dessus ? Pour l'argent ? Pour notre nom ? Pour ce que nous pouvions faire pour elle ? Tu as oublié à quelle vitesse tu as fui Penny ? Votre mariage initial n'a-t-il pas duré à peine vingt-quatre heures avant que tu t'éclipses ?

Il pointa l'index vers son frère.

— Tu m'as dit que tu aimais Penny même à ce moment-là, mais que tu ne faisais pas confiance à tes sentiments. Tu ne faisais pas confiance à *Penny.* Alors, tu as pris la fuite.

— Il ne s'agit pas de moi, rétorqua Colt, l'air dur.

— Bien sûr que si. Nous sommes de vrais jumeaux. Pourquoi as-tu tant de mal à voir que je fais exactement la même chose que toi ?

— « Exactement », c'est le mot.

Colt avança vers lui d'un pas ferme.

— Et toi, lança-t-il, pourquoi ne peux-tu pas voir que la situation est la même ? Tu pourrais quand même tirer des leçons de mes erreurs ! Tu fais exactement comme moi, et j'avais tort. Si je me souviens bien, c'est toi qui m'as traité d'idiot à l'époque.

Connor grimaça.

— Oui, dit Colt. J'ai fui Penny. Je n'en suis pas fier. J'ai été lâche.

— Non, c'est moi qui avais tort. Tu avais eu l'intelligence de te fier à ton instinct.

— Si je l'avais fait, je serais resté avec Penny, parce que mon instinct me criait qu'elle était sincère. Qu'elle était l'élue, celle que l'on ne rencontre qu'une fois dans sa vie. Mais j'ai laissé ma peur me gouverner. Tout comme toi.

Connor se fendit d'un rire amer, et le son écorcha sa gorge sèche. Il se posta devant les fenêtres qui surplombaient la plage et l'océan. Le soleil striait de rose et d'or le ciel matinal, et des crêtes se formaient à la surface de l'eau. Les surfeurs étaient déjà là, sur leurs planches, en attente de la bonne vague. Ce spectacle aurait dû l'apaiser, or, il n'en était rien.

— Je n'ai peur de rien.

Puis il entendit la voix de Dina dans sa tête. *Tu as peur, Connor. Je le sais parce que j'avais peur moi aussi.* Délibérément, il la fit taire.

— Tu crois que je ne te connais pas ? rétorqua Colt. Que je ne le vois pas ? Tu es pétrifié, mon gars.

— Va-t'en.

Colt ricana.

— Non. Je vais te sauver de toi-même.

— Fiche le camp, Colt. Rends-nous service à tous les deux.

— Tu peux essayer de tout gâcher, mais ça ne marchera pas.

Colt s'approcha de son frère.

— J'ai essayé moi aussi, avoua-t-il. Je me suis dit que Penny voulait juste m'utiliser. J'ai cru qu'elle voulait de l'argent, ou je ne sais quoi, mais tout ce qu'elle voulait, c'était *moi*.

Il secoua lentement la tête, comme s'il avait encore du mal à croire à sa bonne fortune.

— Tous les goûts sont dans la nature, rétorqua Connor, et il sentit son ventre se nouer davantage.

— C'est vrai, dit Colt, hochant la tête. Il t'est plus facile de faire des plaisanteries que d'affronter ce qui est devant toi. J'ai essayé, moi aussi. Ça n'a pas marché non plus.

Connor se souvenait ce par quoi Colt était passé quand Penny et lui avaient tenté de comprendre ce qui les avait réunis. Il se souvenait avoir trouvé cela très amusant. Ce n'était pas si drôle maintenant qu'il était à sa place.

— John Ballas a importuné Dina à la fête hier soir.

Colt se raidit aussitôt.

— Le salaud ! Il s'en est pris à Penny aussi. Elle lui a renversé son verre sur la tête. Cet homme se croit tout permis.

— Eh bien, nous en avons fini avec lui. Je me fiche du nombre de contrats que nous perdrons.

— Entendu. Comment Dina s'est-elle débarrassée de lui ?

Connor fourra les mains dans les poches de son pantalon pour serrer les poings sans que son frère le remarque.

— Elle n'a pas eu à le faire. Je les ai vus avancer vers les buissons, et je les ai interceptés. J'ai mis Ballas à terre.

— Bravo ! J'aurais aimé avoir cette chance.

— Et ensuite, continua Connor, j'ai accusé Dina de me tromper avec lui.

Seigneur, il se sentait honteux rien qu'en disant les mots à voix haute. Il savait bien quel genre d'homme était John Ballas. Et il savait que Dina ne le trompait pas. Sa *femme* avait été accostée, et c'était à *elle* qu'il s'en était pris.

Sonné, Colt le dévisagea, bouche bée.

— Tu as perdu l'esprit ?

— Je ne sais pas, avoua Connor. Peut-être.

Colt siffla longuement.

— Pas étonnant que Dina ait été si furieuse ce matin, commenta-t-il.

— Ce n'était pas la seule raison.

— Connor…

— Tu sais quoi ? dit-il en jetant un regard à son frère, je n'ai pas besoin d'en entendre plus de ta part.

— C'est vrai, tu as besoin de parler à Dina. Mais ce sera difficile, puisqu'elle est partie.

— Partie ?

Son cœur s'arrêta. Pire, une part de lui avait l'impression que le *monde* s'était arrêté.

— Comment ça, partie ?

— A ton avis ? Elle a quitté la maison. Elle a annoncé son départ à Penny ce matin.

— Et c'est maintenant que tu me le dis ?

Connor se dirigea vers la porte.

— Je voulais entendre ta version, se justifia Colt, et maintenant que c'est fait, je ne lui reproche pas sa décision.

— Merci pour ton soutien.

— Quand tu feras quelque chose de bien, je te soutiendrai. Mais là, dit-il en secouant la tête, tu es seul.

Seul. C'était ainsi qu'il avait vécu toute sa vie d'adulte, songea Connor quand il quitta le bureau, les mots de son frère résonnant encore dans sa tête. Connor n'avait jamais laissé quelqu'un approcher. Du moins, personne en dehors de la famille. Sauf Jackie, et elle l'avait trahi, alors, cela ne justifiait-il pas ses actes à présent ? Cela n'expliquait-il pas pourquoi il avait perdu son sang-froid ? Cela ne prouvait-il pas qu'il avait raison de se méfier de tout le monde ?

Mais c'étaient ses soupçons qui l'avaient mis dans cette situation. Dans la voiture, Connor réprima la panique qui commençait à l'envahir. Peu importait ce qu'elle avait dit à Penny, Dina ne partirait pas. Elle resterait et se battrait. Il pensa à toutes les fois où elle l'avait affronté, lui tenant tête et ne cédant rien, même quand il essayait de l'impressionner.

Elle était trop obstinée pour baisser les bras et fuir un conflit, ne cessait-il de se répéter. Mais il se rappela son expression la veille. La main qu'elle avait posée sur sa joue, et le regret dans ses yeux quand il lui avait renvoyé sa déclaration d'amour à la figure.

Frappant le volant, il baissa le pare-soleil pour se protéger de la lumière matinale. Si Dina était partie, il la retrouverait et réglerait la situation, d'une manière ou d'une autre. Il la retrouverait sans doute au bungalow. Il savait qu'elle l'avait gardé, alors où irait-elle d'autre ?

Régler la situation. Comment allait-il s'y prendre ? Pouvait-il tirer un trait sur des années de méfiance et s'autoriser à faire confiance à une femme ? S'il n'y parvenait pas, était-il réellement prêt à perdre Dina ?

Non. Il s'y refusait. A la pensée de ne jamais la revoir, il en avait le souffle coupé. Qu'avait dit Colt, déjà ? Qu'il avait su que Penny était la femme que l'on ne rencontrait qu'une fois dans sa vie.

Eh bien, pour Connor, Dina était cette femme. Cette femme sur un million dont il n'avait pas cru à l'existence. La femme qu'il avait été trop stupide pour apprécier jusqu'à ce qu'il soit trop tard. Non, ce n'était pas trop tard. Il trouverait un moyen de la faire revenir. En dépit de ce que pouvait penser son frère, il était malin. Il y avait une solution. Il lui fallait simplement la trouver.

Une fois devant chez lui, il se gara, bondit hors de la voiture et courut vers la porte d'entrée. Il monta les marches deux par deux, ses pas résonnant dans la maison calme. *Trop calme*. Les enfants devraient être à l'étage en train de jouer, de pousser des cris joyeux. L'odeur des œufs brouillés et du café devrait flotter dans l'air. Mais il n'en était rien.

La maison, comme lui, semblait abandonnée.

Il se rendit dans la suite des triplés et s'arrêta net. La magnifique pièce était vide. Il se força à franchir le seuil et regarda autour de lui, comme s'il s'attendait à ce que Dina et les enfants soient cachés derrière les meubles.

Mais il n'y avait personne, et ses pas résonnèrent de façon sinistre dans le silence.

Il jeta un regard circulaire dans la pièce à présent achevée. Rafe s'était surpassé. La suite était immense, avec une fenêtre en saillie protégée par des barrières de sécurité, et une salle de bains adaptée dont les plans de toilette et même la baignoire étaient plus bas que la normale. L'espace contenait trois lits blancs évolutifs et des étagères emplies de livres et de jouets. Les commodes du dressing étaient remplies de vêtements, et des tapis recouvraient le sol. Les murs étaient ornés d'images inspirées d'histoires pour enfants, et de photos de famille.

Presque machinalement, Connor alla vers la photo de Jackie et d'Elena. Il rencontra le regard de son amie et se libéra enfin de sa colère. Jackie l'avait blessé. Elle lui avait menti. Mais grâce Elena et elle, il avait les triplés. Et jusqu'à hier soir, il avait eu Dina.

A présent, tout ce qu'il lui restait à faire, c'était la récupérer.

Il sortit en courant de la pièce, descendit l'escalier, et s'arrêta juste à temps pour ne pas heurter son employée de maison.

— Louise. Quand sont-ils partis ?

L'employée d'un âge vénérable le toisa d'un air sévère, et, croisant les bras, tapota sa chaussure noire contre le sol.

— Avant le petit déjeuner. Ils pleuraient. *Tous.*

Il remarqua que les yeux de Louise brillaient aussi. Une bouffée de culpabilité l'envahit.

— Je vais les chercher tout de suite, déclara-t-il en se dirigeant vers la porte.

— Vous feriez mieux de ramener Dina et ces enfants ici, là où est leur place, lui lança-t-elle.

Désarçonné, il s'arrêta net et se retourna vers elle. Elle parvint à avoir l'air encore plus déçue que lui.

— Tant qu'ils ne seront pas revenus, je suis en grève.

Vous pouvez faire la cuisine et le ménage vous-même, Connor King.

— Vous ne pouvez pas vous mettre en grève.

— C'est ce qu'on va voir, rétorqua-t-elle, puis elle tourna les talons et regagna la cuisine.

Oui, apparemment, il avait *beaucoup* de choses à régler.

Dina avait fini de pleurer.

Elle n'avait pas dormi la veille, et elle avait passé l'essentiel de sa journée à apaiser les triplés, trop jeunes pour comprendre pourquoi leur papa n'était pas avec eux. Dieu merci, ils étaient aussi trop jeunes pour savoir quel crétin il était.

— Tu sais que tu peux rester chez moi aussi longtemps que tu le souhaites.

Assise sur le canapé de sa grand-mère, Dina ramena ses pieds sous elle.

— Merci, *abuela*. Mais je vais commencer à chercher un logement pour nous quatre dès demain.

Elle observa les trois bébés, qui jouaient sur le sol du salon. Avec un peu de chance, ils s'habitueraient rapidement à ne pas avoir Connor en permanence auprès d'eux.

— Tu ne retournes pas au bungalow ? demanda sa grand-mère.

— Il est trop petit.

Et trop chargé en souvenirs. Connor y avait passé trop de temps. Elle le verrait dans chaque pièce et serait hantée par les images de ce qui aurait pu être, s'il n'avait pas été si stupide.

— Ah ! Si c'est seulement la taille qui t'inquiète, peut-être devrais-tu retourner dans la maison que tu as quittée ce matin.

Dina regarda sa grand-mère avec surprise.

— Comment pourrais-je y retourner ? Après tout ce

que Connor m'a dit… ma place n'est pas avec lui. Elle ne l'est plus. Et il ne veut pas de moi.

— *Nieta,* tu l'aimes.

— Je m'en remettrai.

Dans quarante ou cinquante ans.

— Il t'aime aussi.

Dina eut un petit rire.

— Je sais ce que je dis, insista Angelica. Le jour de ton mariage, j'ai vu un homme amoureux.

— Tu te trompes.

Elle aurait aimé que sa grand-mère ait raison, mais si c'était le cas, comment Connor aurait-il pu lui dire toutes ces choses ?

— Je ne me trompe jamais, *nieta,* affirma-t-elle avec un sourire qui adoucit sa déclaration. Tu devrais le savoir à présent.

— Je suis désolée, *abuela*. Je sais que tu veux bien faire, mais cette histoire n'aura pas de conclusion heureuse. Même si Connor se montrait à cette minute et qu'il me présentait ses excuses, comment pourrais-je lui pardonner d'avoir présumé des choses aussi horribles sur mon compte ?

Angelica se pencha et prit la main de Dina.

— Par amour, nous sommes capables de beaucoup de choses. Nous pardonnons l'inconséquence, la peine infligée sans le vouloir, et les erreurs que tout le monde commet. Et n'oublie pas qu'il n'est qu'un homme. Or, les hommes ne réagissent pas comme les femmes. Ils luttent contre l'amour, comme si le fait d'avoir des émotions profondes les affaiblissait.

Sa grand-mère haussa les épaules.

— Ils ont tort, ajouta-t-elle, parce que l'amour rend fort. Assez fort pour pardonner.

Dina aimerait avoir ne serait-ce que la moitié de la sagesse de sa grand-mère. Elle ignorait si elle parviendrait à pardonner à Connor. Peu importait, puisqu'il ne viendrait sans doute jamais s'excuser. Quand on sonna à la porte, sa grand-mère lança :

— Ah ! Il était temps.

Dina se sentit assaillie par le doute.

— Temps de quoi ?

Sa grand-mère sourit en se dirigeant vers la porte.

— Temps de voir à quel point ton amour est fort, *nieta*.

— Elle est ici ?

En entendant la voix de Connor, Dina se leva d'un bond. Elle sentit son cœur se serrer. Connor entra en trombe dans le salon, suivi par Angelica.

— Traîtresse, murmura Dina.

— Je t'aime aussi, dit Angelica avec un sourire. Je serai dans la cuisine, à préparer du thé.

Connor vit à peine l'élégante dame sortir de la pièce. Car il n'avait d'yeux que pour Dina. Il se rendit compte que son cœur battait de nouveau. Il n'avait pas été sûr qu'il reparte un jour quand il avait roulé jusqu'au bungalow de Dina et l'avait trouvé aussi vide que sa maison.

C'était alors qu'il s'était souvenu de la grand-mère de Dina. Après un coup de fil, la vieille dame lui avait assuré que Dina et les enfants étaient en sécurité, et que le reste dépendait de lui.

— Dina…

— Pa ! cria Sam, et les trois bébés coururent vers lui et l'accueillirent comme s'il était parti une année entière.

Le temps lui avait paru très long, à lui aussi. Il les étreignit, les embrassa et, quand les enfants retournèrent jouer, il se leva et soutint le regard de Dina, qui l'observait avec une prudence teintée de méfiance.

Il ne pouvait guère lui en vouloir.

— Connor, je n'ai plus envie de te parler.

— Tu n'as pas à me parler, dit-il, avançant d'un petit pas. Je te demande juste de m'écouter. *S'il te plaît.*

Elle prit une grande inspiration, puis, lentement, hocha la tête.

Il sentit alors son monde se remettre en place. Un rayon de lumière illuminait les cheveux de Dina et faisait étinceler ses yeux. Son expression était fermée, mais elle ne l'avait pas mis à la porte. C'était encourageant. Il avait une chance de réussir à la convaincre qu'elle était ce qui comptait le plus dans sa vie.

— Tout ce que j'ai dit hier soir était faux, commença-t-il sans ambages, et il vit la surprise briller dans ses yeux. Je ne croyais même pas à ce que je disais. Oh ! et pour John Ballas, c'est fini, nous ne travaillerons plus avec lui. Et si jamais je le revois, je lui mettrai mon poing dans la figure, juste pour le plaisir.

Il parvint à lui soutirer un sourire, et sourit à son tour.

— La vérité, Dina, c'est que j'ai été dépassé par les événements. Je ne t'attendais pas. Je ne m'attendais pas à *tenir* à toi…

— Je le sais, dit-elle avec douceur. Tu m'as bien fait comprendre quand nous nous sommes mariés que tu ne cherchais pas une épouse mais plutôt une maîtresse et une maman pour les enfants.

Il grimaça et, s'il l'avait pu, il se serait donné un coup de pied aux fesses.

— Oui. Et j'avais tort sur ce point aussi.

— Vraiment ?

Elle esquissa un bref sourire, et il le prit comme un signe positif.

— J'ai laissé mon passé influer sur la façon dont je t'ai traitée. D'une certaine manière, tu as payé pour toutes celles qui avaient essayé de se servir de moi ou de ma famille.

— Je ne me suis pas…

Il leva la main pour l'interrompre.

— Je sais que tu ne te servais pas de moi. Je sais que tu n'as pas menti, que tu ne m'as pas trompé ou quoi que ce soit de mal. Tout était dans ma tête, Dina. Je ne cessais de t'observer, d'attendre, certain que tu me trahirais, et comme ce n'est pas arrivé, j'ai pris peur, parce que si tu étais aussi merveilleuse que je le pensais, alors j'étais dans de beaux draps. Jackie était la goutte d'eau, tu sais. Elle était ma famille, et quand elle m'a trahi, ça m'a fichu un coup terrible.

— Elena était ma famille, et elle m'a menti à ton sujet elle aussi, souligna Dina.

— Je sais.

Il approcha, jetant un rapide regard vers les triplés.

— Et nous les avons laissées se mettre entre nous. Du moins, surtout moi.

Il fit un pas, puis un autre. Dina ne recula pas.

— Dina, quand je suis rentré à la maison et que je l'ai trouvée vide, quelque chose en moi est mort. Sans les enfants et toi, cette maison est un lieu de désolation.

— Je ne pouvais pas rester. Pas après hier soir.

— Je sais. Je t'ai blessée, et j'en suis navré. Sincèrement.

— Connor…

— Non, l'interrompit-il, sentant son cœur commencer à battre normalement quand il vit ses yeux briller et ses traits se détendre. Laisse-moi d'abord finir. Laisse-moi te dire que je te fais confiance, Dina. Je veux que tu reviennes à la maison. Je veux que nous vivions tous ensemble. Pour construire une vraie vie de famille.

Lorsqu'elle secoua la tête, il fut inquiet.

— Me faire confiance, c'est bien, Connor, mais cela ne suffit pas, dit-elle avec douceur. Je t'ai dit hier soir que la raison pour laquelle je t'ai épousée, c'est parce que je t'aimais. Eh bien, je t'aime toujours. Je t'aime tant que je ne peux pas vivre avec toi en sachant que tu ne ressens pas la même chose.

Lentement, il esquissa un sourire.

— C'est là que *tu* te trompes. Je t'aime, Dina. Je t'aime

plus que je ne pensais possible d'aimer quiconque. Je pense à toi à mon réveil et avant de m'endormir. Je veux passer le restant de mes jours avec toi.

— C'est vrai ?

Elle eut un sourire rêveur, et il sentit son cœur se gonfler d'espoir.

— Oui.

Il sourit.

— C'est comme prononcer des vœux de mariage une nouvelle fois. Je t'aimerai toujours, Dina. Je veux vous ramener à la maison, les enfants et toi. Je veux que nous bâtissions notre vie là-bas. Que nous ayons d'autres enfants.

— Seigneur, Connor. Je veux y croire. Vraiment.

Fouillant dans la poche intérieure de son manteau, il sortit plusieurs feuilles de papier qu'il lui tendit.

— Je n'ai pas pu venir plus tôt parce que j'étais chez mon avocat, pour qu'il rédige ceci pour nous.

Elle les observa, l'air intrigué.

— Qu'est-ce que c'est ?

— La première étape pour adopter légalement les triplés.

Elle inspira.

— Oh ! Connor…

Il approcha et prit son visage entre ses mains. La chaleur de sa peau et l'amour dans ses yeux chassèrent les derniers vestiges du froid qui l'avait envahi depuis la veille.

— Nous serons tous des King, légalement. Nous serons une vraie famille. Nous nous aurons l'un l'autre. Nous nous aimerons. Et, si tu parviens à me faire confiance, Dina, nous serons heureux.

Elle le regarda dans les yeux.

— Je ne voulais pas t'aimer, Connor, parce que j'avais peur de me perdre dans cet amour.

Elle se hissa sur la pointe des pieds et déposa un rapide baiser sur ses lèvres. Cet aperçu de sa saveur n'allait certainement pas suffire. Mais il s'en contenterait pour l'instant. Car il voulait l'écouter dire ce qu'elle avait à dire, en espérant que c'était ce qu'il avait besoin d'entendre.

— Mais je ne suis pas perdue. Je suis plus à ma place que jamais.

Elle jeta un regard aux bébés, qui babillaient et riaient ensemble.

— Mon cœur t'appartient, et je te le confie. Je te confie tous nos cœurs.

L'étau autour de sa poitrine se desserra et, pour la première fois depuis vingt-quatre heures, il parvint à respirer normalement. L'attirant contre lui, il l'embrassa presque solennellement.

— Je ne t'abandonnerai plus jamais, promit-il. Et je t'aimerai pour le restant de mes jours et au-delà.

— Cela vaudrait mieux pour toi, avertit-elle.

Elle sourit quand il se pencha pour sceller cette promesse d'un baiser.

Puis il appuya le front contre le sien.

— Louise s'est mise en grève.

— Quoi ?

Son rire le réchauffa jusqu'au plus profond de son être.

— Oui. Elle a menacé de me faire manger ma propre cuisine tant que je ne vous ramènerais pas les enfants et toi à la maison, là où est votre place.

— Eh bien, pas étonnant que tu te sois précipité jusqu'ici !

— Exactement.

Il ponctua ses paroles d'un autre baiser.

— C'est merveilleux, commenta Angelica.

La grand-mère de Dina était revenue dans la pièce avec un plateau de biscuits. Prenant place sur le canapé, elle posa le plateau sur la table basse et commença à distribuer des biscuits aux enfants, qui s'étaient massés avec enthousiasme autour d'elle.

— A présent, *nieta,* suggéra la vieille dame avec un clin

d'œil, si ton mari pouvait apporter le thé et les tasses, nous pourrions fêter cela avant que vous ne rentriez chez vous.

— *Abuela,* dit Connor en se penchant pour embrasser Angelica sur la joue, c'est une grande idée.

— Je vais t'aider, proposa Dina en le prenant par la main.

— Volontiers, approuva Connor.

Et il l'embrassa de nouveau, conscient qu'il était l'homme le plus chanceux du monde.

Retrouvez en mai,
dans votre collection

Passions

Un ténébreux Fortune, de Nancy Robards Thompson - N°595

SÉRIE LA SAGA DES FORTUNE TOME 5

Jamais Caitlyn ne se serait attendue à revoir Brodie, le bel inconnu qui lui a fait vivre une inoubliable nuit de passion sous les étoiles ! Mais sa surprise se transforme en cauchemar lorsqu'elle apprend qu'il est en réalité le conseiller en communication choisi par son père pour redorer le blason de la firme familiale. D'autant que Brodie est bien différent dans la vie professionnelle... Loin de l'amant drôle et insouciant de son souvenir, il se montre désormais froid et arrogant envers elle. Pire encore, Caitlyn comprend bientôt qu'il cherche à l'évincer de son poste de directrice. Hors de question qu'elle se laisse faire. Car les souvenirs de la nuit qu'ils ont partagée ont beau être grisants, elle n'autorisera pas un Fortune à lui dicter sa conduite.

Aime-moi encore une fois, d'Yvonne Lindsay

Le jour où elle apprend que son ex-mari, rendu amnésique par un accident de voiture, souhaite revenir vivre avec elle comme avant, Olivia est bouleversée. Car, par-delà la peur que cette situation provoque en elle, elle ne peut s'empêcher de nourrir un espoir fou : reconquérir Xander... Pour y parvenir, elle n'a pas le choix, elle devra lui cacher leur séparation, et faire disparaître les preuves de l'immense deuil qui a dévasté leur couple. Oui, c'est décidé : ils vont recommencer de zéro... même si pour cela elle devra mentir à l'homme qu'elle a toujours aimé.

SÉRIE LA DYNASTIE DES MONTORO TOMES 3 ET 4

Les devoirs d'un roi, d'Andrea Laurence - N°596

Ainsi, il devra régner... Loin de se réjouir de l'abdication de son frère, qui fait de lui le nouveau roi d'Alma, Gabriel Montoro est totalement désemparé. Il n'est pas du tout prêt à monter sur le trône, lui qui aime par-dessus tout profiter des plaisirs de la vie ! Pourtant, il change d'avis lorsque Serafia Espina, son amour d'enfance, lui fait comprendre que le bien-être de son peuple vaut la peine de se sacrifier. Quelques leçons d'étiquette, de maintien et de diplomatie, et le tour sera joué ! lui promet-elle. Mais comment Gabriel pourrait-il écouter les instructions de Serafia, quand il est hypnotisé par ses courbes affolantes et son regard troublant ?

Le feu de la tentation, de Kat Cantrell

En s'avançant vers son futur fiancé, sur la plage d'Alma, Bella Montoro sent son cœur s'emballer. Quel hasard de tomber ainsi sur le prétendant choisi par son père ! Et quelle chance qu'il soit si séduisant ! Hélas ! la joie de la princesse retombe bien vite : le beau James n'est autre que le frère jumeau de son promis... et le rebelle de la fratrie Rowling. Un homme qu'il lui est rigoureusement interdit de fréquenter, alors qu'elle est tombée sous son charme dangereux en quelques instants à peine ! Bouleversée, Bella comprend que, désormais, son fiancé va lui paraître bien terne comparé à James, dont les yeux étincellent d'un désir brûlant...

Le mensonge de Mia, de Charlene Sands - N°597

Un rendez-vous romantique, un dîner au soleil couchant, un baiser passionné… Mia vient de passer une soirée de rêve au côté du séduisant Adam Chase. Et elle serait aux anges si leur rencontre avait été le fruit du hasard… Seulement voilà : elle rôdait autour de la maison d'Adam, à Moonlight Beach, parce qu'elle enquêtait sur lui. N'a-t-elle pas en effet promis à sa sœur mourante de retrouver le papa de sa fille Rose, et de lui confier l'enfant ? Mais, aujourd'hui, son cœur se serre lorsqu'elle songe aux conséquences de ses manigances : elle sera séparée de sa nièce adorée, et Adam ne lui pardonnera jamais de l'avoir trahi…

Un cœur à protéger, de Teresa Southwick

Son père a tant fait pour elle ! Sydney l'adore, et serait prête à tout pour le rendre heureux… y compris à se jeter au cou d'un parfait inconnu pour lui faire croire qu'elle vit une relation épanouissante. Dieu merci, Burke Holden, le faux fiancé qu'elle a trouvé, accepte de jouer le jeu. Mais le père de Sydney est plus difficile à convaincre qu'elle ne l'aurait pensé, et la voilà désormais contrainte de demander à Burke de feindre l'amour fou encore quelque temps. Bien sûr, elle craint qu'il ne refuse. Mais ce qui l'effraie par-dessus tout, c'est de mettre à nouveau son cœur meurtri en péril, car l'énigmatique Burke la trouble énormément…

L'honneur d'une famille, de Nora Roberts - N°598

SÉRIE L'HÉRITAGE DES CALHOUN TOME 3

La tension règne aux Tours, la demeure familiale des sœurs Calhoun : qui est l'inconnu à qui l'intrépide Lilah a offert l'hospitalité après l'avoir sauvé de la noyade ? Bien que sain et sauf, l'homme dit ne plus se rappeler qui il est, ni ce qu'il faisait en pleine mer pendant l'orage. Mais comment lui faire confiance ? Il ne serait pas le premier à tenter de s'introduire dans le manoir afin d'y dérober le somptueux collier d'émeraudes de Bianca Calhoun, l'aïeule de la famille… Bouleversée, Lilah ne se résout pourtant pas à croire que ce bel inconnu puisse trahir sa confiance. Le problème est de garder la tête froide alors qu'il éveille en elle une foule de sentiments nouveaux – mélange incontrôlable d'inquiétude et de folle attirance…

Le courage d'une maman, de Tracy Madison

Lorsqu'il découvre que Chelsea et son fils s'apprêtent à passer la nuit dans leur voiture, Dylan est profondément ébranlé. Est-ce à cause de la beauté de la jeune femme ou de la détresse qui transparaît dans ses grands yeux bleus ? Refusant de s'appesantir sur la question, il lui propose de s'installer dans sa maison de famille plutôt que de dormir dehors. Le lendemain matin, il comprend cependant que l'anxiété qu'il a éprouvée la veille n'a pas disparu. Que va-t-il advenir de la courageuse maman, lancée seule avec son enfant sur les routes du Colorado ?

Un bébé pour le cheikh, de Fiona Brand - N°599

En quelques jours, la vie de Sarah a basculé. Elle qui comptait se réserver jusqu'au mariage a cédé à la passion entre les bras d'un inconnu, et la voilà enceinte ! Enceinte d'un étranger dont elle ne sait rien, sauf qu'il s'appelle Gabe et qu'il est irrésistible... Peu de temps après, Gabe réapparaît pourtant, aussi soudainement qu'il avait disparu, et lui révèle qu'il a été informé de sa grossesse juste au moment où il allait se fiancer à une autre. A cette annonce, Sarah se sent prise de vertiges. Car Gabe, comme il vient de le lui apprendre, n'est autre que le cheikh du Zahir...

Un espoir dans la tourmente, de Michelle Major

Blessé lors d'un tremblement de terre et désormais unique responsable de Brooke, sa fille dont il ignorait l'existence encore deux mois plus tôt, Jake Travers vit une période particulièrement chaotique. Aussi, quand Millie Spencer arrive chez lui, envoyée par des connaissances pour l'aider à s'occuper de Brooke, lui fait-elle l'effet d'un véritable soleil. Certes, Jake s'est d'abord senti piqué dans sa fierté, mais, très vite, il doit admettre qu'il ne s'en sortirait jamais sans elle. Seule ombre au tableau dans cette organisation parfaite : le désir irrépressible qu'il éprouve pour Millie...

COUP DE CŒUR

HARLEQUIN

Vous n'avez pas le temps de lire tous les romans Harlequin ce mois-ci ?

Découvrez les 4 meilleurs avec notre sélection :

COUP DE CŒUR

HARLEQUIN

www.harlequin.fr

Composé et édité par HARLEQUIN

Achevé d'imprimer en mars 2016

BRODARD & TAUPIN

La Flèche

Dépôt légal : avril 2016

Pour l'éditeur, le principe est d'utiliser des papiers composés de fibres naturelles, renouvelables, recyclables, et fabriquées à partir de bois issus de forêts gérées selon un système d'aménagement durable. En outre, l'éditeur attend de ses fournisseurs de papier qu'ils s'inscrivent dans une démarche de certification environnementale reconnue.

Imprimé en France